Tú y otros desastres naturales

Novela

María Martínez

Tú y otros desastres naturales

CROSS BOOKS

Certificado PEFC

Este libro procede de bosques gestionados de forma sostenibie y fuentes controladas

PEFC
PEFC/14-38-00305

www.pefc.es

Avinguda Diagonal, 662, 6.ª planta. 08034 Barcelona (España)
www.planetadelibros.com

Diseño de la cubierta: Booket / Área Editorial Grupo Planeta
Ilustración de la cubierta: © Romanova Ekaterina / Shutterstock
Primera edición en Colección Booket: agosto de 2021
Segunda impresión: septiembre de 2021
Tercera impresión: noviembre de 2021
Cuarta impresión: febrero de 2022

Depósito legal: B. 11.662-2021
ISBN: 978-84-08-24660-2
Impresión y encuadernación: Rodesa, S. L.
Printed in Spain - Impreso en España

Biografía

María Martínez es autora de *Tú y otros desastres naturales*, *La fragilidad de un corazón bajo la lluvia* y *Cuando no queden más estrellas que contar*, publicadas en Crossbooks. Cuando no está ocupada escribiendo, pasa su tiempo libre leyendo, escuchando música o viendo series y películas. Aunque sus *hobbies* favoritos son perderse en cualquier librería y divertirse con sus hijas.

www.mariamartinez.net

Para Celia y Andrea. Yo os di la vida,
pero vosotras me habéis enseñado a vivir la mía.

Debe haber un límite en los errores que puede hacer una persona, y cuando llegue al final, habré acabado con ellos. Es un pensamiento muy reconfortante.

LUCY MAUD MONTGOMERY,
Ana de las Tejas Verdes

Indeciso, sa.

1. Que carece de firmeza o seguridad. | **2.** Que tiene dificultad para decidirse. | **3.** Persona que adolece de indecisión. | **4.** Harper Weston.

Mi abuela solía decir que el tiempo es la única forma de medir con exactitud si una decisión ha sido un sabio acierto o una estupidez. Y tenía razón. Solo con el paso de los días, los meses, puede que incluso años, podemos saber si hicimos la elección correcta o no.

Tiempo atrás rechacé una plaza en la British Columbia de Vancouver, con acceso directo a un posgrado en la Escuela de negocios Sauder, y me matriculé en la Universidad de Toronto para cursar Literatura Comparada.

Mi plan era convertirme en editora y, con el tiempo, acabar dirigiendo una editorial. Sería importante, alguien que dejaría su huella en el mundo como la persona que descubrió a la sucesora de J. K. Rowling, Paula Hawkins o al nuevo John Green.

No podía conformarme con menos si quería demostrar que mi decisión no se debía a un capricho ni al empeño de contradecir a mi padre, arruinando las expectativas que tenía puestas en mí.

Dos cursos más tarde, había logrado ser la estudiante con mejores notas de mi promoción y unas prácticas en la filial de Simon & Schuster en Toronto, gracias a la recomendación de mi profesor de Escritura Creativa. Mis responsabilidades se limitaban a servir cafés, repartir el correo y hacer recados; pero supe en el preciso instante que crucé las puertas de aquel edificio que había acertado al arriesgarme.

Durante el año siguiente, tuve que hacer malabares para compaginar mis estudios en la universidad y las prácticas en la editorial, aunque no me importaba porque me sentía segura dentro de lo que ya consideraba mi futuro. Había planificado hasta el último detalle, paso a paso y sin sobresaltos. Un año más y lograría mi licenciatura. Tendría un puesto como asistente de editor en el departamento de Ficción Juvenil y podría cursar el doctorado, que me aseguraría un puesto privilegiado en el mundo de la edición.

Alcanzar mi meta solo sería cuestión de tiempo y mucho trabajo. Y lo estaba consiguiendo sin ayuda, por mis propios medios. Le demostraría a mi padre que se había equivocado conmigo, que podía ser buena en todas esas facetas y que sus desprecios solo me habían hecho más fuerte.

Lo que mi abuela nunca me explicó es cómo sobrevivir a ese tiempo que una persona tarda en tomar una decisión importante. De las que pueden cambiar tu vida para siempre. Esa es la parte realmente difícil, luchar contra la confusión, las dudas y la inseguridad que no te dejan respirar. La ansiedad, el insomnio y la sensación de vacío bajo los pies. Hasta que, por fin, la brújula se detiene apuntando en una dirección.

Lo único que debes hacer después es saltar y confiar en que no vas a estrellarte. Porque, aunque la incertidumbre continúe ahí como un lazo apretado alrededor del cuello, no puedes hacer otra cosa salvo esperar y ver si has elegido bien.

Ese tiempo previo al salto era la auténtica tortura para alguien como yo: indecisa, insegura y llena de miedos. En serio, cualquier psicoanalista se habría frotado las manos si me hubiera encontrado en la sala de espera de su consulta.

Escoger, decidir, tomar la iniciativa se convertía en una ventana abierta a un precipicio aterrador. Dividida entre mis propios anhelos y los deseos de los demás. Temiendo defraudar a aquellos que me importan y, al mismo tiempo, traicionarme a mí misma.

Había sido así desde niña, atrapada en esa sensación de estar contemplando a una extraña cada vez que me miraba en un espejo. Pero es difícil conocerte a ti mismo cuando has intentado ser otra persona todo el tiempo.

Cuando has pasado tu vida tratando de actuar como el perfecto ideal de otros, esforzándote por cumplir sus expectativas sin que hayas logrado aproximarte ni un poco, es imposible desarrollar una personalidad propia. Y sin personalidad, algo tan sencillo como elegir un maldito vestido puede convertirse en un imposible. Algo tan complicado como decidir qué quieres hacer los próximos cuarenta o cincuenta años de tu vida, cuando ya creías saberlo, puede derrumbarte por completo.

Eso fue lo que pasó.

En un instante, mi red de seguridad se convirtió en vacío bajo mis pies. Mi plan perfecto, aquello que creía querer más que cualquier otra cosa, se transformó de nuevo en dudas e inseguridades. Porque no hay nada que dé más miedo que un sueño secreto se cumpla.

Todo comenzó con una carta, un regalo y un chico tan perdido como yo.

Un libro que, sin ser la vida,
alcance a merecerla,
un libro que nos salve de los monstruos,
que parezca una casa en la que entrar,
un lugar donde quedarse.

MARWAN,
Los amores imparables

1
La carta

Los libros son como la vida, y es que, al igual que esta, todos ellos encierran secretos. Son como cofres que esconden tesoros y verdades ocultas, esperando a que alguien los abra para lanzar al aire sus misterios. Palabras esculpidas en un mundo de ficción, talladas en un corazón real.

Siempre he creído que los libros son pequeños confesionarios en los que el escritor deposita sus confidencias más íntimas. Su modo de contarle al mundo aquello que ilumina u oscurece su alma. Su forma de liberarse de las muchas cargas que un ser humano puede acumular a lo largo del tiempo. Relatos de amor, culpa, deseo y otros muchos sentimientos se enroscan en las hojas con la necesidad de contar aquello que de otra manera no podrían. Notas a pie de página visibles solo para los que saben mirar con los ojos cerrados.

Esa creencia me ha llevado a leer cada historia con cierto grado de curiosidad indebida, entre suposiciones y sensaciones que me susurran si esa escena será una verdad escondida en un cuento con sabor expiatorio, real e imposible al mismo tiempo.

Los libros poseen un poder extraño, aunque no todo el

mundo sabe apreciarlo. Durante un tiempo vivimos en ellos y más tarde ellos viven en nosotros. Una simbiosis perfecta entre obra y lector que nos beneficia mutuamente en nuestro desarrollo vital.

Los libros son porciones de felicidad, incluso los más tristes o los más aterradores pueden prestarte recuerdos que dibujarán una sonrisa en tu rostro. Los libros son tardes de invierno frente a una chimenea; mañanas de primavera en un parque; vacaciones de verano en una playa; paseos en otoño haciendo crujir las hojas secas bajo los pies.

Además, huelen bien. ¡Qué demonios, es el mejor olor del mundo! Por eso no entiendo cómo las grandes perfumerías aún no han intentado explotar sus posibilidades de mercado. Qué amante de la lectura tradicional no querría un suavizante para ropa con fragancia a libro nuevo. Una loción con notas a tinta y papel reciclado. Un ambientador con aroma a texto antiguo. Esencia de primera edición. Desodorante con olor a biblioteca...

Sería maravilloso poder apreciar esos matices en todo momento, sin tener que hundir la nariz en una encuadernación y que no parezca que estás esnifando cualquier sustancia extraña.

Los libros siempre han sido mi refugio, los brazos en los que me escondía cuando todo iba mal. Sacar uno de la estantería, levantar la tapa y pasear la vista por la primera página, se asemeja a la emoción placentera de una bocanada de aire fresco después de una eternidad sin poder respirar. Son un antídoto contra la tristeza, la preocupación, el miedo, hasta para un corazón roto. Me atrevería a decir que lo curan todo si das con el texto adecuado.

Sin embargo, ni siquiera esa primera página pudo insuflarme el aire que necesitaban mis pulmones cuando me mentía a mí misma creyendo que sería fácil tomar una decisión; y eso que era la primera página del último libro de Alice Hoffman, una de mis autoras favoritas. Ni ella pudo rescatarme de la miríada de pensamientos confusos y molestos en los que me encontraba sumida desde hacía días.

Dejé la novela en la mesa donde se colocaban las novedades y arrastré los pies hasta la butaca que ocupaba la esquina de la sección infantil. Me desplomé sobre ella con un suspiro, bajo el tenue resplandor naranja de una lámpara de pie de cristal emplomado. Ese era mi rincón favorito de toda la librería. Me sentaba allí cuando era tan pequeña que mis pies no alcanzaban el suelo. Lo cierto es que esa librería era mi lugar favorito de todo el mundo. Prácticamente había crecido en ella.

Mi abuela la había comprado cuarenta años atrás, después de que su marido, mi abuelo, la abandonara en Montreal para ir a Yukón a buscar oro. Nunca más volvió a saber de él.

Invirtió el dinero de una pequeña herencia en un bajo húmedo que se caía a pedazos y lo transformó en el lugar más mágico de Le Plateau. Al principio no fue fácil, sobre todo con una niña pequeña a la que educar, mi madre, pero logró salir adelante y construyó un futuro para las dos entre aquellas paredes repletas de cuentos, novelas y manuales.

La llamó Shining Waters. Sí, como el famoso lago que aparece en los libros de L. M. Montgomery sobre Ana Shirley. *Ana de las Tejas Verdes* siempre fue su libro favorito; y el de mi madre; y también el mío. Mi madre me enseñó a leer en sus páginas y me hizo el regalo más maravilloso que nadie me ha hecho jamás, un amor desmedido por la lectura y el deseo secreto de escribir algún día si lograba reunir el valor suficiente para intentarlo.

La echo de menos.

Las echo de menos a las dos.

—Aunque la leas mil veces, no cambiará lo que dice.

Alcé la vista y encontré a Frances mirándome desde el mostrador. Estaba rodeada de facturas y libros de contabilidad. Hizo un gesto con la mano y mis ojos descendieron hasta la carta que, sin saber cómo, había salido de mi bolsillo y de nuevo se encontraba entre mis dedos.

—Lo sé, pero es que sigo sin entender por qué lo ha hecho. Ella sabía mejor que nadie que mi vida está en Toronto. Volver aquí no es una opción. —Resoplé, hundiéndome un poco más en la butaca—. Lo que me pide no es justo.

—No te pide nada, Harper. Te ha legado lo más valioso que poseía y te da la opción de elegir qué hacer con ese regalo.

—¿Y por qué a mí? ¿Por qué no te la ha dejado a ti? Es lo más lógico.

—Porque Sophia me conocía y sabía que lo único que me ataba a esta ciudad era ella. Lo habíamos hablado muchas veces, Harper, sobre todo en los últimos meses. Si ella se iba la primera, yo regresaría a Winnipeg. Allí viven mi hermana y mis sobrinos. Son la única familia que me queda.

Pasé los dedos por la superficie rugosa del papel.

—Creía que yo era tu familia —dije en voz baja.

Frances salió de detrás del mostrador y se acercó a mí. No fui capaz de mirarla hasta que noté su mano sobre la mía, deteniendo su movimiento errático. Una pequeña sonrisa asomó a sus labios, triste y temblorosa. Recordé que yo no era la única que estaba sufriendo.

Había compartido su vida con mi abuela durante las últimas tres décadas. Se habían conocido cuando solo eran unas niñas y desde ese instante se habían vuelto inseparables. Crecieron y continuaron la una al lado de la otra, apoyándose en todo. Mi abuela se casó y Frances estuvo allí. También cuando nació mi madre. Y más tarde, cuando mi abuelo la abandonó, continuó a su lado. Hasta que un día esa amistad se transformó en amor.

O quizá siempre se habían amado y no habían tenido el valor necesario para admitirlo.

—Por supuesto que eres mi familia. Te quiero, Harper, pero mi lugar ya no está aquí. Hay demasiados recuerdos.

Me mordí el labio, intentando contener las lágrimas. Había pasado una semana desde el funeral. Tres días desde la lectura del testamento en la que se me entregó una carta que había dejado para mí; y aún me costaba creer que no volvería a verla nunca más.

Me sentía muy triste y enfadada con ella. Me había ocultado durante meses que un linfoma iba a consumir su vida en poco tiempo. Nos lo había ocultado a todos. Y aunque podía entender sus motivos, me dolía demasiado ese silencio.

No me dio la oportunidad de despedirme. Ni de decirle una vez más lo mucho que la quería y cuánto le agradecía todo lo que había hecho por mí. Fue la única que me ayudó a conservar el recuerdo de mi madre, a conocerla con el tiempo porque yo era demasiado pequeña cuando tuvo que dejarnos. Fue la única que no la olvidó y que no se olvidó de mí.

Apreté la mano de Frances y le devolví la sonrisa. Sus ojos marrones se posaron sobre mis ojos azules y vi a través de ellos su corazón roto. No podía derrumbarme delante de ella.

—Te amaba, Frances.

—Lo sé, y yo a ella.

—¿Cuándo piensas marcharte?

—En un par de semanas, quizá tres. Lo que tarde en actualizar las cuentas, los pagos y los registros. Sophia era un desastre con esas cosas. —Me dio una palmadita en la rodilla—. Lo dejaré todo bien organizado para que puedas desenvolverte sin ningún problema.

—No sé si voy a quedarme.

Se puso de pie con un suspiro y regresó al mostrador atestado de papeles.

—También he hablado con el señor Norris, el abogado de tu abuela. Te ayudará si decides vender.

Vender. Esa palabra me secaba la boca y me encogía el

estómago, porque desprenderse de lo que uno considera su hogar va contra natura. Pero qué otra cosa podía hacer. «Quedarte», dijo una voz dentro de mi cabeza. La ignoré. Doblé la carta y la guardé.

Sonó mi teléfono móvil. Probablemente sería mi hermana para recordarme, otra vez, que habíamos quedado esa noche. Hayley era perfeccionista y una maniática del control y la puntualidad. Todo lo opuesto a mí. Así somos las mentes creativas, desorganizadas por naturaleza. O eso solía decirme a mí misma para no admitir que era un desastre absoluto.

Saqué el teléfono del bolsillo trasero de mi pantalón y le eché un vistazo a la pantalla. Se me puso la piel de gallina y todo mi cuerpo se tensó con una sacudida. Continuó sonando en mi mano, que temblaba como si de un momento a otro fuese a recibir una descarga mortal de aquel aparato.

—¿No vas a cogerlo? —me preguntó Frances.

La miré y negué muy rápido.

—Es papá.

Aguardó unos segundos, observando mi cara de horror.

—¿No quieres saber para qué te llama?

Me puse de pie y devolví el teléfono al bolsillo. Todos tenemos nuestras complejidades, nuestras debilidades y nuestras excentricidades. Ignorar las llamadas de mi padre formaba parte de las mías.

—Sé para qué me llama. Para lo mismo de anoche y de ayer por la mañana. Y de antes de ayer. —Me acerqué al mostrador y apoyé los codos en la madera, frente a la caja registradora. Era una antigualla, como todo lo demás, y por ese motivo me encantaba—. Quiere que venda la casa, la librería, y que deje mi vida en Toronto. También que abandone la universidad, las prácticas en la editorial y que acepte un trabajo en su empresa. Eso es lo que quiere, un collar muy corto alrededor de mi cuello. Y no entiendo por qué, la verdad, cuando no me soporta. Nunca lo ha hecho.

Frances metió un taco de facturas en una caja y después escribió una nota en la tapa.

—¿Se lo has preguntado alguna vez?

—¿Qué?

—¿Por qué no te soporta?

—No —respondí cohibida.

Lo había intentado, de verdad que sí, pero en el último momento se me atascaban las palabras. Me daba miedo que tuviera una respuesta. Una que pudiera justificar por qué había sido siempre tan duro y frío conmigo. Solo conmigo.

De pequeña pensaba que, quizá, había roto o perdido algo a lo que él tenía aprecio, por lo que pasaba horas enteras intentando hacer memoria, recorriendo la casa en busca de algún detalle que me diera una pista de mi error y así arreglarlo. Después llegué a la conclusión de que era culpa de mi pelo rubio y ondulado, porque el suyo era negro y liso, al igual que el de mis hermanos. Imaginé que no le gustaban las personas diferentes, así que me lo corté con unas tijeras de jardín y lo oscurecí con cera de zapatos. Se enfadó tanto que quiso enviarme a un colegio para chicas en Ottawa. Por suerte, mi abuela lo impidió. Más adelante, al crecer, supuse que el problema residía en mis capacidades. No era lo suficientemente inteligente, ni guapa, ni educada, ni fuerte... No sabía hacer nada bien.

Frances tomó aire con brusquedad antes de hablar.

—Cariño, eres una mujer adulta. Tienes veintidós años y hace cuatro que vives tu propia vida. Debes dejar de tenerle tanto miedo.

—Yo no le tengo... —Frances me dirigió una mirada tan penetrante que aborté mi penoso intento de mentirle. Me conocía demasiado bien—. Es que es más fácil cuando estoy lejos y no tengo que verle.

—Pero estás aquí y mañana tendrás que verle sí o sí. No contestar a sus llamadas puede que no sea lo más inteligente ni lo más maduro por tu parte.

Me incliné hasta apoyar la frente sobre la madera. La miré de reojo y esbocé mi sonrisa más inocente.

—No tengo por qué verle si finjo que estoy enferma.

Como era de esperar, Frances puso el grito en el cielo.

—¡Tu hermana se casa mañana! ¡No puedes hacerle algo así a Hayley!

—Lo sé, lo sé, lo sé... Es una idea estúpida —me apresuré a decir, pero eso no cambiaba que lo hubiera pensado en serio.

Me miró con escepticismo, si bien su expresión se tornó comprensiva un segundo después.

—Tu padre no puede obligarte a hacer nada que no quieras, Harper.

—Nolan Weston nunca acepta un no por respuesta y siempre encuentra el modo de salirse con la suya. Puede que tarde, pero siempre lo consigue.

—Puede que esta vez no.

Sonreí porque quería creerla, pero una barrera de ansiedad y desasosiego empezaba a aislarme de cualquier pensamiento lógico, mientras que la inseguridad se iba apoderando de todo mi espacio vital solo con pensar que volvería a encontrarme con él al día siguiente. Tres días en una semana, todo un récord que superaba con creces las veces que habíamos coincidido en lo que iba de año. En resumen, ninguna.

Entraron un par de clientes y Frances se apresuró a atenderlos. Yo regresé a la butaca, donde había dejado la carta de mi abuela. La cogí con intención de guardarla en su sobre, pero de nuevo acabé perdida en unas palabras que me sabía de memoria.

Harper:

Si estás leyendo esto, ya sabes cuál es mi voluntad.

Ahora mismo debes de sentirte muy confusa, y también enfadada, pero tienes que entender que no podía decírtelo. Lo habrías abandonado todo para venir conmigo y no podía permitir que hicieras ese sacrificio.

Te quiero demasiado para dejar que veas a esta vieja apagarse.

También pienso que uno tiene derecho a decidir cómo vivir sus últimos días y eso estoy haciendo, vivirlos sin remordimientos. Así es como quiero irme, libre, sin ser una carga. Puede parecer egoísta, pero es el acto más desinteresado que he hecho jamás.

Un día lo entenderás y sé que me perdonarás.

Te debes de estar haciendo muchas preguntas. ¿Por qué te lo he dejado todo a ti? ¿Por qué no a tus hermanos? La respuesta es sencilla. Ellos son diferentes, siempre han tenido intereses más prácticos, y si algo no es rentable...

Mi casa y la librería es todo cuanto poseo. No valen nada, pero contienen toda una vida de recuerdos y momentos. De sueños.

Sé que has luchado mucho para llegar a donde has llegado. También sé que crees tener la vida que siempre has deseado. Pero cuando te miro aún veo a esa pequeña que prefería ordenar libros en las estanterías en lugar de jugar con otros niños. Que disfrutaba recomendando lecturas y soñaba con escribir algún día sus propias historias. Aún la reconozco en ti y veo el brillo y el deseo de entonces en tus ojos. Por eso quiero darte la oportunidad de recuperar esa ilusión.

Quédate con la librería y en ella vive tu sueño de escribir.

¿Para qué vas a trabajar publicando los libros de otras personas cuando puedes mostrarle al mundo tus propias historias? Tienes talento, siempre lo has tenido. No debes tener miedo a los sueños, porque sin ellos gran parte de lo que somos perdería su sentido.

No obstante, si me equivoco, entenderé que vuelvas a Toronto y que recuperes tu vida allí. Si tomas esa decisión, conservar la librería no te será posible. Entonces busca a alguien que sepa apreciarla de verdad, por favor.

Siento si esta vieja te ha complicado la vida con su último deseo. Podría excusarme culpando a la edad o a todos esos horribles calmantes que necesito tomar, pero te estaría mintiendo.

Quiero creer que no te estoy legando una carga, sino libertad.

Harper, me siento tan orgullosa de ti y de la mujer en la que te has convertido, que me voy tranquila a encontrarme con tu madre.

Siempre cuidaremos de ti.

Y sé siempre tú misma. Así eres perfecta.

Sophia

Torcí el gesto con un puchero. Notaba un dolor agudo en el pecho que no parecía tener fin.

Sentí la mano de Frances en mi espalda y su aroma a caramelo envolviéndome. De golpe, el peso de los últimos días cayó sobre mí y me eché a llorar.

—Desahógate, no pasa nada por demostrar que duele.

Su voz fue tan dulce, tan propia de ella, que no pude detener mi llanto.

Hipé y me volví para mirarla.

—Es que mamá me dejó. Ahora se ha ido la abuela y tú quieres marcharte a Winnipeg. ¿Qué clase de nombre es Winnipeg? —le reproché, pese a que sabía que estaba siendo injusta con ella.

Me secó un par de lágrimas y me miró durante largo rato. Deslizó las manos por mi pelo, desde la raíz hasta las puntas, peinándolo con los dedos con tanta ternura que se me escapó un sollozo ahogado.

—Estarás bien, Harper. Eres más fuerte de lo que crees. Si no estuviera segura de eso, no me marcharía. Además, esto no es un adiós. —Me sonrió y yo traté de devolverle el gesto—. Acudiré siempre que me necesites.

Me abrazó y yo intenté no ahogarme en la certeza de lo mucho que iba a echarla de menos. Siempre había estado allí para mí. Cada vez que yo regresaba a la ciudad y entraba en aquel espacio, la sonrisa de Frances me recibía con la calidez y la dulzura de un chocolate caliente en un día frío.

Me dejé mimar por su arrullo, hasta que la puerta se abrió de repente y la tienda se llenó con el suave tintineo de las campanillas que pendían por encima de ella.

2
Afrontar un encuentro inesperado

Durante las dos horas siguientes, esas campanillas no dejaron de sonar con las idas y venidas de los clientes habituales y los que entraban a echar un vistazo animados por las ofertas. Sobre una mesita auxiliar junto a la puerta, siempre había una pila de tarjetas de visita con el nombre de la librería escrito con tinta dorada. Repuse las que faltaban y las ordené en montoncitos iguales, junto a los puntos de libros que solían regalar las editoriales.

Después quité el polvo de las recias estanterías de nogal que llegaban hasta el techo. Había cientos de libros en aquel espacio, puede que miles. Los había de todos los tamaños y colores. Ediciones lujosas con hermosas ilustraciones y grabados en las tapas, ediciones de bolsillo, clásicos y novedades. Oscar Wilde se codeaba con Paul Auster en el último estante. A su lado, Dickens descansaba entre Jane Austen y Charlotte Brontë. Dan Brown, James Dashner, Danielle Paige... Mi abuela siempre había tenido un sentido del orden muy peculiar.

Me pasé la mano por la frente, un leve dolor de cabeza me molestaba desde hacía un rato y mi mente cansada necesitaba despertarse.

—¿Te apetece un café? —le pregunté a Frances.

Asintió con una sonrisa mientras ayudaba a un señor mayor a elegir un libro sobre submarinos para su nieto.

Cogí mi bolso y salí a la calle. Como era habitual, el verano en Montreal venía plagado de ruido y movimiento. De olores que me transportaban a momentos especiales. Personas que parecían estar allí desde siempre. Como Beth, famosa por su pastel de menta y sus *brownies* de chocolate, que desaparecían de las vitrinas de su pastelería en cuanto subía la persiana cada mañana. O Percy, un músico callejero que tocaba la trompeta en la misma esquina desde que mi mente podía recordar. Los saludé al pasar e intercambié un par de frases corteses con Meg, la florista.

Nuestra librería se encontraba en la avenida Mont Royal, en el barrio Le Plateau. Ese distrito domina el centro de Montreal y es el hogar de estudiantes, artistas y bohemios. Cuando vivía en la ciudad, me encantaba recorrer sus calles estrechas bordeadas de árboles, con bonitas y coloridas casas victorianas y escaleras de caracol al aire libre. Me fascinaba la mezcla única y multicultural de sus tiendas y restaurantes.

Caminé sin prisa en dirección a Saint Denis. El sol se filtraba a través de una fina capa de nubes blancas, que comenzaban a oscurecerse en el horizonte. Miré al cielo con una súplica silenciosa. La boda iba a celebrarse en el inmenso jardín de la casa que mi padre poseía en Léry. La lluvia podía echarlo todo a perder y Hayley no se merecía ese disgusto. Llevaba meses planeando la boda perfecta.

Giré a la derecha y continué caminando por la acera. El café Myriade, mi destino, se encontraba en la siguiente esquina.

Estaba a rebosar de gente. En la terraza no cabía un alfiler y en el interior los clientes hacían cola frente al mostrador. Estuve a punto de dar media vuelta y buscar otro lugar, pero había hecho todo el camino fantaseando con sus bollos de queso cheddar y arándanos rojos, y me resistía a marcharme sin ellos y su maravilloso *cafe latte*.

Mi adicción a la cafeína era una de las pequeñas cosas que le daban sentido a mi vida.

Me coloqué en la fila y aproveché el tiempo para revisar el correo en mi teléfono. Tenía varios mensajes de Ryan Radcliffe, el editor que supervisaba mis prácticas. Quería saber si había terminado de repasar el último manuscrito que me había enviado. Resoplé y me llevé la mano a la cara, sintiéndome muy culpable. Añadí una nota de voz para recordar que debía descargarlo e imprimirlo, y me pondría con él en cuanto pasara la boda de mi hermana.

Se apoderó de mí la inquietud. Empecé a cuestionarme si el hecho de pensar en el trabajo de ese modo era una señal inequívoca de que, en el fondo, quería continuar con mi vida como hasta ahora. E inmediatamente pensé todo lo contrario, si el no haberle echado ni un solo vistazo a ese manuscrito quería decir que, quizá, no me interesaba tanto como creía. O puede que, como mi abuela acababa de morir, me importara un cuerno el resto del universo.

—Perdona, te decía si vas pedir alguna cosa.

Levanté la vista y le sonreí al camarero con una disculpa.

—Dos *cafe latte* y un bollo con cheddar y arándanos rojos, por favor.

Observé distraída a la gente que ocupaba las mesas y me fijé en un niño de pocos años que comía una magdalena con las manos a la espalda, fingiendo ser un pajarito que picoteaba en el plato. Sonreí al ver la desesperación de su madre.

Escenas así despertaban mi imaginación. Una bruja malvada, un niño convertido en un pequeño pájaro y una moraleja que contar... Otra idea más que sumar a la larga lista que ya tenía y que, probablemente, nunca escribiría.

—¿Harper?

Podría decir que en ese segundo eterno que mi nombre vibró en el aire, el mundo entero se ralentizó hasta detenerse por completo. Pero, por muy bonito y metafórico que pueda sonar, no fue lo que pasó.

Durante ese segundo eterno que mi nombre vibró en el aire, el mundo entero fue engullido por todos los desastres naturales que pude imaginar.

Porque eso era Trey Holt para mí, un terremoto, un huracán, un volcán escupiendo lava, la tormenta perfecta a la que jamás pude sobrevivir. Tiempo atrás me hundió como si fuese una frágil balsa de madera en medio de un mar revuelto y me dejó a la deriva convertida en un millón de astillas.

—¿Harper?

Creía haber pasado página. Sin embargo, cuatro años después de oírla por última vez, la había reconocido con solo una palabra. Así de profunda era la huella que su voz había dejado en mí.

Me volví con el corazón golpeándome el pecho con brusquedad. No supe cómo aguanté el equilibrio y permanecí de pie mientras alzaba la vista y me encontraba con sus bonitos ojos sobre mí.

—¡Eres tú! No estaba seguro, pero... ¡Dios, eres tú!

Lo miré fijamente, esforzándome por situarlo y convencerme de que realmente estaba allí, frente a mí. Después de mucho, mucho tiempo.

Dio un paso atrás para observarme de arriba abajo; y lo que vio debió de gustarle, porque su sonrisa se hizo más amplia y unas arruguitas enmarcaron su mirada. Se inclinó y me dio un abrazo que me pilló por sorpresa.

—Me alegro de verte, Calabaza.

Mi estómago se encogió al oír ese apelativo cariñoso que me habían puesto cuando era una niña. También fui tan estúpida como para cerrar los ojos cuando sentí ese aroma suyo, tan personal, enredándose en mi nariz.

Di un paso atrás en cuanto él me soltó.

—Hola, Trey —respondí con la boca pastosa.

Sonrió. Yo no pude devolverle el gesto. Lo odiaba por

haberme roto el corazón y tirar mi autoestima por los suelos. Lo odiaba. Y en aquel momento tuve que recordarme la forma en la que me hizo daño para poder escapar de la telaraña que era su sonrisa traviesa e insolente, en la que acababa de quedar atrapada como un insecto.

Bajó la vista un momento y su expresión cambió. Me miró de nuevo, mucho más serio, y enfundó las manos en los bolsillos traseros de sus tejanos oscuros.

—Harper, siento mucho la muerte de Sophia, y lamento no haber podido asistir al funeral. Cuando Hoyt me dio la noticia, me encontraba fuera del país y no hallé la forma de regresar a tiempo.

Se me escapó una sonrisa sarcástica.

—Tranquilo, ni siquiera noté tu ausencia. Además, fue un acto muy íntimo, solo para la familia.

Me ardieron las mejillas al contestarle de ese modo, porque yo no soy así, borde e impertinente. Pero con él... Con él afloraba una parte de mí muy desagradable.

Intenté aparentar una absoluta indiferencia.

Trey frunció el ceño y su gesto se tensó, como si no entendiese mi actitud. Siempre se le había dado bien fingir que era un buen chico.

—Sí, por supuesto, la familia. —Guardó silencio, allí plantado, sin dejar de mirarme. El aire a nuestro alrededor se volvió tan denso que comencé a sentir claustrofobia. Entonces añadió—: Pero los Weston sois como mi familia y me habría gustado acompañaros en un momento tan difícil.

Solté un leve suspiro. Verle dolía como una herida reciente. Sus actos del pasado habían marcado una parte muy importante de mí y de mi futuro, y él se comportaba con una inocencia que no encajaba en aquel encuentro. Era culpable de haberme roto el corazón. Había hundido las manos en mi pecho y lo había aplastado sin pestañear.

—Seguro que Hoyt y Hayley habrían agradecido tu apoyo.

Me escrutó unos segundos y se humedeció los labios con la lengua.

—Ellos... Sí, claro.

Le sostuve la mirada. Sus ojos eran tal y como los recordaba. Una mezcla de verde y marrón, seductores. Pestañas gruesas y negras. Cejas marcadas. Mandíbula angulosa. Labios bonitos, el inferior algo más carnoso que el superior. Llevaba el pelo más largo que la última vez que lo había visto, lo cual le daba un aspecto más maduro.

Seguía siendo el hombre más guapo que había conocido en mi vida.

Se pasó la mano por la nuca y sonrió como si apartara de su mente un pensamiento triste. Me señaló con un leve gesto.

—¡Estás genial! Has... crecido. Dios, ¿cuánto hace que no nos veíamos?

«No lo suficiente.»

—Cuatro años. Tenía dieciocho, entonces. Acababa de entrar en la universidad y tú te marchabas a Estados Unidos.

—Sí, es cierto. Joder, cuatro años ya.

—Sí, cuatro.

—Estás muy guapa. Llevas... llevas el pelo mucho más largo. Te queda bien.

—Gracias, tú estás igual.

Contuvo el aliento al recorrer mi cara, como si repasase su contorno. Levantó una ceja y su boca se curvó de nuevo con una sonrisa.

—Bueno, cuéntame, ¿ha sido una coincidencia o sueles venir a este sitio?

—Suelo venir cuando estoy en la ciudad. La librería de mi abuela se encuentra muy cerca de aquí.

—Sí, es verdad, junto a esa tienda de cómics y vinilos de segunda mano. ¡Hace un siglo que no voy por allí y me encanta esa zona!

Miré por encima del hombro. ¿Dónde demonios estaba el

camarero con mis cafés? Necesitaba salir de allí. La sensación de ahogo no dejaba de crecer en mi interior. Tragué saliva, nerviosa, con las palpitaciones de mi corazón resonándome dentro de la cabeza, caóticas.

—Hoyt me contó que te has licenciado y que trabajas en una editorial.

—No es un trabajo, aún. Un trabajo normal con sueldo, seguro médico y esas cosas, quiero decir —aclaré sin mucha paciencia—. De momento, solo son unas prácticas.

—Bueno, suena genial, y seguro que acaban contratándote. Hoyt dice que eres muy buena en lo que haces.

—Parece que Hoyt dice demasiadas cosas. —La frustración era patente en mi voz.

—De vez en cuando le pregunto cómo te va —declaró cohibido—. También me contó que pensabas hacer un máster. Así que supongo que pronto regresarás a Toronto.

—Es lo más probable.

Aparté la mirada de él, incapaz de sostenérsela. Pero mis ojos volvían a buscarle, atraídos por esa sonrisa perfecta que tantas veces dibujé en mi mente. ¿Solía preguntarle a Hoyt cómo me iba? ¿Por qué iba a hacer algo así? Nunca le importé. Se deshizo de mí con la misma facilidad que se tira una colilla al suelo.

—Me parece admirable que quieras hacerlo.

—Gracias.

—Yo me gradué en el MIT el año pasado, por fin.

—Ya eres arquitecto. Lo que siempre has querido.

—Sí. Ahora es cuando viene la parte difícil: trabajar. De momento he regresado a Montreal y trabajo en mis propias ideas.

Exploté.

—Trey, ¿qué te hace pensar que a estas alturas me interesa tu vida? Ni siquiera entiendo por qué te has acercado a hablar conmigo.

Me miró con tal desconcierto en el semblante que por

unos instantes me arrepentí de lo que había dicho. Respiré. Respiré más fuerte, recordando aquella mañana de noviembre y las últimas palabras que salieron de su boca. Duras, frías y punzantes. El dolor regresó y entumeció mi cuerpo. Cuatro años después era incapaz de enfrentarme a lo que había pasado entre nosotros, más bien a lo que había pasado después «de» entre nosotros.

Era demasiado humillante.

No podía quedarme allí más tiempo.

—Perdona, debo marcharme.

Pasé por su lado y salí a la calle sin detenerme. Dijo algo más, pero lo ignoré y me alejé de allí. Mis pasos me llevaron de vuelta a la librería, mientras mi cabeza seguía dentro de la cafetería, con Trey. Verle de nuevo me había alterado más de lo previsto.

Un millón de veces había imaginado un encuentro entre nosotros, de distintas formas y en diferentes momentos. En todos ellos yo parecía adulta, interesante y maravillosa, y con una vida que cualquiera habría envidiado. Me volvía y allí estaba él, mirándome con arrepentimiento en los ojos. Contemplando lo que podría haber tenido si no hubiese sido tan idiota. Pero no tuve suerte ni en eso. Trey tenía mejor aspecto que nunca y yo...

Yo...

Vi mi reflejo en un escaparate y quise morirme. Mi pelo estaba enmarañado y el poco maquillaje que me había puesto esa mañana se había diluido con las lágrimas que no podía controlar cada vez que pensaba en mi abuela.

Trey. Maldito Trey.

Fue mi amor platónico durante mucho tiempo. Al principio de un modo infantil, inocente, porque era demasiado pequeña para entender lo que de verdad representaba amar y desear a otra persona. Después, con el tiempo, tomé conciencia del significado real de esas palabras, de que toda tu felicidad dependa de una sonrisa y que tu mundo se pare por una mirada.

Siempre había sentido algo muy intenso por él. Al menos, esa es la sensación que tengo.

La primera vez que lo vi, yo tenía doce años. Él dieciséis y acababa de mudarse a Montreal con su padre. El primer día de instituto, nada más conocerse, Hoyt y él se liaron a puñetazos en clase de gimnasia. Ambos acabaron en la enfermería y castigados a escribir juntos un trabajo sobre la violencia y sus consecuencias. El mismo día del incidente, Trey vino a casa para cumplir con su parte del castigo.

Yo me encontraba en el suelo de mi habitación, haciendo los deberes con la puerta entreabierta, cuando lo vi cruzar el pasillo. Pese al ojo morado y un labio hinchado, me pareció el chico más guapo que había visto nunca. Entonces me miró, y una sonrisa leve y fugaz se extendió por su cara provocándome un cosquilleo en el estómago. Me cautivó.

Después de aquello, Hoyt y Trey se convirtieron en los mejores amigos, junto con Scott, que por aquel entonces ya era novio de mi hermana Hayley. Los cuatro se hicieron inseparables. Pasaban tardes enteras en casa, viendo películas y hablando de sus cosas. Yo les observaba como si fueran lo más fascinante del mundo y soñaba con ser como ellos. Con pertenecer algún día a su universo.

Los dos años siguientes, Trey fue una constante de sufrimiento y felicidad en mi vida. Sufría cuando lo veía salir con otras chicas y me hacía feliz cuando se fijaba en mí, aunque él solo me viese como la hermana pequeña de su mejor amigo.

El verano que cumplí los catorce, ellos cuatro se trasladaron a Vancouver para estudiar en la universidad.

Creía que la distancia me ayudaría a deshacerme de mis sentimientos, pero no fue así. Y continué enamorada de él en secreto otros cuatro años, oyendo rumores, historias de cómo pasaba de una cama a otra y de una chica a otra; viéndolo por mí misma cuando venía de visita o regresaba por vacaciones. Usaba sus encantos como un arma, sin importarle a quién rompía el corazón ni destrozaba la vida. Incluso entonces, mientras fui testigo de cómo era él en realidad, me sentía incapaz de odiarle. Odiarle de verdad.

En el fondo quería ser la chica que desaparecía con él cada noche, en lugar de ser la que se quedaba viendo cómo se iba.

Hasta que un día logró que lo hiciera. Odiarle de verdad.

—¿Y el café? —me preguntó Frances.

—¿Qué?

Me había perdido de tal modo en mis pensamientos que no me di cuenta de que había llegado a la librería.

—Creía que ibas a comprar café.

—¡Sí! Bueno, es que había mucha gente y hacía calor. Además, es casi la hora del almuerzo. Perderíamos el apetito y me apetece mucho más uno de los deliciosos sándwiches de Schwartz's. ¿A ti no?

—Solo son las once —me hizo notar con suspicacia.

Dejé mi bolso en el perchero, junto a la ventana, y le dediqué una sonrisa.

—Podemos adelantar la hora de la comida. ¡Hagamos una locura! —exclamé con una gran sonrisa.

Se echó a reír y el timbre de su risa hizo que me sintiera mejor.

La puerta se abrió a mi espalda, acompañada del sonido habitual de las campanillas. Me volví y allí estaba Trey, sosteniendo una bolsa de papel. El olor a café se enredó en mi nariz.

—Te has dejado esto.

Me sorprendió tanto que me hubiera seguido que no fui capaz de abrir la boca. Se hizo el silencio. Trey me miraba y yo lo miraba a él. Ocupaba toda la habitación con su mera presencia. Siempre había tenido esa cualidad, la de destacar en cualquier parte aunque estuviera rodeado de una multitud.

Frances carraspeó y salió de detrás del mostrador con el

ceño fruncido. Me lanzó una mirada inquisitiva y fue al encuentro de Trey con una sonrisa. «Traidora», pero no podía reprochárselo porque nunca le había contado esa historia. Ni a ella ni a nadie.

—Hola, yo cogeré eso. Gracias.

—De nada —respondió él.

—Nos conocemos, ¿verdad? Tu cara me suena mucho.

—Sí. Venía por aquí con Hoyt. Pero hace mucho de eso. Éramos unos críos.

—¡Sí! Ahora te recuerdo. Te llamas Trey, eras el mejor amigo de Hoyt.

—Creo que aún lo soy —respondió con timidez.

Frances asintió con una sonrisa y me miró de reojo.

—Le gustabas a Sophia. Siempre me decía: «¿Ves a ese chico? Un día se sentirá orgulloso de ser quien es y desaparecerá ese ceño fruncido de su cara. Con lo guapo que es».

—¿En serio? ¿Por qué decía eso?

—Chico, ¿tú te has mirado en un espejo?

Trey se mordió el labio para no sonreír de forma descarada y ese gesto me desarmó. Estaba bajando la guardia y me recompuse.

—Me refiero a lo de sentirme orgulloso.

—¿Quién sabe? Sophia parecía apreciar cosas en la gente que los demás no podíamos ver. ¿Te sientes orgulloso de ser quien eres?

Frances siempre tan directa, sin filtros. Trey parpadeó y se encogió de hombros. Su expresión cambió de forma sutil mientras reflexionaba.

—Sí.

Le creí.

—¿Y antes no?

—No.

De nuevo le creí, y no pude evitar mirarle de un modo distinto porque, por un instante, tuve la sensación de que el chico que yo conocía no estaba allí, solo se le parecía.

—Ahí lo tienes. Vio algo en ti. ¿Por qué? No lo sé, quizá era otro don entre los muchos que tenía —susurró Frances emocionada—. También vio algo en mí y tampoco se equivocó.

Trey debió de darse cuenta de que la relación entre ella y mi abuela había sido muy especial, porque se acercó y le dio un apretón suave en el hombro.

—Lo siento mucho. Siempre fue muy buena conmigo.

Frances se enjugó una lágrima solitaria de su mejilla y asintió. Después dio media vuelta y nos dejó solos, llevándose el café consigo.

Él se quedó callado, y yo también. Me miró en silencio. Su rostro era un lienzo blanco desprovisto de emociones, al menos, a simple vista, pero cambió cuando me dirigió una dura mirada de reproche.

—¿A qué ha venido lo de antes? ¿Qué problema tienes conmigo?

¿Me había seguido hasta allí para preguntarme aquello? Alcé la barbilla, desafiante, pero por dentro empecé a sentirme rara y cohibida, como si empequeñeciera frente a él. Sus ojos me taladraron, esperando con cautela a que dijera algo.

—¿Que qué problema tengo contigo? Sabes cuál es la respuesta.

Trey enarcó una ceja. Su mirada no dio muestras de llegar a una conclusión.

—¿La sé? ¿Y qué se supone que sé?

Cerré los ojos, y también la boca. Sus preguntas eran una burla aún mayor que su presencia. Sabía tan bien como yo cuál era el problema, y que estuviera allí parado frente a mí, fingiendo una inocencia que no le pegaba nada, me hacía daño y desenterraba sentimientos que había ocultado en rincones muy profundos.

Me tragué la frustración que sentía y me dirigí a la puerta. La abrí y permanecí quieta, sosteniéndola, casi de puntillas para parecer más alta, más digna, más... todo. Y el intento en sí ya era un esfuerzo absurdo y patético porque Trey me sacaba dos palmos, a lo alto y a lo ancho, y su aspecto era el de un hombre mientras que yo seguía pareciendo una niña. ¡Dios, si aún me pedían el carnet cuando entraba en un bar!

Él apretó la mandíbula ante mi invitación a largarse por donde había venido. Me miró con los ojos entornados, gélidos y furiosos. Durante una milésima de segundo su boca se curvó con un asomo de sonrisa y en ella encontré al Trey que yo conocía, orgulloso, sarcástico y egocéntrico. Justo el tipo de chico al que jamás me acercaría, pero del que me enamoré mucho antes de descubrir cómo era.

Pasó por mi lado como un vendaval y desapareció.

Me quedé allí unos segundos, mirando el suelo, sintiendo cómo algo dentro de mí volvía a romperse. Empujé la puerta y me apoyé en ella mientras me cubría la cara con las manos.

Pensaba que lo tenía superado. Pensaba que, cuando llegara el momento, podría afrontar un encuentro inesperado.

¡Qué ilusa!

3
La gente suele decir que el tiempo lo cura todo

Había quedado con Hayley en un restaurante italiano muy cerca del Museo de Bellas Artes. Bajé del taxi y encontré a mi hermana esperándome en la verja de entrada.

Estaba guapísima con un tejano oscuro, camisa blanca y zapatos planos. Se había dejado el cabello suelto y le caía por los hombros como una cascada oscura y brillante de tono azabache. Mi hermana tenía un aspecto exótico, con la piel bronceada y los ojos del color de la obsidiana. Sus rasgos eran mucho más marcados que los míos: pómulos y nariz muy definidos y un ligero hoyuelo en la barbilla idéntico al de Hoyt. Después de todo, eran mellizos.

La saludé desde lejos y nos fundimos en un abrazo en cuanto llegué a su lado. Echar de menos a Hayley era algo a lo que no me acostumbraba pese a los años que llevábamos separadas. Hablábamos a menudo por teléfono, de cosas sin demasiada importancia, casi siempre de tonterías que nos ayudaban a deshacernos por un rato de las preocupaciones del trabajo y la vida en general. Aunque esas llamadas apenas compensaban todo el tiempo que pasábamos a cientos de kilómetros la una de la otra.

—¡Hayley, estás preciosa!

—Tú también, hermanita. —Me miró preocupada—. Aunque pareces mucho más delgada.

—No empieces. No me estoy muriendo de hambre.

—¿Seguro? Porque ya sabes que una dieta adecuada es felicidad para nuestro cuerpo.

Puse los ojos en blanco con tal fuerza que estaba segura de haberme quedado bizca.

Mi hermana era como una de esas madres obsesionadas con la alimentación y el peso de sus hijos, solo que ella no tenía hijos y el centro de su preocupación era yo.

—Hayley... —la avisé.

—Solo me preocupo por ti. No es nada malo que quiera estar segura de que te cuidas, comes bien, duermes lo suficiente... Las hermanas mayores hacen esas cosas.

Paseé la vista por su rostro e hice una mueca de fastidio fingido.

—Eres la mejor hermana del mundo, ¿lo sabías?

—Alguien me lo recuerda de vez en cuando. —Me sonrió y apoyó la cabeza en mi hombro.

Un camarero nos indicó que podíamos pasar y nos guio hasta una de las mesas situadas en el patio interior adoquinado. Nos sentamos una frente a la otra sin dejar de sonreír. No conocía el lugar y miré a mi alrededor, curiosa. El patio se encontraba entre dos edificios y estaba decorado con un exuberante despliegue de flores multicolores, cestas colgantes, hibiscos y adelfas. Precioso. De no haberlo propuesto Hayley, creo que nunca lo habría encontrado. Era uno de esos secretos que guardaba la ciudad.

Pedimos crepes con queso y salsa de azafrán de aperitivo, pasta al *pomodoro* como plato principal, vino tinto y pan de aceitunas y cebolla.

El camarero no tardó en servirnos el vino y el aperitivo.

—¿Nerviosa? —pregunté. Al día siguiente mi hermana dejaría de ser una mujer soltera.

—Mucho. Estos últimos días me está costando dormir.

—¿Y qué haces aquí? Deberías descansar para tu gran día.

Hayley hizo un mohín y alargó la mano por encima de la mesa para tomar la mía.

—¡No! Quiero pasar un rato contigo. No te he visto desde el funeral. Mañana no tendré tiempo para nada y el domingo espero coger un avión rumbo a la Polinesia francesa con mi flamante marido. Esta noche es nuestra, hermanita. Solo nosotras dos.

Frunció el ceño y bajó la vista a su copa, seria de repente.

—Hayley, ¿estás bien?

Torció el gesto con lo que parecía un amago de llanto y me miró con ojos brillantes.

—Siento que no está bien que siga adelante con la boda. Debería esperar un tiempo, dejarlo para más adelante. No hace ni una semana que murió.

Yo sacudí la cabeza y me incliné sobre la mesa.

—No digas eso. Sabes que ella no quería que la aplazaras.

—Lo sé, pero aun así...

—Era su última voluntad y tú quieres casarte. Llevas meses planeando este día, Hayley. No debes sentirte mal por seguir adelante.

—¿De verdad lo crees?

—Claro que sí. No dejes que nada estropee uno de los días más felices de tu vida. La abuela no querría eso. Ya sabes cómo es... era.

Asintió y nos miramos a los ojos.

—¿Y tú qué? ¿Ya sabes qué harás?

Suspiré y agité el vino con ligeros movimientos circulares.

—No tengo ni la más remota idea de qué hacer. Me costó tanto tomar la decisión de mudarme a Toronto y estudiar Literatura, que me convencí de que ese era el sueño de mi vida y que nada ni nadie me lo arrebataría. He convertido esa ciudad en mi hogar y allí tengo todo lo que necesito.

—¿Pero?

—Ya no estoy segura de si lo que necesito y lo que quiero son la misma cosa. Intento imaginar otra vida en la que me levanto por las mañanas y acudo a la librería. Y, mientras coloco libros y aconsejo sobre lecturas, escribo mis propias historias.

Hayley sonrió.

—Suena bien. Podrías convertirte en una escritora famosa, vender millones de libros y llevarían tus historias a Netflix, convertidas en series. ¡O al cine!, y Charlie Hunnam las protagonizaría todas.

Puse los ojos en blanco.

—O no, es muy difícil. Solo unos pocos consiguen algo así. La mayoría apenas subsiste.

—La versión modesta también podría hacerte feliz. Aún te recuerdo aporreando aquella vieja máquina de escribir que tenía mamá, mientras repetías como un papagayo que algún día serías escritora. Lo deseabas con todas tus fuerzas.

—Lo sé, pero he crecido, ahora veo las cosas de un modo distinto. —Bebí un sorbo de vino e intenté sonreír—. Si comparo esa posibilidad con lo que ya tengo, siento que estaría retrocediendo. Me he esforzado mucho para llegar donde estoy ahora, Hayley. Y si continúo por este camino, lograría grandes cosas. En un par de años podría tener un máster y trabajar en una de las editoriales más importantes del mundo. Con un poco de suerte, me convertiría en alguien relevante.

—Tú nunca has valorado tanto un título o un puesto importante. Apreciabas cosas menos mundanas.

—Y lo sigo haciendo. Es solo que... —Cerré los ojos un instante—. Pienso que tengo una gran oportunidad que solo se presenta una vez en la vida y debo aprovecharla. Demostrar que puedo ser la mejor.

—Y si lo tienes tan claro, ¿por qué dudas aún?

Buena pregunta. Estaba convencida de tener algún tipo de síndrome, algo congénito que me imposibilitaba para ser una persona resuelta, valiente y decidida.

—No lo sé.

—¿Puede que sea por papá?

Apreté los dientes.

—Hace mucho que tomo mis propias decisiones sin pensar en papá.

—Pero las dos sabemos que te importa lo que piense.

Aparté la mirada de ella y tragué saliva.

—Da igual si me importa o no, nunca seré la persona que él espera que sea. Podría dejar Toronto y regresar. Vender la librería y aceptar ese puesto en su empresa, y no sería suficiente para él. Podría convertirme en la primera ministra de Canadá y no significaría nada para ese hombre. Porque el problema soy yo, siempre he sido yo. —Reí sin ganas—. ¿Qué le he hecho, Hayley?

Sentí un ligero picor en la nariz y parpadeé para no llorar. Suspiré aliviada cuando el camarero apareció con los platos de pasta, evitando que me pusiera en evidencia. Mi hermana me miró y sus ojos se llenaron de comprensión.

—Nada, cariño, tú no le has hecho nada. Papá es un hombre complicado, y desde que perdió a mamá... —Sacudió la cabeza y respiró hondo—. Escúchame, no debes hacer nada que tú no quieras. Es evidente que estás hecha un lío y muy confusa. Olvídate de todo y piensa solo en ti y en cómo te ves dentro de diez o veinte años.

Dicho así parecía sencillo, pero no lo era.

—Es que no lo sé. Ese es el problema, que no sé lo que quiero ni dónde me veo dentro de esos años. Creía que sí, pero ahora... —Resoplé muy frustrada—. ¡No lo sé!

—Le das demasiadas vueltas a las cosas y en gran medida las complicas tú sola, Harper. Las monedas solo tienen dos caras, también las respuestas a casi todas las cuestiones: sí o no.

Hayley era todo lo contrario a mí y la envidiaba por ello, siempre tan segura de sí misma, práctica y metódica. Para ella el mundo estaba pintado con colores primarios. Para mí era una paleta de tonalidades que dependían de la luz, las sombras, la perspectiva... Para ella el azul era azul. Para mí podía ser azul hielo, azul grisáceo, índigo, turquesa..., y acababa perdida entre tantas posibilidades.

Fruncí los labios con un mohín de frustración. Ella suspiró y dejó el tenedor en el plato.

—En el fondo lo sabes. Sabes lo que quieres, pero también que acabarás decepcionando a alguien que te importa: la abuela, papá, tus profesores, el editor para el que trabajas... Tomes la decisión que tomes, alguien terminará molesto contigo.

Enrolló unos espaguetis y se los llevó a la boca. La observé. Dentro de mí sabía que mi hermana tenía razón, pero, por más que escarbaba en mi interior, no lograba sentir esa revelación que me indicara el camino.

—Hayley, te juro que no lo sé. No sé qué hacer.

—Suerte que no tienes que decidirlo esta noche, solo emborracharte con tu hermana mayor.

Sonreí, aliviada por el sutil cambio de conversación. Adoraba a mi hermana porque me conocía lo suficiente para saber cuándo necesitaba un descanso.

—No podemos emborracharnos. ¿Te imaginas a la novia y a su dama de honor vomitando en el altar? —Saboreé un bocado de pasta—. ¡Y pobre Scott! ¿Quieres que sea ese el recuerdo que tu marido conserve de vuestro gran día?

—Vale, nada de alcohol, pero querrás un litro de lo más fuerte que tengan aquí cuando te dé la noticia.

Dejé de masticar y alcé las cejas.

—¿Qué noticia?

—Papá te ha colocado junto a Dustin en la cena.

—¡¿Qué?! ¡¿Por qué?! Sabe que hemos roto. No puedo sentarme con mi exnovio. ¡Ni siquiera debería haberlo invitado!

—Eso mismo le dije yo. Pero él cree que te estás comportando como una niña caprichosa.

—¡Caprichosa! —No me lo podía creer.

—Piensa que Dustin es un chico inteligente y con un futuro prometedor en Weston Corporation. El hombre que te conviene y que cuidará de ti de forma adecuada. Eso fue lo que dijo.

Era evidente que mi padre y yo no habíamos tratado con la misma persona.

Conocí a Dustin en una cafetería cercana al campus de mi universidad...

—Teoría Crítica, suena fascinante.

Levanté la vista de mis apuntes y lo miré con el ceño fruncido.

—Derecho, ¡qué original!

—¿Cómo sabes que estudio Derecho?

—Te han delatado los pantalones de pinzas.

Se echó a reír y se sentó a mi mesa mientras alzaba la mano para llamar la atención del camarero. Me fijé en él. Tenía el cabello rubio, grandes ojos verdes y una sonrisa amable.

—Me llamo Dustin. Dustin Hodges.

—Harper Weston. Encantada —respondí, estrechando su mano.

Casi sin darnos cuenta, empezamos a salir. Quedábamos para estudiar, ir al cine o a cenar. Me gustaba lo que sentía cuando estaba con él. Todo era fácil y natural. Confortable. Siempre era dulce. Sus besos, sus caricias y su forma de hacerme el amor.

Hasta ese momento yo me había limitado a pasar el rato. A los rollos de una noche que nunca terminaban siendo lo que esperaba. Sin embargo, con él creía que podía acabar con esa inercia y abrirme a algo más.

Al cabo de un año, Dustin empezó a hablar de un futuro juntos. Yo no estaba segura de qué implicaba ese futuro y tampoco sentía que estuviésemos preparados.

—Vamos, piénsalo, dormimos juntos casi todas las noches, tengo más ropa aquí que en mi apartamento...

—Solo tengo veintiún años, Dustin. No estoy preparada para vivir juntos.

—Ni para una relación estable —masculló.

—¿Por qué no te basta con lo que tenemos?

—Porque siento que no tenemos nada. Al menos, nada claro. Salimos desde hace un año y no conozco a tu familia. Siento que ves lo nuestro como algo pasajero y me preocupa, porque yo sí te veo en mi futuro.

Como siempre que decepcionaba a alguien que me importaba, cedí.

—¿Te sentirías mejor si te presentara a mi familia?

Fuimos a casa en Navidad y Dustin conoció a mi padre.

Regresó a Toronto con una oferta de trabajo que solo un loco, o alguien con principios, habría rechazado. Ese fue el inicio de nuestro distanciamiento. Cambiaron sus prioridades, sus sueños e ideas. Incluso su forma de mirarme.

Me presionó durante semanas para formalizar nuestra relación y trasladarnos juntos a Montreal. Quería el lote completo: anillo, boda, casa, niños... Cansada de discutir, de defender mi espacio y la vida que había elegido, rompí con él. Aunque no sirvió de mucho, la verdad. Dustin se negó a aceptar la ruptura e imaginó otra realidad en la que solo nos estábamos tomando un tiempo para volver a conectar.

Por suerte, a principios de abril aceptó el trabajo y se marchó.

Ya no soportaba su insistencia y su actitud condescendiente. Que me mirara con pena y la estúpida creencia de que un día me daría cuenta de mis errores y correría a sus brazos.

Ya podía esperar sentado.

Serví un poco más de vino en nuestras copas y alcé una ceja.

—El hombre que me conviene y que cuidará de mí de forma adecuada —repetí.

Mi hermana asintió y bebió un sorbito.

—Eso dijo.

—Piensa así porque Dustin se ha convertido en su perrito faldero. Mueve la colita y se sienta cada vez que se lo ordena. Dios, seguro que Dustin está enamorado de papá y no de mí. Estoy convencida de que se masturba con una foto suya.

Hayley soltó una carcajada y escupió la pasta que tenía en la boca. Varios trocitos de espaguetis acabaron en mi cara.

—¡Hayley!

Ella rio más fuerte mientras intentaba limpiarme con la servilleta.

—Lo... lo siento. Tienes... tienes otro en el pelo. —Hipó—. Creo que jamás podré quitarme esa imagen de la cabeza. Es asqueroso, Dustin pensando en papá mientras... ¡Oh, Dios!

Acabé contagiándome de su risa escandalosa. De su sonrisa eterna y complaciente. Se me encogió el pecho. Era mi heroína. Cuando estaba con ella, todas las piezas encajaban en su sitio y dejaba de ser otra persona para limitarme a ser solo Harper.

Después de la cena fuimos a bailar a un local de moda. Una cosa llevó a la otra y acabamos tumbadas en un parque contemplando el cielo estrellado, escuchando la música que flotaba en el aire desde una terraza cercana, viviendo solo ese instante. Hasta que los aspersores de riego se pusieron en marcha y terminamos empapadas mientras corríamos descalzas por la hierba sin parar de reír.

Hayley resbaló, traté de sujetarla, y las dos caímos dando vueltas. Nos quedamos allí, inmóviles, con las manos enlazadas bajo aquella lluvia artificial.

—Me gustaría tanto que mañana estuviese a mi lado, ayudándome a vestirme, diciéndome que todo saldrá bien.

—¿Te refieres a la abuela?

—No... A mamá.

Me mordí el labio para no sollozar. Hayley tenía diez años cuando nuestra madre murió y sus recuerdos eran más nítidos que los míos. Si a mí me dolía su ausencia, no quería imaginar lo que ella sentía en ese momento.

—Estará aquí —le dije, apoyando mi mano en su pecho.

Hayley se puso de lado y me miró en la penumbra.

—Te pareces tanto a ella...

Todos los que habían conocido a mi madre decían lo mismo, lo mucho que nos parecíamos. En mis pensamientos su rostro siempre aparecía borroso.

Me lamí las gotas de agua que resbalaban por mis labios e inspiré hondo, intentando apartar los recuerdos, tan lejanos que casi no los sentía míos.

—No quiero ponerme triste. —Volví la cabeza sobre la hierba y miré a Hayley—. Tú tampoco deberías.

Sonrió y apretó mi mano con fuerza, después se puso de espaldas y contempló el cielo en silencio. La imité y fijé mi mirada en las estrellas que parecían palpitar en la cúpula oscura de nuestra ciudad.

Era muy tarde cuando mi hermana y yo nos despedimos. La vi alejarse en un taxi, empequeñecer a lo lejos y desaparecer en la oscuridad. Me sentí más sola que nunca, consciente de que la vida seguía, las personas iban y venían, tomaban desvíos y se distanciaban, mientras yo solo esperaba. ¿Y a qué esperaba? Lo más triste de todo el asunto era que no lo sabía.

Caminé sin prisa hacia la casa de mi abuela, en la avenida Laval, no muy lejos de donde me encontraba. Me había instalado allí tras el funeral, porque la idea de ocupar el mismo espacio que mi padre, aunque solo fuese por unos días, me dejaba sin aire en los pulmones.

Frances dormía y traté de no hacer ruido mientras me lavaba los dientes y me desvestía en la oscuridad. Me metí en la cama, demasiado nerviosa para conciliar el sueño. Abracé la almohada y cerré los ojos con fuerza.

Apenas habían pasado unos segundos cuando él apareció. Siempre lo hacía. Días, semanas, meses... Unas veces tardaba más, otras menos, pero su recuerdo despertaba dentro de mí en el momento menos esperado.

Trey.

La gente suele decir que el tiempo lo cura todo. No es cierto. El tiempo funciona como la marea. En ocasiones es baja, suave y calmada. Otras sube de golpe, con fuerza, e inunda lo que encuentra a su paso. Y esa noche, recordando nuestro encuentro, yo me estaba ahogando. Allí, en la oscuridad de aquel cuarto, me parecía tan irreal haberlo tenido delante que deseé que solo hubiese sido un mal sueño.

4
Papá es... papá

—¿Aún estás en la cama? ¿Tienes idea de la hora que es?

Abrí los ojos de golpe y apareció ante mi vista la silueta de una persona. Parpadeé y me aparté el pelo enmarañado de la cara. Frances se encontraba a los pies de mi cama, cargando con una caja de cartón repleta de cosas. La miré, confusa, mientras obligaba a mi cerebro a funcionar.

—¿Qué haces?

—Te dije que quería aprovechar el fin de semana para llevar algunas de mis pertenencias a Winnipeg.

Era cierto, me lo había dicho varias veces a lo largo de la semana, pero mi oído selectivo se empeñaba en filtrar y desechar toda información referente a su partida. Me incorporé hasta sentarme en la cama, aún medio dormida. Los colores del amanecer ya habían pasado de largo y una luz brillante y luminosa se colaba por la ventana.

—¿Qué hora es?

—Las doce.

«¡¿Las doce?!» Me espabilé de golpe.

—Oh, Dios. Oh, Dios... Hayley va a matarme. Le prometí que llegaría temprano.

Salté de la cama, me di una ducha y me vestí a toda prisa.

No perdí tiempo en aplicarme crema hidratante ni en secarme el pelo. Me bebí un insípido café frío y me despedí de Frances con un abrazo. Poco después hacía malabares para subir a un taxi sin arrugar mi vestido de dama de honor, que colgaba de una percha dentro de una funda de plástico.

El taxista, un hombre enjuto de rostro cansado, me sonrió desde el espejo retrovisor. Tras darle la dirección, se puso en marcha y condujo en silencio a través de la ciudad.

Con la cabeza apoyada en la ventanilla, contemplé las franjas de cielo claro y despejado que aparecían entre los tejados de los edificios. Abandonamos el velo formado por la urbe. El silencio reinante, sumado al movimiento del coche y a los sonidos de la carretera, era como un bálsamo calmante que me hizo cerrar los ojos durante unos minutos.

La residencia familiar se encontraba en Léry, a treinta y cinco kilómetros del centro de Montreal, al otro lado del río San Lorenzo. Cruzamos el puente para adentrarnos en el condado de Roussillon, rodeando Kahnawake, la reserva mohawk que se asentaba junto a la costa. Dejamos atrás la isla de Saint-Bernard y, pocos minutos después, enfilamos la avenida que conducía al hogar de los Weston.

Pasamos el control de seguridad y nos aproximamos a la casa bajo un cielo azul salpicado de mullidas nubes. Era el día perfecto para una boda en el jardín.

La entrada estaba atestada de vehículos de la organización, el catering, la floristería, un grupo musical...

—¡Vaya montaje! ¿Hay una fiesta? —se interesó el taxista.

Sonreí y asentí con la cabeza.

—Mi hermana se casa esta tarde.

—¡Felicidades! Le deseo mucha suerte.

Le di las gracias y bajé del coche sin dejar de inspirar y exhalar aire como si me estuviera ahogando. Intenté mantener la calma mientras lo hacía, concentrándome solo en ese acto lento y mecánico.

Me quedé allí, de pie frente a la puerta principal, alargando el momento para evitar entrar en aquella casa que parecía cernirse sobre mí. Era una construcción de piedra, elegante y clásica, majestuosa, situada en una punta de la península y con vistas al lago Saint Louis. Un edificio de principios del siglo pasado que había sufrido varias reformas hasta convertirse en una moderna y sofisticada mansión. Tan hermosa como fría.

Solo yo sabía lo sola que me había sentido entre esas paredes. Lo invisible.

Entré con decisión. El vestíbulo parecía una estación de metro en hora punta, lleno de personas a las que no había visto en mi vida, todas vistiendo el mismo uniforme: pantalón negro y camisa blanca. Iban de un lado a otro dirigidas por una mujer con un pinganillo y un iPad al que no dejaba de apuñalar con el dedo. Ella me miró de arriba abajo y se fijó en la funda de mi vestido.

—Perdona, ¿eres de la tintorería?

Estuve a punto de responder que sí, soltar el vestido allí mismo y salir corriendo.

Me obligué a sonreír.

—No. Soy Harper, Harper Weston. La hermana de Hayley.

—¡Oh, por supuesto, disculpa el malentendido. —Vino hacia mí con sus tacones de aguja repicando en el suelo de madera y me tendió la mano. Su apretón fue tan enérgico que tuve que sacudir los dedos con disimulo para asegurarme de que aún los podía mover—. Soy Minerva Compton, organizadora de eventos. Las bodas son mi especialidad. Un placer conocerte. —Me dedicó su sonrisa más profesional—. Hayley ha pedido que te instalemos en su habitación. Te peinaremos y maquillaremos allí, y Howard, mi ayudante, te explicará cómo va a desarrollarse la ceremonia y el lugar que tendrás que ocupar en cada momento. ¿Te parece bien?

—Sí, claro.

—Como no has podido asistir a los ensayos, es muy importante que prestes atención para evitar errores. —Suspiró con dramatismo—. No importa lo perfecta que sea la organización, que todo fluya como la seda... Un simple error y será lo único que comente la prensa en las secciones de sociedad y cotilleos.

La miré de reojo. El fuerte de esa mujer no era transmitir calma.

—Prestaré atención. Soy la primera que desea que la boda de mi hermana sea perfecta.

—Fantástico, querida. —Se llevó la mano al pinganillo y puso los ojos en blanco antes de gruñir—: ¿Es que nadie sabe hacer nada? —Me sonrió de nuevo—. Un placer conocerte, Harper.

Se alejó y yo me quedé inmóvil junto a la escalera que ascendía al primer piso, como un cervatillo asustado frente a los faros de un coche. Cerré los ojos con fuerza, tomé aire y subí deprisa, sin detenerme ni mirar atrás. Escondiéndome como siempre había hecho dentro de aquella casa.

Encontré el pasillo desierto y apreté el paso, de puntillas sobre la alfombra para no hacer ruido. La puerta del dormitorio principal estaba abierta y frené en seco. Contuve el aliento. No sé cuánto tiempo permanecí inmóvil, mirando aquella puerta a la espera de que mi padre asomara en cualquier momento. Lo intentaba, pero no podía evitar esas reacciones viscerales. Brotaban de mí espoleadas por un sentimiento instintivo.

Volví a respirar en cuanto me convencí de que no se encontraba allí.

Patético, lo sé.

Hacía años que no entraba en ese cuarto. De hecho, si me hubieran preguntado, no habría sabido describirlo con detalle. No sé de dónde salió el impulso, pero penetrar en aquel espacio se impuso a cualquier otro pensamiento más sensato. Miré por encima de mi hombro para asegurarme de que continuaba sola y traspasé el umbral.

La madera del suelo crujió bajo mis pies, aunque yo solo podía oír los latidos del corazón retumbando en mis sienes. Me obligué a mantenerme serena. A respirar. Algo que seguía olvidando.

Miré a mi alrededor con los ojos de una niña de seis años. Mi mente se llenó de destellos del pasado, de imágenes borrosas e inconexas. Me vi a mí misma corriendo hasta la cama, donde mi madre descansaba. Siempre la encontraba descansando. Entonces yo no sabía que ella tenía los días contados y no entendía por qué ya no podía hacer todas esas cosas que antes hacíamos juntas. Por qué dormía tanto. Por qué su piel ya no olía a flores y sí a medicina.

Me moví entre aquellas paredes con el pecho encogido. Cada mueble, cada rincón, despertaba nuevos recuerdos, instantes que había creído olvidar. Surgían como chispas. Su dulce sonrisa. El tacto de sus besos en mi mejilla. Su voz susurrándome historias en la oscuridad. El sonido vibrante de su risa. Los retuve en mi mente y sonreí, pese a que esos recuerdos me hacían morir un poco por dentro.

Es curiosa nuestra capacidad para sentir al mismo tiempo dolor y felicidad, y con la misma intensidad, tanta que lo que en realidad cuesta ver es dónde acaba una sensación y empieza la otra.

Avancé hasta una mesa junto a la ventana en la que había muchas fotografías. Marcos de distintas formas y tamaños la poblaban con cierto orden. Vi retratos de mis hermanos. Instantáneas de cumpleaños, bailes, graduaciones... También de mi madre, muchos. Embarazada. Con Hayley y Hoyt en brazos. Haciendo con ellos un muñeco de nieve. Abriendo regalos en Navidad junto al árbol. Tomando el sol en un velero.

¡Era tan guapa!

Reí al contemplar todas esas escenas que no recordaba. Y entonces me di cuenta. La sonrisa me desapareció de los labios y todos aquellos rostros se escondieron tras un velo vidrioso. Cerré los ojos y me mordí el labio hasta hacerme daño y sentir el sabor de la sangre en la punta de la lengua. Prefería esa sensación a la que se agitaba un poco más abajo, dentro de mi pecho. Una que me desbordó.

No había ni una sola fotografía mía.

Ni una.

Le di un trago a la segunda copa de champán de esa noche, pero no parecía surtir el efecto que yo necesitaba, no sentir nada de nada. Bueno, sí que estaba sintiendo algo, náuseas y un ligero mareo que podría deberse a que no había sido capaz de probar ni un solo bocado en el banquete nupcial.

Me removí en la silla y sonreí, devolviéndole el gesto a la chica que había sentada frente a mí. Mi sonrisa de «¡Qué noche más maravillosa! ¿No es una pena que tenga que acabar?» era la sonrisa que se esperaba que pusiera la hermana de la novia, pero a mí me suponía un esfuerzo titánico.

Esa mesa repleta de fotografías seguía torturándome. Se había adueñado totalmente de mis pensamientos repletos de preguntas. Tenía derecho a ocupar un lugar en ella. Formaba parte de la historia que sostenían sus patas torneadas. Era mi familia. ¿Por qué demonios no...?

«¡Para de una vez!», me regañé en silencio.

El grupo que amenizaba la fiesta empezó a tocar una versión de *When you love someone* de James TW. Hayley y Scott salieron a la pista de baile envueltos en un cálido aplauso. Lancé una sonrisa a mi hermana, que se veía radiante y preciosa. Mi cuñado la miraba con tal adoración que me pregunté si alguna vez había existido un hombre más enamorado que él.

Sentí que me picaba la nariz por una tonta emoción infantil.

Atisbé a Hoyt en el bar, conversando con una compañera de trabajo a la que había invitado como pareja. Megan, creí recordar. Daba la impresión de ser una chica con carácter y de apariencia algo fría. No se parecía en nada a las mujeres con las que mi hermano solía salir. Pero allí estaba él, absorto y encantado con su compañía.

Le gustaba.

Y a mí me gustaba verle tan interesado en alguien normal.

Aparté la vista de ellos y la clavé en mis uñas cortas.

Entonces lo sentí. Un estremecimiento que me obligó a volverme. El estómago me dio un vuelco, como cuando caes al vacío de golpe, el vértigo te domina y tu cuerpo se agita buscando donde agarrarse. Trey pasó junto a mi mesa en dirección a la barra, engullendo el espacio como un agujero negro al que nada puede resistirse. Ni siquiera yo. Incapaz de apartar mis ojos de él y aterrorizada por si se encontraban con los suyos.

A lo largo de la tarde creí ver su silueta varias veces, pero al parpadear se había esfumado. Así que no tenía la seguridad de si realmente se encontraba allí o si solo era mi subconsciente, incapaz de deshacerse de él.

Lo observé. Vestía un esmoquin clásico sin pajarita y unos gemelos como único complemento. Tampoco necesitaba más para estar perfecto. Me fijé en él, amparada en la distancia que ahora nos separaba. Cuatro años pueden ser mucho tiempo, pero Trey estaba igual. El pelo un poco más largo, lo que hacía que se le rizase; los ojos de un verde casi dorado que recordaban al caramelo fundido, la piel bronceada, la mandíbula marcada y las manos grandes. La nuez que se le movía con lentitud al tragar, la pequeña cicatriz en su mentón, oculta bajo una cuidada barba de pocos días, la curva de su boca... No podía ver todos aquellos detalles, pero los había memorizado tantas veces que ni el paso del tiempo había logrado que los olvidara.

El resentimiento me quemaba el alma. Cuatro años de yoga para canalizar mis emociones dañinas se habían ido al cuerno en poco más de un día.

—¿Más champán, señorita?

Levanté la vista al camarero que se había detenido a mi lado y me percaté de que me había bebido toda la copa sin darme cuenta de que lo hacía. Negué con un gesto y me hundí en la silla, frustrada conmigo misma por sentirme tan mal. ¡Dios, era una fiesta y yo empezaba a dar pena!

El problema residía en que me costaba divertirme cuando todos mis sentidos estaban alerta. Como cuando caminas por una calle a oscuras y nunca te vuelves para mirar atrás, pues tienes la vaga sensación de que a tu espalda hay alguien que te atrapará si lo haces.

—¿Quieres bailar?

Miré a Dustin y arqueé una ceja con desdén. Estaba enfadada con él por haber permitido que mi padre nos sentara a la misma mesa. Enfadada porque seguía fingiendo que continuábamos juntos. Enfadada porque se comportaba como si yo fuese una pobre niña que no sabe qué es lo mejor para ella. Y, sobre todo, enfadada conmigo misma por no saber imponerme a su actitud condescendiente.

—No quiero bailar, y menos contigo —mascullé.

—Vamos, Harper, esfuérzate un poco. Llevas toda la noche ignorándome y empieza a resultarme violento. La gente nos mira —me susurró al oído.

Era cierto. Las amigas de mi hermana nos observaban con algo más que simple interés. No era de extrañar, la tensión entre nosotros se palpaba como la copa vacía que aún sostenía en la mano.

Quería levantarme y salir corriendo. Y eso hice. Susurré una disculpa y me alejé de allí en busca de un lugar más tranquilo donde volver a recomponer los trocitos que se habían desprendido de mi máscara de felicidad. Es un hecho que el momento que nos envuelve es bueno o malo dependiendo de la perspectiva, y mi perspectiva sobre el mundo que me rodeaba oscilaba como el vaivén de las olas rompiendo contra la orilla, siempre en movimiento, sin descanso.

Unas veces en calma, otras con violencia. Esa constante en mi vida era agotadora.

De repente arriba.

De golpe abajo.

Mientras cruzaba el jardín, sentía que empezaba a arrastrarme.

—¿Cuándo dejarás de ser tan irresponsable?

Dustin me había seguido.

Tardé unos segundos en asimilar sus palabras. Me di la vuelta y lo fulminé con la mirada.

—¿Qué has dicho?

—Vamos, Harper, al principio tenía su gracia, y hasta me resultaba atractiva tu actitud rebelde. Pero estás yendo muy lejos con este asunto.

Intenté mantener la calma y las náuseas bajo control. También consideré la posibilidad de dejarme llevar y vomitar sobre sus carísimos zapatos. Vaya, debían de irle bien las cosas.

—¿Que estoy yendo lejos?

—Han pasado varios meses. Ya has demostrado todo lo que tenías que demostrar. Va siendo hora de que empieces a tomarte el futuro en serio.

—¿Qué futuro?

—¿Cuál va a ser? —replicó como si fuese lo más evidente y yo demasiado tonta para verlo—. Tu futuro, nuestro futuro... el de nuestra familia.

—¿Nuestra familia? ¿Te refieres a la familia Weston, mi familia? —le hice notar sin esconder mi sarcasmo ante esa idea.

Dustin frunció el ceño y el rubor coloreó sus orejas. Un músculo se tensó en su mandíbula.

—Sí. No... —Hizo un gesto de exasperación—. Entiendes perfectamente lo que quiero decir.

Sonreí sin ganas y me llevé una mano al corazón con dramatismo.

—Oh, por supuesto que lo entiendo. Lo dejaste muy clarito la última vez que me llamaste, y la anterior... y la anterior... Y la respuesta sigue siendo la misma. No voy a comprometerme contigo, Dustin. Ni me casaré. Ni me convertiré en tu fábrica de bebés para asegurarte un puesto de por vida haciéndole la pelota a mi padre.

Palideció.

—Eso no es lo que yo...

—¿Ah, no?

—¡No! ¿Qué demonios te pasa? ¡Estábamos bien!

—Tú lo has dicho, estábamos. Todo iba bien mientras fuiste un tipo divertido, con principios, que quería ser una buena persona y salvar el mundo. Que... que respetaba mis ideas y entendía mis aspiraciones. Que quería estar conmigo y solo conmigo.

—Y lo sigo queriendo —dijo dando un paso hacia mí con la mano extendida.

Lo rechacé con un gesto. No me entendía, no porque no quisiera, sino porque no podía. Jamás lo había hecho, aunque en algún momento de nuestra relación llegué a creer que sí.

—No me hagas reír, Dustin. Y no te acerques, en serio, porque estoy a punto de vomitar sobre tu bonito traje el alambique que tengo en el estómago.

Le dediqué una mirada malévola, tentada con la idea. Él frunció el ceño, acusador.

—¿Estás ebria? ¿En la boda de tu hermana?

Me entró la risa y di un traspié.

—No estoy ebria, estoy borracha. Puede parecer que no hay diferencia, pero la hay.

—Por Dios, Harper, si alguien te ve así, tu padre...

—¡Uuuuhhh, mi padre! ¿Si digo su nombre tres veces frente al espejo aparecerá con un saco? Bloody Nolan, Bloody Nolan...

—Nos están mirando, compórtate.

Un «vete a la mierda» danzó en la punta de mi lengua. Me lo tragué llena de rabia.

—Me gustabas, de verdad. Me parecías bastante mono. —Suspiré apenada—. Pero has cambiado tanto...

—No es cierto, sigo siendo el mismo. —Se pasó la mano por el pelo y contempló el jardín que nos rodeaba. Después bajó la vista hasta encontrar mis ojos—. Es solo que ahora veo las cosas de un modo distinto. Más reales. Y si no fueses tan cabezota y orgullosa, tú también las verías. Te darías cuenta de...

Salté como un resorte.

—¿Orgullosa? ¿Cómo...? ¿Cómo puedes...?

Las palabras enmudecieron en mi boca al ver a mi padre aproximarse a nosotros con paso rápido. Había logrado esquivarlo durante todo el día y una parte infantil de mí se confió, creyendo que podría salir de allí sin encontrarme con él. Lo observé mientras se acercaba, incapaz de moverme o respirar. Mi padre conseguía que todo a su alrededor empequeñeciera, hasta lograr que el mismo aire desapareciera en su presencia.

—Harper. —Su voz sonó como un trueno—. ¿Crees que tengo tiempo y paciencia para juegos estúpidos? ¿Para que te comportes como una niña malcriada ignorando mis llamadas? No vuelvas a hacerlo —ladró inclinándose hacia mí.

—Estaba ocupada —susurré sin voz.

—¿Ocupada? ¿Perdiendo el tiempo con tus tonterías? —Sacudió la cabeza y unos mechones oscuros cayeron sobre su frente. Los apartó con la mano y me taladró con la mirada, igual de oscura. Me pareció ver que vacilaba un instante cuando sus ojos se posaron en los míos, pero eso no era propio de mi padre. Él nunca dudaba de nada. Era frío, distante, una roca llena de aristas cortantes. Sacó una tarjeta de su bolsillo y me la entregó—. Toma.

Tardé unos segundos en lograr moverme. Cogí la tarjeta

y entorné los ojos para enfocar las letras brillantes que no dejaban de moverse sobre la cartulina.

—¿Qué es?

—Llámale, es un agente inmobiliario que suele trabajar para nosotros. Queda con él y proporciónale todo lo que te pida. Llaves, registros, papeles, todo lo necesario para que pueda vender la casa y la librería cuanto antes. Le dará prioridad.

Noté cómo el alcohol, que hasta ese momento me embotaba los sentidos, se evaporaba a través de los poros de mi piel con un sudor frío. Se me aceleró el corazón y reuní algo de valor para mirarlo a los ojos.

—Aún no he tomado una decisión. Ni esa ni ninguna otra... papá. —Esa palabra me dejaba un regusto amargo en la boca—. Tengo que pensarlo con calma.

—¡No hay nada que pensar! No vas a quedarte con la casa de esa mujer y mucho menos con la librería.

—Esa mujer era la abuela.

—Esa mujer era peor que el anticristo.

Sentí la ira como lava caliente por mis venas, buscando una salida. Estaba hablando de la persona que me había querido más que a nadie. Por la que me dolía el alma hasta creer que no podría soportarlo. Apreté los puños.

—No tienes derecho a hablar así de ella. Tú no...

—¿Yo? —Una palabra con la fuerza de un latigazo que me hizo enmudecer—. Esa mujer fue la que te metió todas esas ideas absurdas en la cabeza. Y gracias al cielo ya no está aquí para seguir hurgando en asuntos que no le concernían en absoluto. —Echaba chispas—. Cedí cuando rechazaste ir a Sauder, y cuando decidiste malgastar tu vida estudiando Literatura...

—No la he malgastado. Mamá también estudió...

Dio un paso hacia mí, con la frente perlada de sudor.

—No menciones a tu madre —masculló airado.

Cerré la boca e inspiré. Exhalé. Y volví a inspirar sin dejar de temblar. Sus ojos me atravesaban de tal modo que podía sentirlos como dos brasas en mi interior, candentes, quemando mi piel, mis músculos, calcinando mis huesos. Lo vi hacer un esfuerzo titánico para calmarse. Conmigo siempre necesitaba calmarse. Me pregunté qué ocurriría si un día no lo lograba, si su rabia hacia mí crecía y crecía sin límites. El mundo entero explotaría.

Yo desaparecería.

Él sería feliz.

Tomó una bocanada de aire, brusca y sonora. Miró a Dustin como si acabara de percatarse de su presencia. Después me miró a mí, con las aletas de la nariz dilatadas, aspirando el elemento vital que poco a poco borró el tinte rojo de su cara.

—Madura de una vez, Harper. Olvida toda esa tontería de la literatura, la edición y escribir cuentos. Vuelve a esta casa, deshazte de esa librería y ocupa el lugar que te corresponde. ¡Eres una Weston! ¿Puedes entender lo que eso significa? ¿La responsabilidad que tienes con esta familia, conmigo, con tus hermanos? Dios, deja de ser tan cría.

¿Por qué esa palabra siempre sonaba tan humillante en su boca? Destilaba desprecio.

—No soy una cría.

—Papá, ya es suficiente.

Mi hermano apareció detrás de mi padre y le puso una mano en el hombro. No fui consciente de su presencia hasta que oí su voz suave.

—Hoyt, no me digas lo que...

Mi hermano se colocó entre los dos, relegándome a un lugar seguro tras su espalda, porque eso era Hoyt para mí: seguridad. Mi hermano mayor, lo más parecido a una figura paterna, y solo tenía cuatro años más que yo.

—Papá, Hayley y Scott están a punto de marcharse y los señores Trudeau te esperan para despedirles. Eso es más importante esta noche.

Hubo un largo silencio. Finalmente mi padre asintió con un gesto imperceptible.

—Intenta que tu hermana entre en razón. Mi paciencia se ha agotado en lo que a ella se refiere. O cumple con su deber, o ya puede olvidarse de esta familia.

Dio media vuelta y se alejó en dirección a la casa. Durante unos segundos el aire se volvió espeso por la tensión que parecía haberse condensado en él, pegajoso y frío. O quizá solo fuese la humedad que de noche ascendía desde el lago; pero siempre he sido demasiado imaginativa y dramática para que la palabra «sencilla» pueda definirme.

—Harper, tu padre tiene razón... —empezó a decir Dustin.

Hoyt se volvió hacia él.

—Cierra el pico si no quieres que te lo cierre yo.

—Solo me preocupo por ella. Es mi...

Mi hermano lo agarró por la solapa de la chaqueta. El ceño fruncido, la boca contraída en una línea fina y tensa. Dustin no le caía bien y no tenía ningún reparo en demostrarlo.

—A ver si te queda claro, tarugo. Ella no es nada tuyo. Ahora, desaparece.

Dustin se alejó con paso rápido, lanzando miradas fugaces por encima del hombro. Su ego herido me acusaba a través de sus ojos.

Hoyt me observó. Le sonreí, al principio con una pequeña sonrisa de disculpa. Después con una mucho más amplia.

—¿Tarugo?

Ladeó la cabeza con un gesto travieso.

—Bueno, en mi mente sonaba algo así como: «Capullo de mierda, voy a arrancarte la cabeza».

Me eché a reír.

—Ahora sí eres tú.

Se puso serio y me acarició la mejilla con su mano suave. La frente se le llenó de arrugas de preocupación.

—¿Estás bien?

Me encogí de hombros. No, no lo estaba, me encontraba muy lejos de sentirme bien. La última semana se había compuesto de un montón de momentos que quería olvidar. La línea recta que trazaba mi camino, mi día a día, el futuro que tenía pactado conmigo misma, se había borrado en muchos puntos. En otros comenzaba a hacerlo. No lograba verla de forma clara, solo la sombra que demostraba que una vez estuvo allí. Como los restos de tiza que quedan sobre una pizarra después de borrar un dibujo. Y entre todo ese polvo estaba yo, a la deriva.

Hoyt perfiló con su dedo mi entrecejo, alisándolo para borrar mi expresión triste.

—Papá es... papá. No tienes que hacerle caso si no quieres. Debes tomar tus propias decisiones.

—Es fácil decirlo cuando no eres tú el que lo decepciona todo el tiempo.

—Lo he decepcionado muchas veces.

—No es cierto —gemí. Sentía una corrosiva sensación de fracaso, aunque no sabía qué era lo que había hecho mal—. Tú eres todo lo que siempre ha querido. Tú y Hayley. Pero yo... yo... —Miré ansiosa a mi alrededor—. ¿Quién soy yo?

—Tú eres mi pequeña Calabaza. —Me abrazó muy fuerte y me besó en la frente. Y añadió con los labios pegados a mi piel—: Es un hombre difícil, pero te quiere. Sé que te quiere.

No merecía la pena discutírselo.

Ante mi negativa a pasar la noche allí, Hoyt se empeñó en llevarme a casa. La fiesta aún continuaba, pese a que los recién casados y un gran número de asistentes ya se habían marchado.

—¿Y qué pasa con tu acompañante?

—Va a quedarse en la habitación de invitados, no te preocupes.

—¿En la habitación de invitados? —Tenía mis dudas. Había visto cómo se miraban—. Sí, seguro.

Me dedicó una sonrisa pícara.

—¡No me mires así, lo digo en serio! —Suspiró un poco turbado—. Es distinta y... quiero ir despacio. No quiero estropearlo.

Asentí, contenta por él. Me besó en la coronilla y el silencio nos envolvió un instante.

—Tengo que coger las llaves del coche. No tardo.

—Vale.

Lo seguí hasta la casa.

Me quedé esperando en el vestíbulo mientras él subía a su dormitorio. A través de los ventanales vi varias parejas bailando al ritmo suave de un tema soul que reverberaba tenuemente con un eco sensual. Más allá de la pista de baile, otros invitados escuchaban el oleaje y contemplaban las estrellas. La casa se encontraba en un lugar privilegiado con un peculiar encanto, que rozaba la perfección con sus vistas al lago.

Me di la vuelta y empecé a moverme hacia la puerta. Estaba cansada y tenía los pies destrozados por culpa de unos zapatos nuevos y altísimos que yo jamás me habría puesto por propia elección. Vi mi reflejo en el espejo que colgaba sobre la consola. ¡Dios, tenía un aspecto horrible! Varios mechones se habían escapado del moño apretado con el que me habían peinado. Me acerqué sin apartar la vista de mi rostro y suspiré. Una a una me fui quitando las horquillas decoradas con cristalitos hasta soltarme la melena por completo. La peiné con los dedos, deshaciendo pequeños nudos, mientras respiraba hondo porque ya había acabado todo. Por fin.

Y entonces lo vi.

No me moví. No pude hacerlo.

Nuestras miradas quedaron conectadas a través del espejo.

Nos contemplamos en silencio y yo sentí que todo se desvanecía a mi alrededor.

Él no apartó su mirada de mis ojos en ningún momento. Su expresión era desafiante, oscura, dura.

Me moví inquieta y encontré el valor para salir de allí.

Con paso firme me dirigí a la salida y el aire húmedo me golpeó en la cara con demasiada brusquedad. Era irrespirable. O quizá fuese yo, que no lograba que mis pulmones lo inhalaran tan rápido como necesitaba.

—¿Huyes de mí?

Le lancé una mirada penetrante por encima del hombro. Me había seguido.

—Muy intuitivo.

Bajé la escalera y me detuve frente a la fuente. Trey se paró a mi lado y me taladró con los ojos.

—¿Qué coño pasa contigo? —me soltó.

—Como si no lo supieras.

De repente, sentí sus dedos en torno a mi muñeca y un tirón que me obligó a volverme hacia él. Su mano temblaba en contacto con mi piel, o puede que fuese mi brazo el que no dejaba de estremecerse.

—No me gustan las adivinanzas, Harper. Por lo que si tienes algún problema conmigo, escúpelo de una vez.

Me solté.

—No tengo nada que decirte.

—No es lo que a mí me parece. Es más, por cómo me miras, juraría que dentro de esa cabecita tuya hay todo un discurso.

—Que tú ya conoces.

—Y dale con eso —gruñó.

Suspiré de forma exagerada y escondí lo mejor que pude que no tenía ningún control sobre mí ni sobre la situación.

Me observé a mí misma a través de sus ojos, que por algún misterio desconocido parecían sinceros mientras me mentía fingiendo no conocer el origen del abismo que nos separaba, y me vi como él me veía en ese instante. Una niña malcriada, enfurruñada, que usaba el silencio como castigo, tonta, inmadura y mil cosas más en las que no quise pensar. Porque era cierto, así me estaba comportando y no sabía por qué.

Debería gritarle todo aquello que él ya sabía, detalle a detalle. Lo que se siente cuando te reducen a trocitos y descubres que nada podrá pegarlos de nuevo. Lo que cuesta encajar que significaste menos que nada. El odio, el dolor y la decepción que provocó verle caer del pedestal que siempre había ocupado. Eso me habría hecho sentir bien, y, aun así, no dije nada de todo aquello porque mi corazón necesitaba que esa puerta la abriera él. Necesitaba una disculpa, su arrepentimiento y no me había dado nada de eso. Necesitaba un porqué que borrara de mi cabeza sus últimas palabras.

Alcé la barbilla, insolente.

—Perdona, pero ¿no tienes un bosque que quemar o un gatito que atropellar?

Su mandíbula se contrajo con un tic y un leve asomo de sonrisa apareció en sus labios. Una sonrisa venenosa. Me puso el vello de punta cuando se inclinó sobre mí sin parpadear, invadiendo mi espacio personal. ¡Y vaya forma de mirarme! Sabía cómo intimidar.

—Atropello cachorritos durante el día. Por la noche estrangulo a crías como tú.

Tocó la tecla adecuada. Me tensé y apreté los dientes. Odiaba esa palabra, la odiaba con todas mis fuerzas.

—¿Cría?

—Una jodida cría —susurró tan cerca de mi cara que sentí su aliento dentro de mis pulmones—. Y no sé qué problema tienes, pero me importa una mierda.

—Muérete.

—Muérete tú.

—Muy maduro por tu parte.

—Tampoco es tu fuerte, Calabacita.

—Tú no tienes ningún derecho a llamarme así.

—¡Calabacita!

—¡Cállate!

—¿Y si no?

—¡Ahí estás!

Hoyt salió trotando a través de la puerta. Había cambiado su traje por unos tejanos y una camiseta. Trey y yo nos separamos de golpe, aunque nuestros ojos se negaron a cortar la conexión, como si estuvieran enfrentándose en algún tipo de duelo en el que perdía el primero en parpadear. Me mantuve firme. Aguanté hasta que él sacudió la cabeza y esbozó una sonrisa mordaz. Dio media vuelta y comenzó a alejarse.

Hoyt se detuvo a mi lado.

—Eh, Trey, ¿también te marchas? —le preguntó.

—Sí. Te llamo por la mañana.

—Tío, ¿estás bien?

Trey alzó una mano con el pulgar hacia arriba, al tiempo que caminaba en dirección al aparcamiento bajo la luz anaranjada de los faroles de la casa y las antorchas que iluminaban el camino.

—De maravilla. Voy a ver si encuentro un gatito al que atropellar o un bebé al que robarle el chupete. ¿Quién sabe? Hasta puede que empuje a alguna ancianita.

Me ruboricé. Igual me había pasado al decirle esas cosas.

Hoyt me miraba con el ceño fruncido.

—¿Ha pasado algo entre vosotros?

—No.

—¿Estás segura de eso?

Aparté la mirada de él antes de contestar.

—Sí, solo hemos hablado. Bueno, él tenía ganas de hablar y yo no.

—¿Hace cuánto que no coincidíais?

—Unos cuatro años.

Abrió mucho los ojos, sorprendido.

—¿Tanto?

Noté un tirón incómodo en el estómago. En realidad nos habíamos visto el día anterior, dos veces, pero no pensaba decírselo. Del mismo modo que tampoco le había dicho nunca lo que había ocurrido entre nosotros tiempo atrás. No era tan mala como para romper su amistad por venganza. Quería demasiado a mi hermano y él quería a Trey.

—Sí —respondí con más energía de la que tenía.

—¿Y no te apetece hablar con él después de todo ese tiempo? Pensaba que siempre te había caído bien.

—Eso es discutible.

Hoyt se frotó el rostro, un poco agobiado, y después me rodeó los hombros con el brazo mientras nos encaminábamos al garaje.

—¿Qué os pasaba?

—Nada.

—Pues no parecía «nada».

—Es que no me apetecía hablar con él. Sé que es tu mejor amigo y todo eso, pero no es un buen tío y lo sabes. Es un cretino. —Hoyt se inclinó para verme el rostro y arqueó una ceja con gesto inquisitivo—. ¡Es cierto! Y de pequeña no me daba cuenta, por eso me parecía simpático, pero he crecido. Ahora veo a las personas tal y como son, y no quiero tener nada que ver con Trey.

Llegamos al garaje y mi hermano accionó el mando a distancia de la puerta. Esta se abrió dejando a la vista varios vehículos. Las luces de su viejo Jeep parpadearon. Subí al interior y me quité los zapatos. Hoyt lo puso en marcha, luego nos alejamos de Léry en silencio.

Él se sumió en sus pensamientos y yo en los míos, que poco a poco se fueron desvaneciendo en un letargo tranquilo después de tantas horas de tensión.

—Trey no es el que era —susurró al cabo de un rato.

Abrí los ojos y aparté la cara del cristal de la ventanilla, se me estaba durmiendo la mejilla.

—Si tú lo dices.

—Lo digo —puntualizó con un tono que me hizo pensar que estaba molesto conmigo—. Ya no es el que era. Hace mucho que no es así.

—¿Te refieres a un mujeriego promiscuo y un idiota?

Me miró afligido. Al margen de mis ideas y sentimientos, era su mejor amigo. Sentí una estocada de algo parecido al arrepentimiento.

Suspiró como si un peso muy grande lo aplastara.

—Ha cambiado. Todos tenemos derecho a hacerlo. Y todos lo hacemos con el tiempo, unos en mayor medida que otros, ¿no crees?

Asentí, aunque tenía mis dudas. Grandes y serias dudas. No todo el mundo lograba cambiar. Muchos ni siquiera lo intentaban, como si no pudieran remediar la vida que les había tocado o, simplemente, no quisieran otra. En la que ser mejor persona, mejor... todo. ¿Por qué iba a cambiar Trey Holt si siempre había sido una especie de dios dueño del mundo?

Mi hermano se aclaró la garganta.

—Estos últimos años he aprendido un par de cosas. La primera, las apariencias engañan. La segunda, cuando nos formamos una opinión de alguien basada en los prejuicios y no en el conocimiento, podemos estar equivocándonos respecto a esa persona. Y si nos negamos a mirar más allá de la escasa superficie que se ve a simple vista, a ahondar en el interior sin juzgar, puede que el problema sea nuestro en realidad.

Me ruboricé como una colegiala a la que han pillado copiando. Mi hermano era el responsable de gran parte de mi educación, pese a su juventud. Desconocía el motivo que le había llevado a actuar de ese modo, pero, desde que perdimos a nuestra madre, se tomó mi cuidado como una más de sus obligaciones. Se preocupaba de mis notas, de mis amigos, me regañaba si me portaba mal y no se cortaba a la hora de imponerme límites.

Le agradecía que hubiera hecho todas esas cosas por mí, desperdiciando una parte de su adolescencia para proteger la mía. Por todo ello no soportaba que pudiera sentirse decepcionado por mi culpa; y en ese momento lo parecía.

Sus palabras me hicieron sentir mal conmigo misma. Y al mismo tiempo una llama de rabia ardió en mi pecho, negándose a extinguirse, porque una gran parte de mí rechazaba que Trey pudiera haber cambiado, que ya no fuese esa persona que yo creía que era. Porque es fácil odiar al malo de la película; hasta que se arrepiente y se redime o incluso muere, y entonces el odio se transforma en lástima, y la lástima en perdón. Y yo no sabía si podría perdonar. Aun así, interioricé sus palabras.

5
Cerré los ojos y salté

Pum, pum, pum...

Abrí los ojos a regañadientes, solo un par de ranuras, pero suficiente para comprobar que aún no había amanecido.

Pum, pum, pum...

No había sido un sueño, ni mi imaginación. Alguien estaba llamando a la puerta. Mejor dicho, alguien intentaba echarla abajo. Me espabilé de inmediato y miré la hora en el despertador digital que parpadeaba sobre la mesita. Eran las cinco, apenas llevaba un rato durmiendo. Me levanté sin hacer ruido y eché un vistazo por la mirilla.

¿Hayley? ¿Qué demonios hacía allí?

Abrí la puerta de golpe y ella, que por lo visto tenía la oreja pegada a la madera, trastabilló hacia delante y cayó encima de mí. Nos precipitamos al suelo, arrastrando con nosotras un perchero de pie que siempre estaba repleto de chaquetas y rebecas que nadie se ponía. Uno de los brazos me golpeó en la frente.

—¡Ay!

—Oh, Dios mío, Harper, lo siento mucho. ¿Estás bien?

La miré en la penumbra sin apartar la mano de mi frente.

Iba a salirme un buen chichón. Gateó hasta mí para ver el golpe.

—Lo siento —volvió a disculparse. Y de repente me atizó con la mano en el brazo—. ¿Por qué has abierto sin avisar? Casi nos matamos.

—¿Que por qué...? ¿Qué haces tú aquí a las cinco de la mañana? ¡Me has dado un susto de muerte! ¿No deberías estar en un avión rumbo a tu luna de miel?

—No sale hasta dentro de dos horas.

Me levanté del suelo y me dirigí al baño para poder verme en el espejo. Mi hermana me siguió. Encendí la luz y un rostro pálido y demacrado me devolvió la mirada. Sobre la ceja derecha tenía una marca roja que comenzaba a inflamarse. Mojé una toalla en agua fría y presioné sobre la contusión.

—Lo siento. ¿Te duele mucho?

—Sobreviviré. ¿Qué haces aquí? ¿Va todo bien?

—Sí, tranquila, solo quería verte y darte una cosa antes de marcharme. —Se miró las manos y después se palpó la ropa como si buscara algo—. Espera, se me debe de haber caído.

Corrió hasta la puerta y fui tras ella, a tiempo de ver cómo se agachaba y recogía del suelo un sobre blanco. Me lo entregó.

—Toma, es para ti

—¿Para mí? —susurré mientras lo abría.

Saqué unos billetes de avión. Fruncí el ceño, sin entender. Por un momento se me pasó por la cabeza que quisiera que fuese con ella a su luna de miel. ¿Se había vuelto loca?

—¿Qué es esto?

—Un regalo.

—¿Un regalo? Mi cumpleaños fue hace semanas y ya me hiciste uno.

—Este es un regalo muy especial. El más importante que te he hecho nunca —dijo con solemnidad.

—Hayley, de verdad, te quiero mucho, pero como no empieces a explicarte voy a ponerme a gritar. Es muy temprano, estoy cansada y tú deberías estar en el aeropuerto con tu marido —gemí—. ¡Es demasiado raro!

Ella suspiró antes de cogerme de la mano y conducirme al sofá. Se sentó y me pidió con un gesto que hiciera lo mismo.

—Vale, es un billete de avión a la isla del Príncipe Eduardo.

—¿Para mí?

—Sí.

—¿Por qué?

—Para que vayas allí.

—¿Para qué?

—¡Cierra el pico! —Asentí y guardé silencio sin entender nada—. ¿Recuerdas el regalo de compromiso de Scott, la casa en Pequeño Príncipe? —Asentí de nuevo. Solo la había visto en fotos, pero me había parecido preciosa—. Pues vas a tomarte unas vacaciones allí.

—¿Qué?

—Desde que hablamos la otra noche, le he estado dando vueltas a todo este asunto de la librería, la casa, tus estudios... Debes tomar una decisión importante y necesitas hacerlo con tranquilidad, sin que nadie influya en esa decisión. Ni papá ni nadie. Ni siquiera yo. Y pienso que lo mejor es que te marches sola unos días y que medites sin presiones qué quieres hacer.

Alcé las cejas con escepticismo.

—¿En una isla en el fin del mundo?

—No está en el fin del mundo.

—¡Allí no hay nada!

—Exacto. No hay nada salvo mar, playas y paz. El escenario perfecto para que puedas pensar. Vamos, Harper, sabes que no puedes alargar esta situación indefinidamente y, conociéndote, es lo que harás. ¡Si te cuesta decidir entre azúcar y edulcorante!

Bajé la vista, un poco avergonzada.

—No puedo irme sin más. El nuevo curso comienza dentro de nada, tengo fechas de entrega para proyectos e informes; trabajos que editar y que entregar...

—Entonces ¿has decidido permanecer en Toronto?

—No.

—¿Vas a quedarte aquí, en la librería?

—No.

—¿Con papá, trabajando para él?

—¡Ni hablar!

Se quedó callada y se limitó a mirarme, sin más, con esa expresión hermética que siempre adoptaba cuando aparentaba saberlo todo sobre mí mientras yo no sabía nada de nada. Resoplé y me hundí en el sofá, malhumorada.

—¿No puedo pensarlo aquí?

—¿Con papá agobiándote y Dustin persiguiéndote?

Sabía que tenía razón. El tiempo pasaba y no podía alargar más aquella situación.

Si al menos tuviera la más mínima posibilidad de tenerlo todo, de compaginar las dos opciones y que saliera bien. Pero mi padre dejó de mantenerme en cuanto supo que había rechazado ir a British Columbia, y el pequeño depósito que mi madre me había dejado al morir casi se había agotado entre matrículas, libros, el alquiler y las necesidades básicas de los últimos cuatro años. No podía hacerme cargo de la herencia de mi abuela y continuar en Toronto, mis ingresos apenas me daban para sobrevivir.

Debía decidir.

—¿Scott está de acuerdo con que use vuestra casa?

—Scott no tiene ni idea. Admitámoslo, no se le da muy bien guardar secretos. Aunque eso no debe preocuparte, te quiere casi tanto como yo.

—No sé, Hayley. Te agradezco lo que intentas hacer, aunque no creo que vaya. No puedo perderme en una isla sin más. Tengo cosas que hacer. No puedo poner mi vida en pausa para esto.

—¡Puedes! —Sus ojos, grandes y expresivos, me taladraban con una súplica—. Puedes hacer lo que quieras, porque yo no veo las cadenas por ninguna parte. Por una vez, improvisa. Haz algo que ni tú misma esperas.

—No es tan sencillo.

Hayley sonrió con tristeza y rechazó con un gesto que le devolviera su regalo. Miró su reloj y se puso de pie con un suspiro.

—Debo irme.

—Vale.

—El billete es para el lunes. Te ruego que lo pienses, tienes tiempo. Y si decides ir, en el sobre encontrarás la llave de la casa y una serie de indicaciones que te vendrán bien.

—Gracias. Lo pensaré.

—Prométemelo.

—Te lo prometo.

Nos despedimos con un abrazo y la promesa de mantener el contacto.

Incapaz de volver a dormir, puse al fuego una cafetera y deambulé por la casa sin dejar de mirar el sobre, que seguía en el sofá. La idea de pasar unos días alejada de todo me resultaba atractiva. Desaparecer en un rincón perdido, donde despejar la mente. Sin presiones de ningún tipo. Sin pensar en nada.

Solo desaparecer.

Desaparecer.

A veces me daba miedo lo fascinante que me resultaba esa palabra.

Desaparecer.

Pero no podía hacerlo.

¿O sí? Quizá sí.

No, imposible.

La historia de mi vida.

La puerta de la habitación de mi abuela estaba entreabierta. Miré dentro y pude ver que gran parte de las cosas de

Frances habían desaparecido: su colección de primeras ediciones de clásicos antiguos, los cuadros, la butaca en la que se sentaba a leer junto a la ventana...

Entré y di otra vuelta a la llave con la que había cerrado mi corazón a cal y canto en los últimos días para evitar desmoronarme. Sentía demasiado. Lo experimentaba todo con una intensidad que me abrumaba, y había sido así desde siempre. Me costaba gestionar mis propias emociones. Me hundía en ellas, las analizaba sin lograr entenderlas nunca y me dejaba arrastrar por todo lo que me provocaban, haciéndome sentir unas veces fuerte, otras vulnerable, otras decidida, la mayor parte del tiempo temerosa e insegura.

Pero un corazón como el mío tenía grietas, y esas rendijas era imposible sellarlas, por lo que los sentimientos que intentaba evitar se colaban a través de ellas como el agua entre los dedos.

Abrí el armario y encontré una parte vacía, en la otra colgaba la ropa de mi abuela. La tristeza se adueñó de mí en cuanto olí su perfume impregnado en aquellas prendas. Acaricié los vestidos, camisas y chaquetas, y acabé hundiendo el rostro en una rebeca de lana. La saqué del armario y me la puse. Me envolví en ella e imaginé que eran sus brazos los que me rodeaban.

Frances ya había elegido las cosas que quería conservar de mi abuela, y yo debía pensar qué hacer con el resto. La mejor opción era la beneficencia, ella lo habría querido así, pero me causaba dolor la idea de deshacerme de sus pertenencias. Con ellas se iría su olor, su recuerdo, se mezclaría con el aire, se evaporaría con él y desaparecería para siempre, porque algún día yo ya no podría recordar a qué olía exactamente su pelo, su piel...

Pasé ese domingo encerrada en casa, comiendo chocolate, palomitas y viendo películas antiguas. Por la noche llené la bañera de agua caliente y me sumergí en ella durante toda una hora. Me gustaba que el agua me cubriera por completo y aguantar la respiración con los ojos abiertos, como si mirara a través de un cristal mágico que me mantenía oculta al resto del mundo. La ligera presión que me embotaba los oídos y ese glu glu que sustituía al silencio.

Más tarde me metí en la cama y saqué de debajo de la almohada mi ejemplar de *Ana de las Tejas Verdes*. De niña había tomado la costumbre de guardarlo siempre donde dormía. Otros niños abrazaban peluches para no sentirse solos, yo me arrebujaba con libros. Era mi posesión más valiosa, y no porque se tratara de una primera edición auténtica y original fechada en 1908, año en el que se publicaron los primeros ejemplares, sino porque me lo había dado mi madre como regalo de mi quinto cumpleaños. Pero antes le había pertenecido a ella, y mucho antes a mi abuela, y mucho, mucho antes a mi bisabuela. Ella lo había encontrado en un mercadillo de segunda mano en Quebec.

Lo releía cuando necesitaba animarme, porque siempre lograba sacar mi faceta más positiva y hacía días que no la encontraba por ningún lado.

Mi madre me decía que yo me parecía a Ana en su forma de sentirlo todo, de vivir cada detalle como si fuese mi último día en la Tierra; y también porque era parlanchina, fantasiosa y creía en mí misma.

No tenía recuerdos de haber sido así.

El lunes desperté cuando los primeros rayos de sol aclaraban el cielo y la oscuridad de mi habitación se diluía en sombras. Me preparé una taza de café y encendí el ordenador.

Abrí el correo y encontré la bandeja de entrada repleta. Ryan, el editor, me había escrito cada día. También tenía noticias de mi decano. Me adjuntaba información sobre un par de cursos interesantes que me ayudarían a conseguir créditos y me recomendaba un supervisor para mi trabajo final. Decidí llamarlo más tarde y darle las gracias personalmente. Esos cursos eran muy demandados y contaban con pocas plazas, así que me matricularía y...

Y...

Y nada.

Cuando pensaba en regresar me sentía mal.

Cuando pensaba en quedarme me sentía culpable.

Porque no sabía qué hacer con mi vida.

Cerré el ordenador y cogí aire. Notaba un agujero incómodo en el pecho, ansiedad.

Agarré el bolso y salí a la calle, serpenteando entre los pensamientos que abarrotaban mi cerebro. Me gustaba pasear cuando me sentía infeliz o intranquila. Solo andar y seguir andando, hasta que mi mente se enfriaba, la desesperación disminuía o acababa de meditar una idea.

Mis pasos me llevaron hasta el parque La Fontaine. Me encantaba perderme en sus avenidas, recorrer en bici los senderos y tomar el sol junto al lago. Pero esa mañana no encontraba la paz que necesitaba.

Sonó mi teléfono, sobresaltándome. Le eché un vistazo y lo guardé. Era el pesado de Dustin. Volvió a llamar pasados diez minutos, e insistió otras dos veces en la siguiente media hora. En la pantalla parpadeaban tres mensajes de voz y cinco de texto. Había que reconocer que la tenacidad era una de sus virtudes, pero a esas alturas yo empezaba a estar bastante harta.

Regresé dando un rodeo. Tenía hambre y me apetecía un *bagel* de mermelada y mantequilla. Eran mis favoritos. Su sabor dulce y el olor a recién hecho me transportaban a tardes de invierno y chocolate caliente en casa de mi abuela junto a mis hermanos. Los mejores los hacían en la calle Fairmount y fui la primera en entrar en cuanto abrieron.

Mi teléfono sonó de nuevo mientras esperaba a que el semáforo cambiara de color. Lo ignoré, y cuando por fin quedó en silencio, suspiré. Aunque más que un suspiro fue un ruego silencioso: «¡Dejadme en paz!».

Caminé sin detenerme, cada vez más deprisa, deseando llegar a casa y esconderme en un rincón. La ciudad que siempre había amado empezaba a resultarme asfixiante y me sorprendí echando de menos mi pequeño apartamento en Toronto. Recorrí los últimos metros tan ensimismada que no me di cuenta de que Dustin me esperaba junto a la puerta. Dio unos cuantos pasos hacia mí.

Lo rechacé con un gesto y pasé a su lado, rebuscando las llaves en el bolso como si él no estuviera allí.

—Harper, tenemos que hablar. Esto es absurdo. Tu padre me ha llamado muy enfadado porque no contestas al teléfono.

Abrí, entré y cerré la puerta en sus narices.

—¿Qué haces? Es ridículo que te comportes así. —La madera no amortiguaba su voz—. ¿Harper? Le he prometido que te llevaría a verle.

Sentí que el aire a mi alrededor me aplastaba contra el suelo y tuve que apoyarme en la pared.

Frances había regresado y me miraba desde la puerta de la cocina.

—¿Qué te ha pasado en la frente?

Me toqué el moretón que lucía sobre la ceja. Apenas una sombra violácea, pero que dolía horrores.

—Nada, una tontería. ¿Dustin lleva mucho ahí?

—Ha llegado hace como media hora y no se ha movido. Tampoco creo que se dé por vencido, pero si quieres que lo eche...

Le sonreí con una sensación cálida y confortable.

—No van a dejarme en paz, ¿verdad? —Ella negó con un gesto imperceptible. Alcé los brazos, exasperada, y los dejé caer—. ¿Por qué es tan importante para mi padre? Se ha tomado como algo personal que me deshaga de todo esto, como si quisiera que cortara los lazos que me unen a ella. Sé que papá y la abuela nunca se llevaron bien, pero ¿hasta estos extremos?

Ella frunció el ceño ante mi pregunta. Abrió la boca para decir algo, pero solo emitió un gemido ahogado.

—¿Qué pasó entre ellos?

—Empezaron a discutir cuando tu madre enfermó y continuaron haciéndolo hasta que un día dejaron de hablarse.

—Pero debió de pasar algo. Algo grave que justifique tanto rencor.

Frances guardó silencio sin dejar de observarme. Pude ver en sus ojos un indicio de tormenta, una breve oscuridad que desapareció tan rápido como había aparecido. Se encogió de hombros como si esa historia tuviera tan poco sentido para ella como lo tenía para mí. Dio media vuelta y se perdió en la cocina.

—¿Quieres un café?

—Sí, por favor.

Suspiré y me senté en el sofá. Desde la ventana podía ver una franja de cielo azul entre los tejados de las casas de enfrente. Iba a ser un día soleado y bonito.

Minutos después, Frances apareció con dos tazas de café, me entregó una y se sentó a mi lado con el porte elegante de una bailarina. La madurez la hacía más hermosa, si eso era posible. Era esbelta, con pómulos altos y una melena blanca como la nieve. Habría podido ser cualquier cosa, modelo, actriz, pero había elegido una vida tranquila junto a mi abuela. Algo crujió bajo su trasero y se levantó de golpe. Apartó un cojín y el sobre de Hayley quedó a la vista.

—¿Y esto?

—Un regalo de mi hermana.

—¿Hayley te ha hecho un regalo? —Asentí—. ¿Y por qué lo tienes escondido en el sofá?

Le conté toda la historia mientras nos bebíamos el café, incluido el incidente con el perchero.

—Deberías ir —me dijo.

—No puedo.

—¿Ya sabes qué vas a hacer?

—Aún no —admití.

Inspiró hondo y dejó la taza sobre la mesa de centro. Me fijé en la tensión de su espalda y en la rigidez de los hombros, y sentí que era culpa mía. Se volvió hacia mí.

—Me marcharé pronto, Harper. Después estaré demasiado lejos para ayudarte con esto.

Lo sabía. Ese era un pensamiento continuo en mi cabeza.

El timbre de la puerta sonó y mi corazón se detuvo un segundo con un susto de muerte. Le siguieron unos golpes de la aldaba.

—Harper, abre, por favor. Te estás comportando como una niña —gritó Dustin al otro lado.

—Márchate.

—No puedo. Tu padre y ese agente inmobiliario que te recomendó vienen hacia aquí. Por favor, abre la puerta. Solo queremos lo mejor para ti.

¿Lo mejor para mí? ¿Obligándome a hacer algo que no sabía si quería?

Mi corazón entró en barrena, latiendo frenético. Sollocé como una chiquilla asustada con miedo a la oscuridad, a la que encierran en un cuarto sin luz como castigo. Me quedé mirando a Frances. Abrí la boca para decir algo, pero no salió ningún sonido.

Ella contempló el sobre que aún sostenía en la mano y luego a mí. Y en ese mismo instante hice algo que jamás pensé que haría. Tome una decisión sin pensar, sin valorar todas las posibles consecuencias. Cerré los ojos y salté. Sentí el vacío bajo mis pies, el miedo, pero no moví un solo músculo para agarrarme a algo seguro.

Solo aguanté la respiración y continué cayendo.

Y me gustó.

La vida es la constante sorpresa de saber que existo.

Rabindranath Tagore

6
Seríamos sombras de nosotras mismas

El avión aterrizó en Charlottetown a las tres de la tarde. Según las indicaciones que me había dejado Hayley, lo más cómodo era conseguir un coche allí mismo y viajar por mi cuenta hasta la costa, donde podría coger el transbordador que me llevaría a Pequeño Príncipe.

Cuando me alejé del aparcamiento y tomé la ruta hacia Souris, sentí que el corazón se me animaba un poco. Hasta ese instante lo había notado extrañamente sereno, insensible.

Bajé la ventanilla del Honda Civic que había alquilado y tomé una profunda bocanada de aire. Era fresco y limpio y me embargó una calma que pronto fue sustituida por nerviosismo.

Siendo sincera, apenas era consciente de todo lo que había sucedido horas antes y de las repercusiones que tendría. Había hecho la maleta en pocos minutos, me había despedido de Frances con un fuerte abrazo y la promesa de tener cuidado, y había desaparecido dentro de un taxi bajo la atónita mirada de Dustin. No me detuve a pensarlo, y mucho menos a considerarlo. En ese momento no me vi capaz de hacer frente a más complicaciones y hui.

Tras una hora conduciendo, llegué a Souris, una pequeña

ciudad de apenas mil doscientos habitantes que me pareció encantadora. El transbordador que me llevaría a Pequeño Príncipe no zarpaba hasta las seis y media, así que pensé en buscar un lugar cercano al puerto donde comer algo. No había tomado nada desde el desayuno y mi estómago no dejaba de protestar.

Pregunté a un pescador que limpiaba unas nasas y me recomendó un restaurante muy cerca de allí, el 21 Breakwater. Dejé el coche en el aparcamiento del puerto y caminé los ochocientos metros de distancia que me separaban de él. El restaurante se encontraba junto a la carretera. Una casa de dos plantas con un porche que rodeaba gran parte del edificio. Pedí tarta de queso y un té con leche, y me senté a una mesa al aire libre.

En una de las sillas alguien había olvidado una revista de viajes, cuya portada anunciaba un artículo sobre la isla del Príncipe Eduardo y las islas de la Magdalena.

Le eché un vistazo mientras devoraba el pastel. Una de las cosas que empezaban a gustarme de la isla era su tamaño, tan pequeña que podías recorrerla de este a oeste en solo tres horas en coche y de norte a sur en menos de una hora. Perderse era prácticamente imposible. Si hubiera podido permitirme alojarme en un hotel, me habría quedado allí mismo, en lugar de dirigirme a una isla minúscula a dos horas en ferry desde donde me encontraba.

Empezaban a preocuparme cosas como si en Pequeño Príncipe habría un supermercado, restaurantes, una farmacia... Había escapado de Montreal solo con un poco de ropa y algunos productos de aseo, y no tenía ni idea de adónde me dirigía.

Aproveché el paseo de vuelta al puerto para intentar encontrar algo de información. Abrí el buscador en mi teléfono móvil y puse el nombre de la isla. Apenas aparecieron una decena de enlaces y sin detalles que pudieran ayudarme. Solo lo que ya sabía: allí no había nada.

Genial.

Minutos después, desde la cubierta del barco, mi determinación a pasar unos cuantos días en el fin del mundo empezó a flaquear y la realidad de lo que estaba a punto de hacer me superó. Yo, que llevaba seis años usando la misma marca de champú para no verme en la tesitura de elegir otra. Porque más vale malo conocido que bueno por conocer. Porque todo puede empeorar en un parpadeo y para qué acelerar lo inevitable.

Si mis pensamientos eran un reflejo fiel de mí misma, era patética.

El transbordador atracó en el puerto pasadas las ocho y media y fui la única persona que descendió de él.

No era un detalle muy halagüeño.

Anochecía rápidamente y la bola anaranjada que coronaba el firmamento inició un descenso apresurado, sumiendo el paisaje en la penumbra. Con el motor en marcha, releí las indicaciones que Hayley me había apuntado en un papel. Un escueto mapa al que le di una veintena de vueltas antes de decidir qué parte apuntaba al norte. Cuando tuve claro que debía viajar hacia el sur, girar a la derecha en la tercera bifurcación y luego cruzar lo que parecía una arboleda, me puse en marcha.

Me alejé del pueblo, o lo que creía que era el pueblo, porque allí solo vi unas cuantas calles con edificios aquí y allá sin ningún orden concreto.

La luna hizo su aparición y una luz pálida lo iluminó todo. No lo suficiente para ver con claridad, pero sí para adivinar las formas de algunos árboles, el contorno de las colinas y unas cuantas casas salpicando el terreno.

Me detuve un par de veces y estudié las líneas del plano, comparándolas con el relieve que distinguía ante los faros del coche. No logré ver nada que me resultara familiar y empecé a ponerme nerviosa. Estaba cansada, volvía a tener hambre y, para colmo, la luna se había escondido tras unas nubes, oscureciendo el cielo.

Continué moviéndome con la esperanza de darme de bruces con algún cartel. No había visto ninguno en los cinco kilómetros que ya había recorrido. Siete. Diez. Doce kilómetros. ¡Ni siquiera la isla medía tanto!

Estaba a punto de rendirme, cuando frente a mí aparecieron unas luces. ¡Oh, por fin, alumbrado eléctrico, civilización!

—No puede ser —gimoteé.

Reconocí la estafeta de correos y la casa pintada de violeta que se alzaba a su lado. Había vuelto al principio.

Salí del coche enfadada conmigo misma y le di una patada a la rueda delantera. La culpa que tendría ella...

Desde algún punto a mi espalda surgió música y oí unas voces, que se apagaron poco a poco hasta desaparecer. Me dirigí allí. Rodeé un par de casas y aparecí en otra calle. A mi izquierda vi un edificio cuadrado con un tejado a dos aguas y un cartel de madera sobre la puerta iluminado por una bombilla. LA CASA DE EMMA. RESTAURANTE.

Cuando entré, el olor a pescado frito se coló en mi nariz y mi estómago rugió en respuesta. El local no era muy grande, pero sí acogedor. Tenía un aspecto antiguo y oscuro, como si nadie lo hubiera tocado en décadas. Las paredes estaban repletas de viejas fotografías en blanco y negro, pequeños cuadros con barcos pintados y enseres de pesca que colgaban aquí y allá sin ningún orden estético.

Miré a mi alrededor y me fijé en las personas que ocupaban las mesas. Sus voces se mezclaban con la música que surgía de una vieja gramola, de esas en las que hay que echar una moneda y pulsar letras y números para elegir las canciones.

Una mujer atendía la barra. Me acerqué y ocupé uno de los taburetes. La miré mientras secaba unos vasos con un trapo, a la espera de que notara mi presencia.

—¿Hola? Disculpa.

Me miró con el ceño fruncido. No era mucho mayor que yo, puede que incluso más joven.

—¿Sí?

—¿Podrías decirme cómo llegar desde aquí a Old-Bay?

Arqueó una ceja y me observó de arriba abajo. Negó con un gesto cargado de desdén.

—Esto no es la oficina de turismo. Aquí servimos comida y bebida. Pide algo o puerta.

Me quedé de piedra. La hospitalidad no era el fuerte de los isleños. Intenté pensar una respuesta afilada, madura e inteligente para ponerla en su sitio. Algo que aumentara unos cuantos niveles su amargura, porque esa chica debía de ser una amargada con esas malas pulgas.

No se me ocurrió nada. Suspiré frustrada.

—¿Si pido algo me dirás cómo llegar?

Se encogió de hombros y apoyó las manos en la barra. Me coloqué un mechón de cabello tras la oreja y dibujé una sonrisa tensa.

—Un *cafe latte* con vainilla, por favor.

—¡Jesús! —Puso los ojos en blanco y gruñó—: Oye, esto no es un Starbucks. Aquí servimos café, café con leche, y si buscas emociones fuertes, tenemos azúcar moreno.

¡Madre mía, ¿adónde había ido a parar?! Hice ademán de levantarme y soltarle un «¡que te jodan!», pero antes de que pudiera abrir la boca, un chico apareció a su lado con dos platos repletos de comida y los dejó en la barra. Llevaba una gorra de la que escapaban algunos mechones cobrizos. Deslizó la vista por mi rostro y luego estudió con interés a la camarera.

—Carlie, lleva estos platos a la seis.

La chica le lanzó una mirada asesina, tomó los platos e hizo lo que le había pedido.

Observé con cierto regocijo cómo se alejaba refunfuñando malhumorada. No pude evitarlo.

—Tu empleada no es muy amable, espanta a los clientes.

El chico me sonrió.

—No es mi empleada, es mi hermana.

—Oh, disculpa.

—No pasa nada. Está enfadada porque la he castigado. No le hagas caso.

Me acomodé en el taburete, más relajada. Traté de calcular su edad, pero tenía uno de esos rostros infantiles imposibles de determinar. Y la barba que lucía no ayudaba mucho.

—¿La has castigado? ¿Por ser tan encantadora?

Él sacudió la cabeza y su sonrisa se hizo más amplia.

—Carlie está atravesando una época difícil y mis padres han pensado que le vendría bien pasar un tiempo conmigo. Ellos viven en Dartmouth.

—¿En Dartmouth? ¿Te refieres a Dartmouth de Nueva Escocia?

—Sí.

—¿Y qué haces aquí? —pregunté sorprendida.

—¿Y tú?

Bajé la vista. Una oleada de calor ascendió por mi cuello hasta las mejillas. No soy una persona cotilla, pero sentía curiosidad y me dejé llevar sin pensar que no era asunto mío interrogar a alguien a quien acababa de ver por primera vez. Tampoco pretendía ser maleducada, solo me costaba entender cómo un chico de ciudad había acabado tras la barra de un bar en un islote en el golfo de San Lorenzo. Según el censo que figuraba en un cartel junto a la iglesia, en Pequeño Príncipe había seiscientos veintitrés habitantes. Y, observando a la gente que ocupaba las mesas, la edad media debía de rondar los cincuenta años. Siendo amable.

—Me han prestado una casa en la isla y he venido a pasar unos días. De vacaciones, ya sabes —respondí.

—¿Tú sola?

—Sí. ¿Por qué lo preguntas? —Había sonado un poco escéptico.

—Por aquí vienen bastantes turistas, pero suelen ser familias, grupos... Nadie solo.

—Pero yo no soy una turista. En realidad, es como si fuese una vecina más de la zona. La casa es de mi hermana.

—Visto así... —Encogió un hombro—. ¡Pues encantado de conocerte, vecina! Mi nombre es Ridge y esta es La casa de Emma, mi negocio y mi hogar, y el mejor sitio que encontrarás por aquí. Bienvenida a Pequeño Príncipe.

Lo dijo con tal entusiasmo que no pude evitar reírme. Estreché la mano que me ofrecía y asentí con un gesto solemne.

—Encantada de conocerte, Ridge. Mi nombre es Harper y espero que puedas indicarme cómo llegar a Old-Bay. Allí se encuentra mi hogar esta semana.

—¿Old-Bay? Eso está en la otra punta de la isla.

Saqué de mi bolsillo el papel con el mapa y lo alisé sobre la barra para que pudiera verlo.

—Verás, tengo estas indicaciones que dibujó mi hermana, pero no estoy segura de si son correctas.

Él se inclinó y les echó un vistazo. Giró el papel un par de veces y me miró a los ojos.

—¿Has intentado seguirlas?

—Sí, y he acabado aquí después de media hora dando vueltas.

—Pues has tenido suerte de poder volver. Están mal. La isla es pequeña, pero puedes perderte si no la conoces, sobre todo de noche.

—¿Y tienes algún mapa que pueda servirme? Uno de verdad.

—Tengo algo mucho mejor. Yo.

—¿Tú? —Sonreí al darme cuenta de que se estaba ofreciendo a acompañarme. Me recoloqué el bolso en el hombro con intención de levantarme—. ¡Gracias!

—No es nada. Pero no podré llevarte hasta que cierre aquí.

Me dejé caer en el taburete otra vez. Llevaba diecinueve horas despierta y estaba muy cansada. Un minuto se me antojaba una hora y hacía varias que los pantalones me apretaban, las zapatillas me molestaban y necesitaba lavarme los dientes con urgencia.

—¿Y cuándo será eso?

—En un par de horas. Entre semana la gente no trasnocha mucho. —Ladeó la cabeza y me observó—. Mientras... ¿te apetece tomar algo?

Mis tripas gruñeron, no habían dejado de hacerlo desde que crucé la puerta. Asentí y mi boca se llenó de saliva. Jamás había tenido tanta hambre y en el aire había olores que alimentaban con solo respirarlos.

—Esos platos que has sacado antes... Tenían buena pinta.

—Pescado y patatas, con la mejor salsa de mejillones que has probado en tu vida.

—¿Cinco de esos? —bromeé.

Ridge soltó una risita y me observó con atención. Sus ojos recorrieron mi rostro y noté que me ponía nerviosa. No había interés en ellos. Ya sabéis, chico conoce a chica, le gusta... Ese tipo de interés. Había curiosidad y cierto reconocimiento. Algo como: «¿De qué estás huyendo para haber acabado aquí tú sola?».

Me sirvió un plato a rebosar de pescado y patatas y les puso por encima una salsa anaranjada con algún tipo de hierbas aromáticas. El primer bocado me supo a gloria, y los siguientes los engullí de tal modo que no fui capaz de saborearlos como me habría gustado.

Poco después, colocó delante mí un trozo de tarta de manzana, cortesía de la casa, y una taza de café. Saciada, la comí despacio porque rechazarla me parecía una herejía. Estaba deliciosa. Sabía a manzana, pero a manzana de verdad, no a uno de esos sucedáneos que desayunaba en la cafetería de la universidad.

Ridge me sonrió desde el otro extremo de la barra, donde cobraba a uno de los últimos clientes que quedaban en el local. Le devolví el gesto. Era un chico simpático y extrovertido, completamente opuesto a su hermana, que no dejaba de lanzarme miradas asesinas. Intenté ignorarla y buscar en mi interior un poco de empatía. Si a mí me hubieran obligado a dejar mi ciudad para instalarme en casa de mi hermano mayor, en un rincón perdido de Canadá sin ninguna distracción aparente salvo un canal de pesca, también querría asesinar a medio planeta.

Cerré los ojos con fuerza. ¿Por qué aquella reflexión me había hecho pensar que mi situación y la de Carlie no eran tan distintas? Porque no lo eran salvo por pequeños matices. Bueno, grandes matices, pero el resultado era el mismo. Ambas estábamos allí porque otros nos habían empujado.

Le sonreí cuando se acercó para retirar el plato y la taza. Quería ser amable, y quizá así ella también lo sería. Carlie arqueó una ceja y me miró de arriba abajo.

—Ser simpática conmigo no hará que mi hermano se acueste contigo. No eres su tipo.

Me enderecé en el taburete con un respingo. Adiós a la amabilidad. Esa chica era una arpía. Abrí la boca para decirle por dónde podía meterse sus palabras, pero Ridge se me adelantó.

—Carlie, ¿qué demonios te pasa? ¿Pretendes espantar a todos los clientes?

—Si así consigo largarme de esta isla asquerosa... —respondió mientras se alejaba.

Ridge soltó un profundo suspiro y se frotó la curva de la nariz como si le doliera la cabeza. Me miró apenado.

—Lo siento. No sé qué hacer con ella. —Sonrió para sí mismo sin ningún humor—. ¿Algún consejo?

—¿Una cuerda, un bloque de cemento y una sima muy profunda?

Puso los ojos en blanco y se echó a reír.

—No me tientes —susurró mientras se quitaba el delantal—. Bueno, podemos irnos.

Subí al coche y lo puse en marcha. Un par de minutos después, Ridge detuvo a mi lado una camioneta cuatro por cuatro y me pidió con un gesto que lo siguiera.

A la luz de los faros aquel lugar parecía desolado, donde solo había estrechos caminos que se alejaban del centro del pueblo. El silencio lo inundaba todo, al igual que la oscuridad, y empecé a preguntarme qué habían visto Hayley y Scott en aquel trozo de tierra para querer tener algo tan permanente como una casa allí.

El intermitente izquierdo de la camioneta comenzó a parpadear y esta giró segundos después. Avanzó unos cuantos metros más y por fin se detuvo. Frené a su lado y contemplé la silueta oscura de una casa recortada contra el cielo.

—Aquí es —anunció Ridge mientras venía a mi encuentro.

—¿Estás seguro?

—Solo hay otras tres casas en Old-Bay y conozco a sus propietarios. Isleños que llevan aquí toda su vida. Tiene que ser esta.

Alcé la vista intentando adivinar algo familiar en la estructura, pero solo había visto un par de fotografías tiempo atrás que ahora recordaba vagamente.

Un sendero bordeaba la casa y conducía a la puerta principal, encarada al mar. Inspiré hondo cuando puse un pie en el primer escalón con la llave apretada en la mano. Ridge había dejado la camioneta en marcha, con las faros encendidos iluminando la entrada. Se había ofrecido a entrar conmigo y a asegurarse de que todo estaba bien.

El interruptor de la luz no funcionó.

Ridge me pidió que aguardara junto a la puerta, mientras él se perdía en el interior de la casa con la pantalla de su móvil alumbrando sus pasos en busca del cuadro de fusibles. Un par de minutos más tarde, un ligero zumbido vibró por los muros y la lámpara que había sobre mi cabeza cobró vida. Parpadeé hasta que mis ojos se acostumbraron al brillo.

Había imaginado de muchas formas aquella casa, pero nada se asemejaba a la realidad. Las paredes eran blancas y la madera de las puertas y ventanas contrastaba con un barniz caramelo. No había muchos muebles, pero eran sólidos y robustos, del color de la miel, y hacían juego con una chimenea rústica protegida por un cristal. Unos cuadros daban color a la estancia, de donde parecían haberse inspirado para la policromía de los tejidos del sofá y los sillones, los cojines y las cortinas. Bonito y sencillo. Me gustó.

Ridge apareció en la habitación, sonriente.

—Ya tienes luz y agua. Y en la pizarra que cuelga de una pared de la cocina te he apuntado mi número por si necesitas alguna cosa.

—Gracias, pero no tienes que...

—Aquí todos estamos en contacto. Nunca sabes cuándo puedes tener una emergencia o precisar ayuda. Y tu vecino más cercano se encuentra a un kilómetro y medio hacia el sur.

No necesitó decir nada más para convencerme. Una aprensión extraña me sacudió con un estremecimiento. Llevaba varios años viviendo sola, durmiendo sola, pero siempre rodeada de gente de la que solo me separaba una fina pared. La soledad no dejaba de ser una condición relativa en una ciudad. Allí era real, abrumadora, y ser consciente de su peso empezaba a asustarme.

—Gracias.

—De nada. Va siendo hora de que regrese a casa antes de que Carlie robe un bote y se fugue. ¿Estarás bien aquí?

Miré a mi alrededor y asentí lo más convencida que pude.

—Sí, tranquilo, estaré bien.

Lo acompañé fuera y un ruido me sobresaltó. Ridge había dejado la radio de la camioneta encendida y un tipo con una voz demasiado estridente daba lo que parecía un parte meteorológico. Subió el volumen con una mueca de preocupación:

—«Él temporal que se aproxima es uno de los más fuertes de los últimos años, amigos. Con vientos constantes de hasta cien kilómetros por hora y rachas que superarán los ciento cincuenta. Esperamos fuertes tormentas con lluvias y granizo, así que proteged vuestros huertos si aún no lo habéis hecho. Pescadores, recoged vuestras nasas y quedaos en casa, los bogavantes y los cangrejos no se irán a ninguna parte. Y no olvidéis que la situación puede alargarse varios días, aprovisionaos con comida, agua y todo aquello que podáis necesitar. La borrasca hará su entrada por la costa norte el miércoles y en las horas siguientes continuará su camino hacia el sur. Toda precaución es poca.» —Otra voz tomó el relevo frente al micrófono—. «Bueno, ya habéis oído a nuestro hombre del tiempo. Gracias, Terry, por cuidar de nosotros. Esperamos que sigas informándonos conforme avance el temporal. Aquí Kevin Brooks desde la emisora local de Pequeño Príncipe. Pasad buena noche.»

Tragué saliva y sentí una repentina sequedad en la garganta.

—¿De qué temporal habla?

—Llevan días anunciándolo. La temperatura atmosférica ha empezado a bajar muy rápido para la época en la que estamos y la del océano se mantiene caliente. Altas presiones por un lado, bajas por otro...

Cerré los ojos un momento para tratar de organizar mis ideas. Sabía cómo funcionaba un temporal, sus causas, pero no me refería a eso. Sacudí la cabeza, rechazando la mera idea de que una fuerte tormenta se estuviera acercando a la isla.

—Esta mañana, mientras esperaba mi vuelo en el aeropuerto, comprobé el parte meteorológico para toda la semana y no había ningún temporal dirigiéndose aquí. Solo una tormenta muy pequeña al norte de las islas de la Magdalena que se desplazará al noroeste.

—Ya, pues se equivocaba.

—¿Cómo va a equivocarse? Es la web nacional de meteorología. No pueden equivocarse en algo así. Tienen medios... ¿Quién es ese tal Terry? ¿Un experto? ¿Dónde ha estudiado?

—¿Terry? No creo que llegase a ir al instituto, pero tiene mucha experiencia y un gran instinto para estos temas.

—¿Instinto? Ese hombre acaba de decirle a todo el mundo que se ponga a salvo, como si un huracán de categoría seis nos acechara.

Ridge apretó los labios para no echarse a reír y ese gesto me molestó. No era un asunto para tomárselo a broma. Y yo ya no sabía qué tomarme en serio y qué no.

—Escucha, llevo tres años viviendo aquí y lo primero que aprendí fue a escuchar a los lugareños cuando se trata del tiempo. No suelen equivocarse. No tienen equipos carísimos ni satélites, pero sí largas generaciones de experiencia y mucho pasado al que consultar. Hay grandes probabilidades de que esa tormenta llegue el miércoles y más vale que estemos preparados.

Lo dijo tan seguro y convencido que no me quedó más remedio que asentir y empezar a pensar qué demonios iba a hacer con semejante perspectiva. Y con la suerte que solía acompañarme, lo más terrorífico era que aún había muchas cosas que podían salir mal, porque en ese sentido mi vida siempre había discurrido con la indolencia del efecto dominó. Solo necesitaba que la primera pieza cayera para que el resto imitara su destino por pura inercia.

Las alternativas podían ser muchas y variadas: goteras en el tejado, que la casa se encontrara en el cauce de un río seco, que me cayera un rayo, un ataque de apendicitis en la «apoteosis» del ciclón... Me llevé una mano al pecho y me apoyé en el coche.

Ridge debió de percatarse de mis pensamientos, porque se acomodó a mi lado. Ni demasiado cerca como para incomodarme ni tampoco demasiado lejos. Un gesto que me dijo mucho de él, era una buena persona.

—¿Puedo hacerte una pregunta personal?

Me encogí de hombros.

—Supongo que sí.

—¿Qué haces tú aquí?

—¡Vaya! ¿Siempre eres tan directo?

—No quiero parecer entrometido, pero te miro y... Tú no encajas aquí, chica de ciudad.

Me concentré en las sombras que arrojaban los faros sobre la casa.

—Tengo que tomar una decisión y mi hermana pensó que aquí encontraría la paz que necesito.

Asintió como si lo entendiera y a punto estuve de pedirle que, por favor, me lo explicara. Estar allí cada vez tenía menos sentido para mí.

—¿Una decisión importante?

—Muy importante. —Él levantó una ceja, curioso, pero no preguntó nada más. Así que lo hice yo—: ¿Para ti fue sencillo dejar Dartmouth y venir a este sitio?

Se cruzó de brazos.

—Venir fue fácil, lo difícil fue decidir si me quedaba. —Lo miré y fruncí el ceño, sin comprender. Él sonrió y alzó la cabeza para contemplar el cielo—. Vine con un grupo de activistas que trabajaban contra la caza de focas. ¿Sabes? Cada primavera el gobierno permite la caza de miles focas rayadas y utilizan prácticas inhumanas para matarlas. Les disparan o las golpean con un *hakapik*. No logro entenderlo.

—Ni yo —susurré.

—Es una industria moribunda, más de treinta y cinco países le han dado la espalda a los productos procedentes de estos animales y otros muchos lo están considerando. Con suerte podremos erradicarla en un futuro cercano. Eso o la especie desaparecerá. —Me dedicó una sonrisa de disculpa—. Perdona, me estoy desviando. Bueno... vine con un grupo de activistas y pasamos aquí dos semanas, organizándonos con colaboradores de IFAW y Greenpeace, y acabé enamorándome de estas islas y sus gentes. Para mí son... son como... algo importante que también se debe preservar. Algo que, si no cuidamos, se extinguirá. Desaparecerá una forma de vida que lleva aquí siglos. Mucha gente emigra al continente, pero muy pocos son los que vienen a quedarse.

—¿Y a tu familia le parece bien que quieras estar aquí?

—Al principio no lo entendían. Dejé un buen trabajo, mis estudios y una chica maravillosa por un viejo bar en el que fío a la mitad de los clientes. —Se echó a reír y sacudió la cabeza, después se volvió para mirarme—. Mi padre lo entendió con el tiempo, aunque no pierde ocasión para decirme que estoy arruinando mi futuro. Mi madre sigue enfadada conmigo y apenas me habla.

—Aun así, te han convertido en la niñera de tu hermana.

—Más bien en su carcelero. Carlie empezó a frecuentar malas compañías, ambientes poco sanos, y aquí no hay nada de eso. Se pasa el día enfadada y odiando a todo el mundo, pero cada noche duerme en su cama y está a salvo. Eso es lo único que importa y en lo que estamos de acuerdo mis padres y yo.

—Así que, pese a tener a todo el mundo en contra, hiciste lo que realmente querías hacer. ¿No te da miedo perderles por eso?

—No si los pierdo por defender mi modo de vida. —Se pasó la mano por la nuca—. Mira, las personas tenemos muchos defectos y uno de ellos es decirles a los demás qué deben hacer, cómo, cuándo y dónde. Unas veces en forma de consejo, otras como una imposición, y a mí me jode mucho que se metan en mi vida de ese modo cuando no he pedido la opinión de nadie.

—¿Aunque ese «nadie» te importe?

—Aunque ese «nadie» sean mis propios padres, mis amigos o una novia. —Se enderezó y embutió las manos en los bolsillos de sus tejanos—. ¿Te cuento un secreto? —Asentí, concentrada por completo en él y sus palabras—. Nadie va a vivir tu vida por ti. Si no lo haces tú, entonces ¿qué te queda?

Medité su reflexión, atrapando sus palabras en mis pensamientos.

—Supongo que... nada.

—Exacto. No tendríamos nada. Y sin nada no podrás dejar tu huella en tu propio camino.

¡Qué profundo! Sentí un cosquilleo en el estómago y me ruboricé. Ridge era un tipo interesante y sus palabras me hicieron recordar un párrafo que había escrito en mi último intento de novela. Por primera vez le encontré sentido a esas frases que habían nacido en un extraño momento de mi vida. Uno de esos pensamientos que aparecían de improviso. Galimatías que mi mente creaba. Respuestas que no entendía porque la pregunta aún no había sido formulada. Pero que guardaba como si coleccionara mis propias reflexiones.

—Seríamos sombras de nosotros mismos. Carcasas vacías que otros han llenado con sus propios deseos. Seres tristes sin motivación. Entes que caminan en la dirección que los empujan. *Tempus fugit* —recité lo que había escrito.

—*¿Tempus fugit?*

—Nuestro tiempo huye inexorablemente hacia la muerte y solo nosotros deberíamos ser sus dueños.

Ridge hizo un ruidito como de reconocimiento.

—Prefiero *Carpe diem*, goza del momento, disfruta. *Dum vivimos, vivamus*.

Se me escapó una risita, gratamente sorprendida, y me ruboricé por estar comunicando un pensamiento tan íntimo a un extraño. Aunque mi sensación era bien distinta, como si estuviera compartiendo un rato con un amigo de toda la vida.

Él se me quedó mirando en silencio unos segundos.

—Espero que encuentres lo que has venido a buscar, Harper.

—Yo también.

Miré la casa con cierta aprensión. Él me dio un golpecito ligero con su hombro en el mío.

—¿Seguro que estarás bien?

—Sí. Creo que sí.

Asintió sin dejar de mirarme y se pasó la mano por la barba, pensativo.

—Oye, tengo un par de cuartos que suelo alquilar a los turistas. Si necesitas uno... Si no quieres estar aquí sola cuando llegue la tormenta... llámame.

—Gracias, Ridge. Lo tendré en cuenta.

7
Allí, donde acaba el mundo

«Todo empezó con una mujer que quería poner en orden su vida.» De haber sido una novela, mi aventura en aquel confín del mundo habría comenzado con esas palabras.

Cuando desperté, el sol entraba a través de las cortinas a medio echar y dibujaba pequeños círculos vibrantes en el techo. Su luz inundaba hasta el último rincón de la habitación. Una luz blanca y brillante que logró cegarme unos instantes. Entre rápidos pestañeos para aclarar la vista, miré la hora en la pantalla de mi teléfono móvil. Me sorprendí al comprobar que eran más de las nueve.

Salté de la cama sintiéndome descansada por primera vez en mucho tiempo. Intenté hacer memoria, pero no recordaba cuándo había dormido tanto y de un tirón por última vez.

Abrí una de las ventanas y el aire fresco penetró agitando las cortinas. Un arrendajo azul pasó volando a escasos centímetros de mi cara y di un respingo.

—¡Vaya! —susurré.

Ante mis ojos tuvo lugar una explosión de colores deslumbrantes. Un manto verde de hierba daba paso a una playa teñida de un rojo brillante y un mar azul que refulgía con miles de destellos. El cielo, de un añil mucho más claro, se extendía como una cúpula salpicada de nubes blancas y etéreas coronando un paisaje que me dejó sin palabras. ¡Precioso!

No podía esperar a verlo.

Me vestí con un pantalón corto azul y una camiseta gris. Una vez en el baño, me recogí el pelo en una coleta. Contuve el aliento al mirarme en el espejo. Me preocupaba lo que podía encontrar en aquella isla, y no me refiero a la tierra, el aire o sus vecinos, sino a lo que podía descubrir en mi interior estando allí. Donde nada me empujaba a ser de una forma concreta y a alcanzar ese ideal.

Estaba lista para ser honesta conmigo misma.

Para ser yo, solo yo.

O eso quise creer.

Todo mi entusiasmo se vio eclipsado por una despensa vacía y una cocina igual de despoblada. Abrí uno a uno todos los armarios y no encontré nada. Ni un triste sobre de sopa instantánea. En ese momento me habría comido cualquier cosa.

Reordené mi lista de prioridades, en la que salvarme de la inanición ocupó el primer puesto. Salí de la casa y el aire salado me golpeó la cara, arrastrando consigo el sonido estridente de un fuerte oleaje y algunos restos de espuma que se posaron en mis labios y mejillas.

Contemplé la vivienda. Era mucho más bonita que en las fotos. El tejado estaba revestido de tejas de cedro tan oscuras que parecían negras, en contraste con las de las paredes, más amarillentas, y la madera blanca que decoraba los aleros, las ventanas, las columnas y la baranda del porche.

Ahora entendía por qué Scott se había enamorado de aquel rincón perdido, hasta el extremo de convertirlo en un regalo tan significativo para mi hermana. Era como si alguien lo hubiera sacado de un cuento para colocarlo allí, tan mágico y perfecto.

Mi estómago gruñó de nuevo.

Tras algunas vueltas y un par de giros equivocados, logré llegar al pueblo. Aparqué frente al bar de Ridge y troté hasta la puerta. Olía deliciosamente a café, beicon y a algo dulce con canela. A la luz del día, con el sol penetrando a través de las ventanas, el local no parecía tan anticuado y deprimente como la noche anterior, así que supuse que mi primera impresión se debió en gran parte al estado de ánimo con el que llegué.

Era un lugar limpio, bien iluminado, incluso podría decirse que bonito dentro del estilo de la isla, la verdad. La palabra que mejor lo describía era «auténtico».

Ridge salió de la cocina y me saludó con la mano nada más verme. Me acerqué a la barra, devolviéndole la sonrisa.

—¡Hola! Veo que has encontrado el camino.

—Me he desviado un par de veces, pero aquí estoy.

—¿Has pasado buena noche?

Asentí mientras me recogía un mechón suelto tras la oreja.

—Sí. Al principio me costó acostumbrarme al silencio, pero estaba tan cansada que me dormí enseguida. —Lo miré a los ojos, bonitos y risueños—. Me muero de hambre. ¿Crees que podrías prepararme algo para desayunar?

—Claro, ¿qué te apetece?

—No sé, ¿qué tienes? —Vacilé, sin darle tiempo a responder—. Mejor aún, sorpréndeme.

—Vale. Escoge una mesa, la que quieras. Enseguida te llevo algo.

Me senté junto a una ventana desde la que podía ver el puerto. Los botes y barcos amarrados a los muelles se mecían con una brisa que cobraba fuerza por momentos. Las nubes cruzaban el cielo, enredándose entre ellas, dejando atrás jirones que dibujaban finas estelas.

Pensé con cierto temor en la tormenta que se acercaba. Si de verdad iba a pasar, si ese temporal iba a llegar a la isla en las próximas horas, necesitaba comprar muchas cosas: agua, comida, una linterna, pilas, velas... O mejor aún, un pasaje para el siguiente transbordador a PEI, dónde cambiaría mi billete de avión y podría regresar a casa.

—Aquí tienes.

Ridge puso ante mí un plato repleto de huevos con beicon, tostadas y unas setas salteadas. Las había rociado con un aliño que olía muy fuerte. Se me hizo la boca agua. Le di las gracias y me llevé un trozo de beicon crujiente a la boca mientras él tomaba asiento frente a mí. Cerré los ojos y respiré profundamente, saboreándolo. ¡Estaba delicioso!

—Dios, esto está... ¡increíble!

Ridge sonrió, un poco azorado.

—Gracias. Puedes repetir si quieres más. Y por cuenta de la casa, claro. Creo que eres mi cliente más entusiasta hasta la fecha.

Le devolví la sonrisa con los labios apretados y la boca llena. A mí nunca se me ha dado bien cocinar, pero me gusta comer y sí sé reconocer cuando alguien cocina de vicio. Él lo hacía.

—¿Quién es Emma? —pregunté. Ridge frunció el ceño—. Así se llama este sitio, ¿no?

—Ah, sí. Es la antigua propietaria. Cuando decidí quedarme, lo primero que hice fue buscar trabajo. Emma vivía sola en la isla. Toda su familia se había trasladado a Quebec y ella empezaba a sentirse mayor para seguir a cargo de un negocio. Me tuvo tres meses a prueba y luego me lo cedió.

—¿Te lo cedió sin más?

—A mí también me sorprendió. Y cuando quise pagarle, me amenazó con deshacer el trato. Cerré el pico.

—Chico listo.

—El caso es que Emma sigue por la isla. Siempre que le pregunto por su familia y su marcha, me contesta que la próxima primavera, el próximo verano... Lleva así tres años.

Dejé de masticar y lo miré seria.

—No quiere marcharse. ¿Estás seguro de que tiene familia?

—Sí, han venido un par de veces para intentar llevársela, pero no hay forma. ¿Sabes? Es posible que la acabes conociendo, suele venir bastante para criticarme.

Solté una carcajada y tuve que taparme la boca con la mano para no escupir el desayuno.

Ridge se quedó un rato conmigo y me contó más cosas sobre su vida. Había estudiado Biología Marina en la Universidad Dalhousie, especializándose en mamíferos marinos y en la preservación de su medio acuático.

Durante su último año de carrera, un grupo ecologista le pidió que colaborara con ellos en un programa sobre el cambio climático en la tundra ártica y su impacto en los océanos. Conocer de primera mano los riesgos del deshielo en los glaciares hizo que se replanteara sus objetivos, y lo abandonó todo para involucrarse en la lucha contra ese cambio y la protección de los animales.

Durante mucho tiempo se sintió culpable por dejar a su novia atrás, pero con el tiempo descubrió que esa decisión había sido la correcta. Con la distancia, la perspectiva sobre su relación fue cambiando y no le quedó más remedio que admitir que nunca habría funcionado.

Eran muy diferentes.

Perseguían sueños distintos.

Tres años atrás, con veinticinco apenas cumplidos, su vida cambió de nuevo al enamorarse perdidamente de Pequeño Príncipe y sus habitantes. Y ahora era feliz. Aunque a veces, solo a veces, se sentía un poco solo. Sin embargo, no se arrepentía de nada. Estaba donde quería estar y había luchado para conseguirlo.

Acabé los huevos y las tostadas, encandilada por la forma en la que a Ridge se le iluminaban los ojos mientras me ponía al día sobre la vida en la isla y los isleños. Me explicó que en Pequeño Príncipe no había supermercados, pero sí algunas tiendas familiares o de un solo propietario en las que podría encontrar casi de todo. También contaba con un centro médico, una farmacia y una estafeta de correos. Tenían hasta un banco con cajero, lo que parecía un gran avance para el día a día, visto el entusiasmo con el que me informó de ello.

Por momentos sentía que había retrocedido a alguna época pasada, en la que podrían acusarme de brujería si enseñaba mi teléfono móvil.

Mientras me hablaba de sus vecinos y de algunos cotilleos jugosos, Ridge me sirvió más café y unas magdalenas de avena con arándanos que él mismo había horneado.

Pensé que era tan amable que parecía mentira; y guapo, más que mono. Y cada vez que me sonreía, la magnitud de su encanto y amabilidad me golpeaban en una oleada de calidez que solo se veía interrumpida cuando mis ojos se encontraban con los de Carlie. Por su cara, cualquiera habría dicho que su muerte por aburrimiento era inminente mientras limpiaba las mesas.

Cuando abandoné el bar, sabía prácticamente todo lo que debía saber de aquel lugar.

Ya no me preocupaba tanto la sensación de encontrarme en los confines del mundo. Además, todo tenía un aspecto diferente a la luz del día. Un manto verde se extendía ante mis ojos, salpicado de casas pintadas de colores brillantes: verde, amarillo, rojo, blanco, gris, azul... Caminos sin asfaltar serpenteaban sinuosos en todas direcciones.

Me di cuenta de que tenía las mejillas doloridas, tensas de tanto sonreír.

No recordaba cuándo había sonreído de esa manera por última vez.

Conduje un poco perdida, memorizando cada cruce y edificio para orientarme. Poco después encontré la calle principal, la única asfaltada, y también el único acceso al puerto. Ridge me había dicho que esa calle era el centro del pueblo y la mayoría de los establecimientos se alineaban a un lado y a otro.

Vi una pequeña tienda con un cartel de madera clavado a un poste frente al edificio. Giré hacia el aparcamiento que había a su derecha.

Cuando empujé la puerta de cristal sonaron unas campanitas. El interior olía a pescado ahumado y a queso. La dueña me sonrió desde el mostrador mientras conversaba con dos clientas sobre el temporal. Enseguida un coro de voces me dio los buenos días. Sonreí ante la cálida hospitalidad y también por su marcado acento. Era curioso cómo difería de una isla a otra; y aquel, en especial, poseía un timbre encantador.

Cogí una de las cestas que se apilaban junto a la puerta y recorrí las estanterías donde se acumulaban legumbres, conservas, productos de higiene y limpieza, mezclados con comida para animales, periódicos y revistas. Llené la cesta con todo lo que se me ocurrió que podía necesitar y me dirigí a la caja. Junto a ella se alzaba un pequeño expositor de cartón repleto de cajas de chocolatinas. Mi segunda adicción después del café. Cogí unas cuantas barritas y cinco minutos después conducía de vuelta a Old-Bay.

Tras colocar la compra, inspeccioné la casa con más atención. Descubrí que una puerta doble en la parte trasera era una especie de garaje, no muy grande, pero había espacio para el coche que había alquilado. Me preocupaba que pudiera sufrir daños si finalmente se desataba la tormenta de la que todo el mundo hablaba.

Había polvo por todas partes y olía a humedad. De una pared colgaba una bicicleta que debía de tener muchos años, de color amarillo y con una cesta de mimbre en el manillar. Sin nada mejor que hacer, la descolgué de la pared y pensé en dar un paseo. Idea que se fue al traste en cuanto la puse en el suelo y comprobé que tenía la cadena rota.

Aburrida, volví dentro con un nudo de ansiedad en el estómago. No me había dado cuenta hasta ese momento de lo difícil que era no hacer nada. Nada de nada. Tener tiempo libre, sin prisas. Estaba acostumbrada a ir siempre corriendo. De casa a la universidad, de la universidad a la editorial, trabajo, clases, exámenes...

Me entretuve colocando velas por toda la casa, con su correspondiente caja de cerillas al lado. Cualquier precaución era poca. También había comprado una linterna y pilas, que guardé en un cajón de la cocina. Después subí arriba y deshice la maleta.

En el armario encontré algunas prendas de Hayley. Unos jerséis de manga larga y una rebeca de punto. Si refrescaba, tendría algo que ponerme, porque yo solo había llevado ropa de verano.

Me preparé un sándwich y me lo comí de pie, frente a la ventana del salón. A mi lado, sobre una mesa, mi teléfono emitió un pitido. Se estaba quedando sin batería. Lo puse a cargar y me quedé mirándolo, tentada de comprobar si tenía nuevos mensajes o llamadas, pero contuve mi curiosidad. Estaba de vacaciones.

¡Vacaciones!

Intenté aferrarme a esa idea y al motivo por el que había viajado hasta allí.

«Vamos, Harper, hora de despertar. Solo tienes una semana para decidir qué quieres hacer con el resto de tu vida.»

8
Lágrimas de sirena

Quizá porque estaba allí y no en otro sitio.

Quizá porque ya era tarde para salir corriendo.

Quizá porque en el fondo tenía la esperanza de hallar la respuesta que necesitaba. Porque había oído un millón de veces que la vida es impredecible, que cambia cuando menos lo esperas, y deseaba creer que era algo bueno, cerré los ojos y dejé de huir de la mía.

No se puede escapar de lo que uno realmente es a menos que pretendas fingir ser otra persona.

Quizá llevaba demasiado tiempo fingiendo.

Abrí los ojos y contemplé el océano. Una suave y fresca brisa me acarició la piel y me trajo olor a algas. Podía sentir el sabor del agua salada en el aire, pegándose a mi lengua. Caminé hacia la orilla, abriendo mis sentidos al espacio que me rodeaba. En pocos segundos se inundaron con los colores, sonidos y aromas. Era como si mirara el mundo por primera vez y lo que veía me encantaba. Un rincón del planeta, aislado y salvaje.

Paseé durante un rato. La arena suave de la playa dio paso a unas dunas ondulantes, y estas a una pared escarpada de tierra roja como la sangre. La escalé hasta la cumbre y miré hacia abajo. Jadeé. Me encontraba en la cima de una larguísima playa de guijarros. Se extendía hasta el infinito y las olas la golpeaban, formando crestas de espuma.

Una ráfaga de aire me sacudió con fuerza y trastabillé hacia atrás. Al norte, la tarde parecía haber echado un manto gris sobre el cielo. La playa estaba desierta salvo por una casa, tan lejana que se veía diminuta, y un par de surfistas envueltos en neopreno. Bajé trotando por la pendiente hasta la orilla.

El agua burbujeante me lamió los pies. Estaba un poco fría, pero era una sensación maravillosa chapotear siguiendo su vaivén. Entre los guijarros, una piedra roja y brillante llamó mi atención. Me agaché para cogerla y la sostuve entre los dedos mientras destellaba con el sol. Parecía de cristal.

—Buen hallazgo. Es difícil encontrarlas tan grandes.

Un grito ahogado de sorpresa escapó de mi boca. Alcé la vista rápidamente hacia la voz. Una mujer me miraba sonriente. ¿De dónde había salido?

—Siento si te he asustado —se disculpó.

—No pasa nada. Es que no te he visto acercarte —respondí mientras me levantaba.

Lo primero en lo que me fijé de ella fue en su larga melena oscura hasta la cintura, a la que el sol arrancaba reflejos cobrizos. Tenía la piel ligeramente tostada y los ojos verde turquesa. Era muy guapa. Vestía una túnica blanca, amplia y vaporosa, que transparentaba las formas de su cuerpo. No supe calcular su edad. Poseía un rostro aniñado, atemporal, cosa que solo desmentían las pequeñas arrugas de expresión que lo enmarcaban.

«Etérea», esa palabra me vino a la cabeza mientras la miraba embobada.

Señaló con un gesto mi mano.

—¿Qué vas a hacer con ella? Es perfecta.

Miré el guijarro, sin entender a qué se refería.

—¿Qué se supone que debo hacer?

Alzó una ceja, sorprendida.

—Te he visto y he pensado que tú... ¿No sabes lo que es?

—¿Un canto? —tanteé.

Sus ojos, posados sobre mí, brillaban divertidos. Mi confusión crecía por momentos.

—Es una lágrima de sirena —respondió.

Abrí mucho los ojos y traté de mantener una expresión neutra. ¿Se refería a una con cola de pez, cuerpo de mujer y un cangrejo como mascota? A ver, soy una persona de mente abierta, y nunca se sabe. Creí en el hada de los dientes hasta los once años, y me avergüenza admitir que aún miro con anhelo una chimenea en Navidad. ¿Quién era yo para juzgar a los demás por lo que creen o dejan de creer?

—¿Una lágrima de sirena? Quieres decir... ¿una de verdad? —pregunté como si nada.

Se echó a reír y un sonido dulce y musical escapó de su garganta. Tenía un bonito acento francés, pero no como el de los canadienses de la zona este y las islas que hablaban el idioma; el suyo era mucho más suave.

—No, querida. La gente les da distintos nombres: lágrimas de sirena, cristal de mar... En realidad, solo son trozos de vidrio que el océano arrastra hasta la costa. Por cierto, me llamo Adele.

—Yo soy Harper, un placer.

—Encantada de conocerte, Harper. Nunca te había visto por aquí.

Su mirada era amable, pero también cauta.

—Es la primera vez que visito la isla. Llegué ayer, en el último ferry de la tarde. La... la casa amarilla que hay en Old-Bay es de mi hermana.

Asintió y noté cómo sus hombros se relajaban. Por algún motivo, mi respuesta le había quitado un peso de encima.

—Sí, la conozco. Es una casa preciosa. Mi amiga Molly era la antigua dueña. La heredó de sus padres y la convirtió en un bonito *bed and breakfast*, hasta que enfermó y tuvo que ponerla a la venta. La pobre Molly nos dejó hace poco.

—Lo siento mucho.

—Sí, fue un duro golpe para todos los que la conocíamos. Ella me enseñó a distinguir un canto de una lágrima de sirena.

Sonreí con las mejillas encendidas y bajé la mirada sin saber qué más decir. Ella continuó observándome con curiosidad, sin intención alguna de moverse.

—¿Y por qué los llaman así? —pregunté para acabar con el silencio.

—Por una leyenda...

Una fuerte ráfaga de viento nos sacudió, arrastrando arena. Parpadeé para evitar que me entrara en los ojos. La siguió otra más violenta y el agua nos lamió los pies hasta las pantorrillas. El oleaje penetraba con fuerza tierra adentro con un sonido ensordecedor. Nubes blancas y grises flotaban por el cielo, entrando y saliendo de mi vista. El tiempo era más desapacible por momentos.

—¿Te apetece tomar un té? Vivo en la casa azul que hay sobre el acantilado. Está muy cerca. Además, hace mucho que Sid y yo no recibimos visitas. Será agradable tener a alguien de fuera con quien hablar.

La invitación me sorprendió.

—¿Quién es Sid?

—Mi marido.

Pensé que no era buena idea. No conocía de nada a esa mujer ni a su marido. Cuántas historias comienzan con esa inocente invitación y acaban con una chica encadenada a un sótano. A veces, mi propia imaginación me daba miedo. Además, el viento cobraba fuerza y me parecía más sensato volver a casa antes de que empeorara y me resultara imposible regresar. A esa casa vacía y solitaria sin ninguna distracción.

Solo pensarlo me deprimía.

—Será un placer tomar el té con vosotros.

La casa de Adele era de un color azul brillante con pequeñas ventanas blancas y un tejado a dos aguas de pizarra oscura. Tenía dos plantas y una buhardilla. Desde fuera no aparentaba lo espaciosa y luminosa que era por dentro. La seguí hasta la cocina y me senté a la mesa mientras ella ponía una tetera a calentar en los fogones y sacaba dos tazas de una alacena con aspecto antiguo. Tomó de la encimera un tarro con pastas de mantequilla, después sirvió media docena en un plato.

Fuera se oían unos golpes rítmicos, como si alguien estuviese talando un árbol o cortando madera, alzándose insolentes por encima del bramido del viento. Dentro, un cadente tictac marcaba el tiempo con solemnidad. Me di cuenta de que Adele se sentía cómoda con aquellos largos silencios que ella misma provocaba, pero a mí me ponían nerviosa.

La presencia de otra persona desataba por mi parte una guerra al mutismo que ni yo misma entendía a veces, sobre todo cuando no tenía nada interesante que decir, y, aun así, mi boca no dejaba de emitir sonidos mientras mi mente pedía que cerrara el pico.

Estaba a punto de decirle lo bonita que era su casa, cuando ella empezó a hablar con una sonrisa misteriosa en los labios.

—Cuenta la leyenda, que las sirenas nacían con el poder de cambiar el curso de la naturaleza. Podían controlar los océanos y sus corrientes, los vientos, incluso provocar una tormenta. No obstante, Neptuno, dios del mar, se lo tenía prohibido. En una noche aciaga y oscura, se desató una terrible tempestad, y una goleta que surcaba el océano se encontró en medio del huracán. El capitán de la nave y sus leales marineros lucharon durante horas contra el viento y las olas para seguir a flote. El hombre se mantuvo firme al timón sin desfallecer ni un solo segundo pese a las velas rasgadas y los mástiles resquebrajados. Sin embargo, con un giro inesperado, un golpe de mar le hizo perder el equilibrio y cayó al océano enfurecido.

Hizo una pausa cuando la tetera comenzó a silbar. La apartó del fuego y sirvió el agua hirviendo en las tazas con sendas bolsitas de té. Se sentó frente a mí y se puso dos terrones de azúcar.

Prosiguió:

—Una sirena había estado observando al capitán en la distancia, maravillada por su fuerza y valentía. Nunca antes había visto un hombre tan intrépido y, sin apenas darse cuenta, se enamoró de él. Cuando lo vio luchando por no hundirse y salvar la vida, no pudo evitar romper la prohibición para protegerlo. Así que aplacó el viento, detuvo la lluvia y calmó las olas, y el capitán pudo regresar a salvo a su goleta.

Yo la escuchaba sin parpadear, completamente cautivada por el sonido de su voz y la historia. Una sensación extraña crecía dentro de mí, había algo en Adele que me resultaba familiar.

Ella continuó:

—Neptuno averiguó lo que la sirena había hecho. Airado, la desterró a las profundidades del océano, condenándola para siempre a no volver a la superficie. La sirena aceptó su castigo y se sumergió, lejos del capitán al que había entregado su corazón, y lloró sin descanso consumida por la tristeza y su alma rota. Desde ese día, sus lágrimas brillantes bañan las costas del océano como cristales, el recuerdo eterno de su amor.

Me quedé mirándola mientras ella removía su té con elegancia. Tenía una sonrisa genuina a la que era imposible resistirse y volví a sentir algo familiar en ella.

—Es una historia preciosa y, al mismo tiempo, tan... ¡triste!

—Me enfadé muchísimo la primera vez que la oí. Me parecía injusto el destino de esa sirena, el que no se rebelara y luchara. Después comprendí que hay ocasiones en las que el amor no tiene futuro, el sacrificio es inevitable y que esa es otra forma de amor. Creemos que amar con locura es suficiente para superarlo todo, y no es así. Hay obstáculos contra los que no se puede hacer nada por muy doloroso que nos resulte. La sirena y el capitán ni siquiera pertenecían al mismo mundo. No tenían futuro, ella lo sabía y, pese a todo, se sacrificó por él.

—Cuando ese hombre no sabía ni que ella existía y lo que había sacrificado por él —susurré. Suspiré tras beber un sorbito de té, aún dándole vueltas a la historia—. ¿Por qué las mujeres somos tan tontas? Nos enamoramos y nos volvemos idiotas. ¡Puf, adiós cerebro!

Adele me miró a través de sus pestañas, largas y negras.

—Percibo cierto rencor en esas palabras y me pareces muy joven para que hables de ese modo.

Me encogí de hombros.

—Pueden romperte el corazón a cualquier edad.

—Eso es verdad.

Los ojos de Adele permanecieron suspendidos en mi rostro, contemplándome con curiosidad y un sentimiento cálido. Me pregunté si vería lo mismo que yo cuando me detenía frente a un espejo. Mi interior como una cáscara de huevo llena de grietas, vacía, pero con el deseo de llenarla de algo más que carencias y necesidad. Temí que quisiese averiguar algo sobre mi corazón roto y me apresuré a cambiar de tema.

Puse sobre la mesa mi cristal.

—¿Qué es en realidad?

—Desechos de vidrio que el mar devuelve a la costa.

—¿En serio?

—¿Sabes? Antes de que se inventara el plástico, casi todos los enseres que se usaban en el día a día eran de vidrio: botellas, platos, vasos, jarras, lámparas... Muchas de estas cosas acababan en el mar. Sin contar los barcos antiguos que en algún momento naufragaron con cargamentos de alcohol que desaparecieron en el fondo del océano. Miles de botellas de cerveza, whisky, ginebra... Las corrientes marinas y la fuerza del oleaje, junto con la arena y las piedras, rompían estas piezas y las pulían. Uno como este... —señaló mi tesoro sobre la mesa— puede tardar treinta o cuarenta años en tener ese aspecto antes de que el mar lo devuelva a tierra. Algunos regresan siglos después.

—¡Es increíble!

—Sí, algunos son muy cotizados, dependiendo del color. Como el gris, el rosa o el... rojo. —Me dedicó una sonrisa cómplice—. Cada vez cuesta más encontrarlos. Son escasos en las playas porque quedan menos y los residuos que acaban en el mar ahora son de plástico.

—¿Y por qué los busca la gente?

—Los coleccionan. Pero, sobre todo, para fabricar joyas y objetos de decoración.

—Por eso me has preguntado qué pensaba hacer con él —dije, acariciándolo con las yemas de los dedos.

—Sí.

—¿Cómo sabes tanto sobre este tema?

Me guiñó un ojo y se puso de pie.

—Ven, quiero enseñarte una cosa.

La seguí por la casa hasta una puerta entreabierta en la segunda planta. Me quedé sin palabras en cuanto la crucé. Por todas partes había tarros llenos de cristal de mar de muchos colores. El centro de la habitación lo ocupaba una mesa cuadrada en la que vi herramientas, distintos pegamentos, hilos de metal, un pequeño yunque bajo una lupa y cajitas con compartimentos con más cristal organizado por tamaños. Una vidriera sin terminar reposaba sobre otra mesa, bajo una de las ventanas, junto a una vitrina en la que había distintas piezas de bisutería: anillos, colgantes, pulseras...

—¿Los haces tú? —pregunté sin dar crédito a lo que veía.

Ella sonrió con las mejillas encendidas y me di cuenta de que se sentía orgullosa de su trabajo. No era para menos.

Cada objeto, cada pieza, era una obra de arte. Me acerqué a la mesa y vi una pulsera casi a punto de acabar. Los engarces de plata donde encajaban los cristales estaban hechos a medida con su forma. Ella misma fundía la plata y los moldeaba. Miré a Adele sin disimular mi admiración.

—¡Eres toda una artista!

Movió las manos, rechazando esa idea.

—Solo soy una artesana que disfruta con su trabajo. —Su cara se iluminó—. Él es el artista.

Di media vuelta y me encontré con un hombre cubierto de serrín y virutas de madera que me miraba con curiosidad. Debía de medir al menos un metro noventa y sus hombros ocupaban todo el umbral. Era enorme. Tenía el cabello negro, lacio y brillante, bajo una bandana anudada a la cabeza. Por sus rasgos, no tuve ninguna duda de que era un nativo.

—Cariño, te presento a Harper. Nos hemos encontrado en la playa y la he invitado a tomar una taza de té.

—Hola —saludé un poco cohibida.

—Es un placer conocerte. Soy Sid, el esposo de Adele.

Me ofreció su mano y yo la estreché.

—Sid es escultor. Talla la madera y crea maravillosas obras de arte —me explicó Adele.

Sid se echó a reír y, pese a su piel oscura, noté que se ruborizaba.

—Como puedes ver, de los dos, yo soy el modesto —bromeó.

Adele frunció el ceño a modo de reprimenda, pero solo fingía porque sus ojos brillaban llenos de amor. Durante unos segundos se enzarzaron en un divertido tira y afloja, que acabó zanjado con un beso que me obligó a apartar la mirada. Después, Sid se despidió con una sonrisa y desapareció para prepararse un café antes de regresar al trabajo.

—Adoro a ese hombre —suspiró Adele.

—Sois una pareja encantadora.

Ella hizo un gesto vago con la mano, quitándole importancia a mi comentario, y me comentó lo afortunada que se sentía a su lado. También lo difícil que le había resultado conquistarlo, algo que me costó creer, porque su personalidad era como un hechizo imposible de resistir. Sus anécdotas eran interesantes y divertidas, y yo la escuchaba encantada mientras curioseaba por la habitación.

Me acerqué a la pared, donde colgaban unas fotografías. En algunas reconocí a Sid, mucho más joven. No me había equivocado respecto a su origen, era un nativo, en concreto de la tribu de los mohawk por la bandera que enarbolaba en una de las instantáneas. Canadá había pertenecido a su nación y a otras muchas siglos antes de que ingleses y franceses la colonizaran. Ahora su cultura apenas subsistía en pequeñas reservas que unos pocos trataban de mantener vivas.

Seguí curioseando bajo la atenta mirada de Adele. Me detuve en seco frente a una fotografía en blanco y negro. La mire con atención y entorné los ojos, de nuevo con esa sensación de familiaridad que ella había despertado en mí, como si ya la conociera. Y entonces me acordé. Se me escapó un gemido de sorpresa. ¡Era ella! ¡Dios mío, la adolescente que posaba con un premio César era ella!

Tragué saliva con el corazón a mil por hora y me di la vuelta a punto de sufrir un infarto.

—¡Eres Adele Sauvage! —exclamé casi sin voz. Ella asintió con timidez—. De niña me encantaban tus películas. Las adoraba. ¡Te adoraba!

Me sonrió con gentileza, como si supiera exactamente cómo me sentía.

—Gracias.

—Vi tu primera película a los nueve años y te convertiste en mi actriz favorita. Compraba todas las revistas en las que salías.

—Eres muy amable.

—¡Oh, Dios mío, sé que me estoy comportando como una lunática, pero no puedo evitarlo! ¡Eres tú! —Agité las manos en el aire—. Lloré tanto con aquella película en la que te quedabas huérfana. Para mí significó mucho en ese momento de mi vida.

—Esa es mi favorita.

—¡Y la mía! ¡Te admiro tanto! ¡Dios mío, si hasta te escribí una carta! ¿La recibiste? Ay, seguro que no. Cómo se me ocurre... Te escribirían miles de personas. —Agaché la cabeza, avergonzada—. Por favor, haz que pare. Haz que mi boca pare de hablar. Te juro que soy una persona normal, yo no... ¡Es que eres tú! Cierra la bocaza, Harper.

Adele rompió a reír con ganas.

Me temblaban las piernas. En realidad, me temblaba todo el cuerpo. Se me escapó una carcajada nerviosa que traté de reprimir. No podía dejar de mirarla. Estaba en la misma habitación que el ídolo de mi infancia, en su casa, y había tomado el té con ella.

¡Madre mía!

Ella me observaba con una sonrisa paciente en los labios y, por momentos, me sentí un poco abochornada por mi reacción infantil. Inspiré hondo y fingí ser una persona adulta que no se moría por pedirle un autógrafo.

—Espero que no te moleste la pregunta, pero ¿por qué dejaste de hacer cine? Desapareciste por completo.

Se sentó en un taburete y soltó el aire de sus pulmones por la nariz. Me miró como si me evaluara y estuviera intentando decidir si me contestaba.

—Dejó de interesarme —respondió al fin. Me hizo un gesto para que me sentara a su lado. Casi corrí para ocupar la silla vacía—. Bueno, es más complicado que eso. Con una madre actriz y un padre director de cine, todo el mundo esperaba que yo siguiera sus pasos, y así fue. Al principio me gustaba actuar, disfrutaba con ello, pero con el tiempo dejó de hacerme feliz y se convirtió en algo mecánico que hacía sin pensar. Interpretaba los papeles, pero no había pasión, no sentía a los personajes, ¿entiendes? Y lo dejé. Esa no era la vida que yo quería, era la que querían los que me rodeaban. No era justo para mí.

—¿Y te apoyaron?

—Al principio no. No entendían cómo podía desear algo diferente a la maravillosa vida que compartíamos. También les preocupaba la prensa y lo que se publicaría sobre mí. Las especulaciones en ese mundo pueden llegar a ser muy dañinas. Todo se reduce al sensacionalismo y a cuántos periódicos se pueden vender, sin importar si lo que cuentan es cierto o no.

—Recuerdo algunos de esos titulares —susurré apenada.

—Se contaron auténticas barbaridades: accidentes de avión, clínicas de rehabilitación, embarazos... Me lo tomé con humor, no me quedó otra.

—¿Y cómo has acabado viviendo aquí?

Su expresión se suavizó.

—Algunas escenas de mi última película se rodaron aquí. Me enamoré del lugar, de la gente, y conocí a Sid. El hombre más maravilloso del mundo.

Me emocioné y la romántica que habitaba en mí comenzó a soñar.

—¿Fue amor a primera vista?

Me sonrió y un ligero rubor cubrió sus mejillas.

—Por mi parte sí. Jamás había visto un hombre tan impresionante como él.

—Y te quedaste para poder estar juntos. ¡Creo que me va a explotar el corazón!

Soltó una risita divertida y posó su mano sobre la mía. El gesto me sorprendió tanto que me estremecí. Adele lo notó y me dio un ligero apretón.

—Siento desilusionarte, pero no. En aquel momento no pasó nada entre nosotros. Yo sabía que era imposible. Acabó el rodaje y regresé a París. Volví a mi vida, a los estrenos, las promociones y las fiestas, pero me di cuenta de que ya no formaba parte de nada de aquello y no dejaba de pensar en cómo me había sentido aquí. Feliz, libre... Yo misma. Tres meses más tarde, regresé para quedarme.

—Es una historia preciosa.

—No lo es. Es mi vida —replicó contenta. Se puso de pie y dio unos cuantos pasos, como si no pudiera estar quieta durante demasiado tiempo. Me miró con atención—. ¿Y qué hay de ti? ¿Dónde está tu casa?

Me sobresalté cuando un postigo golpeó con fuerza la pared. El viento ululaba fuera con un silbido ensordecedor. Inspiré hondo mientras mi corazón volvía a recuperar su ritmo normal.

¿Qué me había preguntado? ¡Ah, sí!

—Vivo en un apartamento alquilado en Toronto, aunque soy de Montreal.

—Eso está un poco lejos de esta isla. ¿Has venido por vacaciones?

—No. Bueno, en cierto modo sí. Es una larga historia. —Resoplé con hastío. Mi vida me desesperaba y el tono de mi voz lo expresó sin ningún reparo.

Ella ladeó la cabeza y entornó los ojos.

—Me encantan las historias largas.

Le dediqué un atisbo de sonrisa y me encogí de hombros.

—La verdad es que este viaje ha sido algo improvisado. Ya debería estar en casa, retomando las prácticas y preparando el nuevo semestre. Pero mi abuela falleció hace unos días y siento como si el mundo a mi alrededor se hubiera detenido. Todo se está desmoronando. —Hice una pausa para tomar aire—. Ella fue la persona que me crio y...

La expresión risueña de Adele cambió de golpe. Vino a mi lado y se arrodilló frente a mí. Me cogió las manos.

—Lo siento muchísimo, Harper. Sé lo que duele la pérdida de un ser querido.

—La echo mucho de menos.

—Claro, querida. —Me acarició con sus dedos suaves la mejilla y me enjugó una lágrima—. Ven, sentémonos en el salón, estaremos más cómodas.

La seguí hasta un sofá amarillo que ocupaba el centro de la habitación principal, frente a una chimenea. Me senté junto a ella y guardé silencio. Siempre hacía lo mismo, acababa dando explicaciones que nadie me había pedido. Contando cosas personales que nadie me había preguntado. Me justificaba todo el tiempo y odiaba hacerlo. Esa necesidad de aprobación...

Lo sencillo, lo correcto, lo que te mantiene a salvo de juicios es el silencio, pero no había forma de aprenderlo.

—Siento haberte preguntado. No pretendía perturbarte.

Su voz dulce provocó en mí una sensación reconfortante. La miré de reojo y me aclaré la garganta.

—No, al contrario, estás siendo muy amable. No me conoces de nada y me has abierto tu casa. Además, yo te he interrogado primero. Lo justo es que te devuelva esa confianza.

—Solo si quieres, Harper. No te sientas obligada. Pero si lo necesitas, se me da bien escuchar.

Adele me miró con inquietud, parecía muy preocupada por mí, y yo le sonreí para tranquilizarla. Le conté a grandes rasgos la situación en la que me encontraba y ella me escuchó en silencio. A través de sus ojos sentí que me entendía, que con cada nuevo pensamiento que le confesaba ella me conocía un poco más.

—Debo tomar una decisión muy importante para mí y espero encontrar aquí la respuesta que necesito. Ese es el resumen.

Ella soltó el aire que había estado conteniendo y me miró durante otro nuevo silencio. Me llevé una mano al pecho, nerviosa. A lo lejos creí oír el retumbar de un trueno y, por momentos, la luz al otro lado de las ventanas perdió brillo.

—Yo también espero que encuentres esa respuesta, Harper. Ojalá pudiera darte un consejo que te ayude, pero soy alguien que se ha equivocado muchas veces antes de tomar la decisión correcta.

—¿Y cómo supiste que era la correcta?

—Porque me hacía feliz. Tan fácil como eso.

—Tengo miedo, Adele. Me asusta equivocarme.

—Oh, querida, todos tenemos miedo a equivocarnos. Yo aún lo siento, porque la decisión correcta no quiere decir que sea la mejor, la más acertada ni la más sensata, ¿entiendes? Solo la que en ese momento a ti te hace feliz. No es malo estar asustado. El miedo es un sentimiento natural que te mantiene despierto, te empuja a luchar, a sobrevivir. El problema es cuando ese miedo se transforma en pánico. El pánico es como un ser rabioso, capaz de detectar el más ligero indicio de fragilidad y después devorarte porque sabe que eres débil y que no harás nada para salvarte. Es fácil dejarse arrastrar por la corriente, pero todos sabemos que luchar contra ella puede ser lo único que evite que nos ahoguemos.

Alcé la vista del suelo y la miré. Lo que decía tenía sentido y noté esa debilidad de la que hablaba, la corriente que me arrastraba, el pánico que me mantenía inmóvil. Vivían dentro de mí desde siempre, como el pequeño gusano que roe la manzana; por fuera puede parecer perfecta, pero una vez la abres puedes ver que está llena de agujeros que la debilitan y la pudren.

Tenía ganas de llorar, y sin embargo sonreí. Lo hice con rebeldía, enderezando los hombros y levantando la barbilla con un gesto de desdén a mi propia inseguridad. No iba a poder conmigo, esta vez no.

9
Y entonces duele

Me despedí de Adele con un pensamiento. Todo se suma hasta que, al final, la balanza se descompensa. Incluso lo más trivial tiene un precio. Un giro a la izquierda en lugar de a la derecha puede cambiar el curso de todo un futuro. Aquella isla era mi giro a la izquierda.

Emprendí la vuelta con la sensación de que a mi alrededor no dejaban de aparecer señales con las que el destino, o vete tú a saber quién o qué, trataba de decirme algo. Era una idea fascinante y enigmática al mismo tiempo. Desde mi llegada a Pequeño Príncipe había conocido a dos personas que lo habían abandonado todo para iniciar un nuevo comienzo allí. Dejaron atrás una vida segura, cómoda y estable, donde en realidad solo eran marionetas de las circunstancias y las personas a las que amaban, por un sueño y la posibilidad de ser felices. Porque la felicidad es solo eso, una posibilidad que existe pero que no todo el mundo alcanza, solo aquellos que se arriesgan sin que les importe lo distante y lejano que pueda parecer ese sueño. Porque los sueños exigen sacrificios.

Yo debía descubrir cuál era mi sueño, para eso estaba allí. Para abrir piel, apartar músculos, separar huesos y mirar dentro. Hundir las manos en el interior y rebuscar hasta encontrar aquello que hacía latir mi corazón con más fuerza.

Necesitaba encontrarme a mí misma. Empezar a ser yo. Dejar atrás esa sensación de haberme pasado la vida manteniendo la imagen que de mí proyectaban los demás. Necesitaba saber qué quería, dónde y cómo, e intentarlo.

«Harper, no temas volver a empezar», eso me había dicho Adele al abrazarme.

Inspiré hondo.

El aire olía a lluvia, mi olor favorito, y también a electricidad. El ambiente estaba cargado de ella y una masa oscura había cubierto el cielo por completo. Apreté el paso. El viento aullaba y granos de arena me azotaban todo el cuerpo, colándose entre mi pelo y también la ropa. El océano llegaba hasta mí en todas direcciones, gris y espumoso, anunciando la tormenta. La playa de guijarros casi había desaparecido, engullida por el agua. Apenas quedaba un estrecho paso de piedra junto a la pared escarpada del acantilado.

Durante unos segundos tuve la sensación de haberme perdido. No reconocía el paisaje de dunas sinuosas que se extendía ante mí. Las vi cambiar, elevarse y desaparecer ante mis ojos, moldeadas por el violento poniente.

Una ráfaga de viento mezclado con gotas saladas me golpeó el rostro. Miré al cielo, cargado de nubes oscuras como el carbón y vi el destello de un relámpago. Le siguió otro y, segundos después, el eco de los truenos retumbó sobre mi cabeza.

Sentí las primeras gotas de lluvia sobre mis manos y el rostro. Instantes después, cayó el aguacero. Eché a correr, tan rápido como mis pies calzados con unas sandalias de tiras me lo permitían. La luz fue devorada por la cortina de agua. Las formas parecían perder su definición y desdibujarse un poco, como si empezaran a desvanecerse en la oscuridad.

Por fin divisé la casa, un borrón recortado en el horizonte. Llegué al porche sin aliento y con los pulmones en llamas. Me aparté el pelo mojado de la frente y entré.

Tiritaba sin parar. Cada estremecimiento hacía que mis dientes chocaran entre sí. Corrí al cuarto de baño y me quité la ropa mojada y llena de arena. El terrible viento azotaba sin compasión la costa desde el mar. Podía oír el estruendo entre los truenos que retumbaban sin cesar y los relámpagos que cruzaban el cielo. Si aquel Apocalipsis que se había desatado solo era el principio del temporal, no quería imaginar lo que estaba por venir.

Llené la bañera de agua caliente y me sumergí en ella con un suspiro. Poco a poco mi cuerpo entró en calor, mientras jugaba con la espuma que rebasaba los bordes y pensaba en Adele y la casualidad que me había llevado a conocerla. Casi me parecía un sueño y, durante un instante, dudé de si había sido real.

¡Dios mío, por supuesto que lo había sido, y esperaba volver a verla antes de marcharme!

Estuve un buen rato en el agua, hasta que la piel de los dedos se me arrugó. Después me puse ropa interior y una camiseta vieja y bajé hasta la cocina para prepararme un bocadillo y una infusión. Comí sentada en el alféizar de la ventana para contemplar la tormenta, segura tras el doble cristal templado. Conociendo a mi hermana, seguro que había sido idea suya instalarlos.

Se me encogió el estómago al pensar en ella. La añoraba. Cogí el teléfono para llamarla y con frustración comprobé que no había cobertura. ¡Maldita tormenta!

Una hora después me encontraba tumbada en la cama, mirando el techo, inquieta, mientras fuera la noche gemía y aullaba sin cesar. La lluvia caía a plomo sobre el tejado y el estruendo de su fuerza retumbaba entre las paredes. La luz de la lámpara que reposaba sobre la mesita vaciló unas cuantas veces. De pronto se apagó y la habitación quedó sumida en la oscuridad.

Me acurruqué bajo la manta, abrazada a mi libro. No iba a ninguna parte sin él. En una situación así, Ana estaría inventando alguna de sus locas historias, plantándole cara al miedo y a la soledad con caballeros y princesas, gritando en voz alta frases rimbombantes para asustar a lo que se escondía en las sombras que creaban los destellos de los relámpagos iluminando la habitación.

Marilla le gritaría desde la cocina que guardara silencio, que ese comportamiento no era el adecuado para una señorita, pero Matthew saldría en su defensa, encantado con sus ocurrencias.

Cerré los ojos e imaginé que volvía a tener seis años. Ya no era Ana, sino Harper, y era mi madre y no Marilla la que venía a arroparme con un beso de buenas noches.

«Pero lo peor de imaginar cosas es que llega un momento en que uno debe detenerse y entonces duele», y a mí me dolió mientras me dormía.

Un ruido me despertó. Abrí los ojos con el corazón acelerado y la seguridad de que abajo había alguien. Alargué la mano y palpé el interruptor de la luz, lo pulsé un par de veces y nada. Busqué con los dedos el teléfono, pero de inmediato recordé que lo había dejado en el salón.

Ahora, cuando pienso en ello, no sé de dónde saqué el valor para salir de la cama, pero eso fue lo que hice. Sobre la cómoda había un juego de candelabros de madera. Tomé el más alto y lo empuñé como si fuera un bate de béisbol. Después me dirigí a la escalera de puntillas, intentando no hacer ruido.

Agucé el oído, pero dentro de la casa el silencio se ahogaba entre los sonidos del exterior. Aguardé unos instantes, casi convencida de que me lo había imaginado todo. No era la primera vez que mi fantasía me jugaba una mala pasada.

Estaba a punto de darme la vuelta y regresar a la habitación, cuando oí un golpe amortiguado y el rumor de una voz maldiciendo.

Me detuve en seco.

Noté que las piernas me flaqueaban. Apreté con fuerza el candelabro y comencé a bajar. No sabía a qué iba a enfrentarme, así que, mientras descendía con el corazón martilleándome el pecho, consideré mis opciones. La primera, atizarle al intruso si lo pillaba desprevenido. La segunda y más sensata, alcanzar la puerta y salir corriendo. Podía hacerlo.

Terminé de bajar la escalera y volví a oír un susurro. Provenía del sótano, estaba segura. El destello de un relámpago iluminó la planta baja y decenas de sombras bailaron en las paredes, seguido de un trueno ensordecedor que ahogó mi gemido.

La puerta estaba a escasos metros. Me armé de valor, aunque una vocecita dentro de mí seguía susurrando que quizá eran imaginaciones mías. Me encontraba en el escenario perfecto para un ataque de sugestión y aquellos ruidos amortiguados, cuya procedencia no alcanzaba a determinar, podían estar solo en mi cabeza.

Avancé un poco más. Una fina capa de sudor me cubría la piel y la madera resbalaba entre mis dedos.

De pronto, unos pasos cobraron fuerza mientras subían las escaleras del sótano. Se me puso la piel de gallina al darme cuenta de que mis oídos no me habían engañado. Allí había alguien y venía directo hacia mí. Miré la puerta. Tenía que moverme para alcanzarla.

Salté hacia delante al mismo tiempo que el intruso irrumpía en la sala. El instinto me hizo alzar el candelabro y soltar un golpe mientras se me escapaba un grito. La madera resbaló de mis manos y se estrelló contra la pared.

—Pero ¿qué demonios...? —bramó una voz ronca y amenazante.

Grité con todas mis fuerzas y la figura dio un paso atrás. De repente, el destello de otro relámpago iluminó la habitación el tiempo suficiente para que pudiera ver al hombre que me miraba con la sorpresa y la confusión pintadas en su rostro. Por un segundo me quedé sin palabras.

—¡¿Tú?! —exclamé en cuanto recuperé la voz.

—¡Tú! —siseó él.

A veces, el destino se parece a una pequeña tempestad de arena que cambia de dirección sin cesar. Tú cambias de rumbo intentando evitarla. Y entonces la tormenta también cambia de dirección, siguiéndote a ti. Tú vuelves a cambiar de rumbo. Y la tormenta vuelve a cambiar de dirección, como antes. Y esto se repite una y otra vez. Como una danza macabra con la Muerte antes del amanecer. Y la razón es que la tormenta no es algo que venga de lejos y que no guarde relación contigo. Esta tormenta, en definitiva, eres tú. Es algo que se encuentra en tu interior. Lo único que puedes hacer es resignarte, meterte en ella de cabeza, taparte con fuerza los ojos y las orejas para que no se te llenen de arena e ir atravesándola paso a paso. Y en su interior no hay sol, ni luna, ni dirección, a veces ni siquiera existe el tiempo. Allí solo hay una arena blanca y fina, como polvo de huesos, danzando en lo alto del cielo. Imagínate una tormenta como esta. Y cuando la tormenta de arena haya pasado, tú no comprenderás cómo has logrado cruzarla con vida. ¡No! Ni siquiera estarás seguro de que la tormenta haya cesado de verdad. Pero una cosa sí quedará clara. Y es que la persona que surja de la tormenta no será la misma persona que penetró en ella. Y ahí estriba el significado de la tormenta de arena.

HARUKI MURAKAMI,
Kafka en la orilla

10
Me rompiste el corazón

Mi mente estaba a punto de explotar, también mi corazón, que no parecía capaz de recuperarse del susto que acababa de llevarse. Durante una fracción de segundo había visto mi muerte a manos de un psicópata desconocido. A la policía levantando mi cadáver. Los titulares de la sección de sucesos explicando cómo había intentado defenderme con un candelabro de madera hueca. ¡Patético! Mi funeral repleto de desconocidos que murmuraban frases manidas: «¡Qué pena, era tan joven! ¡Tenía toda la vida por delante, es una lástima que fuese tan torpe, pobre!».

Respiré hondo una vez, y después otra, intentando controlar la descarga de adrenalina que me había colapsado el cuerpo. Me pellizqué el brazo con fuerza, porque era evidente que estaba sufriendo alucinaciones. No podía haber otra explicación.

Probablemente me había resfriado después de correr bajo la lluvia durante tanto tiempo. Tenía fiebre y, en realidad, seguía tumbada en la cama, sufriendo una experiencia extracorpórea cercana a la muerte. Eso explicaría por qué era él a quien veía, mi cuenta pendiente.

¡Oh, Dios, iba a quedarme atrapada entre el mundo de

los vivos y los muertos por su culpa! Ese chico también iba a ser mi infierno particular en el más allá.

Parpadeé, recuperando la cordura, y fulminé con la mirada al mismísimo Trey Holt.

—¿Qué haces tú aquí?

Él también pareció salir de su ensimismamiento.

—La pregunta es qué demonios haces tú aquí.

—Es la casa de mi hermana y me la ha prestado por unos días. ¿Y tú?

—No te importa.

—¿Perdona?

Cogió del suelo el candelabro y lo sopesó.

—¿Ibas a golpearme con esto?

—Da gracias de que haya fallado —farfullé.

—¿Es que había otra posibilidad?

Se estaba riendo de mí sin ningún reparo. Empezó a hervirme la sangre y pensé que aún podría tirarle alguna otra cosa, como la lámpara de mesa que tenía a mi izquierda. La tentación era muy grande. Hice un gesto hacia la puerta.

—Lárgate.

—No pienso ir a ninguna parte.

—¡Debes irte! He llegado primero y no tengo intención de estar bajo el mismo techo que tú.

Señaló la ventana.

—¿Has visto la que está cayendo?

Como si la tormenta quisiera darle la razón, la lluvia cobró más fuerza sobre nuestras cabezas y una secuencia de relámpagos iluminó todo el salón. Me fijé en que tenía la ropa empapada y que a sus pies se estaba formando un charco. El pelo se le había pegado a la frente y lo apartó con un gesto airado. Una pequeña parte de mí se ablandó al ver cómo tiritaba, pero me mantuve firme. No lo merecía.

—¿Y crees que eso me preocupa? Puedes dormir en tu coche. Habrás venido en uno, ¿no?

Me miró a través de sus oscuras pestañas. Sus ojos parecían una ventisca de hielo y tenía la mandíbula tensa. No dijo nada y se limitó a ir hasta la puerta. Sonreí, pensando que me había salido con la mía, pero lo que hizo fue coger del suelo un par de bolsas de viaje y dirigirse a la escalera. Di un paso atrás para evitar que me arrollara y me volví hacia él con la boca abierta.

—¡Esto es allanamiento, Trey! La casa ya está ocupada, ¡por mí!

Soltó una risotada cargada de sarcasmo.

—¿Allanamiento? No sé si te has dado cuenta de que tengo una llave, que, por cierto, me ha dado Scott. —Levantó la mano y de uno de sus dedos colgaba un llavero con el pequeño objeto metálico—. Scott, ya sabes, el propietario y, por si se te ha olvidado, mi amigo. —Se detuvo al llegar arriba y me miró por encima del hombro—. Que estés aquí tampoco me hace ninguna gracia, no te emociones.

Puse los ojos en blanco.

—Pues ya estamos de acuerdo en algo. Y como yo llegué primero...

Bufó con desdén.

—No pienso ir a ninguna parte, así que grita y patalea todo lo que quieras. Pero hazlo bajito, estoy cansado y quiero dormir.

Me dio la espalda y desapareció en la oscuridad del pasillo. Después oí un portazo y una retahíla de maldiciones y palabras malsonantes. Bien, yo también solté unas cuantas mientras regresaba a mi habitación y me metía en la cama. Lo pensé mejor. Me levanté, abrí la puerta y volví a cerrarla con un fuerte golpe.

Ahora sí.

Todavía agarrada al pomo, apoyé la frente contra la madera y cerré los ojos. No quería pensar; si lo hacía, me explotaría la cabeza con todo aquel sinsentido.

Me metí en la cama y me masajeé las sienes. Por si acaso,

me toqué la frente con el dorso de la mano, aunque la noté fría.

Estaba ocurriendo de verdad.

Desperté con la esperanza de que la noche pasada solo hubiera sido un sueño. Sin embargo, los sonidos que ascendían desde la planta baja acabaron con mis ilusiones con la misma rapidez que un globo estalla. Desaparecieron.

Dejé escapar un suspiro contenido y salí de la cama con una clara determinación. Necesitaba respuestas: cómo, por qué, cuánto tiempo... El problema era que no me sentía capaz de ocupar el mismo espacio que Trey, por lo que mantener una conversación con él era algo a lo que me costaba enfrentarme.

Me consideraba un ser adulto y maduro para tratar con cualquiera. Sabía adaptarme a las personas y encontrar la mejor forma de comunicación con cada una de ellas. Pero con él volvía a tener dieciocho años. Me mantenía anclada a esa época. Me sentía una niña, inexperta e insegura como entonces.

Vale, esto último aún lo era —de ese sentimiento va esta historia—, pero ya entendéis qué trato de decir.

La tormenta continuaba sobre la isla. El viento y la lluvia golpeaban los cristales. El sonido me inquietaba. Me asomé a la ventana. Todo el paisaje estaba difuminado tras la cortina de agua, suavizado de algún modo por jirones de niebla que se entretejían como hilos.

No sé cuánto tiempo pasé contemplando las gotas deslizándose por el cristal hasta que asimilé que me estaba escondiendo y que era una actitud ridícula ocultarme de por vida en aquel cuarto. Me puse un vestido de tirantes, largo hasta los tobillos, y me cubrí los brazos con la rebeca de mi hermana. La temperatura había descendido mucho y los radiadores no estaban funcionando. Accioné el interruptor de la luz y nada. Genial, no había electricidad. ¿Qué más podía salir mal?

En el baño me aseé y cepillé el pelo frente al espejo. Después no me moví, consciente de una gran realidad. Los últimos diez años de mi vida se resumían en una persona, y esa persona se encontraba bajo el mismo techo que yo. Diez años en los que primero lo había amado y después lo había odiado. Aún lo odiaba. Había perfeccionado ese sentimiento hasta convertirlo en un arte.

Tuve que reunir todo el valor que me quedaba para atreverme a bajar la escalera.

Encontré a Trey en la cocina. Iba descalzo y vestía un tejano oscuro y una sudadera gris raída. Su pelo apuntaba en todas direcciones, como si acabara de levantarse de la cama.

Alzó la vista cuando me vio entrar y nuestras miradas se enredaron un segundo. Después nos ignoramos a conciencia. Me acerqué al grifo y me serví un vaso de agua que bebí a pequeños sorbos. Por el rabillo del ojo lo vi encender los fogones con una cerilla. Me sentí aliviada al comprobar que la cocina era de gas y no eléctrica como el resto de la casa. Al menos podría cocinar y, en el peor de los casos, hervir agua e improvisar un baño si la avería duraba más tiempo.

Puso un cazo con agua a calentar y después sacó el café soluble del armario. Mi café. Salté como una chiquilla y sin pensar.

—Ese café es mío. No puedes cogerlo sin pedirme permiso.

—Este café no es tuyo, sino mío.

—De eso nada, lo compré ayer en esa tiendecita del centro del pueblo.

Se volvió y me miró con un rictus de enojo.

—¡Qué casualidad, yo también! —exclamó con sarcasmo, y me dio la espalda para echar dos cucharadas al agua.

El olor a café llegó hasta mi nariz y a punto estuve de cerrar los ojos de puro éxtasis.

—Lo digo en serio. Vale que tenga que aguantar que estés aquí, pero ¡no toques mis cosas!

Noté que sus hombros se tensaban. Alargó el brazo y abrió otro armario, sacó un segundo bote de café y lo puso sobre la mesa con malos modos. Me quedé muda, sintiéndome estúpida. Allí estaba mi compra, tal y como yo la había colocado la mañana anterior. En el armario contiguo se encontraban sus cosas, que debía de haber traído consigo la pasada noche. De ahí todos los ruidos que me despertaron.

Aparté la mirada, incapaz de disculparme, y salí de allí a toda prisa.

Me senté en el sofá sin saber qué hacer. Fuera, la tormenta seguía descargando sin compasión, aunque en ese momento era mucho peor la tempestad que giraba en mi interior como un torbellino. Me sentía frustrada. Y deseaba irme a casa.

Cerré los ojos y me concentré en el siseo de la lluvia sobre las tejas. Poco después oí un golpecito. Abrí los párpados muy despacio y vi a Trey subiendo la escalera. Sobre la mesa había dejado una taza de café caliente.

La culpa se asentó como plomo en mi estómago.

Las horas transcurrieron con una lentitud agónica. Era imposible salir de la casa y dentro no había gran cosa que hacer. Había huido tan deprisa de Montreal que olvidé guardar en mi maleta objetos tan esenciales como libros o el cargador de mi ordenador portátil.

Estuve releyendo durante un rato, pero me sabía cada palabra de cada página hasta el punto de poder recitarlas en mi mente, así que cerré el libro y lo dejé sobre la mesa.

Trey desapareció casi por completo esa mañana. No salió de su habitación hasta mediodía, momento en que bajó a prepararse el almuerzo. Allí donde él aparecía, yo me marchaba a la parte más alejada de la casa. Jugamos al ratón y al gato toda la tarde, ninguneándonos sin disimulo. Al llegar la noche, nuestra guerra fría era de un nivel glacial.

Después de cenar me tumbé un rato en la cama y me cubrí con la colcha. La temperatura no dejaba de descender. Me costaba creer que estuviésemos a finales de agosto. Empezó a dolerme la cabeza, pinchazos agudos que me taladraban el cerebro; así que bajé al salón para coger una aspirina de mi bolso.

Trey se encontraba arrodillado frente a la chimenea. Había encendido el fuego y su calor ascendía en el aire. Las llamas le iluminaban una parte de la cara, sumiendo la otra en sombras que le daban un aspecto duro. Ladeó la cabeza y clavó su mirada intensa y profunda en mí. Durante un segundo mantuve aquel duelo silencioso, aunque flaqueé y me rendí enseguida.

Tenía un nudo en la garganta mientras cruzaba el salón hacia la silla donde había dejado el bolso. Hurgué hasta encontrar el frasco con los analgésicos y me dirigí a la cocina a por un vaso de agua. De regreso a la escalera, hice todo lo posible por evitar mirarlo. Cerré la rebeca sobre mi pecho y mi cuerpo se estremeció con un escalofrío. Estaba helada.

—Harper, esto es ridículo.

Me detuve en el primer escalón y me di la vuelta. Trey me miraba con el ceño fruncido. Sus ojos revolotearon por mi rostro, ansiosos. Se frotó el mentón al tiempo que se ponía de pie, llenando la estancia, dejándome sin aire.

—Nos estamos comportando como niños. Es evidente que tienes un problema conmigo y que a mí me disgusta tanto como a ti esta situación. Pero así están las cosas, ¿vale? Estaremos encerrados mientras dure la tormenta y de nosotros depende que las próximas horas no se conviertan en un infierno.

Me molestaba admitirlo, pero tenía razón.

—¿Y qué sugieres?

—No sé, al menos podríamos intentar fingir que no queremos asesinarnos cada jodido segundo. Me saca de mis casillas que me estés evitando como si fuese contagioso.

—Tú estás haciendo lo mismo.

—Joder, claro que... —Se detuvo y respiró hondo. Repitió el gesto dos veces más, como si necesitara tranquilizarse—. Tienes razón. Mira, hace frío y seguimos sin electricidad, ¿por qué no te quedas aquí, junto al fuego, y tratamos de ser civilizados?

Me miraba de frente, sin vacilar, y parecía sincero.

—Vale —susurré.

Trey soltó un largo suspiro. Después se sentó en el sofá y guardó silencio. Yo me acomodé lo más lejos posible de él y me quedé mirando las llamas. Pasaron los minutos mientras mi ánimo fluctuaba entre los nervios y el enfado. Aquella era, sin lugar a dudas, la situación más incómoda a la que me había enfrentado en mucho tiempo.

Mantuve la mirada fija en el fuego que crepitaba. Él no dejaba de mover la pierna, nervioso; y a mí cada segundo se me empezó a antojar eterno.

De pronto, se puso en pie como si un resorte lo hubiera lanzado hacia arriba.

—Me apetece un té, ¿quieres uno?

Desapareció en la cocina antes de que pudiera decir nada. Regresó pocos minutos después con dos tazas y las puso sobre la mesa. Mi cuerpo se sacudió cuando se dejó caer en el sofá. Lo miré de soslayo. Una cosa era tolerar que nuestros cuerpos ocuparan el mismo espacio. Otra muy distinta jugar a tomar el té como dos buenos amigos, cuando tenía que morderme la lengua para no gritarle como si estuviera poseída.

—No quiero té.

—Pues no te lo bebas —gruñó.

Volvimos a quedarnos callados. Mis pensamientos se agitaban como aguas revueltas. La tensión se condesaba en el aire, volátil, y no nos beneficiaba a ninguno de los dos, así que decidí intentarlo.

—¿Has venido para mucho tiempo?

Me miró de reojo. Ya creía que no iba a contestar cuando se encogió de hombros.

—Todo depende de lo que tarde.

—¿En hacer qué?

—Planificar una ampliación. Scott quiere reformar la casa. Los únicos planos se encuentran en el ayuntamiento de la isla, y los necesito. Y también es necesario que compruebe el estado de los cimientos y los muros de carga para asegurar la viabilidad del proyecto.

—De ser cierto...

—¿Me estás llamando mentiroso?

—Solo digo que, de ser así, Hayley me lo habría comentado. —Hice una pausa para apaciguar los nervios—. Que la casa estuviese ocupada no era parte del plan.

Esta vez me miró de frente y pude ver un atisbo de curiosidad que disimuló de inmediato.

—Tu hermana no sabe nada de este tema. Es una sorpresa para su cumpleaños.

Apreté los labios para reprimir una sonrisa. Mi cuñado era el hombre más adorable del planeta. Subí los pies al sofá y me abracé las rodillas.

—No sabía que te dedicabas a las reformas.

—Y no lo hago. Esto es un favor personal.

—Ya...

Tomé aire, aunque no logré serenarme. Tenerle tan cerca había hecho que reviviera con mayor claridad mis sentimientos, los buenos y los malos, como si hubieran permanecido algo adormecidos hasta entonces. Se volvió un poco hacia mí y pude ver su rostro al completo. Las llamas titilaron reflejadas en sus ojos.

—¿Y tú qué haces aquí?

—Vacaciones.

Alzó una ceja con escepticismo.

—Pues vaya tiempo has escogido.

—Me pilló por sorpresa. Nadie me informó de que el fin del mundo era esta semana —protesté.

Asintió, como si estuviera de acuerdo conmigo. Algo me decía que él tampoco había previsto la llegada del temporal.

Se inclinó y tomó su taza de té. Debía de estar frío desde hacía rato. Lo imité porque necesitaba tener las manos ocupadas con algo, y porque si contemplaba la bebida dejaría de mirarlo a él y de intentar recordar cómo era el tacto de esa barba corta que le oscurecía el rostro.

Me dolía ser tan débil.

Bebió un sorbo e inmediatamente lo escupió al fuego.

—Está asqueroso, parece pis de gato.

—Pareces muy seguro de a qué sabe el pis de gato.

Me eché a reír viendo su cara de asco y a él se le escapó un mohín divertido. Se me cortó la risa, como si de repente me acordara de que no me caía bien.

Me observó, calibrándome. Sentí que la habitación se iba haciendo más y más pequeña a cada segundo que sus ojos se demoraban sobre mí.

—No te pareces en nada a la chiquilla que recuerdo.

—Puede que sea porque ya no soy una chiquilla —respondí con tono cortante y beligerante.

—Y tampoco muy simpática.

Lo fulminé con la mirada, desafiándolo. A ver si se atrevía a decir algo más.

Y lo dijo:

—¡Se acabó! Suéltalo de una vez. —Contuve el aliento y aparté la vista con la sensación de que todas mis emociones se desbordaban en mis ojos—. ¿Eres así de estúpida con todo el mundo o solo conmigo? Porque si es solo conmigo, creo que tengo derecho a saber por qué. —Me apuntó con un dedo—. Y si se te ocurre decir que ya sé cuál es el problema, te juro que... que...

—¿Qué? —lo reté.

Me levanté con intención de regresar arriba, pero él me lo impidió colocándose entre la escalera y yo.

—De eso nada, esta vez no voy a dejar que te marches.

—Aparta, Trey.

—No.

—Déjame pasar.

—No hasta que me digas qué pasa contigo.

Retrocedí, alejándome de él. No podía con esto. El corazón me dolía demasiado y él se comportaba como si nunca hubiera sucedido nada. Empeñado en arrancarme a la fuerza una respuesta que ya tenía.

Eso me cabreaba. Me cabreaba mucho.

En los libros me encantan las escenas dramáticas, pero en la vida real son un asco; y allí estábamos, representando una muy amarga.

—¿Que qué me pasa? Me pasa que eres... eres...

—Soy...

—Eres...

—Por Dios, escúpelo de una vez.

—Eres... ¡eres idiota! Un rompecabezas sin ninguna gracia que resolví el primer día. Eres egocéntrico y un capullo sin corazón. Eres... eres horrible por fingir que nada ha pasado. Únicamente te preocupas de ti mismo. Te aprovechas de las personas para tu beneficio sin pensar que puedes herir sus sentimientos, que tus caprichos egoístas pueden tener consecuencias y hacer daño. —Vi que se le crispaba la mandíbula. Pero yo ya no podía parar—. No te importa nada ni nadie, salvo tú mismo. Usas a la gente y luego eres cruel.

—Harper...

—Me usaste y fuiste cruel conmigo. Y me dolió porque creí que yo te importaba. Durante un momento lo creí de verdad. Pero entonces te deshiciste de mí como quien tira un papel al suelo. Me echaste de aquel cuarto y de tu vida sin pestañear. Me hiciste mucho daño y no voy a perdonártelo jamás. ¿Lo entiendes? Jamás.

Mis palabras, fatales y cargadas de rabia, nos envolvieron como si fuesen niebla espesa en el aire. Trey me miraba consternado. Sus ojos eran un cielo tormentoso y lleno de emociones que no pude leer bien, pero vi cómo retrocedían en el tiempo y la comprensión los alcanzaba.

—¿Hablas de aquella mañana en la residencia donde vivía con Hoyt? ¿En mi habitación, cuando te pedí que te fueras? —dijo casi sin voz, demasiado sorprendido para mi gusto.

—¡Me gritaste que me largara!

—¿Por eso estás así conmigo?

Yo le dirigí un mirada fría por toda respuesta. Se llevó las manos a la cabeza y se sentó en el primer escalón. Me observó entre enfadado e incrédulo.

—¿Me has tratado como a una cucaracha por eso?

—Eres una cucaracha.

—Por Dios, Harper, claro que te dije que te marcharas. Me desperté con la peor resaca de toda la historia y lo primero que vi fue a ti medio desnuda en mi habitación. Me quedé bloqueado. Solo podía pensar en Hoyt arrancándome la cabeza si te encontraba allí. Joder, entiéndelo, eras su hermana pequeña.

No me sentía capaz de escuchar una sola palabra más. Di media vuelta, pero él me retuvo.

—¡Eras una niña! Mirarte ya estaba mal —resopló frustrado—. Siento si fui brusco y grosero contigo, reaccioné sin pensar. Pero comprende que no podía dejar que tu hermano nos encontrara en esa situación. Habría pensado cualquier barbaridad.

Me moví para esquivarlo y de nuevo se interpuso en mi camino. No ignoré la tensión acumulada en sus hombros ni las dudas que reflejaba su cara. Solté una risa llena de sarcasmo con la que intenté ocultar unas lágrimas traicioneras.

—¿Así te justificas? Podrías haberlo hecho de mil modos distintos y elegiste el peor, el que a ti te convenía. En ningún momento pensaste en mí. —Me temblaban las piernas—. Si nos hubiera pillado, yo... yo... nunca habría dejado que Hoyt averiguara de ese modo lo que había pasado entre nosotros. Nunca. Pero claro, para ti mis sentimientos eran lo menos importante. Lo que pasó no significó nada.

Trey parpadeó, confuso.

—¿Lo que pasó?

—Pues para mí significó mucho y, que me echaras de ese modo, después de lo que habíamos compartido, fue muy humillante. Me destrozó.

—Espera un momento, ¿has dicho si nos hubiera pillado? Y ¿a qué te refieres con nosotros? Entre nosotros no pasó nada, Harper.

Me rodeé con los brazos, como si fuera a desmoronarme. Mis sentimientos y yo necesitábamos aire para respirar.

—Lo sé, me quedó muy clarito que para ti no pasó absolutamente nada. Para mí sí. Fue importante y me rompiste el corazón.

Le tembló un músculo de la mandíbula.

—Harper, ¿de qué demonios estás hablando?

—¿Intentas tomarme el pelo?

—¡No!

—¿Estás insinuando que no te acuerdas?

—¿De qué?

—No puedo creer que seas tan rastrero como para fingir. Eres adulto, los adultos asumimos la responsabilidad de nuestros actos. No vas a morirte por admitir que fuiste un cerdo. Yo ya lo tengo superado.

Lo aparté y logré alcanzar la escalera.

—Harper, te juro por mi vida que no sé de qué me estás hablando. No recuerdo nada antes de esa mañana. ¿Cómo tengo que decírtelo?

Sonó a pura desesperación y me descolocó la intensidad

de ese sentimiento. Tragué saliva y me volví para verle el rostro. Sus ojos brillaban angustiados.

Se me dispararon las pulsaciones.

—Por favor, me estás acojonando. ¿Qué pasó entre nosotros? —insistió.

—Lo dices en serio.

—¡Sí! ¡Joder, sí! Lo último que recuerdo de esa noche fue la llamada de mi abuelo comunicándome que mi madre había muerto de un infarto y que me sentí el peor hijo del mundo. Y como era un gilipollas sin valor para enfrentarme a ningún problema, bebí para no tener que pensar y me fumé todo el alijo de hierba que Preston guardaba en su cuarto. —Se le escapó una risita amarga—. Después de eso, todo es un agujero en mi memoria.

Mirándolo allí de pie, con la emoción desnuda que expresaba su cara, noté que el mundo perdía su centro. No sabía que su madre hubiera muerto. Ni siquiera sabía que esa mujer hubiese existido en su vida. Desde que lo conocía, había vivido solo con su padre y nunca había mencionado a otra familia.

—No te estoy mintiendo, Harper.

Lo creí.

—Esa noche nos acostamos.

—Venga ya, no tiene gracia.

—Te estoy diciendo la verdad.

—No. No es cierto.

—Sí. Nos acostamos, por ese motivo estaba sin ropa en tu habitación. —Dejé de contener las lágrimas—. Fue mi primera vez.

Se produjo un pesado silencio mientras Trey asimilaba mi respuesta. No tenía la menor idea de qué pensamientos se desarrollaban tras sus ojos. Jamás había visto a nadie cambiar de expresión tan rápido. Amargura, tristeza, vergüenza...

Y esperé. Mis palabras aún flotaban en el aire como un desafío al que él trataba de plantarle cara. Vi cómo intentaba unir las piezas, su esfuerzo por recordar y la frustración al no poder hacerlo. Infinidad de emociones continuaban dando vida a sus ojos mientras se esforzaba para no creerme.

Sin embargo, lo hacía. Me creía. Lo vi en su mirada perdida, como la chispa que salta de una cerilla un segundo antes de arder.

Ni siquiera pudo mirarme cuando pasó a mi lado y salió por la puerta principal.

Y sin darme tiempo a reaccionar, desapareció en la oscuridad, bajo la tormenta.

11
Ni los recuerdos ni las ganas

Con el paso del tiempo aprendí que la vida solo es una secuencia de momentos. Solo eso. Unos no significan nada. Otros son determinantes. La vida también es impredecible, y que nos hubiéramos encontrado en aquel lugar perdido lo demuestra. Una casualidad que acabó convertida en uno de esos instantes decisivos. Un giro inesperado que cerró una puerta y abrió otra.

Me quedé plantada mirando la nada, con el corazón latiendo muy deprisa en mi pecho mientras trataba de procesar lo que acababa de ocurrir. La verdad de aquel instante. Mis pensamientos iban del blanco al negro. Había imaginado aquella conversación de muchas formas, en diferentes escenarios, pero nada se parecía a la realidad.

Había construido cuatro años de mi vida alrededor de una idea que nunca existió. Un muro de resentimiento y decepción que alimenté día tras día durante mucho tiempo. Llamarlo malentendido me parecía demasiado trivial, porque parte de quien era ahora se debía a lo que sucedió esa mañana en la habitación de Trey. Sin embargo, se trataba de eso, de un cúmulo de circunstancias que habían acabado en desastre.

No había distancia ni perspectiva entre mi realidad y la de él. Estaban mezcladas sin que pudiera dilucidar dónde comenzaba una y terminaba la otra. Pero sí una fisura por la que empezaban a filtrarse sentimientos que había llevado a cuestas mucho tiempo y que cada día pesaban más.

No sabía cómo manejarlo.

No sabía cómo afrontarlo.

No sabía qué sentir.

El agua entraba en la casa arrastrada por el fuerte viento y corrí para cerrar la puerta. Me asomé a la ventana, preocupada por él. ¿Adónde demonios pensaba ir con aquella tormenta?

Las horas pasaron hasta que perdí la noción del tiempo y mi nerviosismo no hacía otra cosa que aumentar. La situación era ridícula. Había ido a aquella casa para encontrarme a mí misma y me sentía más perdida que nunca.

Me ceñí la rebeca con un escalofrío y escuché el chisporroteo del fuego consumiéndose. Fui a la cocina a buscar más velas. Cuando regresé, Trey estaba en la puerta, empapado y tiritando. Observé las sombras que había bajo sus ojos, tan oscuras que eclipsaban el ámbar que solía iluminarlos. Me crucé de brazos, mientras el alivio que había sentido al verle de vuelta se convertía en enfado.

—¿Has perdido la cabeza? ¿Cómo se te ocurre salir con este tiempo? ¿Dónde demonios estabas? —solté sin aliento.

—Lo siento.

—¡Me tenías preocupada!

—Lo siento.

—Eso ya lo has dicho.

—Lo sie...

Casi sonreí. Casi.

El crujido de la madera del suelo me acompañó mientras me acercaba a él. Los malos recuerdos seguían en mi cabeza, nítidos y demasiado reales. La verdad no era suficiente para olvidarlos así como así. Inspiré hondo. No quería que me traicionaran las emociones que bullían bajo mi calma aparente.

—Ven, tienes que secarte o acabarás pillando una pulmonía.

Tomé su mano y lo insté a seguirme hasta la chimenea. Se agachó frente al fuego mientras yo me movía para buscar unas toallas en el baño de arriba. Después me tomé la libertad de entrar en su habitación, también necesitaba ropa seca. Encontré un pantalón y una camisa sobre la cama.

Regresé abajo y él continuaba inmóvil frente al fuego. Me arrodillé a su lado, un poco incómoda por la ausencia de palabras y de cualquier reacción por su parte.

—Vale, vamos a quitarte esto —susurré al tiempo que deslizaba los dedos por el bajo de su camiseta y tiraba para sacársela por la cabeza.

Me miró y, por un momento, dudó. Después me dejó hacer. Le quité la prenda mojada y no pude evitar fijarme en su piel dorada por el sol. En la firmeza de cada centímetro de su torso desnudo. En lo bonitas que eran sus manos, en los dedos largos, masculinos. Tocar su piel me supuso un placer cálido que luego me dejó un regusto de culpabilidad por ceder tan pronto.

Le froté el pelo con la toalla, secándolo lo mejor que pude. Deslicé el algodón blanco por su cuello, a lo largo de sus hombros, y me detuve cuando era el turno de su estómago. Noté que me observaba y que su respiración se había acelerado.

Me obligué a mirarlo, aunque me costó. Arrugué la nariz e insinué una sonrisa, demasiado tímida.

—Será mejor que sigas tú. Me daré la vuelta para que puedas quitarte los pantalones y ponerte ropa seca.

Me puse de pie y me alejé unos pasos, dándole la espalda. Sentí una calidez indeseada en el pecho. Los recuerdos tiraban de mi corazón al pensar en la primera y única vez que lo había tocado. En la intimidad de esas caricias. De repente no podía pensar en otra cosa.

—Ya está.

«Por fin.»

Me di la vuelta y nuestros ojos se encontraron. Durante un segundo el aire se volvió más denso, como si estuviera plagado de todo aquello que no nos atrevíamos a decir. Había cierta fragilidad en su expresión y la oscuridad de unos pensamientos agitados. Sacudió la cabeza y, tras apartar con el pie el montón de ropa mojada y toallas húmedas, se sentó en el sofá. Hundió la cara entre las manos y suspiró.

—Siento mucho que perdieras a tu madre —musité.

—Gracias.

—No sabía que ella... Nunca te oí mencionarla y yo...

—No puedo hablar de eso, lo siento —me cortó en un susurro.

Deberían existir mapas para no perderse con las personas. Deberíamos nacer con un manual de instrucciones y un plano que ayude a los demás a tratar con nosotros. Todo sería mucho más fácil.

—¿Adónde has ido? —pregunté.

—A caminar.

—¿A caminar?

Lo miré con el ceño fruncido y él hizo otro tanto.

—Es que has soltado esa bomba y yo... —Se echó hacia atrás y su rostro se transformó con una mueca—. No sé cómo digerirlo, Harper. Y cuando no sé cómo afrontar algo, pongo distancia.

—Lo entiendo, pero lo que has hecho ha sido estúpido y peligroso. ¡Podría haberte pasado cualquier cosa!

Unas arruguitas aparecieron alrededor de sus ojos. Se mordió el labio y me di cuenta de que estaba conteniendo una sonrisa.

—¿Qué te hace tanta gracia? —Alcé los brazos con fastidio—. No puedo creer que te estés riendo.

—Te aseguro que todo esto me parece cualquier cosa menos divertido. Pero... te has pasado cuatro años odiándome y aun así te preocupas por mí.

Me encogí de hombros. Pillada. Mi corazón era tonto. Yo era tonta. Y las cosas podían cambiar de color en cuestión de segundos. Dubitativa, me senté a su lado para estar más cerca del fuego. La madera se estaba consumiendo y muy pronto solo quedarían rescoldos.

—No soy tan mala. Y tú no sabías lo que había pasado esa noche...

—No intentes justificarme —me cortó.

—De acuerdo, eres un gilipollas y por mí puedes volver ahí afuera hasta que te parta un rayo. ¿Te sientes mejor?

Se le escapó una risita y dejé de mirarle, porque esos ojos me ponían nerviosa. Y no importaba cuántos reproches había guardado, ni que la línea que separa el amor del odio fuese tan fina como para saltar de un lado a otro sin ningún esfuerzo. Ni que yo no dejara de cruzarla, dividida por esos sentimientos. Reí con él.

Inclinó la cabeza hacia mí y sus ojos tocaron cada una de mis facciones.

—Necesito que me lo cuentes.

—¿El qué?

—Lo que pasó aquella noche. Todo.

Asentí, aunque la verdadera respuesta era «No».

Nunca había hablado con nadie de lo sucedido. Lo guardé como el humillante secreto que era para mí, cuyo recuerdo aún me sonrojaba, provocándome dolorosas punzadas de vergüenza. Por alguna razón estúpida y caprichosa me había convencido a mí misma de que si lo ignoraba, si no lo compartía, acabaría desapareciendo como si nunca hubiera sucedido.

No desapareció.

Nunca logré dejarlo atrás.

Ni los recuerdos.

Ni las ganas.

De él.

31 de octubre. Halloween. Cuatro años atrás.

La noticia había dejado en mi interior un vacío desolador. Iba a marcharse a Estados Unidos. El MIT le había ofrecido una plaza para terminar sus estudios de Arquitectura y la había aceptado sin dudar. No me alegré por él, no podía hacerlo cuando esa plaza suponía que pasaría los próximos tres años a miles de kilómetros de distancia de nosotros.

De mí.

Ya no podría verlo, aunque solo fuese de forma esporádica como hasta ese momento, y pensarlo me mataba. Esos pequeños encuentros en fechas señaladas me daban el aire que necesitaba.

Era una niña y me comportaba como tal, dramática, inexperta e infantil a la hora de aceptar un amor no correspondido. Para él yo era tan invisible como lo eran todas esas chicas con las que se acostaba, más incluso. Pero ellas habían conseguido algo con lo que yo soñaba: descubrir a qué sabían sus labios. Y pese a esa realidad, seguía empeñada en desdibujarla con la triste esperanza de que algún día ocurriría.

Un día repararía en mi presencia.

Un día me miraría de verdad.

Un día sería valiente por los dos.

Un día yo sería todo su mundo.

Ese día terminó siendo un asco.

Hoyt y Scott habían organizado una fiesta de despedida para Trey en la residencia de estudiantes donde vivían, en Vancouver. La celebrarían el 31 de octubre, tres días antes de su marcha, y con toda seguridad esa iba a ser mi única oportunidad para verlo una última vez.

Hacía meses que había cumplido dieciocho años y mis hermanos continuaban tratándome como a una niña pequeña. Cuando les dije que quería asistir a la fiesta se negaron en redondo, y no cedieron hasta que acabaron hartos de oírme lloriquear y suplicar.

Al finalizar las clases de la mañana, me subí a un avión rumbo a Vancouver. Hoyt me esperaba en el aeropuerto y después fuimos directamente a su residencia.

Estaba emocionada y nerviosa porque iba a ser mi primera fiesta universitaria. La primera como adulta. En realidad, iba a ser mi primera fiesta en cualquier sentido, porque jamás había sido una chica popular, con muchos amigos y a la que invitaban a todas las celebraciones. Más bien lo contrario.

Quizá, por todo ello, mis expectativas eran demasiado altas.

Y el golpe contra el suelo mucho más doloroso.

No tenía la costumbre de maquillarme, salvo por un poco de rímel y el brillo de labios que me ponía de vez en cuando, pero esa noche me esmeré con mi aspecto. Sombra de ojos, colorete y lápiz de labios, a juego con el disfraz de ángel sexy que había encontrado esa misma mañana en una tienda en Queen West. Al principio me había parecido excesivo y provocador. Sin embargo, buscaba precisamente eso, un modo de llamar la atención de Trey, y para ello necesitaba parecer la mujer que sentía que era.

Al mirarme en el espejo, sonreí. Me vi guapa, mayor y atractiva. La diminuta túnica blanca resaltaba mi cuerpo y dibujaba mis escasas curvas. Me puse las pequeñas alas y llené los pulmones de aire. A cada minuto que pasaba, me iba poniendo más y más nerviosa.

Salí de la habitación y me encaminé a la escalera. Bajé, apretando con fuerza el pasamanos. Noté que unos chicos me miraban con interés y mi escasa confianza subió un par de puntos. Uno de ellos se aproximó al primer escalón y me miró desde abajo. No tuvo tiempo ni de saludarme, porque mi hermano apareció ceñudo y lo apartó de mi camino sin ninguna sutileza.

—¿Qué te has puesto? —masculló.

—Un disfraz.

—Esto no es un disfraz. Esto... esto... parece sacado de ese desfile famoso en el que las chicas van en ropa interior. Joder, ese... ese... —tartamudeó enfadado, sin dar con el nombre.

—¿Victoria´s Secret? —aventuré esperanzada.

—Sí, ese. —Sonreí de oreja a oreja—. Sube y quítatelo.

—Ni hablar —repliqué.

—Eres mi hermana pequeña y no pienso dejar que todos esos animales te vean así.

—¿Te refieres a tus amigos? ¿Saben lo que piensas de ellos?

Hoyt resopló y me fulminó con la mirada.

—Harper —siseó.

—Hoyt —lo reté sin pestañear.

—¿Qué pasa aquí?

Me dio un vuelco el estómago al oír su voz y me temblaron las rodillas cuando su mirada se cruzó con la mía.

—Hola, Harper.

—Hola, Trey —susurré con las mejillas encendidas.

Se había disfrazado de Peter Pan y estaba adorable.

—¡Dile algo, tío! Dile que no puede ir así vestida con todos estos idiotas aquí —le exigió mi hermano.

Él me miró de arriba abajo sin que un solo músculo de su cara se alterara y noté la decepción reptando por mi cuerpo. No sé qué esperaba, pero no tanta indiferencia.

—No seas cascarrabias y deja a la cría en paz. Todo el mundo sabe que es tu hermana. Nadie se atreverá a molestarla —dijo como si nada.

Esa palabra se me clavó en el pecho como una hoja afilada. «Cría.» La odié al instante. Había sonado tan paternalista, tan despectiva, tan... Dios, deseé volverme invisible en ese mismo instante.

Mi hermano no parecía muy convencido, pero al final cedió y no dudó en largarse cuando una chica morena, con un biquini rosa y una cola de ratón pegada al trasero, reclamó sus atenciones.

—Diviértete. Estaré por aquí si necesitas alguna cosa —me dijo Trey antes de dedicarle una sonrisa encantadora a un hada de busto apretado que pasaba justo en ese instante con dos copas. Le entregó una y volaron juntos.

Me quedé sola en un rincón, viendo a un montón de gente beber, bailar y enrollarse.

Por suerte, Hayley y Scott llegaron poco después y me rescataron de una situación que comenzaba a ser muy incómoda. Conocí a algunos de sus amigos y divertirme dejó de ser un esfuerzo.

Un par de horas más tarde, la fiesta alcanzaba su máximo apogeo. La sala estaba llena de gente, de cuerpos que se retorcían bajo una luz muy tenue al ritmo de una música que me bombardeaba los oídos. Por el rabillo del ojo vi a Trey bailando con una «enfermera» que se pegaba a él con claras intenciones de hacerle una exploración completa y minuciosa. Era despampanante y, a su lado, me sentí insignificante. No podía competir con alguien así.

Entonces él apartó la vista de ella y nuestros ojos se encontraron. Se puso serio y me sostuvo la mirada con una expresión que no supe interpretar. Le di la espalda, avergonzada porque me había pillado observándole, y volví a concentrarme en las personas que me rodeaban.

Fui incapaz de seguir el hilo de la conversación, porque mi mente volvía una y otra vez al mismo punto. Él.

Me arrepentí de estar allí, de mi testarudez, de lo absurdo que había sido mi empeño por cruzar medio país para asistir a esa fiesta. Sí, quería verle una última vez, pero el precio estaba siendo demasiado alto y mi sufrimiento tenía un límite.

¿De verdad había creído que se fijaría en mí?

Intenté ignorar su presencia el resto de la noche, aunque no fui capaz. Mis ojos se veían atraídos por su voz, su risa, su cuerpo al moverse.

Los amores platónicos son una enfermedad de la que no puedes curarte, ya que la única medicina que existe es la decepción. Despertar del sueño y comprobar que la realidad no es tan bonita como imaginabas.

Trey nunca me decepcionaría.

Nunca existiría esa posibilidad.

Nunca lo tendría.

O eso pensaba yo.

Era bastante tarde cuando lo vi salir de un baño dando tumbos y con los ojos brillantes. Había pasado tanto tiempo observándolo, durante tantos años, que supe de inmediato que algo no iba bien. Subió la escalera como alma que lleva el diablo y apartó de malos modos a uno de sus amigos cuando este intentó decirle algo.

No sé qué me hizo subir aquella escalera y llamar a su puerta. Tampoco entrar en su habitación cuando gritó que lo dejaran en paz. Ni cerrarla a mi espalda cuando me miró desde la cama. Lo que sí sé es que sentí algo mientras nuestros ojos se enredaban.

—Hola —susurré.

Su expresión de disgusto se suavizó un poco.

—¿Algún problema? ¿Necesitas que busque a Hoyt?

—No. Te he visto subir y... Solo quería asegurarme de que estás bien. ¿Lo estás?

Me apoyé contra la madera, siendo muy consciente de que él me observaba. Dejó escapar el aire que estaba conteniendo y esbozó una leve sonrisa.

—Estoy bien. Gracias por preocuparte.

Supe que estaba mintiendo. Su rostro era como un caleidoscopio de emociones y ninguna era buena.

—De nada. —Señalé la puerta a mi espalda—. Será mejor que vuelva abajo.

—De acuerdo.

Agarré el pomo. El corazón me latió más rápido y noté ese cosquilleo que siempre llevaba su rostro, su voz, la sonrisa perfecta que hacía que me sonrojara. Y ese tironcito que tensaba el hilo que me ataba a él, resistiéndose a separarnos.

Su voz me sorprendió en medio de mis caóticos pensamientos:

—¿Te estás divirtiendo? En la fiesta, quiero decir. Estas no son como las del instituto.

Lo miré por encima del hombro y sonreí.

—Sí, lo estoy pasando bien. Aunque empiezo a estar cansada y si escucho cinco minutos más de esa música tecno me explotarán los oídos.

Se le escapó una risotada y le brillaron los ojos, más animado.

—Sé cómo te sientes. —Su pecho se movió con una profunda inspiración—. Puedes quedarte un rato conmigo, si quieres.

Mi corazón se saltó un latido y asentí sin pensar.

—Vale.

Me hizo un gesto para que me sentara a su lado. Me acerqué despacio, demasiado nerviosa, y ocupé la esquina de la cama. Miré a mi alrededor y estudié sus cosas. Las estanterías repletas de libros y cómics. Una televisión plana sobre la cómoda y una consola con un montón de videojuegos. En la mesa había material de dibujo y un iPod conectado a unos altavoces. Todo estaba limpio y ordenado, olía bien, a algo cítrico y masculino. Junto al armario vi varias maletas y cajas, y recordé que en solo tres días se marcharía. Intenté ignorar el dolor que esa idea me provocaba.

Noté que me observaba y dejé mi escrutinio.

—Debes de estar muy contento con esa plaza en el MIT.

—Sí, es una buena oportunidad. —Se acomodó sobre la almohada—. ¿Y qué tal tú, la universidad y todas esas cosas que implican ser mayor?

Me percaté de que arrastraba un poco las palabras y que tenía los ojos enrojecidos y acuosos. Lo había visto beber, y empecé a preguntarme cuánto en realidad. Eso tampoco era asunto mío. Además, parecía más tranquilo y las arrugas de su frente habían desaparecido. De hecho, estaba bastante concentrado en mí y cualquier preocupación anterior ya no le oscurecía el semblante.

Yo era la causa de su sonrisa y me hizo sentir especial.

Le conté un poco sobre mi nueva vida en Toronto, las clases y lo feliz que me hacía mi recién estrenada independencia. Le hablé de mi pequeño apartamento y de los vecinos. La señora mayor del primero que parecía vivir tras la mirilla de su puerta. El profesor de piano que vivía en el segundo y su afición a escuchar blues hasta la madrugada. La familia numerosa que ocupaba el piso de arriba, cuyos niños se pasaban todo el fin de semana correteando y gritando como locos. Estaban acabando con cualquier instinto maternal que pudiera desarrollar en el futuro.

Él me escuchaba en silencio, con sus labios formando una sonrisa perenne que se curvaba un poco más cada vez que yo reía. Porque no podía dejar de reír mientras parloteaba sin parar. Demasiado nerviosa y feliz por estar allí con él. Nunca habíamos pasado tanto tiempo a solas, y mucho menos hablando. Nunca habíamos sido nosotros, solo nosotros.

Parecía un sueño.

Mi fantasía cobrando forma.

No quería despertar.

—¿Y qué hay de tus amigos? —quiso saber.

—He hecho algunos nuevos, aunque no tengo mucho tiempo para salir. Me he matriculado en demasiadas asignaturas.

—¿Y tienes novio? —Ladeé la cabeza y lo miré con los ojos muy abiertos. Me sorprendió que pudiera interesarle esa respuesta—. Puedes contármelo. Te prometo que no le diré nada a Hoyt.

Me ruboricé como una colegiala. Por algún motivo quería impresionarlo, parecer mayor y con experiencia, pero había cosas que no se podían fingir. Nunca había estado con nadie y, en gran parte, la culpa era suya. Ningún chico me había gustado lo suficiente como para darle una oportunidad; mis pensamientos siempre le habían pertenecido a él. Cualquier pequeño gesto suyo hacia mí me ilusionaba durante meses y soñaba. Fantaseaba con dejar de ser invisible. La esperanza era mi única corriente en aquel río de aguas revueltas en el que fluían mis sentimientos por él.

—No, no tengo novio.

—Pero habrás salido con chicos.

—Sí, claro.

Aparté la mirada para que no viera la mentira y con dedos temblorosos me recogí un mechón de cabello tras la oreja. Noté un tirón y un latigazo de dolor. Se me había enredado en el pendiente. Traté de soltarlo, pero lo notaba más tenso cuanto más lo intentaba.

—¿Qué te pasa?

—Se me ha enredado el pelo en el pendiente y no puedo soltarlo.

—A ver, deja que te ayude.

Se incorporó antes de que pudiera decir nada y comenzó a toquetearme la oreja. Inspiré hondo y traté de ignorar lo cerca que se encontraba. La forma en la que se mordía la punta de la lengua con cara de concentración.

—Así no puedo, está muy enredado y no veo una mierda. Ven, levántate.

Me cogió de la mano y tiró de mí. Me colocó bajo la lámpara. Me hizo inclinar la cabeza de modo que pudiera tener mejor acceso a mi lóbulo y, tras un par de intentos, noté que sus dedos lograban separar el mechón del metal. Volvió la cabeza hacia mí y sonrió satisfecho.

Estábamos tan, tan cerca que su aliento me calentó la mejilla. Su mirada descendió hasta mis labios y se quedó en ese punto durante unos instantes llenos de tensión. Deseé que el momento fuese eterno.

—Esta noche estás preciosa —susurró.

Mi respiración se agitó. Le sostuve la mirada, ajena al bullicio y la música que sonaba al otro lado de la puerta. Sonreí, no pude evitarlo, porque no podía estar pasando. Mi corazón latía muy rápido y los nervios hicieron que me echara a reír.

—¿Qué te hace tanta gracia?

Tragué saliva y él siguió el movimiento de mi garganta.

—Nunca me habías dicho nada parecido. Nunca te habías fijado en mi aspecto.

—Créeme, me he fijado en tu aspecto muchas veces y pienso que eres preciosa.

—¿Cuánto has bebido?

—Bastante, pero no lo suficiente para no saber qué estoy diciendo.

Alcé la barbilla para mirarlo a los ojos. Continuaba observando mi boca.

—¿De verdad crees que soy guapa?

—Eres guapa, perfecta y me encantas. Y esta noche estás increíble. —Me rozó la mejilla con la yema del dedo—. Además, eres adorable cuando te sonrojas. Y si no sintiera que está mal, te daría el beso que llevo toda la noche muriéndome por darte.

Contuve el aliento y noté una chispa en mi interior que dio paso a todo un castillo de fuegos artificiales. Un leve sentimiento de esperanza, de ilusión. Y todo lo demás dejó de tener importancia para mí. Quería besarme y yo quería que lo hiciera. Me negué a pensar en nada más, ni siquiera en ese pálpito que retumbaba en mi pecho, susurrándome que mis ganas me estaban impidiendo ver más allá.

—Pues bésame —dije casi sin voz.

Me miró a los ojos y esbozó una sonrisa cansada. Negó con un gesto muy leve y apoyó su frente en mi sien. Su mano en mi cintura.

—No me digas eso.

—Yo quiero que lo hagas.

—No estaría bien.

—¿Y eso quién lo dice? Solo es un beso.

—Solo un beso —susurró.

—Solo uno, muy pequeño.

Sonrió con los labios pegados a mi frente, su respiración haciéndome cosquillas, y sentí que me derretía. Inspiró profundamente y deslizó su otra mano por mi espalda. Agachó un poco la cabeza y me dio un beso en la mejilla. Otro en la oreja. Y continuó moviéndose como si estuviera dejando un pequeño rastro por mi mandíbula. Apreté los párpados con fuerza, sintiendo, sintiéndolo todo. La dulzura, el cuidado, lo perfecto que era ese instante.

No importaba si estaba bien o mal.

Su aliento se detuvo en mis labios. Iba a besarme. Iba a hacerlo. Tuve que agarrarme a su ridícula camisa de cordones para mantenerme derecha y esperé a que sucediera.

Su boca rozó la mía, solo un poco. Y entonces lo sentí, el momento exacto en que saltó al vacío donde yo ya flotaba. Me sujetó por la nuca y cubrió mis labios con los suyos. Sin dudas, solo determinación. Me retenía como si tuviese miedo de que fuese a apartarme.

Sabía a alcohol, tabaco y a algo dulce. Y se convirtió en mi sabor favorito.

Me puse de puntillas y le rodeé el cuello con los brazos. Sus labios presionaban los míos con insistencia y no di ni un solo paso atrás. Había soñado tantas veces con algo así que nada iba a robarme mi deseo, ahora que se estaba cumpliendo. Ni siquiera mi propia inseguridad ni mis miedos. Mi nula experiencia.

Porque el amor es así de tonto y yo solo era una niña. Porque no lleva instrucciones que te ayuden a entenderlo.

Sus caricias se volvieron más atrevidas, sus manos trazaron zonas en las que nunca nadie me había tocado. No lo frené. No podía, ni quería. Porque algunos riesgos merecían la pena. Lo atraje hacia mí. Más y más cerca. Convenciéndome de que era real.

En mi mente hay lagunas. No sé cómo pasamos de estar

de pie a acabar tumbados en la cama. Por más que intentaba memorizar cada segundo, mi mente se distraía con su piel caliente, sus dedos suaves y esos ruiditos que escapaban de su garganta. Con sus ojos perdiéndose en mi piel expuesta como si nunca hubiera visto nada igual. Con sus manos explorando cada centímetro de mi cuerpo, despacio, con dulzura, mientras sus labios me besaban con necesidad, tan emocional.

Temblé cuando su desnudez cubrió la mía. Suspiré. De deseo. De ganas.

A sus ojos asomó una pregunta y los míos respondieron sí. Sí. Me miró durante una eternidad y vi infinidad de cosas. Lo vi todo de él. Incluso esa sombra a la que mi corazón reaccionaba temeroso.

Respiró profundamente y su aliento se convirtió en el mío.

Me dejé llevar mientras nuestras bocas se acariciaban.

Quería dárselo todo y él lo aceptó. Tímido y delicado, contenido. Me aferré a su cuerpo cuando por fin encajamos. De un modo perfecto y absoluto, completo y profundo. Y lloré, porque el dolor que sentí lo hizo real. Porque ya había perdido la esperanza. Porque muchos años atrás le entregué el primer pedazo de mi corazón, inocente y romántico; y acababa de ofrecerle el último, con las manos extendidas y el pecho abierto. Ahora era todo suyo.

Nos quedamos tumbados en la cama sin decir nada. Su mano sobre mi tripa y su cabeza en mi hombro. Poco después se quedó dormido. Abajo continuaba la fiesta.

Pensé que, quizá, mis hermanos me estarían buscando. Pero a mí solo me importaba seguir observando su rostro relajado, el sonido cadente de su respiración, el movimiento de sus ojos bajo los párpados. Imaginar que era conmigo con quien soñaba.

Empezó a amanecer y una leve claridad iluminó las paredes. Desperté con una apremiante necesidad, tenía que ir al baño. Me levanté sin hacer ruido y busqué mi ropa. Había empezado a vestirme cuando Trey gimió, un sonido lastimero, como si algo le doliera mucho. Se incorporó sobre las almohadas con mucho esfuerzo, tambaleándose.

Entonces me vio.

Sus ojos inyectados en sangre se clavaron en mí. Me miró de arriba abajo y yo me sentí tan incómoda que me cubrí. Durante un momento no dijo nada, pero yo podía ver a través de su mirada. Vi las preguntas, las dudas y un terror repentino que se adueñó de él por completo.

Saltó de la cama y vino hacia mí.

Entonces empezaron los gritos. Las palabras duras como golpes. El insoportable dolor de su frialdad. La indiferencia tras lo que habíamos compartido. Tras lo que le había dado.

Aquel no era Trey. No era el chico que yo conocía, con el que había estado. O puede que fuese más él que nunca.

«¿Qué crees que haces aquí?»

«Márchate, joder.»

«Jodida cría, ¿qué crees que va a pasar?»

«¿Quieres buscarme un lío?»

«No te acerques a mí nunca más.»

Y yo no fui capaz de nada, ni siquiera de respirar mientras me cogía de un brazo y me echaba de su habitación.

12
Porque eras tú

El obstinado mal tiempo parecía empeñado en quedarse, y fuera, una noche oscura se apretaba contra los cristales. Los truenos retumbaban a lo lejos y los relámpagos seguían surcando el cielo, trazando con sus destellos sombras imposibles en las paredes.

Al menos el viento se había calmado un poco y la lluvia murmuraba más tranquila sobre las tejas. Un siseo suave e hipnótico.

Trey guardó silencio durante todo mi relato y no me miró ni una sola vez. Permaneció cabizbajo, con los puños apretados sobre los muslos y los nudillos blancos. Su boca se había curvado en una mueca severa y su mandíbula estaba tensa.

El corazón me latía con fuerza, errático, mientras se esforzaba por volver a guardar bajo llave todos aquellos sentimientos que me había visto obligada a revivir. Una parte de mí quería quedarse con los recuerdos. La otra borrarlos, escapar de ellos.

Pero, de repente, allí sentada todo parecía tan lejano...

Suspiró y sonó emocionado, abatido.

—¡No sé qué decir! —Lo miré de reojo, los rescoldos apenas iluminaban su rostro. Se pasó la mano por la cara y soltó una palabrota. Se le veía hundido y muy triste—. No entiendo cómo fui capaz de algo así.

—Ha pasado mucho tiempo, déjalo estar.

—Recuerdo que...

—Trey, de verdad, no hace falta.

—Necesito hablarlo.

—Vale —cedí.

—Recuerdo que te vi en la escalera. La conversación con Hoyt y que me estaba divirtiendo. Toda aquella gente había ido por mí. Entonces sonó mi teléfono y... era mi abuelo. A mi madre acababa de fallarle el corazón y había muerto. —Las palabras parecían aplastarlo bajo su peso—. Siempre he sido cobarde, y cuando algo me sobrepasaba, cuando no sabía manejarlo, huía. Intento arreglar esa parte de mí, pero esa noche... esa noche hui. Recuerdo que bebí demasiado y también que fumé mucha hierba. El pecho me seguía doliendo y acabé tomando unas pastillas que alguien me ofreció. —Suspiró, avergonzado—. No solía consumir ninguna de esas mierdas, Harper, te lo prometo.

—Te creo.

Se pasó la lengua por los labios.

—A partir de ese momento, todo es borroso hasta que se vuelve completamente negro.

Sentí que las emociones se me acumulaban en el pecho. Para él solo había un pozo negro lleno de nada. Para mí un cráter, como el que una bomba abre en el suelo tras su explosión, y mis pies aún vibraban con el eco.

Una estela de humo ascendió por la chimenea y la seguí fijamente para no mirarlo a él.

Trey prosiguió sin apenas voz.

—Lo siguiente que recuerdo es despertar y verte allí... Perdí el poco juicio que me quedaba. Reaccioné sin pensar en nada, solo en las consecuencias si alguien te encontraba en mi cuarto. Jamás sospeché que tú y yo... No se me pasó por la cabeza.

Asentí. No necesitaba convencerme de nada porque había tanta sinceridad en sus palabras que lo creía. De repente me miró, había infinidad de emociones contenidas en sus ojos.

—Lo siento mucho, Harper. No sabes cuánto. Si pudiera, volvería atrás y lo cambiaría todo.

—Sí, yo también. —Exhalé el aire que obstruía mi garganta e inhalé con la determinación de ser completamente sincera—. Bueno, todo no. Solo borraría la parte en la que te despiertas y me gritas. Todo lo que ocurrió antes estuvo bien.

Sus pupilas se dilataron, sorprendido por mis palabras, y yo me sonrojé. Agradecí la tenue luz que nos envolvía.

—¡Venga ya, no puedes pensar eso de verdad! Te acostaste con un idiota que estaba tan colocado que no recuerda nada y... —Enmudeció y percibí los nervios que intentaba disimular—. Fue tu primera vez. ¡Dios, alguien debería darme una paliza!

—Olvídalo, la única persona con derecho a acabar con tu vida soy yo.

Sentí que me miraba.

—¿Te traté...? ¿Fui cuidadoso contigo?

—Lo hiciste, fuiste muy cariñoso y cuidadoso conmigo —admití con timidez. Me ruboricé tanto que mis mejillas desprendían más calor que las ascuas del fuego—. Me gustó.

—¿En serio?

—¡Eh, no te vengas arriba ahora! —Le di un codazo en el costado—. Sí, me gustó. Bueno, no fue como en los libros, donde las vírgenes tienen cuatro orgasmos seguidos y todo es perfecto. Pero estuvo bien. Bastante bien... porque eras tú, Trey.

—¿Qué... qué significa eso?

—En aquella época estaba muy colada por ti y tú ni siquiera me mirabas. Era invisible a tus ojos. Siempre te rodeabas de chicas espectaculares que me hacían sentir una niña insignificante. —No tenía intención de decirle eso, pero parecía la noche perfecta para las confesiones—. Así que, cuando me dijiste todas aquellas cosas en tu habitación, yo...

—Sí te miraba...

—¿Qué?

—Te miraba. Eras lo único que veía cuando estabas cerca. Las cosas que te dije... No te mentí, Harper. Me gustabas. Me parecías preciosa y perfecta. Y creciste y te convertiste en un sueño. Esa noche no podía quitarte los ojos de encima, y cuando subiste a buscarme... supongo que me dejé llevar por lo que sentía.

Sorprendida por su confesión, volví la cabeza rápidamente y nos miramos a los ojos. Aquella noche había sido tan increíble y dulce que solo recordarla me dolía. Miré sus labios, preguntándome si había imaginado las palabras que acababan de salir de ellos.

—Yo también me dejé llevar por lo que sentía. Fue muy bonito, Trey.

Me contempló con una emoción que me asfixiaba. Se le escapó un gemido.

—¡Que de verdad lo pienses es un alivio!

—¿Por qué nunca me dijiste nada?

Se pasó las manos por el pelo y resopló.

—Tenías diecisiete años la primera y única vez que tu hermano me pilló observándote. Y me dijo que me mataría si volvía a mirarte de ese modo.

—¿De qué modo?

—¿Tú qué crees? —inquirió con tono travieso.

Volví a ruborizarme.

—No es cierto. Me ignorabas por completo.

—Vale, ¿quieres pruebas? —Se volvió hacia mí—. Agosto, islas Discovery, os acompañé a tu familia y a ti a Sonora a pasar unos días de vacaciones. La segunda noche bajaste a la piscina, de madrugada, envuelta en un albornoz. Yo estaba allí y te vi.

—¿Estabas allí?

—Sí. No podía dormir y salí a dar una vuelta. Pensé en acercarme y saludarte, pero te quitaste el albornoz y te zambulliste en el agua sin darme tiempo a decir nada. —Se le escapó una risita—. No me había dado cuenta hasta ese momento de lo mucho que habías crecido. Ya... ya no eras una niña y tenías todo lo que... Ya sabes. Todo. —Me reí, cohibida y halagada—. Y me quedé allí, mirándote como un idiota en la oscuridad. Desde esa noche siempre fui muy consciente de tu presencia.

Hice memoria.

—Ese verano yo acababa de cumplir...

—Dieciséis.

—No tenía ni idea.

—Siempre he sido bastante bueno ocultando mis sentimientos, lo que no quiere decir que no los tenga.

Apartó la mirada. Sus palabras me hicieron ser consciente de hasta qué punto Trey controlaba sus emociones. Tanto que en ocasiones parecía carecer de ellas. Ese chico era pura contención. Pero allí estaba, completamente expuesto para que yo pudiera verlo.

—Si me lo hubieras dicho... No sé, quizá...

—No podía, Harper. Tú eras demasiado buena para cualquiera. Nadie te merecía, y menos yo, créeme. —La tristeza atravesó sus ojos un instante, como una nube de tormenta cubriendo el sol empujada por el viento—. Y lo sigues siendo.

Examiné su rostro, tratando de ver más allá de su aspecto y mirar su interior, su alma. Supe que estaba delante de un extraño. Nunca lo había conocido de verdad. No sabía nada de él. Tan cerrado y hermético que jamás había notado el más mínimo interés por su parte. Pero había existido y descubrirlo me afectaba. Y empecé a cuestionarme muchas cosas.

Diez años en mi vida y no conocía a ese chico.

Quizá el amor que había sentido por él nunca fue real, verdadero.

Quizá me había enamorado de mi propia fantasía.

Quizá había construido aire con aire.

—Esto es muy raro para mí —susurré.

—¿El qué?

—Estar hablando contigo como si nunca hubiera pasado nada.

—¿Por qué es raro?

—Porque te he odiado durante demasiado tiempo y aún siento ese sabor amargo dentro de mí.

Lo vi tomar aire y soltarlo con fuerza.

—Lo entiendo.

—No, no lo entiendes —exploté mientras me ponía de pie—. Me hiciste quererte y te quise. Después me hiciste odiarte y te odié. Y nunca supiste de ninguno de esos momentos. Ahora me siento como vacía, porque ya no tengo motivos para estar enfadada contigo. Bueno, sí los tengo, pero no puedo culparte por algo de lo que nunca has sido consciente.

También se puso de pie y dio un paso hacia mí, pero se detuvo al ver mi gesto.

—No sé cómo sentirme, Trey. Sigo muy enfadada y al mismo tiempo estoy mal por ese sentimiento, pero es que lo tengo ahí dentro, enquistado.

—Lo recuerde o no, hice mal. Te hice daño, Harper. Tienes derecho a sentirte de ese modo. Cuatro años es demasiado tiempo.

—Lo es. —Dejé escapar un suspiro y relajé los hombros—. Debí buscarte y hablar contigo en lugar de esconderme y lamerme las heridas, pero me daba tanta vergüenza...

—Pues habla conmigo ahora. —Negué con la cabeza. Me sentía agotada—. No me refiero a esta noche. Lo que quiero decir es... Sigue enfadada si lo necesitas, pero déjame arreglarlo. Dame tiempo. No me apartes. Dame una oportunidad. —Sonrió. Yo también sonreí porque era imposible no hacerlo cuando me miraba de esa forma, pero era una sonrisa débil y rota—. Danos una oportunidad de ser amigos.

El perdón cae como lluvia suave desde el cielo a la tierra. Es dos veces bendito; bendice al que lo da y al que lo recibe.

William Shakespeare

13
Todo mi mundo era humo

A la mañana siguiente, me sentía enferma. Los acontecimientos de los últimos días me desbordaron, y mi cuerpo comenzó a protestar por la sobrecarga emocional y física a la que lo había sometido. Mi mente se encontraba a otro nivel de cansancio, y si cerraba los ojos, casi podía ver mis neuronas a punto de sufrir un cortocircuito.

La situación era complicada y no sabía cómo sentirme al respecto ni qué hacer. Tampoco sabía si el peso que notaba en el pecho era por tristeza, enfado o algún otro sentimiento. Puede que fuese un conjunto de todo.

Por suerte, volvíamos a tener electricidad, y mi prioridad absoluta, cuando salté de la cama, fue tomar un largo baño caliente.

Abrí el grifo y la bañera comenzó a llenarse. Me entretuve un rato mirando por la ventana. El viento amainaba y una ligera llovizna susurraba tranquila. El cielo se había aclarado tras una fina capa de nubes que filtraba la luz del sol.

El temporal se alejaba por fin.

Me sumergí en el agua caliente.

No sé cuánto tiempo estuve allí, perdida. Mi cabeza llena de pensamientos. Era incapaz de deshacerme de ellos. Los guardaba, no sabía dejarlos ir. Pensaba mil veces en la misma idea, la analizaba de todas las formas que se me ocurrían y acababa cargando con la incertidumbre de todas esas conclusiones a las que nunca llegaba.

Tomé una bocanada de aire y hundí la cabeza en el agua. Desde allí abajo mis pensamientos sonaban más altos.

No dejaba de darle vueltas a mi futuro, a mis expectativas, intentando averiguar qué hacer con mi vida. Era incapaz de tomar decisiones. Ni retrocedía ni avanzaba. Escondida en esa nada que yo misma había creado.

Humo.

Todo mi mundo era humo.

Aire viciado.

Y allí, sumergida en el agua caliente, mirando a través de ella mientras contenía el aliento, el humo comenzó a disiparse. Mi fachada empezó a agrietarse con una verdad que no podía ignorar. Siempre me importó lo que todo el mundo pensara de mí, aunque pareciera que no. Y esa necesidad de aceptación desesperada era la que me impedía decidir.

Ni cuando me rebelé contra mi padre, eligiendo estudiar Literatura, lo hice por mí y solo por mí. No, pensé en mi madre, en que a ella le habría gustado que siguiera sus pasos. Y cuando centré todos mis esfuerzos para ser la mejor estudiante, no lo hice por mí, lo hice para demostrarle al resto del mundo que podía.

A esas personas, la mayoría sin rostro, a las que dejaba controlar mi vida porque...

¿Por qué demonios lo hacía?

Ni me atrevía a pensar en los motivos reales por los que me acosté con Trey esa noche. En qué quería demostrar y a quién. En el rencor que sentía ahora. En ese perdón que era incapaz de ofrecerle.

Me daba miedo descubrirlo. Averiguar hasta dónde llegaban mis errores y si podría perdonármelos. Porque, si no podía, ¿cómo iba a aceptar los errores de los demás?

¿Cómo podría perdonar a Trey?

Regresé a mi habitación envuelta en una toalla. Saqué del armario un pantalón corto limpio y una camisa no muy arrugada y me vestí.

Encontré a Trey en el salón, sentado a la mesa con un ordenador portátil abierto y un montón de papeles, lápices, rotuladores y un kit de reglas. Alzó la vista y mis ojos se detuvieron en las gafas que colgaban de su nariz. ¡Vaya, le sentaban muy bien!

—Hola.

—Hola. —Me sonrió—. Hay café. ¿Te apetece?

Fui hasta la cocina y me serví una taza. Preparé otra para él y se la llevé a la mesa. Supongo que lo hice como una pequeña ofrenda de paz. Una puerta abierta a esa oportunidad de intentar ser amigos que me había pedido la noche anterior.

Me dio las gracias y noté que me seguía con la mirada mientras yo volvía arriba.

Él tenía trabajo acumulado y necesitaba ponerse al día. Yo aproveché el tiempo para lavar mi ropa y las sábanas. Después di vueltas por la casa, hasta que me aburrí y regresé al salón. Tras cargar el teléfono móvil, intenté contactar con mi hermana. La cobertura iba y venía, con una señal tan débil que no pude hacer ninguna llamada y aún menos enviar mensajes.

Trey me prestó el cargador de su portátil y pude encender el mío. Me dediqué a revisar carpetas, trabajos y el correo acumulado. Abrí un manuscrito cuya corrección tenía a medias y repasé las últimas notas añadidas. Pensaba entregar el trabajo pendiente, decidiera o no retomar las prácticas.

Compartir el espacio con Trey resultó más fácil de lo que había pensado. Apenas hablamos, pero el silencio resultó cómodo. El único problema era mi facilidad para distraerme observándole.

Me zambullí en sus movimientos mientras trazaba las líneas de lo que parecía un plano, tomaba medidas y calculaba escalas. Su gesto de concentración dibujaba arrugas en su frente y me di cuenta de que tenía la manía de frotarse la nariz y las sienes cuando se detenía a pensar. Lo hacía con los dedos manchados de rotulador negro, y al cabo de un rato su cara estaba llena de sombras. Un cosquilleo agradable se desperezó en mi interior.

Un resplandor en la ventana me cegó un instante. Me puse en pie de un salto y corrí a la puerta. Había salido el sol. La abrí de un tirón y me precipité fuera. Ya no llovía y en el cielo había claros por los que se colaban rayos de luz brillantes y calientes, incidiendo en la hierba húmeda. Un precioso arcoíris cruzaba de lado a lado el horizonte. Cerré los ojos e inspiré el aire limpio y dulce. La luz desprendía calor y lo noté en la cara. Era agradable volver a oír el rumor del mar, tan sereno.

Cuando abrí los ojos, Trey se encontraba a mi lado, observándome.

—Tengo hambre.

Podría haber dicho algo más poético, pero mi estómago no solía tener paciencia para esas cosas.

—Lo que había en la nevera se ha estropeado —comentó él—. Tenemos un paquete de pasta, un bote de tomate, un par de sobres de puré de patata y creo que champiñones en conserva.

Torcí el gesto. La última comida decente que había ingerido fue el desayuno que Ridge me preparó dos días atrás. Se me hizo la boca agua al recordarlo.

—¿Crees que los caminos estarán bien? Conozco un restaurante en el pueblo con una comida casera deliciosa.

Una sonrisa tiró de la comisura de sus labios.

—Comida casera, esas dos palabras suenan genial. Vale, podemos intentarlo. Además, necesito ir al ayuntamiento para conseguir los planos de esta casa.

—Pues intentémoslo —dije emocionada.

Me moría por salir de la casa, ver que el mundo no había desaparecido con el temporal. Notar el sol y el aire. Patatas fritas y tarta de chocolate. Nunca he necesitado mucho para sentirme feliz.

Trey tenía un enorme todoterreno negro. Uno de esos coches monstruosos con defensas delanteras, focos en el techo y un tubo de escape que sobresalía en la parte delantera.

—¿Tienes algún complejo que compensar?

Sonrió y negó con la cabeza.

—Intenta ir a la reserva de Kluane, a las montañas San Elías o a los lagos de las Rocosas con cualquier otro.

—¿Tú has ido?

—Varias veces. Me gusta la escalada, el snowboard, correr con perros... Cualquier cosa que se pueda hacer en la montaña, sobre todo en invierno.

Hice una mueca burlona.

—¿Como contemplar el paisaje desde un cómodo porche, con un chocolate calentito y una manta de lana en las rodillas?

Se le escapó una risotada.

—Eso también me gusta.

Subimos al coche y nos pusimos en marcha bajo un cielo despejado.

Los caminos estaban embarrados y la lluvia había anegado una gran parte del terreno. Donde antes había praderas de hierba, ahora solo se veían lagunas, unidas por brazos de agua. Miraras donde miraras, surgían miles de destellos cegadores. Al acercarnos al pueblo, encontramos los primeros destrozos: ramas caídas, señales partidas, surcos en las calles por el agua torrencial que las había recorrido. Incluso el acceso al puerto se hallaba cortado y un grupo de hombres se afanaba cargando bloques y materiales de construcción.

La tormenta había sido devastadora.

Nos dirigimos al ayuntamiento, un edificio de madera y

ladrillo rojo, contiguo a la iglesia, completamente blanca salvo por el tejado de un gris desgastado. Cuando entramos, la puerta se cerró a nuestras espaldas con un suspiro quejumbroso.

Una mujer levantó la vista desde detrás del mostrador de información. Nos dedicó una sonrisa simpática que achinó sus ojos hasta casi hacerlos desaparecer. Tras intercambiar unas cuantas frases corteses, Trey le explicó lo que necesitaba. Ella le pidió que rellenara un formulario y, a continuación, nos guio a una habitación en la planta superior. Allí rebuscó en una estantería hasta dar con los planos y después nos ayudó a fotocopiarlos.

El restaurante se encontraba muy cerca y decidimos ir andando. Caminamos en silencio durante todo el trayecto. Miré a Trey de reojo. Parecía perdido en sus propios pensamientos y estos le hacían fruncir el ceño.

Durante un momento de debilidad, me permití observarlo. Llevaba unos vaqueros desgastados y una camiseta blanca, algo ajustada, que resaltaba el tono dorado de su piel. Había algo especial en sus rasgos, duros y masculinos, que hacían que la palabra «belleza» encajara con él. Mi mirada resbaló por su rostro y quedó anclada a sus labios. Me estremecí, consciente de que me sentía muy atraída por él y que esa certeza me irritaba.

Miré al frente e inspiré hondo. Quería encontrar el modo de atenuar esos cuatro años de rencor que había entre nosotros. Porque en ese momento tenía la sensación de que odiaba unas partes de él y aceptaba otras. Y esos sentimientos contradictorios me hacían caminar en círculos cuando lo que necesitaba era avanzar.

—Es ahí —le indiqué, señalando el restaurante.

Me dedicó una sonrisa que borró de sus ojos cualquier rastro de preocupación.

—Espero que esa comida casera sea tan buena como dices, me muero de hambre.

—¿Quieres apostar?

Empujé la puerta y un olor delicioso a especias y pescado asado nos envolvió. El local estaba lleno de gente y todas las conversaciones giraban en torno al temporal. Un grupo de pescadores discutían en una mesa sobre las pérdidas que iban a sufrir si el puerto no volvía pronto a la normalidad. Los cultivos de patata también se habían visto muy afectados al norte de la isla.

Me apenaba ver a aquellas personas disgustadas por algo que nunca habían podido controlar.

Vi a Ridge tras la barra y su cara se iluminó al percatarse de mi presencia.

—¿Estás bien? Te he llamado varias veces, pero tenías el teléfono apagado.

—Me quedé sin batería. No había electricidad.... Y aquí la cobertura es un asco, por cierto.

Se echó a reír y sus ojos volaron curiosos hasta mi acompañante.

—Ridge, este es Trey, un amigo de mi hermana.

—Encantado.

—Lo mismo digo —respondió Trey, estrechando la mano que le ofrecía.

—¿Cuándo has llegado? El puerto está cerrado y hasta la tarde no podrán aterrizar helicópteros.

—Hace un par de noches, en el último ferry.

—¿Y pudiste encontrar Old-Bay? Hay que conocer muy bien la zona.

—Ya he estado un par de veces en la isla.

Ridge asintió sin apartar sus ojos de él. Tuve la impresión de que lo estaba evaluando, como si quisiera decidir si merecía o no su confianza. Vi que abría la boca con intención de proseguir con el interrogatorio, así que me adelanté.

—¿Crees que podrás darnos algo de comer? Llevamos dos días a base de bocadillos.

—Claro. —Sonrió y miró a su alrededor antes de volver a fijar sus ojos en nosotros—. Junto a aquella ventana tenéis una mesa libre. Carlie os tomará nota enseguida.

Le dimos las gracias y nos dirigimos a la mesa. Desde la ventana podíamos ver una parte del puerto y el golfo de San Lorenzo en toda su vasta extensión. Era una estampa preciosa.

Carlie no tardó en aparecer con su habitual mal humor, que desapareció de un plumazo en cuanto sus ojos se encontraron con Trey. Lo que un poco de testosterona con una cara bonita pueden hacerle a un trozo de limón: limonada dulce como la miel.

Pedimos el menú del día, que consistía en unos rollitos de langosta y mejillones, y una empanada de abadejo con una ensalada. De postre, un flan de arándanos con salsa de lima.

—No dudes en llamarme si quieres algo más. Estaré justo allí —le susurró Carlie como una pequeña encantadora de serpientes. A mí ni se dignó a mirarme.

En cuanto se alejó, Trey concentró toda su atención en mí.

—¿Hace mucho que conoces a Ridge?

—Dos días y medio, más o menos.

—¿Tan solo? Parecía muy preocupado por ti. Y por mí. —Percibí cierto sarcasmo en esas últimas palabras.

Suspiré con dramatismo y le dediqué un aleteo de pestañas digno de una dama victoriana.

—¿Qué puedo decir? Causo ese efecto en las personas, me adoran a primera vista.

Trey sonrió y se limitó a mirarme. Se reclinó en la silla y yo me removí nerviosa.

—No es lo que imaginas —comenté. Carlie apareció y guardé silencio mientras dejaba las bebidas en la mesa y se marchaba de nuevo. Apreté los dientes, su aleteo de pestañas era mejor que el mío—. Decía que no es lo que imaginas.

Ridge es así con todo el mundo. Es un poco filántropo y un activista en pro de los derechos de los animales. Es... es un buen tipo.

Él ladeó la cabeza con curiosidad, sin apartar sus ojos de mí. Bebí un sorbo de mi refresco.

—¿Has dicho que ya habías estado un par de veces en la isla? —me interesé. Asintió sin más. Otra cosa que estaba descubriendo de él era su tendencia al silencio, a contestar con leves movimientos que podías perderte sin parpadeabas un segundo. Me ponía nerviosa, ya que me obligaba a hablar a mí—. ¿Y cuándo fue eso?

—La primera, nada más mudarme a Massachusetts, vinimos los cuatro. La segunda, unos meses después, cuando Scott me engañó con la promesa de un fin de semana solo para chicos, que resultó ser un fin de semana para pintar paredes y montar muebles.

Lo dijo enfurruñado, como si el simple recuerdo de esa treta, bastante propia de Scott, aún le molestara. Apreté los labios para no reírme.

Carlie apareció de nuevo y dejó sobre la mesa nuestros platos.

Durante un rato nos limitamos a devorar la comida. Todo estaba riquísimo y yo solo podía suspirar y gemir con satisfacción. Acabé con el rollito en apenas unos segundos. Después corté un trozo de empanada con el tenedor y lo miré fijamente antes de llevármelo a la boca.

—¡Oh, Dios!

Cerré los ojos. Al abrirlos, Trey me observaba con el cubierto suspendido a escasos centímetros de su boca. Carraspeé, un poco avergonzada.

—¿Y qué os trajo hasta aquí la primera vez?

—La casa. Hayley la vio anunciada en una inmobiliaria en Príncipe Eduardo y nos obligó a venir para verla —respondió.

Dejé de masticar. Hayley solía relatarme hasta el detalle

más insignificante de su vida, pero nunca me había contado esa historia.

—¿Y qué hacíais todos en Príncipe Eduardo?

Trey apartó la mirada, inquieto, y vi desvanecerse el color de su rostro. Dejó el tenedor en el plato. Se revolvió el pelo, alargando el momento.

—Yo... Verás... Este no es el momento para...

—¿Harper?

14
Encontrar mi lugar en el mundo

Me volví hacia la voz que había gritado mi nombre y me encontré con Adele y Sid caminando hasta nuestra mesa.

—¡Hola!

Adele me abrazó tan fuerte que me eché a reír de inmediato. Me sobrecogió el cariño que transmitía su gesto y me sentí abrumada. No sé por qué, pero me emocioné hasta las lágrimas.

Perdí el aliento y la apreté con más fuerza.

—Querida, ¿te encuentras bien? El temporal ha sido peor de lo que se esperaba y estábamos muy preocupados por ti. Hemos pasado por la casa y al encontrarla cerrada casi obligo a Sid a echar la puerta abajo.

—¿Casi? —intervino Sid con una mueca burlona. Adele le dio un golpecito en el pecho—. Suerte que he visto las rodadas de un coche alejándose por el camino y he podido convencerla de que habrías venido al pueblo.

—¿Seguro que estás bien? —insistió Adele—. Habrás pasado mucho miedo, sola en esa casa.

—Tranquila, estoy bien. Además, tuve una visita inesperada. —Me aparté un poco y miré a Trey. Se puso en pie de inmediato—. Él es mi amigo Trey. Ellos son Adele y Sid, viven en la isla.

—Un placer conoceros.

—Lo mismo digo, chico —se adelantó Sid, ofreciéndole su enorme mano.

—¡Estabais comiendo! Sentimos haberos interrumpido —se lamentó Adele.

—No pasa nada. Y nos encantaría que nos acompañarais.

—Sí, acompañadnos —me secundó Trey. Cosa que le agradecí con una enorme sonrisa.

No tuve que insistirles.

Sid buscó dos sillas libres y nosotros movimos nuestros platos para dejarles espacio en la mesa. Carlie apareció con su libreta y esta vez su cara lucía una sonrisa amable. Mientras ellos pedían, Trey se inclinó para hablarme al oído.

—Antes me has presentado como el amigo de tu hermana. Ahora como tu amigo. ¿Debo emocionarme para la siguiente?

Me ruboricé y bajé la vista a mi plato. También mis defensas, que quedaron hechas escombros a mis pies. Quizá porque necesitaba descansar de su peso un rato. Quizá porque me estaba quedando sin motivos para mantenerlas. Quizá porque el velo que separa el rencor del perdón es muy fino. Porque es sencillo imaginar qué harías en esta o aquella situación, vivirla en tu mente; pero cuando la sientes en la piel, cuando ocurre, no tienes idea de cómo vas a reaccionar. Porque entre el blanco y el negro hay muchos tonos de gris. Puede que hasta colores.

—Eso depende de muchas cosas —respondí en voz baja.

—¿Qué cosas?

Lo miré de reojo y me encontré con su cara muy cerca de la mía. Le sostuve la mirada. El corazón me latió más rápido.

—¿De verdad crees que voy a ponértelo tan fácil?

—Me decepcionaría que lo hicieras.

—Y yo jamás haría eso, ¿verdad? Es más, pretendo que te sientas muy orgulloso de mí.

Sonrió y en su mirada había algo más. Algo que había suplicado ver en el pasado.

—¿Y tú a qué te dedicas, Trey? —preguntó Sid.

—Soy arquitecto.

—Vaya, un tipo creativo. Me gusta. ¿Has diseñado algo que conozcamos?

—No, qué va. Apenas he comenzado a abrirme paso en este mundo.

Trey empezó a hablar de su trabajo y de todos los proyectos en los que quería involucrarse. Lo escuché a medias, porque me distraía el movimiento de sus labios al pronunciar las palabras, la elegancia de sus manos al gesticular y me perdía en el sonido de su risa profunda. Entonces comentó algo que acaparó mi atención, un plan en el que estaba trabajando para mejorar la vida en las reservas de las Primeras Naciones con nuevas viviendas, escuelas y la reforma de los edificios públicos. Todo de un modo desinteresado.

Me impresionó, no tenía ni idea de que dedicara su tiempo a los demás. Siempre lo había imaginado viviendo una vida de caprichos, fiestas y chicas, malgastando dinero en coches y viajes como el elitista pagado de sí mismo que yo pensaba que era.

Desconocía por completo a la persona que tenía sentada a mi lado. Tan diferente a lo que recordaba. Más compleja. Y de pronto quise conocerla, capa a capa hasta alcanzar todos sus rincones.

Sid parecía deslumbrado con Trey, y le ofreció su ayuda si en un futuro la podía necesitar. Estaba en contacto con grupos internacionales que defendían los derechos de las minorías indígenas, y que podrían estar interesados en colaborar con él a través de promotoras y con aportaciones económicas.

—Dios, eso sería genial, Sid. Gracias.

—De nada, soy nativo canadiense: mohawk por parte de padre y paiute por parte de madre. Haría cualquier cosa por mis hermanos.

Seguidamente, Sid nos contó un poco sobre su vida. Había nacido a las afueras de Brantford, en la reserva de Seis Naciones, pero su familia se trasladó a Niágara Falls cuando él era muy pequeño. Más tarde, ya adolescente, fue a vivir con un hermano de su madre a Arizona. El hombre se ganaba la vida como peón en un rancho y en su tiempo libre tallaba mezquite. Esculpía figuras y símbolos nativos que vendía a los turistas. Sid aprendió con él a trabajar la madera. Descubrió que le gustaba, que se le daba bien y que la gente pagaba por sus creaciones. La talla acabó convirtiéndose en su modo de vida.

—¿Y qué te trajo hasta Pequeño Príncipe? Arizona está muy lejos —quiso saber Trey.

—Vine al funeral de un pariente y acabé instalándome un tiempo para ayudar a su familia. Entonces Adele apareció en mi vida y ambos nos quedamos en la isla.

—¿Tú también lo dejaste todo atrás? —pregunté.

Sid me miró y negó con un gesto mientras cogía con la cuchara un trozo de flan de arándanos.

—No dejé nada. Lo encontré todo aquí.

Sonreí al ver cómo se inclinaba para besar a Adele en la mejilla.

Ridge apareció con una botella de licor y una bandeja repleta de vasos. En ese momento me di cuenta de que el local se había quedado casi vacío.

—¿Os apetece una copa? La casa invita.

—¡Nunca rechazo una invitación a beber gratis! —exclamó Sid.

Adele me miró y puso los ojos en blanco, como diciendo «No tiene arreglo». Me reí bajito.

—Eh, Peter, acércate. Ven con nosotros —le pidió Rigde a un cliente que tomaba un café en la barra.

En un momento arrimaron otra mesa y Ridge sirvió el licor. Peter resultó ser un hombre muy agradable. Había nacido en Pequeño Príncipe, pero dos décadas atrás se había marchado de la isla para estudiar en la universidad. Después de graduarse se trasladó a Nueva York, donde trabajó en una agencia de publicidad hasta que dos infartos seguidos le hicieron replantearse su modo de vida. Hacía menos de un año que había regresado y ahora pescaba bogavantes y cultivaba patatas.

La puerta se abrió y entró una anciana de mediana estatura y pelo blanco, con unos grandes y profundos ojos azules. Se quedó mirándonos, muy seria y con el ceño fruncido.

—¿Y vosotros sois el futuro que sacará adelante este país? Dios, suerte que habré muerto para entonces y no tendré que verlo.

Ridge se echó a reír, un poco achispado.

—Vamos, Emma. Tengo una botella de Moonshine guardada solo para ti.

—Pues si es tan bueno como ese pescado que cocinas, casi prefiero el agua de fregar los platos.

—Mujer sin corazón.

—A mi edad importan más los dientes, hijo.

Las risas estallaron de golpe.

Entre aquellas personas perdí la noción del tiempo. Me olvidé de mis preocupaciones y del peso que sentía siempre sobre los hombros.

A veces solo necesitamos quedarnos quietos para encontrar respuestas, para entender que se puede respirar de muchas formas. Y yo deseé respirar como lo hacían todas aquellas personas. Sin miedo. Eran felices con sus vidas sencillas, en aquel momento, compartiendo una botella de licor.

Deseé una vida sencilla.

Deseé un nuevo comienzo.

Deseé ser fuerte para lograrlo.

Deseé llenar esa parte de mí que se sentía vacía.

—Voy a dar un paseo —le dije a Trey.

Él levantó la vista de los planos que había sacado del

ayuntamiento y me miró. Llevaba algo más de una hora examinándolos, calculando superficies, dibujando nuevas habitaciones. Había estado observándole durante un rato, pero no lograba ver nada con sentido salvo líneas y más líneas.

—¿Quieres que te acompañe? Puedo dejar esto durante un rato.

—No, tranquilo. Solo voy a dar una vuelta por la playa.

—Vale.

Caminé descalza, dejando atrás el porche, y me concentré en el tacto de la hierba aún húmeda bajo mis pies, haciéndome cosquillas. Alcancé la arena de la playa y recorrí la orilla, disfrutando de la sensación de mis talones hundiéndose en la superficie fría. Era tarde y el sol empezaba a descender en el horizonte, preparado para descansar y dar por terminado el día.

El sonido del mar era como un arrullo suave y me perdí en recuerdos que llevaban mucho tiempo adormecidos. Instantes que había guardado para evitar los sentimientos que me provocaban. Mis deseos infantiles cuando aún soñaba con magia y creía en imposibles. Cuando aún me sentía amada y protegida, y el miedo desaparecía con un beso de buenas noches y una dulce sonrisa desde la puerta.

Pero se acabaron los besos, las sonrisas, y el miedo regresó. Miedo a la oscuridad, a la soledad, a un mundo que se paró de golpe. Irreal, frío, sin rastro de magia. Dejó de tener sentido y se volvió confuso porque ella lo había abandonado.

Desde mi inocencia había tantas cosas que no entendía, como la mirada fría de mi padre, sus gritos, la desaprobación constante que, como una goma de borrar, fue deshaciendo mis bordes, difuminando mi forma hasta convertirme en una visión borrosa y lejana de mí misma. A lo largo del tiempo, mientras crecía, traté de recuperar esos bordes y todo lo que una vez habían contenido. Me dibujé desde distintas perspectivas, con diferentes colores, buscando esa imagen que me diera su aprobación. Nunca lo conseguí y me perdí en el camino.

Puede que la abuela y Hayley tuvieran razón. Solo era un espejismo. Era todo aquello que los demás querían ver, me esforzaba por serlo para sentirme apreciada y valorada. Y volcada en ese esfuerzo descomunal, ya no reconocía a la persona que se escondía tras todas esas capas.

Necesitaba encontrarla, descubrirla, y así poder escucharla. Preguntarle por sus sueños y sus deseos. Entenderla. Conocerla. Ayudarla a dejar de ser una niña indefensa y perdida. Aprender con ella a tomar mis propias decisiones sin pensar en nadie excepto en mí.

Solo en mí.

Nadando contra aquella corriente de pensamientos, llegué hasta la playa de guijarros. Recordé algo que había dicho Adele. Tras una fuerte tormenta, era posible encontrar cristal en la costa porque el mar revuelto lo devolvía a ella.

Dejé de pensar. Dejé la mente en blanco y busqué entre las piedras lágrimas de sirena.

Sopesé en la mano un pequeño cristal verde. Con la yema del pulgar repasé los bordes. Eran redondeados y un poco ásperos. Me lo guardé junto a los otros que había encontrado. Tenía un buen botín en el bolsillo.

En la distancia, pude ver la primera estrella del crepúsculo brillando contra la luz gris y morada del cielo. Si no me daba prisa en regresar, la noche me sorprendería en medio de cualquier parte.

Cuando entré en la casa, la mesa del comedor estaba vestida para la cena y desde la cocina flotaba un olor delicioso. Trey debía de estar calentando las sobras que Ridge nos había dado tras el almuerzo.

Lo encontré en la cocina, con la cadera apoyada en la encimera, al lado del horno encendido.

Estaba muy concentrado en algo que sujetaba entre las manos. Hasta que no se movió para pasar una página, no me di cuenta de que se trataba de mi libro. Un millón de mariposas me rasgaron las entrañas al verle sonreír por algo que había leído.

Carraspeé y él levantó la vista, sobresaltado.

—Hola —dije.

—¡Hola! No te he oído llegar.

—Ya me he dado cuenta.

Sonrió y cerró el libro, agitándolo un momento en el aire.

—Espero que no te importe. Lo he visto en la repisa de la chimenea.

—No me importa. Y puedo prestártelo si te gusta, pero solo mientras estemos aquí. Nunca me separo de él.

Arqueó la ceja con ese gesto tan suyo que ponía cuando algo despertaba su curiosidad.

—No es lo que suelo leer, pero está bastante bien. —Se acercó para devolvérmelo—. ¿Cuántas veces lo has leído?

—Perdí la cuenta hace tiempo, pero son muchas.

—Se nota. Parece que va a desintegrarse en cualquier momento.

—Tiene este aspecto porque es una especie de herencia familiar. Mi madre me lo regaló cuando cumplí cinco años, pero antes le había pertenecido a ella, y mucho antes a mi abuela. —Exhalé el aire de los pulmones con un suspiro—. Mi madre me lo solía leer todas las noches, es lo más importante que conservo de ella. Por los recuerdos, por todo.

Trey me sonrió con sus ojos llenos de comprensión.

—Empiezo a entender algunas cosas, como que tu hermano te llamara a todas horas Calabaza.

—Tú también.

—Hoyt lo hacía y tenía gracia, pero nunca supe el motivo que había detrás. —Señaló con la barbilla el libro que yo abrazaba contra mi pecho—. Es por la protagonista, por Ana y su pelo rojo, ¿verdad?

—Sí. Me gustaba jugar a que era ella. Me pintaba pecas y hablaba con voz chillona. Y Hoyt fingía ser Gilbert porque yo no tenía a nadie más con quien jugar. —Me eché a reír, pero mi risa estaba impregnada de tristeza. No podía evitarlo—. Después de que mi madre muriera, él empezó a cuidar de mí. Todas las noches me leía unas pocas páginas, como hacía ella.

—Entiendo que sea tan especial para ti.

Sacudí la cabeza, de repente impaciente por que me entendiera.

—Lo es, pero no solo por lo que significa o por las personas a las que está ligado. O porque me hiciera darme cuenta de que quiero ser escritora —le expliqué emocionada—. También lo es por la historia, por Ana. Siento que nos parecemos en algunas cosas, y me gustaría ser como ella en otras muchas.

Trey ladeó la cabeza y me observó. Cada vez que me miraba así, sentía que estaba contemplando el interior de mi alma. Alargó el brazo y tomó de nuevo el libro, rozando la piel de mi escote con las puntas de los dedos. Noté que ardía allí donde me había tocado.

—¿Sabes qué? Me apetece mucho leerlo.

—¿En serio?

—Jamás he dicho nada más en serio. —Sonó la alarma del horno y él se apresuró a apagarla. Me miró como si me viera por primera vez—. ¿Hace un momento has dicho que quieres ser escritora?

Noté cómo mi rostro palidecía.

—No.

—Sí, lo has dicho.

—Vale, lo he dicho. Pero no pienso hablar de eso contigo.

—¿Por qué?

Abrí la boca, y la dejé así durante un rato, pensando una respuesta que no incluyera una explicación. Solo se me ocurrió una:

—Porque no.

Las comisuras de su boca se curvaron hacia arriba en un gesto travieso, y el mero hecho de ver esa sonrisa me hizo sonreír a mí. Dejó la conversación y sacó la cena del horno mientras yo no perdía detalle de ninguno de sus movimientos. Lo observé con los ojos y el corazón. Mi inocente y estúpido corazón que reaccionaba a sus palabras, su voz... su mirada. Esa mirada que parecía ver todo aquello que yo trataba de ocultar.

Nos sentamos a la mesa y Trey sirvió una botella de vino de hielo que había encontrado en el sótano. Era exquisito y su sabor dulce hacía que la empanada recalentada estuviera mucho más rica. Cenamos en silencio, mirándonos de vez en cuando.

—Esta mañana —empecé a decir tras dejar el tenedor en el plato y limpiarme la boca con la servilleta—, cuando hablabas con Sid de tu trabajo y de todos esos proyectos...

—¿Sí?

—No tenía ni idea. Todas esas cosas que quieres hacer... me parecen... son...

—Suéltalo de una vez, Harper.

Moví los pies bajo la mesa, nerviosa. Vale.

—Pensaba que estarías trabajando con tu padre, diseñando edificios de lujo y modernos hoteles para millonarios árabes. Amasando dinero para después gastarlo en excentricidades como si fueses uno de los Kardashian.

A punto estuvo de escupir el vino que tenía en la boca. Sus hombros empezaron a agitarse y entonces prorrumpió en carcajadas que reverberaron en el salón.

—Empieza a preocuparme seriamente la imagen que tienes de mí —dijo entre risas.

—Pues no debes, es evidente que no tengo ni idea de quién eres.

Trey inspiró hondo. Su pecho se elevó y volvió a descender. Se puso serio.

—Eso tiene arreglo, pregúntame lo que quieras.

Me recliné en la silla y permanecí callada unos segundos. Él me sostuvo la mirada y noté ese tironcito en mi corazón, un poco más fuerte, más intenso.

—Estás trabajando en un proyecto para construir casas y edificios de uso público para las reservas de las Primeras Naciones.

—Sí.

—¿Por qué?

—Porque estoy al tanto de la situación en esas reservas. De lo mucho que quieren conservar su cultura, su identidad y que perduren en las próximas generaciones, y para conseguirlo necesitan ayuda. Los jóvenes solo se quedarán si tienen los medios para estudiar y trabajar. El gobierno no es que haga mucho por ellos, así que alguien tiene que hacerlo.

—¿Tú?

—Y otras personas. Yo solo soy uno más.

—¿Y por qué?

—Acabo de explicártelo.

—Me refiero a por qué te importa lo que les pase a esas personas.

Dejó sobre la mesa la servilleta que tenía en el regazo y bebió un sorbo de vino. Después rellenó las dos copas.

—Hace cuatro años visité una de esas reservas. Vi desde dentro cómo son, las cosas que valoran y lo mucho que les importan sus raíces. No pude mirar a otra parte.

—Hace cuatro años. ¿Fue cuando viniste a PEI con mis hermanos?

—Sí, pero eso forma parte de otra historia mucho más larga y personal.

—Que no quieres contarme —dije en voz baja.

—Que no sé cómo contarte, Harper.

Me miró con ojos brillantes y soltó un profundo suspiro. Se levantó y abrió una de las ventanas, el aire fresco penetró en el lugar. Oí sus pasos a mi espalda, a continuación noté su mano en mi hombro. Sentí un cosquilleo que comenzó en los pies y ascendió por todo el cuerpo.

—Ven, fuera se está bien. Recogeré todo esto más tarde.

Cogí mi copa y lo seguí. Nos sentamos en los escalones del porche. Olía a hierba fresca, a tierra húmeda y a sal. Desde ahí se podía ver la silueta oscura de la costa, iluminada por la luna, y el mar destellando por las estrellas que se reflejaban en él desde un cielo despejado. Había millones de puntitos luminosos sobre nuestras cabezas.

Solo se oía el embate del océano contra la orilla. Nuestras respiraciones. Cómo el tiempo se detenía. ¿Pueden dos personas comunicarse sin decir nada? Esa noche empecé a creer que era posible. Una mirada. Una tímida sonrisa. Una conexión naciendo sin más. Un hilo invisible jugando con la vida de dos seres. Puntada aquí, puntada allí. Uniéndolos.

—¿Qué más quieres saber? —preguntó de repente.

Lo miré de reojo y me recreé durante unos segundos en su perfil.

—¿De qué vives si tu trabajo actual es altruista?

—Tuve suerte y una fundación que trabaja por el medio ambiente compró mi proyecto final de carrera.

—¡Vaya! Debe de ser muy bueno.

—Es un centro de interpretación del medio marino, de bajo coste, con materiales reciclados, sostenibilidad ambiental y energética. Incluí unas instalaciones para la recuperación de especies en peligro e investigación. Me pagaron lo suficiente para no tener que preocuparme un tiempo. Y si las cosas se complican, las mismas personas se han interesado en otro trabajo que finalicé el año pasado. —Bebió un sorbo de vino y negó con un gesto imperceptible—. Aunque no me gustaría venderlo, la verdad.

—¿Por qué no quieres venderlo?

—Quizá sea un sueño estúpido, no sé... —Se pasó los dedos por el pelo, despeinándoselo un poco—. Pero me gustaría llevarlo a cabo personalmente, de principio a fin.

Es lo suficientemente bueno como para encontrar inversores.

—¿Y vas a decirme de qué se trata o tendré que obligarte?

Sonrió y se mordió el labio inferior mientras hacía girar la copa entre sus manos.

—Es una especie de pequeña ciudad cultural. Escuelas de arte monotemáticas: pintura, música, escultura, escritura... Galerías para exposiciones, auditorios, un centro de integración, talleres, aulas sociales y también viviendas para estudiantes. —Dejó caer los hombros, inseguro—. Sé que es un proyecto ambicioso. Pero ¡joder!, no habría nada parecido en el mundo. Y no busco reconocimiento ni ninguna otra gilipollez. Si se tratara de poner mi nombre en un estúpido ranking, me dedicaría a diseñar edificios, hoteles de lujo y complejos empresariales. —Me miró a los ojos—. Quiero hacerlo porque... «Porque sin arte la vida sería un error.»

Tragué saliva. Su mente y sus sueños me habían cautivado. Su espíritu generoso. Su amabilidad. Su sensibilidad. Y acababa de parafrasear a un filósofo para ponerle palabras a sus sentimientos.

—Friedrich Nietzsche.

—Sí.

Me quedé mirándolo y una sonrisa boba se dibujó en mi cara. Lo intenté, pero era incapaz de borrarla. Sentí una oleada de emoción arremolinándose en mi tripa, ascendiendo por mi pecho hasta alcanzar la garganta. Una emoción nueva que oprimía mi cuerpo, que invadía mis sentidos.

—¿Por qué me miras así?

—Por nada —respondí con las mejillas ardiendo.

No le dije que lo miraba porque intentaba convencerme de que el chico que tenía a mi lado era el mismo que había conocido una tarde de septiembre cuando yo solo tenía doce años. El mismo que me había hecho añicos el corazón. El mismo corazón que en los últimos dos días se empeñaba en unir sus trozos. El mismo que, pese a mis deseos, latía desbocado con cada detalle que Trey me permitía ver de su interior. El mismo que palpitaba resucitando la esperanza que siempre había conservado por él.

—En serio, Harper, me estás poniendo nervioso.

—¡Que no te miro!

Alcé la cabeza justo en el momento que una estrella fugaz cruzaba el espacio.

«Quiero encontrar mi lugar en el mundo», deseé.

Sabía que era estúpido pedirle un deseo a una roca que arde por la fricción de los gases de la atmósfera, y cuyo destino es consumirse hasta desaparecer —carecía de sentido—, pero puse toda mi alma en ese pensamiento. Inspiré hondo y, con disimulo, ladeé la cabeza. No me podía resistir, del mismo modo que una mariposa no se puede resistir a la luz de una vela. Lo observé, perdido en sus pensamientos. Apenas veía su rostro en la penumbra, pero lo conocía de memoria.

Estaba tan absorta que no me di cuenta de que él también me estaba mirando.

—Vas a conseguir que crea que vuelvo a gustarte.

Di un respingo y el corazón se me subió a la garganta.

—Ya te gustaría.

—O que no he dejado de gustarte. —Su voz brillaba teñida de diversión.

—Eso también te gustaría, pero no.

—En cuanto a todas esas cosas que quieres saber sobre mí... No, no estoy saliendo con nadie. Por si te lo preguntabas.

Me ruboricé y tuve que morderme la lengua para no reír como una niña tonta.

—Ni se me había pasado por la cabeza —mentí.

—Seguro que no. —Se inclinó hacia atrás y estiró las piernas—. Aunque, si te interesa, además de soltero, también estoy abierto a proposiciones.

Sentí un calor en el corazón que nada tenía que ver con el vino.

—Por las mías, puedes esperar sentado.

—Es una verdadera pena.

—¿Por qué?

—Tendrás que averiguarlo, Calabaza.

—Vuelve a llamarme así y saldrás herido.

—Eso suena a contacto físico. ¿No crees que antes deberíamos tener una cita?

—No.

—Vale, pasemos directamente a la parte física. Pero solo porque tú lo prefieres. A mí me gusta la idea de tener una cita.

—Ni contacto físico ni cita. ¡No!

—¡De acuerdo! Pienso que es precipitado sin haber salido ni follado antes, pero directos a la meta, casémonos.

Se me escapó una carcajada un poco ronca. Estábamos tonteando. No sé cómo ocurrió, pero estábamos tonteando. Me ardía la cara.

—Técnicamente, hemos hecho una de esas cosas.

—Dios, me mata no acordarme —susurró frustrado. Se inclinó hacia mí y la luz que resplandecía desde el salón le iluminó los ojos. Me atravesó con ellos hasta robarme el aliento—. No me lo quito de la cabeza. Que tú y yo...

De repente, se oyó un timbre. Me costó un momento darme cuenta de que se trataba de mi teléfono móvil. Me puse en pie de un bote.

—¡Oh, Dios mío, cobertura, civilización! —grité mientras entraba en la casa; y a mi espalda creí oír la risa de Trey.

Después de tantos días y emociones, oír la voz de mi hermana casi me hizo llorar. Estuvimos hablando durante mucho tiempo y, a cada segundo que pasaba, tenía que morderme la lengua para no contarle nada sobre Trey. Después de todo, él estaba allí por ella y no podía desvelar su presencia sin mencionar lo que Scott tramaba.

—Te noto diferente —dijo Hayley.

—¿De verdad?

—Sí. Tu voz, el tono, la forma de hablar... Estás contenta. Feliz. Y me refiero a feliz de verdad.

Fruncí el ceño y me tomé un segundo para considerarlo. Sí, era cierto, me sentía feliz.

—Me siento bien, Hayley. Puede que sea este lugar o la gente que estoy conociendo, no lo sé, pero... gracias por obligarme a venir.

—Lo dices como si te hubiera apuntado con un arma.

—No es cierto —gimoteé.

—Aunque lo habría hecho si te hubieras puesto muy cabezota.

—Lo peor es que te creo.

La oí soltar un suspiro.

—Sea lo que sea que estés haciendo para sentirte así, no pares, por favor.

—Te lo prometo.

—Tengo que dejarte, parece que Scott se está ahogando.

—¿No lo dirás en serio?

—Eso o lo están devorando unas pirañas. Creo que le ha picado una medusa —dijo sin inmutarse—. Te llamo pronto, hermanita. Te quiero.

—Te quiero.

Me quedé mirando el teléfono con un sentimiento agridulce. Me dejé caer sobre la almohada y clavé la mirada en el techo. Me quedé allí, muy quieta. Pensando. Era increíble cómo podía cambiar tu forma de ver el mundo después de conocer cómo lo percibían otras personas.

Pensar en mi hermana también me hizo pensar en Hoyt. Le envié un mensaje para decirle que estaba pasando unos días fuera de la ciudad, que necesitaba desconectar. No le di más explicaciones, habría supuesto mentirle sobre muchas cosas y no quería.

Segundos después me llegó su respuesta. Sonreí.

Hoyt: Cuentas conmigo, ¿lo sabes, verdad?
Siempre estaré de tu parte. Te quiero, Calabaza.

Noté que se me cerraban los ojos. Tuve que hacer un tremendo esfuerzo para volver a ponerme en pie e ir a cepillarme los dientes.

La casa estaba en silencio. Al cruzar el pasillo vi a Trey tumbado en su cama. Su respiración pesada llegó hasta a mí. Me acerqué a la puerta entreabierta y mi estómago cobró vida lleno de mariposas. Se había quedado dormido con mi libro abierto sobre el pecho.

La imagen era adorable.

No podía dejarlo así, por lo que entré de puntillas, intentando no hacer ruido. Cogí el libro con cuidado y lo dejé en la mesita. Después tomé la colcha que había a los pies de la cama y lo tapé con ella. Me quedé mirándolo unos segundos y me fijé en que tenía unas sombras pronunciadas bajo los ojos. No como las que provoca el cansancio físico, sino ese otro cansancio más pesado y profundo que solo causa sentirse solo. Lo sabía porque las había visto bajo mis ojos demasiadas veces.

Apagué la lamparita.

—Buenas noches —susurré.

—Buenas noches, Calabaza —murmuró medio dormido cuando alcancé el pasillo.

Sonreí. Y también lo hizo mi tonto corazón.

15

La verdad es que no me comprendo

Trey no estaba en la casa cuando me levanté a la mañana siguiente. Su coche también había desaparecido. Si no hubiera sido porque todo su material de dibujo continuaba esparcido sobre la mesa, habría pensado que se había marchado de Pequeño Príncipe para no volver.

Sin él, aquellas paredes se me antojaban demasiado silenciosas.

Me senté en los escalones del porche mientras el sol culminaba su ascenso en un cielo despejado. Me quedé un rato más allí después de terminar mi segunda taza de café, pensando que me gustaba la tranquilidad que se respiraba en aquel lugar. Ajeno a las prisas, al exceso de trabajo y las preocupaciones.

Cuando llegué a la isla, la inactividad había sido como una pesada losa sobre mis hombros. Ahora me preguntaba cómo demonios iba a retomar mi rutina una vez regresara, sin detenerme a sentir el sol en la cara o a respirar despacio para sentirme viva, a caminar sin apretar el paso. De qué modo iba a volver a un lugar donde no notaba el paso de las semanas ni los meses, hasta que unas hojas caídas o un árbol de Navidad me recordaban que el tiempo no se detenía, que se escapaba entre mis dedos como arena.

Resoplé ante tantos pensamientos contradictorios, esquivos e inciertos. Solo llevaba tres días allí y ya había perdido el juicio.

Quizá había algo en el agua, o puede que en el aire. Una sustancia extraña que me estaba cambiando del mismo modo que había cambiado a Ridge, a Adele o a Sid, incluso a Peter.

El sonido de un vehículo aproximándose me sacó de mis divagaciones. Un minuto después, Trey apareció en el porche cargando con su bolsa de trabajo. Con bermudas cortas, una camiseta sencilla, zapatillas y gafas de sol, parecía un turista.

—¿Has ido al pueblo?

—Sí. Ridge me dijo que en la biblioteca disponían de escáner y wifi, y yo necesitaba enviar unos emails, además de solicitar los permisos para la reforma.

Entró en la casa y yo lo seguí.

—¿Ya has terminado con eso?

—Sí. La ampliación es posible sin que afecte a la estructura y ya he añadido a los planos la nueva superficie. Por mi parte no hay nada más que hacer.

Sonreí hasta que conseguí que pareciera un gesto sincero. Si había terminado, probablemente regresaría de inmediato. Esa idea me encogía el estómago.

—Por cierto, ya he terminado tu libro. Gracias por prestármelo.

—¿Lo has terminado? —me interesé. Asintió—. ¿Y te ha gustado?

Había comenzado a recoger sus rotuladores, ordenándolos dentro de una cajita, y se detuvo para mirarme. Frunció el ceño, pensativo.

—Sí, está bien. Y dentro del contexto histórico, entiendo que se desarrolle de ese modo, pero...

—¿Pero?

—¡Toda esa gente era gilipollas! —soltó de golpe—. Desde el principio, todo el mundo trató a Ana como si fuese una apestada por ser huérfana y diferente. Y sí, luego las cosas se van arreglando y vivieron felices y comieron perdices, pero... ¡esa niña pasó un calvario para que la aceptaran! La obligaron a cambiar para encajar. Y ese tal Gilbert es un capullo.

—No lo es —protesté, intentando no reírme.

—Puede que tú lo interpretes desde el romanticismo de esa relación platónica y lo justificas por ese gesto final. Pero ya te digo yo que lo es. «Seremos los mejores amigos. Hemos nacido para serlo, Ana. Has burlado al destino mucho tiempo» —imitó a Gilbert con voz chillona—. Ese mierdecilla se moría por llevársela al establo y meterse bajo sus enaguas.

Me tapé la boca para contener la risa. No pude y acabé riendo a carcajadas. Ver a Trey enfadado con el libro resultaba adorable. Me encantaba su ceño fruncido, el rastro de calor que su exaltación le había dejado en el rostro y ese brillo asesino de su mirada. Me encantaba él, lo fascinante y enigmático que era al mismo tiempo. La inocencia que percibía en su enojo.

—¿Qué te hace tanta gracia?

—Nada —logré contestar—. Es que no esperaba que te metieras tanto en la historia, como dijiste que no era del tipo de libros que solías leer...

Me senté en el sofá y él se dejó caer a mi lado, tan cerca que nuestros brazos desnudos se tocaban. Ladeó la cabeza y me miró.

—La verdad es que lo he leído por lo que comentaste. —Busqué sus ojos con un gesto de interrogación—. Dijiste que eras como Ana en algunas cosas y que deseabas parecerte a ella en otras muchas. Quería averiguar cuáles eran esas cosas.

—¿Y? —pregunté casi sin voz.

—Entiendo lo que ese libro significa para ti, de verdad. —Puso su mano sobre la mía y me acarició los dedos. Era la primera vez que me tocaba con ternura después de aquella noche y mi cuerpo no estaba preparado para lo que sintió.

Un relámpago de energía me recorrió de arriba abajo—. Harper, no necesitas parecerte a nadie, y menos a un personaje de ficción que vivió en otra época. ¿Por qué ser otra persona si así eres genial?

—¿Crees que soy genial? No me conoces.

—Hemos pasado juntos dos días bastante intensos que equivalen a... ¿meses en otras circunstancias? —Se acomodó en el sofá y echó la cabeza hacia atrás para contemplar el techo—. Sí, pienso que eres genial, inteligente y muchas cosas más. La pregunta es por qué no lo piensas tú.

Guardé silencio sin saber qué decir. Su mano continuaba sobre la mía y en mi mente daban vueltas demasiadas emociones para poder aferrar solo una.

—¿Sabías que la autora nació en New London y que después vivió en Cavendish?

—Sí —respondí, sorprendida por sus palabras—. ¿Cómo lo sabes tú?

—Se me ha ocurrido buscar.

Sonreí y dejé que entrelazara sus dedos con los míos. Nos quedamos en silencio, inmóviles.

—Ahora que has terminado con la casa, ¿vas a irte?

—No tengo que volver a Montreal hasta después del Día del Trabajo. Mi intención era quedarme aquí mientras tanto. Antes de saber que tú también estarías, por supuesto. —Tomó una bocanada de aire—. Pero si quieres que me vaya antes...

—No. Puedes quedarte. Yo también tenía pensado volver para entonces.

El silencio nos envolvió de nuevo. Fuera, las aves marinas graznaban sin parar.

—Harper.

—¿Sí?

—¿Estamos bien?

—¿A qué te refieres?

—Después de lo que pasó, pese a ese desastre, ¿tú y yo estamos bien ahora?

—Sí, supongo que sí.

Ladeó la cabeza para mirarme y yo hice lo mismo. Nuestras miradas se enredaron.

—¿Supones?

—No se puede cambiar el pasado. Ni olvidarlo de golpe. Quizá, con el tiempo...

—Eso no significa que debas aferrarte a él.

Tenía razón.

—No quiero hacerlo.

Y, por primera vez en mucho tiempo, me sentí más liviana, en calma, sin tanto miedo.

Trey dejó escapar el aire que contenía y sonrió. Estábamos tan cerca que me llegó el roce de su aliento. Mi mirada descendió hasta sus labios y me detuve ahí un momento. Alcé la vista y vi que él miraba los míos, se quedó ahí todo un instante cargado de tensión.

Tenía un nudo en la garganta y no podía dejar de mirarlo. Trey era como el sol. Tan cálido y tan resplandeciente que no podías evitar acercarte a él, y eso tenía un gran peligro. ¿Conocéis la historia de Ícaro? Ícaro era el hijo de Dédalo, el inventor y constructor griego del laberinto de Minos que albergó al minotauro. El mismo minotauro que, tiempo después, Teseo mató con la ayuda de Ariadna y un ovillo de hilo que...

Resumiendo, Dédalo fabricó unas alas y enseñó a Ícaro a volar para poder escapar de su cautiverio en la isla de Creta. El chico, fascinado por la libertad, ascendió y ascendió en el cielo, tan alto que se acercó demasiado al sol y su calor acabó fundiendo la cera que sostenía sus alas. El desdichado cayó, precipitándose al mar, y murió ahogado.

Pues, en ese momento, yo me sentía feliz como Ícaro, ascendiendo muy alto, sin pensar que si me acercaba demasiado a ese sol que me tentaba con su calor mis alas se derretirían y yo acabaría cayendo hasta morir.

No era capaz de pensar en nada, porque aún me costaba asimilar que él estaba allí y que los dos últimos días habían sido reales. Tan reales como lo eran sus ojos sobre mí en ese momento, deslizándose por mi rostro como si intentaran memorizarlo.

—¿Hola? Chicos, ¿estáis en casa?

—¿Ese es Sid? —preguntó Trey.

Nos levantamos del sofá y salimos al porche. Sid nos saludó con la mano mientras se aproximaba a la casa. La piel le brillaba cubierta de sudor y su pecho ascendía y descendía en busca de aire.

—¿Todo bien, Sid? —se interesó Trey.

—Estoy buscando madera por la playa. Las tormentas suelen arrastrar troncos a la orilla, y he encontrado uno bastante grande un poco más abajo. Me preguntaba si me ayudarías a llevarlo a casa.

—Claro. Lo que necesites.

Una hora después, un tronco de más de tres metros y con aspecto de pesar mucho, reposaba contra la pared del taller de Sid, mientras Trey y él agonizaban sobre la hierba, sin aliento y con el rostro congestionado.

—¿De verdad habéis venido desde Old-Bay con eso a cuestas? —preguntó Adele.

—No... no pensé... que fuese a costar... tanto —farfulló su marido.

—Tanta madera te ha llenado esa cabezota de serrín.

Apreté los labios para no sonreír. Eran tan diferentes que me parecían un enlace imposible. Y al mismo tiempo era incapaz de imaginarlos por separado.

—Trey, querido, ¿te encuentras bien?

—Lo estaré en cuanto consiga tragarme de nuevo mis pulmones —le respondió entre jadeos.

Ella me miró con una sonrisa y enlazó su brazo al mío.

—Vamos dentro a prepararles un poco de té frío antes de que mueran.

Adele nos invitó a comer y no aceptó un no por respuesta. Tomamos un delicioso *mush* con pavo asado y alcachofas, y conversamos sin parar sobre infinidad de cosas mientras el tiempo volaba sin darnos cuenta. Tras recoger la mesa y limpiar la cocina, Sid se llevó a Trey a su taller para enseñarle sus esculturas y una nueva motosierra, de la que hablaba como si fuese su primogénito.

Adele preparó más té frío y lo tomamos en el salón, junto a un antiguo ventilador de aspas que aliviaba un poco el calor. Tras el temporal, la temperatura había subido rápidamente, devolviéndole al verano su trono.

Me miró desde la esquina del sofá y una sonrisilla traviesa cruzó su rostro.

—¿Trey y tú estáis saliendo?

—¡No! —Alcé las cejas, incrédula.

—Parece que os lleváis muy bien. ¿Hace mucho que os conocéis?

—Es el mejor amigo de mi hermano desde hace unos diez años. —La curiosidad tiró de mí—. ¿Por qué crees que hay algo entre nosotros?

—Porque te mira como si le asustara perderte de vista. Y tú a él. —Sentí un pequeño vuelco en el estómago que me hizo apartar la vista de ella y concentrarla en el vaso—. Y me pregunto por qué tanto miedo y cuál es la historia.

Nunca le había hablado a nadie de mis sentimientos por Trey. Durante años los oculté como un secreto que solo me pertenecía a mí. Y, a lo largo de todo ese tiempo, lo idealicé hasta convertirlo en un ser perfecto que solo vivía en mi mente, al que observaba embelesada. Al que idolatraba. Después descubrí que no era tan perfecto, todo lo contrario, y lo odié. Ahora sabía que era de carne y hueso, real y humano. Y tenía miedo, claro que lo tenía. Miedo a que se quedara y miedo a que se fuera. Miedo a sentir. A sentir demasiado y que no fuese suficiente. Miedo al después.

Adele me miraba fijamente mientras yo pensaba en todas aquellas cosas.

—Es complicado —me limité a contestar.

No porque no confiara en ella, sino porque esa historia ya no era solo mía, también era de él desde que yo se la había contado. Era nuestra y quería que continuara así. Sin juicios ni opiniones. Porque en esa historia él era el villano y yo necesitaba convertirlo en el héroe redimido.

Ella sonrió despacio y vi en sus ojos que me entendía.

—Tú y yo nos parecemos mucho —susurró, y cambió de tema.

A media tarde nos despedimos de nuestros amigos y regresamos a casa dando un paseo. Bordeamos el acantilado, cubierto por un manto de hierba tan verde que contrastaba con el rojo de la tierra y las rocas. Colores acentuados por un sol que comenzaba a descender, pintando de naranja el cielo azul. Bajamos por el sendero en silencio. Se respiraba tranquilidad.

Me quité las sandalias al llegar a la playa de guijarros. Me gustaba sentirlos bajo los pies al andar. Continuamos caminando sin prisa, con las olas susurrando a nuestra derecha.

—¿De verdad quieres ser escritora? —preguntó de repente.

—No quiero hablar de eso.

—¿Tendrías que matarme después? —bromeó. Puse los ojos en blanco y apreté el paso—. ¿Escritora, en serio?

—¿Siempre eres tan persistente?

—Solo cuando tengo interés en algo. —Se puso en mi camino y comenzó a andar de espaldas para poder mirarme—. Venga, habla conmigo. ¿De verdad quieres escribir?

—Hace mucho que escribo, el problema es que nunca he acabado ninguna de mis ideas.

—¿Por qué?

—Por mil cosas. Mis estudios, el trabajo, la vida que nos lleva por otros caminos. La falta de tiempo. ¡Qué sé yo!

—Tus excusas son pésimas. Ahora dime la verdad.

Me debatí, nerviosa. ¿Desde cuándo me conocía tan bien como para saber que mentía?

—No sé por qué no logré acabarlas.

—No te creo.

Fruncí el ceño, molesta por su insistencia.

—Vale. Un escritor debe tener ciertas cosas que yo no tengo, como talento, buenas ideas y... —Guardé silencio y noté un sabor amargo ascendiendo por mi garganta. Ese sabor era orgullo. En realidad sí creía tener talento y también buenas ideas. Mi problema era otro—. Un escritor es la suma de sus experiencias y yo no tengo muchas, la verdad.

—Pues sal a buscarlas.

—Como si fuese tan fácil. Digan lo que digan, querer no es poder. No siempre es tan sencillo.

—Tienes razón, pero merece la pena arriesgarse con los ojos cerrados por algunas cosas.

Respiré hondo, con mis pensamientos cada vez más enredados. Ese tema era como una espinita dolorosa clavada en mi corazón y él la hundía un poco más cada vez que abría la boca.

—¿Acaso tú lo has hecho para darme ese tipo de consejos?

—Veamos, podría estar trabajando con mi padre en su estudio, diseñando mansiones para esnobs por treinta mil al mes como mínimo. Y, en lugar de eso, me dirijo a una posible ruina con proyectos con los que intento que otras personas mejoren sus vidas. Sí, creo que puedo darte ese consejo.

Percibí cierta frustración en su voz. Frené en seco y lo miré a los ojos. Me sentí fatal por haber intentado hacerle sentir mal.

—Perdona.

Se acercó a mí y me apartó un mechón de pelo que revoloteaba por mi cara. Suspiró levemente, pero no perdió la sonrisa.

—Mi abuelo dice que estamos aquí por una casualidad al nacer, pero el resto es por elección. Ayer, cuando dijiste que ese libro hizo que quisieras ser escritora, no solo te escuché, te sentí. La ilusión, las ganas. Y después vi cómo tratabas de reprimirlas, de encerrarlas, al igual que ahora, y no lo entiendo.

Me hizo pensar.

Yo tampoco lo entendía. Él tenía razón: escribir era un sueño que había arrastrado desde mi niñez. Un deseo que había dejado flotar a la deriva hasta desaparecer, pero que seguía ahí, como un fantasma que me asaltaba cuando bajaba la guardia y me susurraba que yo estaba incompleta.

De pronto, como si alguien hubiese girado la llave en la cerradura, algo se desbloqueó en mi interior de forma sutil.

La respuesta a otro porqué.

Me daba miedo fracasar, porque el fracaso era un estigma en mi familia. Si salía mal, le estaría dando la razón. Y me molestó muchísimo darme cuenta de que esa era la causa, que seguía pensando en el resto del mundo, en mi padre, antes que en mí. Porque sentía cómo me escocían los ojos por las lágrimas que estaba conteniendo y no quería llorar delante de él.

—Supongo que temo intentarlo y darme cuenta de que solo tengo ilusión y ganas. Miedo a las cartas de rechazo, a no ser lo suficientemente buena, a no saber encajarlo.

Se acercó más a mí y clavó sus ojos en los míos. Me sorprendí conteniendo la respiración, a la espera de que algo sucediera.

—¿Tan fuerte es ese miedo? ¿De verdad quieres pasar el resto de tu vida revisando y publicando las novelas de otras personas y soñando con el libro que nunca escribirás?

Pero ¿de dónde había salido este chico? Era como un Pepito Grillo de metro ochenta, con un cuerpo de líneas griegas y una sonrisa para la que no existía ningún antídoto. Inclinó la cabeza hacia mí y arqueó las cejas, inquisitivo. Negué con la cabeza.

—No —susurré.

—Mi abuelo dice que la solución no es hacer todo lo posible para olvidarte de tus sueños antes de que estos te destrocen, sino luchar por ellos como un guerrero aunque creas que vas a perder la batalla. Los dioses siempre se ponen del lado de aquel que cree con el corazón.

Abrí mucho los ojos. ¿Un guerrero? ¿Los dioses? ¿De qué estaba hablando?

Continué andando y pensando en lo que Trey acababa de decir. No en lo místico, sino en lo esencial, aunque esa otra parte había despertado mi curiosidad. No le pegaba.

—Creo que tu abuelo es un hombre que da muy buenos consejos. Me gustaría conocerlo algún día.

Él no dijo nada y se limitó a mirar al frente con el rostro serio.

Alcanzamos las dunas. Poco después divisamos la casa. Me agaché para ponerme las sandalias y creí ver un destello. Se me escapó un gemido al encontrar una lágrima de color azul. La alcé para verla detenidamente. Tenía un aspecto escarchado que la hacía parecer un trozo de hielo. Preciosa.

—¿Qué es? —preguntó Trey a mi espalda.

—Una lágrima de sirena. —Lo miré por encima del hombro—. Son trozos de cristal que permanecen en el mar durante décadas. La arena y las corrientes los pulen hasta tomar esta forma. Son pequeños tesoros. Adele los usa para sus creaciones.

—¿Y por qué se llaman lágrimas de sirena?

—Por una leyenda. Cuenta que estos cristalitos son en realidad las lágrimas de una sirena, que llora por el marinero al que ama y con el que nunca podrá estar por un castigo que la condena a permanecer en el fondo del océano.

—Joder, qué triste.

—El amor no debería doler, pero duele.

—No siempre duele, Harper. Lo que duele no es el amor, sino aquello que lo rodea y lo asfixia.

Me di la vuelta y lo miré.

—Eso ha sonado muy bonito.

—Pues el mérito no es mío, lo leí en alguna parte. —Inspiró hondo—. Aunque estoy de acuerdo con ese pensamiento. —Entornó los ojos sin dejar de mirarme—. ¿Estás aquí por eso?

—¿A qué te refieres?

—A si estás aquí para superar que has roto con alguien. Ya sabes, tiempo y distancia para olvidar a un novio.

—¡No!

—¿Seguro? Porque si es por ese tío con el que estuviste saliendo... Tu hermano dice que es un gilipollas. Un trepa sin personalidad. Nadie así merece tu tiempo.

No pude evitar sonreír. En su presencia tenía la sensación de no hacer otra cosa.

—No es eso. —Cerré los ojos y me froté la frente con impaciencia—. Estoy aquí porque necesito tiempo y distancia, pero no de Dustin. Es mucho más complicado e importante que un exnovio gilipollas.

Se tragó una risita y mantuvo el gesto serio, dedicándome toda su atención. Y era una atención sincera y preocupada. Tuve la sensación de que podría contarle cualquier cosa y que la entendería. Que me entendería. Como había hecho unos minutos antes. Nadie me había comprendido nunca con tanta facilidad.

Me senté en la arena. Él también lo hizo. Escuché el sonido del mar con los ojos cerrados mientras buscaba el modo de explicarle que me encontraba en un momento decisivo.

—No sé si lo sabes, pero mi abuela me dejó en herencia la librería y su casa.

—Hoyt me contó algo.

Se me escapó un gruñido.

—¿Es que mi hermano y tú os pasáis la vida hablando de mí?

Un ligero rubor le cubrió las mejillas.

—Es mi mejor amigo y habla conmigo cuando lo necesita. Me cuenta sus problemas y todo aquello que le preocupa. Tú le preocupas. —Hundió los dedos en la arena y levantó un puñado—. Y, si soy completamente sincero, cuando me habla de ti presto mucha más atención.

Me miró y una sonrisa traviesa curvó su boca. Sacudí la cabeza como si por fin asumiera que él no tenía remedio. Sus coqueteos me desconcertaban y me obligaban a preguntarme cuánto había de real en ellos. No quería ilusionarme. No podía.

—Vale. Imagina que tu futuro ya está trazado y que tienes un plan. Pero un día esa seguridad cambia. De repente, dos caminos se abren frente a ti. Uno está lleno de cosas importantes, atractivas. Te conduce a un mundo maravilloso donde podrías ser alguien y tener un nombre. Respeto, admiración y una vida cómoda. El otro es mucho más sencillo y tranquilo, pero también tiene cosas buenas.

—¿Como cuáles?

—Recuerdos, identidad, raíces... sueños, ilusión... Estar delgada toda la vida porque podría vivir en la pobreza más absoluta. —Inspiré hondo e ignoré su risa—. Estoy frente a esos dos caminos y debo elegir. O vuelvo a Toronto y sigo estudiando y trabajando en la editorial, o me quedo en Montreal y lo dejo todo para regentar la librería.

—¡Vaya, si hay dos cosas realmente opuestas, son esas!

Dejé escapar un suspiro pesado mientras seguía el vuelo de un ave marina a ras del agua.

—¿Tú qué harías? —quise saber.

—Esa respuesta no te serviría de nada. La solución depende de tus prioridades, de lo que tú realmente quieres. Ordena tus ideas, piensa en tus sueños y decídete por el más importante para ti.

—Dicho así, parece sencillo. Pero ¿y si no es la decisión correcta? ¿Y si después me arrepiento y es tarde para arreglarlo? —La frustración se enredaba en mis palabras—. ¿Y si de verdad no sé lo que quiero?

—Todos hemos tenido esas dudas alguna vez. —Me miró, dedicándome una sonrisa paciente, como si comprendiera mis complicaciones, lo difícil que me resultaba vivir dentro de mi piel—. Harper, ¿qué quieres más que nada?

Tardé unos segundos en dar con la respuesta. Una que brotó con vida propia, atravesándome.

—Una oportunidad de ser feliz.

—¿Lo ves? Sabes lo que quieres.

—Y también comprenderme, porque la verdad es que no me comprendo. No... —Se me dispararon las pulsaciones al mismo tiempo que notaba abrirse mi pecho—. No me conozco. Siento como si en algún momento del camino hubiera olvidado quién soy y dónde estoy. O quizá nunca lo he sabido. Si no sé quién soy ahora, ¿cómo voy a saber quién quiero ser en el futuro?

Hice un movimiento con la mano, un gesto de repentina tristeza, y me sentí nerviosa y expuesta al compartir con él mis pensamientos. Esos que nunca había dicho en voz alta. Él atrapó esa mano y la sostuvo entre las suyas. Se mantuvo en silencio, sin dejar de mirarme fijamente, y yo noté que me ahogaba por culpa de las palabras que brotaban sin control.

Me puse de pie porque necesitaba moverme, hacer algo, y me acerqué a la orilla. Él me siguió.

—Le doy muchas vueltas a las consecuencias que pueden tener mis decisiones y acciones. Es lo único que hago, dar vueltas al mismo tema, una y otra vez. Invierto todo mi esfuerzo en eso, en comerme la cabeza. No lo dejo correr, como si no pudiese seguir adelante sin todas las respuestas. Y, cuando por fin decido dar un paso, siempre lo hago pensando qué les parecerá a los demás, o intentando demostrar... qué sé yo. ¿Por qué me importa tanto lo que piensen los demás de mí? —confesé, y había una súplica en mi voz—. No soy más que una soñadora que nunca convertirá sus sueños en realidad. Que nunca llenará ese vacío que tengo aquí dentro.

De repente, Trey me rodeó con sus brazos. Me apretó muy fuerte contra su pecho, como si desease protegerme de todo lo que nos rodeaba. Sus labios me rozaron la oreja cuando habló:

—Eso no es cierto, Harper. Solo... solo tienes que creer en ti misma. Solo en ti. Sé por qué te lo digo. Sé cómo te sientes. Confía en mí.

Cerré los ojos porque ese abrazo no tenía nada que ver con ningún otro que nadie me hubiese dado antes. Me inundaron un montón de emociones que sin duda me enrojecían la cara y hacían que me temblaran las manos.

—¿Esa es otra historia que tampoco sabes cómo contarme?

Noté su sonrisa, y también que era triste. Me estrechó un poco más. El calor de su cuerpo me caló a través de la ropa.

—Voy a contarte todo lo que quieras saber. Solo déjame encontrar el momento adecuado, ¿vale?

Asentí, incapaz de pronunciar palabra. Los latidos de su corazón retumbaban contra mis oídos, aunque en realidad no estaba segura de si eran los suyos o los míos.

—Pero prométeme que no vas a enamorarte de mí por pena —me susurró bajito, casi tímido.

Se me escapó una carcajada e intenté aferrarme a ese destello de alegría que Trey lograba sacar de mí. El sentimiento se extendió por mis brazos y piernas, como un bálsamo cálido que me sanaba.

Ese instante no fue un momento trivial. Nada de lo que estaba sucediendo lo era. En absoluto.

16
Dejar una huella en sus vidas

«Quiero...»

No podía dormir y esa palabra no dejaba de repetirse en mi cabeza. Quiero, quiero, quiero... y me quedé atascada, repitiéndola. Un eco molesto que no lograba acallar.

Me senté en el alféizar de la ventana y apoyé la frente en el cristal. Fuera, la noche lo envolvía todo con un abrazo apretado.

«Solo tienes que creer en ti misma», me había dicho Trey. También que debía ordenar mis ideas, pensar en mis sueños y elegir el más importante para mí. Para ello debía deshacerme de esa necesidad de satisfacer por miedo al rechazo, de impresionar por el mismo motivo.

Aceptar todas esas veces que intenté decir no y dije sí.

Pensé en todo lo que había conseguido hasta ese momento. Ser una estudiante modélica, con unas calificaciones que me habían brindado la admiración de mis profesores, unas prácticas en una prestigiosa editorial por las que muchos habrían vendido su alma y... nada más. Mi vida se reducía a esos dos puntos. Estudiar y trabajar. Cada maldita hora del día.

Y él continuaba sin verme.

Porque ese pálpito que me sacudía siempre era por él.

Empecé a sentirme mal.

Nada de lo que hiciera sería suficiente. Nunca.

Se me encogió el corazón con otro ¿y si...? Quizá él...

Jadeé sin aire y me dolieron los pulmones.

¿Por qué continuaba empeñada en negarlo?

Jamás lograría conquistarlo. Ni su aceptación. Ni su reconocimiento. Ni... su amor.

Llevaba dieciséis años intentando ganarme un hueco en su vida. ¿Cuánto tiempo más debía seguir para convencerme de que no pasaría?

¡Que le dieran, solo importaba yo!

Rebusqué en mi interior la más ligera traza de felicidad por lo que poseía, por lo que me había ganado sin ayuda de nadie, y no la encontré.

Vacío.

Solo había vacío.

No tenía amigos. Amigos de verdad con los que salir a cenar, ir de viaje, con los que compartir mis pensamientos. Lo más parecido a esas figuras eran mis hermanos. Pero apenas les veía y casi siempre hablábamos por teléfono.

Estaba completa y terriblemente sola.

La soledad era ese vacío.

Me había engañado a mí misma creyendo que no lo era. Ocupada todo el tiempo. Logrando metas. Venciendo desafíos. Un paso más arriba cada vez. Me imaginé en un gran despacho. Mi nombre en la prensa. Mi foto en las listas de personas más influyentes. Mis dedos rozando el cielo. Siendo una estrella. Nada bastaría para merecer esas cuatro palabras. Lo que de verdad perseguía: «Estoy orgulloso de ti».

Me acerqué a la cama y aparté la almohada. Tomé el libro y la carta de mi abuela. La leí de nuevo; no lo había hecho desde que abandoné Montreal.

... cuando te miro aún veo a esa pequeña que prefería ordenar libros en las estanterías en lugar de jugar con otros niños. Que disfrutaba recomendando lecturas y soñaba con escribir algún día sus propias historias. Aún la reconozco en ti y veo el brillo y el deseo de entonces en tus ojos. Por eso quiero darte la oportunidad de recuperar esa ilusión.

Dejé la carta a un lado y busqué mi ordenador por la habitación. Me senté en la cama y lo encendí. Me temblaban las manos mientras clicaba sobre la carpeta oculta en el disco duro. Hacía siglos que no la abría. Elegí el primer fichero de la lista. Encontré ciento veinte páginas de una historia de amor ambientada en un universo fantástico, con portales a otras dimensiones y personajes con poderes psíquicos. Sonreí al recordar que tuve esa idea después de devorar todas las temporadas de la serie *Héroes* y enamorarme platónicamente de Milo Ventimiglia.

Abrí otro fichero y paseé la vista por los primeros párrafos. ¡Oh, Dios! De ese ni siquiera me acordaba, debía de tener nueve o diez años cuando empecé a escribirlo. Cliqué en otro archivo.

«Querido señor Darcy, cuánto daño le hiciste a mi idea sobre el amor», pensé tras leer un prólogo muy triste.

Inspiré hondo. Me acomodé en la cama con el ordenador sobre la tripa y comencé a leer mi último intento de novela. Un proyecto casi terminado que abandoné en el último momento por... ¿Miedo? ¿Indecisión? Sentía que hacía una eternidad desde que había puesto la última palabra en él y ni siquiera ahora sabía con seguridad el motivo.

Alcé la vista de la pantalla y me froté los ojos cansados. Le eché un vistazo al reloj. Llevaba horas absorta entre unas páginas que yo misma había escrito. Se me formó un nudo en la garganta y se me encogió el estómago con la avalancha de sentimientos que inundaba mi cuerpo. Entre aquellas palabras había encontrado tantas partes de mí misma que habría podido recomponer otro yo sin ningún esfuerzo.

Cerré los ojos y me obligué a respirar.

Nunca me había perdido, solo me había escondido y olvidé dónde. Durante tanto tiempo que había estado a punto de desaparecer.

Me levanté de la cama, tan nerviosa que me entraron ganas de reír. La esperanza despegó en mí como un cohete ascendiendo hasta el cielo. Y lo supe. No sé cómo. Lo sentí en el cuerpo. En el corazón. Y dejé de caer, el vacío desapareció y mis pies se posaron en el suelo. El velo a mi alrededor desapareció y me erguí como si me desentumeciera para coger impulso.

Y hablando de impulsos.

Salí de la habitación con el corazón palpitando con tanta fuerza que pensé que se me saldría del pecho. Era muy tarde y debía de llevar horas durmiendo, pero necesitaba decirlo en voz alta. Necesitaba decírselo a él.

Empujé su puerta entreabierta.

—¿Trey? —Mi voz se perdió en la oscuridad de la habitación. Me acerqué a la cama—. ¿Trey?

—¿Harper? ¿Estás... estás bien? —preguntó con voz titubeante, somnolienta y ronca.

—Ya sé lo que quiero.

—¿Qué?

—Sé lo que quiero hacer.

Lo oí trastear y la luz de la lámpara que reposaba sobre la mesita de noche se encendió. Trey parpadeó varias veces y se frotó los ojos. Me miró como si le costara entender qué le estaba diciendo. Yo me subí a la cama, de rodillas, y sonreí de oreja a oreja como una lunática. No podía evitarlo. Estaba eufórica. Tanto que me costó darme cuenta de que él solo llevaba puestos unos bóxer que cubrían lo justo. El resto era piel, músculos, un ligero vello que rodeaba su ombligo y cinco estrellas tatuadas en tamaño ascendente que trazaban un camino desde la axila hasta su vientre.

¡Vaya, eso no estaba ahí cuatro años atrás!

Me obligué a ignorar el cosquilleo que se apoderó de mi estómago y también los recuerdos. Él me miró a través de las dos ranuras que eran sus ojos y me sonrió, gesto que no borró su desconcierto.

—Sé lo que quiero hacer —repetí. Contuve el aliento durante unos segundos y lo solté de golpe—. Quiero escribir. Quiero vivir entre libros. Quiero emocionar con mis palabras a otras personas. Dejar una huella en sus vidas. Crear recuerdos y sentimientos. Quiero que sueñen. Que se les acelere el corazón. Quiero todas esas cosas. Y quiero hacerlas en el único lugar donde he sido feliz de verdad. En la librería de mi abuela.

Trey se incorporó un poco y apoyó la espalda en el cabecero. Me miró fijamente durante una eternidad, en silencio, de pies a cabeza. Una pequeña sonrisa se dibujó en su boca.

—¿Lo ves?, sabes lo que quieres. Siempre lo has sabido. Solo necesitabas recordar dónde habías dejado esa parte de ti.

—Y la he encontrado. Vuelvo a sentirla. El cosquilleo en los dedos que me impulsaba a escribir. Lo que deseo hacer es eso, sin pensar en el destino ni en los demás. No me importa lo que piense el resto del mundo. Basta ya de ser siempre la chica agradable que lo encaja todo, que dice sí a todo, que se conforma y deja que se lo jodan todo.

—Por supuesto. La gente no tiene ni puta idea, siempre opina sobre las vidas que no viven.

—¡Es cierto! ¡Que se fastidien!

—¡Que se jodan! Nadie puede elegir tu camino porque solo te pertenece a ti.

Le sonreí, contenta de que me entendiera.

—Eres un sabelotodo, pero me gusta eso de ti.

Sus ojos permanecían sobre los míos, intensos, llenos de mil matices y, por un momento, me dejó sin aliento. Noté otro tironcito de ese hilo invisible que parecía conectarnos esos últimos días y todos mis pensamientos me abandonaron.

Quizá por eso hice caso a la primera tontería que se me pasó por cabeza.

Me incliné torpemente y pegué mis labios a los suyos con mi mano acunando su mejilla. Los presioné durante un segundo. Su boca me devolvió la presión y su pecho se elevó con una profunda inspiración.

Me separé de él tan rápido como pude, consciente de pronto, y salté de la cama.

—Gracias —susurré mientras salía de la habitación.

No sabía qué hora era cuando me desperté. Me dolía la cabeza y tenía hambre, pero nada iba a empañar esa sensación cálida y dulce como miel caliente que llenaba mi interior. Salí de la habitación descalza y bajé la escalera.

No había nadie en el salón, ni tampoco en la cocina. A través de la ventana comprobé que el todoterreno no estaba aparcado fuera.

Una ligera decepción se apoderó de mi ánimo, pero me deshice de ella de inmediato. Solo había espacio para los sentimientos positivos en mi nueva vida. Me serví un café frío y lo tomé en el exterior, de pie sobre la hierba. Era perfecto. El sol calentándome la piel, de fondo el rítmico romper de las olas y su susurro al extenderse sobre la arena. Iba a echar de menos esas vistas cuando regresara.

Me senté en una roca durante un rato, consciente de los pocos momentos como aquel que me quedaban. Me sentí arropada por una paz interior desconocida y disfruté del instante, viviéndolo, sintiéndolo. Sin pasado ni futuro, solo presente.

Regresé a la casa y me di una ducha, después me puse uno de los vestidos que había metido a ciegas en la maleta. Era de color crema con dibujos calados de flores y hojas bajo los que se veía una capa más ligera y vaporosa. Me senté en la cama con el ordenador y la intención de revisar de nuevo mis manuscritos, las notas y la documentación que había ido almacenando con el tiempo. Algunas ideas me parecían lo bastante buenas como para rescatarlas y trabajar en ellas.

La idea me fascinaba, aunque también me asfixiaba. Quería dar el paso, cambiar mi vida, trabajar por algo que me hiciera feliz.

Tras repasar todos mis textos, empezaba a confiar en mis capacidades y pensaba luchar para demostrarme a mí misma que podía hacerlo. Pero conocía el mundo editorial, lo difícil que era para un escritor destacar y conseguir esa primera oportunidad. Lo arduo y complicado que podía ser merecer una segunda, y una tercera, mantenerse y hacerse un nombre.

No era un mundo fácil en el que sobrevivir.

Hoy estás. Puede que mañana no y nadie te echará de menos.

La gente, los halagos, sentirte importante, especial.

El silencio, el olvido, el teléfono que deja de sonar. La puerta que ya no se abre.

Tomé aire y aparté todas esas ideas de mi mente.

Me centré en lo primordial.

Capítulo 1

Esa mañana, cuando despierto, una fina capa blanca cubre la hierba hasta la orilla del lago...

Tiempo después, no sé en realidad cuánto trascurrió, oí aproximarse un coche. Por cómo rugía el condenado motor, supe sin lugar a dudas que se trataba de Trey. El beso de la noche anterior pasó por mi mente como un fogonazo y noté que me ardía la cara.

De repente me daba vergüenza verle. Enfrentarme al hecho de que mis labios se habían movido sin mi permiso hasta alcanzar los suyos.

Y, mientras me planteaba seriamente esconderme en aquella habitación, la puerta se abrió y él apareció en el umbral, agitando una bolsa de papel manchada de aceite. Sus ojos me sonrieron antes que su boca.

Me lanzó la bolsa y yo la cogí al vuelo.

—Es de pavo y queso fundido. Cómetelo, se hace tarde.

—¿Tarde? ¿A qué vienen tantas prisas?

Se llevó una mano al bolsillo trasero de sus tejanos y sacó dos papelitos doblados. Me sonrió como un niño en la mañana de Navidad.

—A esto. Tenemos dos pasajes para el ferry que zarpa dentro de una hora. Mete algo de ropa en una bolsa, para un par de días. ¡Nos vamos a PEI!

Mil cuestiones pasaron por mi mente revuelta, pero él ya había desaparecido. Salté de la cama mientras sacaba el bocadillo de la bolsa y le daba un mordisco. Con la boca llena entré en su habitación. Había abierto una maleta sobre la cama y metía dentro unas camisetas.

—¿Has organizado un viaje de dos días a la isla del Príncipe Eduardo sin consultarme?

—Los regalos no se consultan, Harper. Se hacen. Se dan y se aceptan.

—¿Es un regalo? ¿Por qué?

—Porque hay cosas que celebrar. —Se detuvo para mirarme—. Yo he acabado los planos y tú has tomado tu gran decisión.

—Trey, no sé si quiero ir a PEI. Pasado mañana es el Día del Trabajo y después debo regresar... Me gusta mucho este sitio y creo que prefiero quedarme aquí hasta entonces. Pasar tiempo con Adele, los bocadillos de Ridge... —Alcé la mano y sacudí el sándwich. Cacé un trozo de lechuga al vuelo.

—Lo entiendo y no voy a obligarte, pero me gustaría mucho que vinieras conmigo. Que salgamos por ahí, que nos divirtamos. Empezamos muy mal. Apenas... apenas nos conocemos de verdad y quiero que eso cambie. Quiero solucionarlo.

—¿Cómo?

—Conociéndote y dejando que tú me conozcas a mí. No soy tan malo como crees.

—No creo que seas malo, Trey. —Suspiré y reprimí una sonrisa—. Quizá demasiado misterioso.

—Quizá ya no quiera serlo.

Tragó saliva y apartó la mirada un poco inseguro, pero enseguida volvió a mostrarse como siempre. Me lo quedé mirando. ¿Cómo podían haber cambiado tanto las cosas entre nosotros en tan pocos días? Solo unos días. Porque el villano no lo era tanto y la princesa dolida no era tan princesa, sino una chica dispuesta a cometer locuras y vivir aventuras. A la que le había costado toda una vida abandonar la torre que la mantenía presa y segura al mismo tiempo. Porque esa dualidad había formado parte de ella toda su existencia.

Caos para su mente y veneno para el corazón.

Pero ahora se sentía fuerte para poner el punto final a un cuento que había sido triste casi desde el comienzo. Ya no quería pensar tanto, ni dar vueltas a lo mismo, desde diferentes ángulos y perspectivas hasta dar con una respuesta que pudiera servirle. Se acabó ordenar las posibilidades, etiquetarlas, y luego guardarlas para siempre. Ahora quería vivirlas, probarlas todas.

Ya no odiaba los recuerdos.

Ni las ganas.

Pero sí el miedo que me daba pensar en un «nosotros». En esa necesidad que me sacudía cuando no lo tenía cerca. Que todas esas emociones solo las sintiera yo.

Se le cayeron unos calcetines al suelo y yo me agaché para recogerlos.

—Vale. Conozcámonos. Aunque, con todo lo que ya nos

hemos contado, no creo que haya muchas sorpresas —dije antes de ponerlos en su mano extendida.

Me sonrió con los labios, pero sus ojos mostraron otro sentimiento que no pude interpretar. Sus dedos envolvieron mi muñeca y me acercó a él. Me tembló el cuerpo al notar la ligera presión en mi piel. Alcé la barbilla para poder ver su rostro. Volvía a tener ese aire travieso que hacía estragos en mi corazón. El pobre estaba agotado de producir tanta adrenalina.

—Pero hay una condición —apuntó. Puse los ojos en blanco y él se echó a reír cuando traté de soltarme—. He planificado este par de días, así que necesito que confíes en mí y que te dejes llevar.

Tiempo atrás, Trey había hecho trizas mi corazón como si lo hubiera frotado con un rallador de queso. Ahora sostenía ese montoncito de virutas entre las manos y no dejaba de amasarlo y apretarlo, moldeándolo como si fuese arcilla para devolverle su forma.

Como si fuese así de sencillo.

Y me daba rabia porque lo era, le estaba resultando muy fácil recomponerlo, y recuperarlo me hacía débil, ya que, entonces, podría volver a romperlo. Y una parte de mí sabía que era estúpido pensar de ese modo, que carecía de sentido porque ya no éramos esas personas que coincidieron en el pasado; ambos habíamos cambiado y esta vez...

Esta vez era diferente. Era de verdad. Estaba pasando algo entre nosotros. ¿Qué? Averiguarlo me aterraba.

Lo miré embobada.

—¿Has planificado los próximos días?

—¡Sí!

—¿Y qué vamos a hacer?

Se inclinó sobre mí y yo cerré los ojos sin pensar que lo hacía.

—Confía en mí. ¿Crees que podrás hacerlo? —me susurró al oído, y su voz sonó dulce como melaza.

—Sí.

—¿Seguro?, porque parece que te cuesta un poco.

Resoplé divertida y le di un empujoncito en el pecho para apartarlo. Nadie debería tener una sonrisa como la suya, capaz de derretir el hielo. Me encaminé a la puerta.

—Harper. —Lo miré por encima del hombro. Un atisbo de picardía iluminó sus ojos—. Respecto al beso de anoche...

Noté una explosión de calor en el pecho, ascendiendo por mi cuello e incendiándome las mejillas. Por mi parte, había llegado al acuerdo tácito de olvidar dicho momento. Era evidente que él no pensaba lo mismo.

—¿Beso? No tengo ni idea de qué estás hablando.

Se mordió el labio inferior, reprimiendo una sonrisa. Y yo me quedé sin respiración.

17
¿Crees en el destino?

Fue Karen Blixen quien dijo que la cura para todo es siempre agua salada: el sudor, las lágrimas y el mar.

No sé por qué me abordó esa idea, pero pensé en ella mientras contemplaba el océano desde la cubierta del ferry. La interioricé y me encontré a mí misma en sus palabras. El sudor que empapaba mi piel cuando despertaba tras una pesadilla. Las lágrimas derramadas por todos esos sentimientos que tanto me costaba expresar. El mar que me estaba devolviendo la calma y curando mis heridas, mientras me esforzaba por soportar el dolor que me causaba el proceso. Porque la sal quema y escuece, pero también sana y cicatriza.

Inspiré hondo y llené los pulmones con la brisa marina. Unos días atrás había hecho ese mismo trayecto, solo que en dirección contraria, y no me sentía la misma persona que entonces miraba ese mismo mar con recelo y temor. Sin saber adónde me conducía.

Empezaba a darme cuenta de que ahí residía el valor, en avanzar y enfrentarse a un futuro incierto y averiguar qué te aguarda más allá. Que lo que consideraba mi zona de confort, en realidad no era más que una cómoda cárcel a la que me había acostumbrado, acallando cualquier instinto de libertad.

Ahora percibía esa libertad. Aún etérea, tomando forma y haciéndose fuerte en mi interior. También cierta ingravidez, como si mi cuerpo pesara cada vez menos, libre de las cadenas que lo habían mantenido anclado.

¿Se puede cambiar en tres días la inercia de toda una vida? Antes de que Hayley me abriera la puerta a aquel confín del mundo, habría respondido con un no tajante. Del mismo modo que no creía en el amor a primera vista, ni en las revelaciones espontáneas que dan con la solución casi por arte de magia. Todo eso me sonaba a recurso literario, a una licencia más a la que un escritor recurre en la ficción. Pero este era el mundo real y esas cosas no pasaban.

Me habría equivocado.

Tres días pueden cambiar la inercia de toda una vida. Sin más. Sin que ocurra nada especial. Porque, a veces, las cosas más sencillas son las que lo cambian todo. Las que dan sentido a lo que nunca lo ha tenido. A veces, sucede algo o aparece alguien que consigue abrirte los ojos de la forma más inusitada. Como aquel paseo con Trey la tarde anterior. Había conseguido que desnudase mi alma, que me diese cuenta de lo que faltaba en mi vida y de quién quería ser.

Él no imaginó lo importante que fue ese momento para mí. Lo mucho que me salvó de mí misma, de la esperanza que me hizo sentir.

—Debe de ser un pensamiento muy bueno por cómo sonríes.

Lo miré de reojo.

—Lo es. —Me sujeté a la baranda para no perder el equilibrio. Las olas en esa parte del golfo eran más fuertes—. ¿Crees en el destino?

Me ofreció una chocolatina que había comprado en Pequeño Príncipe antes de zarpar. Le quité el envoltorio y le di un mordisco. Él hizo otro tanto y se comió la mitad de un solo bocado.

—No creo que el destino esté detrás de todo. Que cada paso de nuestra vida esté predestinado. —Ladeó la cabeza para mirarme—. Significaría que no tenemos la posibilidad de elegir y no me gusta la idea de no poder controlar mi propia vida.

Sonreí hasta que me temblaron las mejillas. Éramos distintos en muchas cosas y al mismo tiempo tan parecidos.

—Pues yo sí creo en el destino. Y también en las casualidades y en los accidentes afortunados.

—¿Accidentes afortunados? ¿Qué significa eso?

—Los accidentes afortunados son esas cosas que nos ocurren, que a priori pueden parecer malas, pero que después te acaban conduciendo a algo bueno. No sé, como que se te estropee el coche en medio de la autopista y que del único vehículo que se detiene a ayudarte baje Chris Pratt.

Arqueó una ceja. No parecía muy convencido.

—¿Cuántas probabilidades hay de que algo así ocurra? ¿Una entre millones?

—Pero existe una. El destino y la esperanza suelen ir de la mano.

Su ceja se elevó un poco más.

—Creo que tú llamas casualidad o accidente afortunado a una serie de circunstancias que dependen de la persona y de su entorno. Nada más. No hay un genio que cumpla deseos. Ni un universo trazando un plan para nosotros ni planetas alineándose para propiciar una señal cósmica que nos diga lo que debemos hacer. —Se dio la vuelta y apoyó la cadera en la baranda, de espaldas al océano—. Lo que tú llamas destino, somos nosotros y las decisiones que tomamos. Si tu coche te deja tirada en una autopista, el único accidente afortunado será que aparezca la grúa.

Me eché a reír.

—Pues a mí me gusta la utopía del destino. Y también

pensar que es como uno de esos libros de «Elige el final» y, dependiendo de tus decisiones, la historia acabará de una manera o de otra.

—Esa idea plantea la posibilidad de que no hay un destino, sino varios para cada persona.

—¡Sí! —Lo entendía. O al menos me entendía a mí.

Me dedicó una sonrisa torcida y se inclinó sobre mí hasta que sus ojos quedaron a la altura de los míos. No me aparté. Me quedé atrapada en ellos. Por cómo me miraban. Por todo su ser. Porque me encantaba él y su actitud. La persona que se escondía bajo la piel. Su forma de ver las cosas. Porque podíamos hablar de cualquier cosa solo por placer, sin miedo al silencio.

—¿Crees que fue el destino el que nos hizo coincidir en la isla? —me preguntó.

—Me gusta pensar que sí.

Inspiró hondo, sin apartar sus ojos de los míos, y luego alzó una mano muy despacio hasta rozarme la mejilla con las puntas de los dedos.

—¿Sabes? Puede que yo también acabe creyendo en el destino.

Arribamos a Souris a última hora de la tarde. Descendimos del transbordador a bordo del todoterreno y poco después abandonamos la ciudad, dirigiéndonos hacia el oeste.

Tal y como había prometido, confié en Trey y me dejé llevar sin hacer preguntas.

El sol teñía el cielo de naranja y me dediqué a contemplarlo a través del parabrisas, disfrutando del atardecer que empezaba a oscurecerlo. El viento entraba por la ventanilla, despeinándome el cabello. Era fresco y olía a tierra húmeda. Cerré los ojos e inspiré hondo, y al abrirlos de nuevo me perdí en un paisaje de pastizales y mágicos bosques.

Las carreteras estaban prácticamente vacías. La isla no

tenía grandes ciudades como otras provincias de Canadá, al contrario, el ambiente era bastante rural. Sencillo y encantador.

Pasamos parte del trayecto hablando de todo y de nada, con la música muy bajita sonando de fondo. Nickelback era uno de sus grupos favoritos, y también el mío, y esa tarde perdí casi todo mi miedo al ridículo, cantando a pleno pulmón sus canciones.

That trying not to love you, only went so far
Trying not to need you, was tearing me apart
Now I see the silver lining, of what we're fighting for
And if we just keep on trying, we could be much more
'Cause trying not to love you
Oh, yeah, trying not to love you
Only makes me love you more
Only makes me love you more

Descubrí que nuestro destino era Charlottetown mucho antes de llegar. Recordaba el camino que había recorrido días atrás, aunque no dije nada. Me gustaba la expresión traviesa que lucía la cara de Trey, convencido de que iba a sorprenderme.

Y lo logró.

Estacionamos el coche junto al centro de información turística y nos movimos a pie por la ciudad. Paseamos por las calles del centro como dos turistas más y cenamos en la terraza del Water Prince. Pedimos pasteles de pescado caseros y almejas fritas. Después nos dirigimos a Queen Street, a la famosa heladería Cows. Probé el helado de manzana crujiente y él prefirió uno de nueces y sirope de arce. Acabamos la noche en un bar de copas al aire libre con música en vivo.

—¿Otro? —me propuso Trey tras apurar el segundo chupito.

Me ardía la garganta y asentí con la cabeza, incapaz de lograr que mis cuerdas vocales funcionaran.

Vi cómo se abría paso entre la multitud de camino a la barra. Era mucho más alto que la mayoría de los allí presentes y era difícil que pasara desapercibido; más bien al contrario. Sobre todo para las mujeres con las que se cruzaba. Una de ellas intentó llamar su atención y puse los ojos en blanco. Me negué a admitir que me molestaba. Sin embargo, él no se percató de su presencia. No parecía darse cuenta del interés que despertaba, o, por lo menos, actuaba como si toda aquella atención no le importara.

Otra prueba de que ya no era ese chico que yo había conocido.

Ahora era alguien muy distinto. Ahora era...

Era...

Era tormenta. El fuego que arde en una chimenea. Las gotas de lluvia que resbalan por la ventana. Arena arrastrada por el viento. Vino dulce. Chocolate derritiéndose en la lengua. La luz del sol. Palabras en el porche. El sabor de un beso. El sonido grave de una risa. El tacto de unos dedos sobre la piel. Era música y silencio. Era aire. Los latidos de un corazón.

El alcohol nunca me había sentado demasiado bien.

Entrada la madrugada, regresamos al coche y Trey condujo hasta el Fitzroy Hall, un bonito *bed and breakfast* donde había reservado dos habitaciones.

Mientras me metía en la cama, pensé en lo perfecta que había sido la noche. Descubrí que estar viva era mucho más que respirar. Era hablar, reír, escuchar, oler y saborear. Sentir a través de la piel. Con el corazón. El cosquilleo de las nuevas experiencias. Caminar entre turistas y creerte una persona distinta.

A la mañana siguiente, nos despertamos un poco tarde. Desayunamos, recogimos nuestras cosas y fuimos en busca del coche. La curiosidad hacía que las preguntas me bailaran en la punta de la lengua y contenerme me costaba un poco más.

—¿Lista? —me preguntó.

Asentí con un cosquilleo en la tripa.

Contemplé la ciudad que dejábamos atrás mientras avanzábamos por la carretera. El cielo estaba completamente despejado y el sol calentaba mi piel a través del parabrisas. Es curioso cómo cambian las cosas a veces. Sin embargo, hay otras que nunca lo hacen. Yo continuaba sintiéndolo todo con demasiada intensidad. Lo bueno y lo malo. Me sumergía en mis emociones como si fuesen una piscina llena de agua, en la que caía y caía hasta alcanzar el fondo, donde permanecía sentada aguantando la respiración. Unas veces tardaba unos pocos minutos en apaciguarlas y volver a emerger. Otras podían atraparme durante días.

En ese momento, un pensamiento retumbó en mi mente como un trueno estival y noté que empezaba a hundirme en esa piscina. Directa e indirectamente, mi decisión iba a tener consecuencias, habría reacciones que aún no estaba preparada para afrontar.

—Estás muy callada. —Volví la cabeza hacia él e hice un gesto afirmativo. Me dedicó una sonrisa—. Un dólar por tus pensamientos.

—¿Qué tal cinco? —bromeé.

—Hecho. Cuéntame qué hay dentro de esa cabeza.

Dejé escapar un suspiro. Me quité las sandalias, subí los pies al asiento y me abracé las rodillas.

—Es que no dejo de pensar que estoy a punto de convertirme en la propietaria de una pequeña librería independiente con la que apenas podré pagar las facturas, en lugar de intentar ser alguien.

—Ya eres alguien. Y no solo serás la adorable dueña de una bonita librería, también vas a ser escritora profesional, y algún día, cuando seas famosa y millones de personas compren tus libros, te darás cuenta de que hiciste lo correcto.

Me ruboricé por su inexplicable fe en mí.

—Eso espero, porque mi padre va a desheredarme. Me desterrará para siempre y hará que me quiten su apellido.

Trey me miró atento, y vi que intentaba decidir si hablaba en serio o no.

—¿Crees que no va a apoyarte?

—No lo hará.

—Puede que al principio le cueste aceptarlo. Es un gran cambio. Pero cuando te vea feliz...

Aparté la mirada y la clavé en el paisaje. Negué repetidamente.

—No, Trey. La relación que tengo con mi padre es muy complicada. No suele estar de acuerdo con las cosas que hago y cómo las hago.

—¿Por qué?

Me encogí de hombros y me mordisqueé un pellejito seco que tenía en el labio.

—No lo sé —susurré. Noté su mano sobre la mía, envolviéndola entre mis piernas desnudas, y dejé que lo hiciera pese a que el gesto era muy íntimo—. Siempre que he intentado tomar las riendas de mi vida, nunca lo he conseguido. No sabía cómo hacerlo. O quizá sí, pero no era capaz de pensar solo en lo que yo quería o necesitaba, sino en lo que él pensaría. Esa es la verdad. Y pensar en él no me ayudaba, porque a mi padre nada que tenga que ver conmigo le parece bien. Es difícil contentarlo. Yo no lo he conseguido, y dudo que algún día lo logre mientras me siga tratando como si fuese su mayor error.

—No lo sabía. Tus hermanos nunca han mencionado nada de eso.

Forcé una sonrisa y me volví hacia él. Era la primera vez que me expresaba de forma tan sincera con alguien sobre este tema.

—Para ellos es distinto, ¿sabes? Quiero mucho a mis hermanos, pero no puedo evitar sentir envidia y odiarles un poquito cuando les veo llevarse bien con él. Tienen su aprobación, su afecto, algo que yo nunca he tenido. Habría hecho cualquier cosa por conectar con mi padre aunque solo fuese una vez. Cualquier cosa. Pero ya no, estoy muy cansada.

—Lo siento mucho, Harper. No tenía ni idea de que las cosas fuesen de ese modo.

—¡No pasa nada, estoy bien! —Traté de mostrar más entusiasmo del que sentía—. Llevo años viviendo con el plan B cuando ni siquiera he intentado el A, y eso se acabó. Quiero hacer lo que siempre he soñado: escribir. Escribir como si cada página pudiera ser la última antes de morir.

No respondió, porque yo no necesitaba que dijera nada, y que lo supiera hizo que mi corazón latiera mucho más rápido. Redujo la velocidad y acabó deteniéndose en el arcén con el motor encendido. Nos quedamos mirándonos durante una eternidad, y yo sentí que me olvidaba del mundo entero.

El hombre que había irrumpido en mi vida como un huracán y me hizo creer en mis sueños se inclinó poco a poco sobre mí hasta estar tan cerca que el aire que escapaba de su boca tentaba a la mía.

Sus labios rozaron los míos, casi sin tocarlos.

Cerré los ojos por puro instinto y esperé.

Volví a sentirlo, pero esta vez no fue solo un roce. Sus labios presionaron los míos mientras acogía mi rostro entre sus manos. Fue dulce y delicado, tierno y al mismo tiempo devastador.

Me rendí a ese beso y lo devolví. Temblé por dentro. Jamás había sentido tanta intimidad con otra persona. Ni siquiera cuando estuvimos juntos esa primera vez. No sabía que podía ser así. Y cuando su lengua rozó la mía, mi corazón empezó a girar como una noria y supe que nunca más querría besar a otro chico como lo estaba besando a él.

Un pensamiento saltó de mi mente y cobró vida: seguía queriéndole, y darme cuenta me asustó.

Me aparté entre jadeos y tuve que hacer acopio de todas mis fuerzas para no abalanzarme sobre él y volver a besarle.

—Creo que esto ha sido un error —musité, con la respiración todavía agitada.

Él sonrió como si supiera un secreto que yo ignoraba y deslizó el dorso de su mano por mi mejilla.

—Me encantan las cosas tan bonitas que me dices —comentó, dándome un besito mucho más casto. Sonreí como una tonta, no pude evitarlo—. Ahora cierra los ojos y prométeme que no vas a abrirlos hasta que yo te diga. Estamos a punto de llegar a un sitio y quiero que sea una sorpresa.

Soy incapaz de precisar el momento, el lugar, la mirada o las palabras que sentaron los cimientos. Ha pasado demasiado tiempo. Estaba ya a mitad de camino cuando fui consciente de haberlo emprendido.

JANE AUSTEN,
Orgullo y prejuicio

18
Y mi destino y el tuyo se cruzaron

—Ábrelos.

Llevaba tanto tiempo con los ojos cerrados que, cuando los abrí, solo vi puntitos brillantes sobre un fondo borroso. Parpadeé varias veces y alcé la vista.

Me encontraba frente a una casa con las paredes blancas y el tejado verde. Una preciosa valla también blanca rodeaba un jardín y un huerto. Abrí la boca, sorprendida, al ver una calesa con capota enganchada a un caballo y a su lado una chica vestida de otra época con un vestido marrón hasta los tobillos, un delantal blanco y botines antiguos de cordones. Completaba su atuendo con un sombrerito de paja y unas largas trenzas anudadas con lazos.

Se acercó a nosotros muy sonriente.

—Hola, mi nombre es Layla. ¿Puedo ayudaros?

—Soy Trey Holt. Llamé ayer para reservar una visita guiada.

—Sí, por supuesto. Os estaba esperando.

Me la quedé mirando de arriba abajo y volví a contemplar la casa con la misma perplejidad que si fuera un fantasma. No lo era. Sin embargo, yo me sentía como uno, flotando a medio camino entre el pasado y el presente. Noté el rugido de la sangre en mis oídos y cómo los ojos se me llenaban de lágrimas, resbalaban por mis mejillas y caían como gruesas gotas de lluvia.

No me lo podía creer, me encontraba en Cavendish. Estaba en Tejas Verdes. No en la granja de verdad (esa nunca existió), sino en la recreación que décadas atrás se hizo de Avonlea en la isla. Todo mi cuerpo se erizó de felicidad; y un segundo después, una repentina ráfaga de tristeza hizo que me tambaleara. Una oleada inesperada, fuerte y rápida.

Porque hay cosas que nunca se olvidan, que viven dentro de nosotros para siempre.

Momentos que llegan tarde.

Que deberían haber pertenecido a otra persona.

A ella.

Di media vuelta y me alejé de allí.

Necesitaba un minuto para respirar. Para recomponerme.

Porque no quería perder esa batalla contra la culpa y me sentía endeble y frágil.

Porque ese preciso momento abarcaba un mundo entero.

Mientras caminaba sin saber muy bien adónde me dirigía, sentí un agujero en el pecho que cada vez era más y más grande. Aun así, mis emociones rebotaban dentro sin encontrar la salida.

Trey me alcanzó y me cogió la mano. Con un suave tirón hizo que me detuviera y que me volviera hacia él. Se fijó en mi cara y su expresión de preocupación cambió a pura incomprensión.

—¿Estás llorando? ¿Por qué?

Sacudí la cabeza sin poder encontrar las palabras que lo explicaran.

—Por todo esto —gemí, abarcando con mis brazos el paisaje que se abría ante nosotros.

—¿Por haberte traído hasta aquí? —inquirió, cada vez más desconcertado—. Lo siento, creí que te gustaría. La otra mañana sentí curiosidad y, cuando busqué información sobre tu libro, encontré este lugar. Pensé que sería bonito. Después de todas las cosas que me has contado y de lo mucho que significa esa historia para ti...

Sollocé y las lágrimas cayeron en cascada desde mis ojos, quemándome las mejillas.

—Lo siento mucho. No llores, por favor. Si hubiera sabido que iba a disgustarte, jamás te habría traído.

—No lloro porque esté disgustada. —Tomé una bocanada de aire que me ayudara a hablar, porque este se escapaba por un millón de grietas que se habían abierto de repente—. Es lo más bonito que nadie ha hecho por mí nunca.

—Entonces ¿qué te pasa?

Alcé la vista hacia él, a su rostro lleno de incertidumbre, y quise volver a besarlo para que esta desapareciera.

—Cuando mi madre enfermó, me prometió que visitaríamos juntas este lugar. Creo que quería que hiciéramos el viaje las dos solas para que tuviera ese recuerdo de ella.

—¿Ya habías estado aquí antes?

Negué con un gesto y me perdí en esa forma suya de mirarme, como si no hubiera nada más en el mundo que mi rostro.

—Un par de días antes del viaje, mi padre vino a buscarme a mi habitación. Me contó que mi madre estaba tan enferma que, si empeoraba, podría morir. Yo no lo sabía y me asusté mucho. También me dijo que ese viaje era solo por mí, porque era una niña mimada y egoísta, y si a ella le pasaba algo sería solo culpa mía.

—¿Cuántos años tenías?

—Seis.

—¡Joder!

Se me escapó otro sollozo. Me costaba respirar entre tantos hipidos.

—Me obligó a decirle a mi madre que ya no quería ir. Yo era solo una niña y en aquel tiempo mi padre ya me daba miedo. Hice lo que me pidió. —Se me rompió la voz y sorbí por la nariz—. Ella murió pensando que a mí no me importaba.

Trey me abrazó con fuerza contra su pecho. Me aferré a su ropa, apretándola entre mis puños sin parar de llorar. No podía detener la tormenta que se había desatado dentro de mí. Ni evitar revivir todos esos recuerdos como si acabaran de pasar.

—Ella nunca pensó que no te importara. No lo creas.

—¿Cómo lo sabes?

—Porque las madres nunca dejan de querer a sus hijos. Siempre perdonan. No importa lo que puedas hacer.

Su respuesta me conmovió. Me dolió. Me hizo emerger. Noté sus labios en mi pelo. Un beso que me hizo llorar de nuevo, aunque por otros motivos.

—¿Harper?

—¿Sí?

—¿Por qué te odia tu padre?

—No lo sé.

Me apretó con más fuerza y entre sus brazos me sentí llena de alivio y gratitud. Nos quedamos allí abrazados durante una eternidad.

—Olvídate de él —dijo con vehemencia mientras me cogía por los hombros y me miraba—. Que se joda. Que se vaya al infierno. No lo necesitas.

—Creía que te caía bien.

—Nadie que te trate así puede caerme bien —susurró al tiempo que me secaba las mejillas con sus manos.

Aún hoy me cuesta expresar con palabras lo que significó aquel día para mí.

Visitamos la casa y pudimos ver todas las habitaciones, decoradas con el mobiliario, los enseres y recuerdos de la época. Grité cuando entré en el cuarto de Ana y vi su vestido marrón con mangas abullonadas colgando de la puerta del armario. La cocina, el cuarto de costura, los dormitorios de Marilla y Matthew, las personas que se movían por aquellas estancias representando a los personajes... Era como estar dentro de una burbuja, ajena al tiempo y la lógica.

Podía verlo en las expresiones de los otros turistas que visitaban aquel escenario. Por unas horas sentimos que era real, que existía ese mundo que habíamos vivido a través de los libros.

Tras ver los establos, paseamos por los alrededores y nos adentramos en los senderos. Volqué todos mis sentidos en aquel momento y vi la historia cobrando vida al caminar bajo los árboles de Lover's Lane y de Haunted Wood. Al contemplar la orilla del lago Shining Waters. A mi abuela le habría gustado comprobar que era tan bonito como lo imaginaba.

A pocos minutos de la granja se encontraba la villa de Avonlea. Se notaba que era un lugar turístico, lleno de tiendas pintorescas y encantadoras casitas. Apenas se parecía a ese pueblecito que tantas veces había visualizado en mi mente, pero no me importó.

Comimos pizza en un restaurante italiano llamado Piatto y compramos decenas de bombones en una tienda de chocolates. A Trey le gustaba el chocolate tanto como a mí y acabamos peleándonos por los que estaban rellenos de tofe. Fue divertido verle comportarse como un niño pequeño, corriendo tras de mí mientras yo engullía los últimos. Me atraganté y a punto estuve de ahogarme.

Tras descansar sobre el césped de uno de los jardines, nos dirigimos a New London. Allí pude ver la casa en la que nació Lucy Maud Montgomery. En la que todo su mundo comenzó.

Al atardecer, él propuso ir hasta el hotel donde íbamos a alojarnos, darnos una ducha y prepararnos para la cena. Me pareció un plan estupendo. Notaba la piel sudada y tenía el pelo lleno de briznas de hierba y trocitos de chocolate.

Regresamos a Cavendish, muy cerca de Tejas Verdes.

—¿Es aquí? —pregunté.

—Sí. ¿Te gusta?

Asentí con la boca abierta y los ojos como platos, mirando la imponente casa blanca que, por su tamaño, deduje era el edificio principal de la propiedad. A su alrededor había unas cuantas cabañas, igual de bonitas y elegantes. Parecía sacada de un cuento.

Una mujer muy simpática nos atendió en la recepción y después nos acompañó a nuestras habitaciones en la segunda planta. Sentí un cosquilleo conforme subía la escalera cargando con mi maleta, como una especie de pálpito, de presentimiento. Miré por encima del hombro a Trey y vi que me seguía cabizbajo. En su frente habían aparecido unas líneas de preocupación que endurecían sus rasgos. Desaparecieron tan pronto notó que lo estaba observando.

Me sonrió y me guiñó un ojo.

Me derrumbé en la cama nada más entrar en la habitación y me quedé allí unos minutos, mirando el techo. Salvo que no era el techo lo que veía. Decenas y decenas de imágenes grabadas en mi retina se sucedían como diapositivas en mi mente.

Sonreí, más feliz de lo que lo había sido nunca.

Me moría de ganas de seguir disfrutando de cada minuto que pudieran brindarme la noche y el día que quedaban por delante.

De cada minuto junto a él.

El chico que había convertido mi mundo plano y gris en otro muy distinto: uno emocionante y vivo, brillante.

Me llevé la mano a los labios y cerré los ojos, rememorando el beso. No sabía qué pensar. La mayor parte del tiempo solo nos comportábamos como dos amigos. Después caíamos en uno de esos instantes en los que parecíamos desnudarnos capa a capa.

No. No era del todo cierto.

En realidad, era yo la que se desnudaba.

Le había abierto mi pecho como una ventana y le mostré mi corazón sangrando en el interior. Había visto todo lo que yo era. Mi luz y mi oscuridad. Mis sueños y mis deseos. Mis secretos. Era como si él tuviese una especie de superpoder capaz de extraer todas esas emociones que tanto me esforzaba por mantener controladas. Liberando en mi interior un espacio que necesitaba para no ahogarme.

Sin embargo, Trey se mantenía hermético, y no había sido consciente de cuánto hasta ese momento. Sí, sabía cosas sobre él. Me había hablado de sus proyectos, de lo que estaba haciendo y de lo que quería hacer. De lo mucho que le gustaba la montaña en invierno y la playa en verano. De la casa que algún día diseñaría y construiría junto a uno de los grandes lagos.

Viviría allí, rodeado de perros, cuando el resto del mundo ya no tuviera nada que ofrecerle.

No obstante, yo sabía que había mucho más, todo un iceberg sumergido en alguna parte del que solo se intuía la punta. Lo había visto emerger en ciertos momentos, durante un instante, pero lo había visto. La última vez, minutos antes, en la escalera.

Tomé aire y contemplé mi imagen en el espejo del baño. Evalué el conjunto. Mi piel se había bronceado y hacía que mis ojos resaltaran, por lo que prescindí del maquillaje. Me recogí el pelo en una coleta y después alisé con las manos la falda del vestidito de flores que me había puesto. Me froté el estómago, nerviosa.

Sonaron unos golpes en la puerta. Abrí y mis ojos recorrieron aquel cuerpo embutido en unos tejanos negros y una camiseta del mismo color. Se detuvieron en un rostro recién afeitado que parecía tan suave que me costó no alzar la mano y tocarlo. Fui dolorosamente consciente de lo atractivo que era, de lo bien que olía, de su mirada leyendo la mía. De esa sonrisa que parecía saberlo todo sobre mí, mientras que yo no sabía nada de nada.

—Estás muy guapa.

—Gracias. Tú... también.

—¿Lista para cenar?

Asentí, incapaz de borrar la enorme sonrisa de mi cara.

Cogimos el coche y, tras un trayecto de apenas cinco minutos, nos detuvimos junto a una casita de campo revestida de cedro con las ventanas blancas. Antiguamente debió de ser una granja y su tejado conservaba las líneas curvas. En las ventanas superiores habían colocado jardineras, que lucían repletas de flores. Por las paredes reptaban plantas trepadoras y toda la casa estaba rodeada de grandes maceteros con distintos tipos de arbustos y flores diversas. La tenue iluminación exterior le confería un aspecto muy romántico.

Entramos y terminé de enamorarme de aquel lugar. El comedor era muy pequeño e íntimo, de decoración ecléctica, una mezcla entre lo antiguo y lo nuevo. Había obras de arte de artistas locales, que estaban a la venta, colgadas en las paredes, y muchas más flores frescas.

Una camarera nos acompañó a una mesita redonda para dos junto a una ventana y nos tomó nota. Pedimos una ensalada de verduras asadas y queso de cabra con vinagreta, lomo de cerdo con crema de manzana y mostaza, una botella de vino tinto y unos aperitivos.

—Este lugar es precioso —susurré.

—¿Te gusta?

—¡Me encanta! —Me ruboricé y él me miró, también nervioso—. Sé que prometí no hacer preguntas y dejarme llevar, pero ¿ya conocías todos estos sitios, el hotel, este restaurante...?

—No, nunca había estado aquí. En realidad también es mi primera visita a Cavendish.

—¿Y cómo lo has...?

Se inclinó hacia un lado para buscar algo en su bolsillo trasero. Sacó un papel arrugado y lo deslizó sobre la mesa hacia mí con la punta de los dedos.

—Internet y el deseo de ver esa sonrisa en tu cara —contestó, y eso me hizo sonreír aún más.

Bajé la vista al papel y deseé soltarme la coleta para que no se diera cuenta de que el rubor y el calor ya cubrían mis orejas. Desdoblé lo que parecía una lista manuscrita.

—¿No te preocupa que descubra el resto de tu plan? —Negó levemente y ese gesto me dio permiso para saciar mi curiosidad. Allí estaba todo. Nombres, direcciones, teléfonos, distancias... hasta el último detalle. Había invertido mucho tiempo en preparar el itinerario, esfuerzo y dinero. Tragué saliva y lo miré a los ojos—. Trey, todo esto te debe de estar costando una fortuna y yo quiero pagar mi parte.

—No. Ya te dije que era un regalo. Y los regalos se dan...

—Y se aceptan —acabé su frase con una sonrisa—. Pero es demasiado.

—No lo es. Deseo hacer todas estas cosas por ti. Quiero compensarte, pese a que siento que nada lo hará —suspiró.

—No necesito que me compenses, Trey.

Su rostro se contrajo con un gesto de dolor.

—Metí la pata hasta el fondo contigo. Y lo hice mucho antes de aquella noche.

—¿Qué significa eso?

—Que debí ponerle fin a lo que sentía en cuanto me di cuenta de que empezabas a gustarme. Lo que pasó fue culpa mía. Te hice daño y no dejo de arrepentirme por todo lo que hice mal. Un jodido error tras otro, Harper. Y no puedo cambiar lo que pasó por mucho que quiera, pero puedo intentar arreglarlo.

—Trey, no te castigues...

—¡No puedo evitarlo! —susurró con vehemencia, inclinándose sobre la mesa hacia mí. Le sostuve la mirada y vi todo el tormento que contenía—. No paro de darle vueltas a las cosas que hice, a las cosas que dije. A que te tuve. Fui el primero para ti. ¡Y no me acuerdo de nada! No me acuerdo de ti. De lo que sentí al tocar tu cuerpo ni de cómo olía tu piel pegada a la mía. No recuerdo tu tacto. Las caricias. No recuerdo qué se siente al besarte en esa intimidad o... estando dentro de ti. Y eso me mata porque me gustabas, Harper. Y había pensado muchas veces en cómo sería estar contigo.

Me quedé sin palabras y algunas de las heridas que ya creía curadas empezaron a escocer. El tenso silencio se alargó mientras nuestras miradas se enredaban y anudaban, se fundían. Yo sí recordaba su cuerpo, cómo olía su piel. Recordaba sus labios en esa intimidad. Dientes, uñas, gemidos. Las caricias. Todo lo que nos dijimos sin palabras. Todo lo que sentí. A él. El precipicio a mis pies. Lo sencillo que fue saltar. Perderme en su respiración. Encontrarme en el latido de su corazón. Alcanzar la cima. Descender abrazados en el silencio.

Él tragó saliva y tuve una sensación rara, como si mis ojos se hubieran convertido en ventanas a través de las cuales había visto todas esas imágenes. Sentí un nudo en la garganta porque, en todo momento, había hablado en pasado. Entonces, su voz sonó de nuevo, ronca e intensa:

—Aún me gustas. Aún pienso en cómo será.

Me dejó sin aire. Me desarmó por completo y jamás me sentí tan expuesta y vulnerable como en ese momento. La tensión se arremolinó a nuestro alrededor, densa. Se me hacía cada vez más difícil respirar con todas las emociones que se iban acumulando en mi pecho: felicidad, deseo, esperanza, miedo... Oscilaban, vibraban, se solapaban. Temí que mis costillas no pudieran contener esa bomba de relojería y que la onda expansiva las destrozara.

Nos quedamos mirándonos y fue como si todo a nuestro alrededor desapareciera. La habitación, aquellas otras personas. El mundo entero. Permanecí en silencio, pero no porque no supiera qué decir. No porque no supiera qué sentía. Sino porque lo sabía y no estaba preparada para abrirme de ese modo. Me daba miedo pensar en un «nosotros» cuando no sabía si esa era una posibilidad.

No sé cuánto tiempo estuvimos así, mirándonos. Solo eso. Contemplándonos. Intentando descifrarnos.

Finalmente bajé la vista al papelito y me percaté de que no había nada más anotado después de esa cena. Estaba convencida de que íbamos a quedarnos otro día. Quizá me había confundido.

—Mañana pensaba improvisar —comentó, como si me hubiera leído la mente.

Sonreí. Me gustaba la idea de dejarnos llevar.

Cogí aire mientras la camarera abría el vino y lo servía. Inmediatamente después trajo los aperitivos. Bebí un sorbito sin dejar de observarle. Me sentía sobre arenas movedizas, en las que podía hundirme con solo dar un paso. No tenía ni idea de a qué estábamos jugando. Si se trataba solo de eso, de un juego, o si había algo más en todas aquellas palabras que parecían decirlo todo y al mismo tiempo nada.

Deseos flotando en el aire, esperando a convertirse en promesas.

No hablamos demasiado mientras cenábamos. La música que sonaba de fondo era muy buena y la comida te hacía suspirar. Disfrutamos de ambas cosas y supe que todos aquellos momentos, los pequeños gestos y las largas miradas iban a quedarse para siempre en mi memoria.

—Háblame de tu madre —me pidió tras compartir un trozo de tarta de zanahoria con glaseado de mantequilla.

Su petición me sorprendió tanto que tuve que tomarme unos segundos para pensar la respuesta.

—La mayoría de los recuerdos que tengo de ella son como postales. A veces percibo cosas que despiertan escenas y logro verla durante un segundo. Era muy pequeña cuando murió.

—Siento que la perdieras tan pronto. No fue justo para ninguna de las dos.

—No lo fue —susurré con un nudo muy apretado en la garganta. Sonreí—. Era una mujer especial. Sí recuerdo cómo iluminaba y llenaba una habitación con su risa. El olor de su piel. Cómo me trenzaba el pelo. Su voz mientras me leía. —Cerré los ojos un momento y suspiré—. No es que evoque su voz como si acabara de oírla. Ni siquiera puedo decirte si era aguda o ronca. Es otra cosa, como... como...

—Como sensaciones.

—¡Sí! —exclamé sin poder contenerme. Me entendía mejor que yo misma—. ¿Cómo era tu madre? —pregunté con cautela. Tenía la esperanza de romper su hermetismo tras la noche de confesiones que me había regalado y averiguar algo más sobre él.

—Parece que están esperando a que nos marchemos —me susurró, haciendo caso omiso a mi pregunta.

Miré a mi alrededor y comprobé que nos habíamos quedado solos. La camarera nos sonrió desde la barra. Pedimos la cuenta y nos fuimos poco después.

Volvimos al coche.

Trey propuso ir hasta North Rustico, un pueblo cercano del que había visto unas fotografías en la recepción del hotel. Me pasé el camino hasta allí en silencio y él no interrumpió mis pensamientos.

Aparcamos junto a un café llamado Blue Mussel. Compramos un par de helados y nos dirigimos al faro, a muy pocos metros. Las vistas desde ese lugar eran preciosas. Un brazo de mar penetraba en la isla, formando un lago que bañaba las orillas de North Rustico, Anglo Rustico y Rusticoville. Las luces de los pocos edificios eran escasas y estaban muy espaciadas entre sí, salpicando el terreno como si fueran luciérnagas en la noche, envueltas en el halo luminoso que la luna proyectaba sobre ellas desde un cielo despejado. Más allá solo existía la oscuridad absoluta.

Trey y yo respiramos muy profundo al mismo tiempo y nos miramos con una sonrisa confidente. Calma y paz. En ese lugar solo había tranquilidad.

—¿Qué cosas te gustan? —me preguntó de repente.

—No sé, el cine, la música, leer...

—No me refiero a cosas tan simples.

—¿Simples? No te entiendo.

—Te pondré un ejemplo. A mí me gusta tumbarme en mi tabla de surf y contemplar el cielo mientras las olas me mecen. Incluso puedo dormirme. Me gusta caminar sobre la nieve recién caída y jugar con mi perro. Revolcarnos en ella hasta acabar empapados.

—¿Tienes un perro? —inquirí sorprendida. En varias ocasiones había mencionado que le gustaban, pero no que tuviera uno.

—Sí, un alaskan malamute precioso. Se llama *Shila*, que significa «llama». Le puse ese nombre porque sus ojos son tan dorados que parecen fuego.

—Pues ya tenéis algo en común, los tuyos también son dorados. Dicen que los perros y sus amos se acaban pareciendo, nunca pensé que pudiera ser cierto.

Se le escapó una risita, aunque tuve el presentimiento de que no tenía nada que ver con mi comentario.

—Es un animal fantástico. Solo tiene dos años y está enorme. Es inteligente, muy intuitivo y un poco descarado. —Sonreí al ver con qué orgullo hablaba del animal—. Ahora lo está cuidando un amigo.

—Siempre he querido tener un perro, pero en casa estaban prohibidos los animales.

—Te presentaré a *Shila*.

—No tengo buena mano con ellos. Mi vecino tiene uno pequeñito que es una monada, y estoy segura de que me odia. Ladra y gruñe cada vez que me ve.

—A *Shila* le gustarás.

—¿Cómo estás tan seguro?

—Porque se parece a mí.

Me sonrojé.

—¿Qué más cosas haces? —quise saber.

—Cuando estoy en la montaña suelo madrugar para ver

amanecer. Hay algo en ese instante, en esas primeras luces, en el silencio que las envuelve... No sé, me tranquiliza. También me relaja conducir, puedo hacerlo durante horas sin aburrirme si llevo buena música. —Mordió su helado y se relamió, mis ojos descendieron hasta sus labios. Me miró—. ¿Conoces Andrée, Geneviève Grandbois...?

—¿Te refieres a las chocolaterías?

—Sí. Las dos se encuentran en Mile End. —Sacudió la cabeza con una gran sonrisa—. Te juro que entre Waverly y Parc, el aire huele a chocolate. Por eso alquilé una casa en la calle Jeanne-Mance. Me gusta ese olor.

—¿En serio?

—Sí. Y no me mires como si tuviera un problema mental.

Reprimí una sonrisa. Contemplé el océano, cubierto de reflejos titilantes. No dejaba de sorprenderme la cantidad de estrellas que podían verse en aquel cielo. Atrapé con la lengua un trozo de helado que se había desprendido y lo saboreé, pensando en el puzle que Trey era para mí. Decenas y decenas de piezas a las que no encontraba un lugar. No lograba resolverlo.

—No tenía ni idea de que vivieras en ese barrio. Apenas sé cosas sobre ti.

—No necesitas saber mil detalles de alguien para conocerle. Tú sabes más cosas de mí en solo cuatro días que otras personas que llevan toda la vida conmigo. —Se perdió en sí mismo durante un instante. Vi cómo se alejaba y poco después volvía a estar allí. Tomó aire—. No me has contestado. ¿Qué cosas te gustan?

Tuve que meditarlo unos segundos.

—Me gusta ir hasta Fairmount a primera hora de la mañana para comprar *bagels* recién hechos. Ese primer bocado, cuando aún están calientes... mmm... Me gusta sumergirme en el agua y mirar a través de ella. La sensación de encontrarme dentro de una burbuja donde solo noto mis latidos. Perderme durante horas en cualquier librería y acariciar libros, leer la primera página y olerla. ¡Es mágico! —Tragué saliva—. Ir al acuario a ver delfines cuando me siento sola o un poco triste. Son tan graciosos que siempre me hacen reír. Llorar con las películas de amor. Visitar el jardín botánico y perderme entre todas esas esculturas vivas, como si ese lugar fuese el país de las maravillas y yo Alicia. —Fruncí el ceño y sacudí la cabeza—. Vale, puede parecer que tengo algún problema extraño, fingiendo ser otras personas, pero te aseguro que no es así. Es... es algo que hacía de pequeña. Tenía demasiada imaginación... y supongo que la sigo teniendo. —Llené los pulmones de aire—. Y me encanta pasear, caminar sin rumbo durante horas hasta perderme.

Me ruboricé al percatarme de que me miraba fijamente, como si el momento se hubiera congelado. Me llevé un mechón de cabello detrás de la oreja y me concentré en respirar.

—También me gusta pasear —dijo en voz baja. Parecía que me estuviese confesando un secreto—. Pasear de madrugada, cuando apenas hay gente por la calle, y pensar.

—¿Pensar en qué?

Se encogió de hombros.

—En cosas. Ideas como que en el mundo hacen falta más personas que de verdad sientan las cosas que dicen. El tiempo que perdemos buscando explicaciones a la vida cuando, simplemente, se trata solo de vivirla. Que es un error confiar solo en lo que ves y oyes. En querer que las cosas se mantengan igual cuando tú ya no eres el mismo. Que el tiempo pasa, pero no el dolor; aunque es posible sentirlo un poco menos si dejamos de pensar en él. —Se volvió para mirarme—. Que quizá tú tengas razón y el universo confabule sin nuestro permiso, y que mi destino y el tuyo se cruzaron por un afortunado accidente. —Se acercó más a mí, bajando la voz—. Cosas como que quiero ser completamente transparente a tus ojos. Y eso me da miedo porque, si puedes verlo todo de mí, hay cosas que no van a gustarte. Y si no te gustan, puede que quieras alejarte. Esa posibilidad duele.

Un segundo. Ese fue el tiempo que tardó en cambiar toda mi perspectiva. Un segundo en el que mi mente dejó de pensar en todo lo que podría pasar y se sumergió solo en lo que estaba ocurriendo.

Él y yo.

Nosotros.

En ese instante que imaginé eterno.

La luz iluminó de golpe todas mis sombras. Y con ella llegó la verdad como caída del cielo. Fue una sensación vívida y clara, que me golpeó por dentro y por fuera.

Una nueva emoción se apoderó de mí, sin inquietud ni resentimiento. Y al tiempo que se deshacía el helado en mi boca, parecieron deshacerse otras cosas, como las dudas, los recelos y toda la distancia que había puesto entre nosotros desde el principio.

Seguir negando lo evidente era absurdo. Porque el amor nace aunque uno no quiera que ocurra. No hay un elixir que nos impida enamorarnos de otra persona ni una fórmula que ayude a la razón a ganar al corazón. Y los corazones suelen ser confiados, tontos y estúpidos, no aprenden de los errores. Lo dan todo, se lanzan con los brazos abiertos y los ojos cerrados.

El mío correteaba hacia su dueño, incapaz de detenerse o frenar aquello que volvía a despertar en él. Un sentimiento que creía perdido y que, en realidad, nunca había abandonado. Solo se había sumido en un profundo letargo a la espera de un presente, sin rabia ni dolor.

Y allí estaba el presente.

Mis ganas.

Un deseo que pesaba más que el miedo.

Sintiendo el ahora. Dejando al destino la posibilidad de un «Para siempre».

Una apuesta que merecía la pena.

Me puse de puntillas y deslicé mi mano por su nuca haciendo que se inclinara para poder besarlo. No aparté mis ojos de los suyos hasta que no tuve más remedio que cerrarlos. Necesitaba sentirlo todo. Su cuerpo cada vez más cerca del mío. Su aliento cálido sobre mis labios.

Rocé su boca, despacio, y abrí la mía. Lo besé con un anhelo intenso y profundo. Me apoyé en su pecho cuando noté que me temblaban las rodillas y él me ciñó con sus brazos, fuerte, como si mezclar nuestros cuerpos, molécula a molécula, fuese posible si estábamos lo bastante cerca.

Nos besamos hasta perder la noción del tiempo, sin esperar nada más. Nos buscamos una y otra vez en aquella oscuridad, con el sonido del mar rompiendo contra las rocas de fondo. El corazón me latía con tanta fuerza que lo sentía vibrar en la piel. Lo sentía todo con tanta intensidad que casi resultaba doloroso. Casi. Lo perfecto que era aquel momento, el calor de su piel bajo mis dedos, el roce de sus manos sobre la fina tela de mi vestido.

Cuando nos separamos, el mundo giraba tan rápido a nuestro alrededor que fui incapaz de moverme. Escondí el rostro en su cuello e inspiré su olor. Él me apretó contra su pecho y me perdí en el sonido perfecto de su respiración, convenciéndome de que aquello era real. Volví el rostro y besé su mandíbula. Sus labios buscaron mi sien. Después sus manos enmarcaron mi rostro y abrí los ojos.

Nuestras miradas se encontraron.

Conectaron.

Todo encajó por fin en su lugar. Pieza a pieza.

Nos comimos a besos mientras regresábamos al coche, y dentro de él. En la entrada al hotel. En la escalera. En el pasillo. Y nos devoramos frente a la puerta de mi habitación. Nos separamos sin aliento, con los labios enrojecidos y las mejillas calientes. Vi en sus ojos el deseo y los impulsos que despertaba en él. Se contenía tanto como yo.

Nos miramos sin decir nada. Luego alzó la mano y me acarició la mejilla con los nudillos antes de rozar mis labios una última vez.

—Buenas noches.

—Buenas noches —susurré.

Después me di la vuelta para abrir la puerta.

Entré.

—¿Harper?

—¿Sí?

—¿Esto significa que tú y yo...?

—Sí, creo que sí.

Lo último que vi antes de cerrar la puerta fue su sonrisa.

Lo último que vi cuando cerré los ojos.

19

Si tiene nombre o lleva a alguna parte...

Siempre he sido una niña buena cuando lo que quería era ser libre. Ignoraba las grietas que contaban las veces que había caído al suelo, las veces que me había levantado rota, como una vasija de cristal a la que le faltan pedazos. Por fuera era sol, por dentro tormenta. Con un pie en el mañana y otro en el pasado. Ahora me impulsaba hacia arriba, con los pies muy juntos, para caer en el presente. Un presente repleto de sueños.

No quería seguir tras la puerta, contemplando el mundo a través de la mirilla. Quería cruzarla. Quería decir no y que no me importaran las consecuencias. Solo por mí. Para mí. Depender de mí misma y de nadie más. Amar y echar de menos. Aceptar que soy así porque las etapas de mi vida me han construido de esta manera. Que en algún momento me sentiré sola. Que voy a sufrir aunque no quiera. Que de mí depende cuánto dure el dolor.

Que amar no significa que ese amor sea correspondido; pero no por ello vas a renunciar a ese sentimiento.

El amor existe queramos o no, aunque a veces sepa a veneno.

Porque él te elige y no te da elección.

Jamás habría llegado a ese punto de inflexión si Trey no

me hubiera guiado a través de sus palabras, de su forma de entenderme, de esa facilidad que poseía para ver dentro de mí luces que ni yo misma sabía que existían. Y, del mismo modo, me había enseñado que no lo necesitaba para conseguir traspasar esa puerta. Ni a él ni a nadie, salvo a mí misma. Porque solo existe una persona que de verdad sabe qué pienso, qué siento. Que ríe y llora conmigo. Yo.

Que no siempre podemos contar con una red de seguridad que frene la caída.

Que para sentir y estar, para tener, hay que arriesgarse.

Para ser feliz, solo hay que intentarlo.

No sé cuánto tiempo pasé tumbada en la cama pensando todas esas cosas. Y habría continuado flotando en esas aguas cada vez más tranquilas si una versión bastante dudosa del himno nacional, seguida de una salva de petardos, no me hubieran despertado.

Primer lunes de septiembre. Día del Trabajo en Canadá.

Seguí a solas con mis pensamientos mientras me duchaba. Los racionales y los irracionales. Unos, claros como la luz del día; otros, confusos y enredados. La noche anterior di un paso hacia alguna parte con Trey. Un paso que había puesto en marcha algo que no pensaba frenar.

Me vestí y recogí mis cosas. Después, antes de abandonar la habitación, tras un par de intentos, logré hablar con mi hermana unos pocos minutos. La noté feliz mientras me contaba el miedo y la excitación que había sentido al nadar entre tiburones. Lo divertidas que habían sido unas clases de submarinismo que Scott había contratado pese a su claustrofobia. Después me acosó a preguntas y yo tuve que morderme la lengua para no contárselo todo.

No estaba acostumbrada a esconderle cosas, pero me convencí de que no era eso lo que hacía, sino que esperaba el momento oportuno.

—Entonces ¿vas a quedarte con la librería? ¿Vas a escribir?

—Sí. Eso es lo que haré —respondí sin disimular la emoción que me embargaba cuando pensaba en mi decisión.

—Dios mío, Harper, no imaginas lo feliz que me hace esta noticia. Lo sabía, en el fondo sabía que tomarías esa decisión. Eres una romántica compulsiva sin remedio, emocional y sensible. Estás hecha para ser libre, cariño. Para soñar. —Con cada palabra que pronunciaba, el nudo en mi garganta se apretaba un poco más. Podía percibir el amor y el orgullo en su voz—. Lo celebraremos cuando regrese, ¿de acuerdo?

—Sí, será genial. ¿Hayley?

—¿Sí?

—¿Por qué no me has dicho todo esto antes?

—Cariño, te lo dije, muchas veces. Pero no me escuchabas. Necesitabas verlo tú misma.

Asentí aunque ella no podía verme. Cerré los ojos y me empapé de su risa.

—Harper, sabes que cuentas conmigo para todo. Y con Hoyt. Con Scott. Somos tu familia.

Me emocioné por momentos y se me escapó una lágrima traicionera. Me la sequé corriendo. Nos despedimos poco después.

A continuación le envié un mensaje a Hoyt. Me respondió con una *selfie* desde la playa que me hizo soltar una carcajada. ¿Eso que tenía en la cabeza era un pulpo?

Trey ya había dejado su habitación, así que me dirigí a la escalera. La bajé con una sonrisa, aunque por dentro estaba temblando.

Temblando por la incertidumbre.

Temblando porque no tenía ni idea de cómo comportarme ahora con él.

Temblando porque todo lo que sentía estaba alcanzando una magnitud que me costaba asimilar.

—¿Ha visto a mi amigo? —le pregunté a la mujer de recepción mientras le devolvía la llave.

—Creo que está fuera.

—Gracias.

Salí al porche con el estómago encogido por los nervios.

Contuve el aliento al verle. Había llevado el coche hasta la entrada y esperaba apoyado en él. Vestía un tejano roto y la camisa arremangada hasta los codos. El pelo deliciosamente despeinado.

Alzó la cabeza de su teléfono y sus ojos me atravesaron. Tragué saliva y fui a su encuentro sin que él apartara la vista de mí. Lo miré insegura, sin saber qué decir o hacer. Cómo comportarme.

Dio un paso hacia mí. Sus ojos descendieron hasta mis labios y su boca cubrió la mía. Me besó, apretándome con fuerza contra su cuerpo, y todo el miedo y el nerviosismo desaparecieron.

Allí había un tú y yo. Un nosotros.

Me contempló con una sonrisa pintada en la cara y yo me perdí en su mirada. Es que me encantaba el color de sus ojos. Me encantaba él y esa manera en la que me hacía sentir. Pensar que nos conocimos casi sin querer.

Entonces no era el momento, estaba claro que no podía ser. Y, sin ser consciente de ello, lo esperé. Odiándolo un poquito para no olvidarlo. Esperando a quererlo de aquel modo.

—El comedor está lleno, pero he encontrado una cafetería a unos pocos minutos de aquí que tiene buena pinta —me dijo.

—Genial, me muero de hambre. Necesito comer.

—Yo también, a ti —me susurró al oído y su respiración me hizo cosquillas en el cuello.

Noté sus dedos tensándose en mi cintura y el lento descenso hasta la cadera, donde se detuvieron, temblorosos. Los segundos que tardó en apartarse. La reticencia a esa distancia.

Sonreí para mí y me mordí el labio. Mi corazón se perdió en un mundo de deseo que quería explorar.

Deseo. Deseo. Deseo...

En ese momento descubrí lo mucho que podía doler. Una sacudida. La punzada aguda en mi vientre y entre mis piernas. La humedad inmediata. El cosquilleo en la piel. La necesidad en la punta de los dedos. Todo de golpe, como una explosión.

Yo no sabía que un cuerpo podía reaccionar de ese modo. Sentirlo todo solo con el roce de un susurro. Mi cuerpo. Vivo. Despierto. Hambriento.

Abandonamos Cavendish y tomamos la carretera en dirección a New London. Cruzamos el puente Stanley y poco después estacionamos en el aparcamiento de un pequeño restaurante llamado Sutherland´s. Nos acomodamos en la terraza y pedimos café y unos sándwiches vegetales.

No hablamos mucho mientras desayunábamos, ni tampoco de vuelta al coche.

Nos pusimos de nuevo en marcha, sin tener claro un rumbo. Me atraía la idea de improvisar. Su libertad.

Dejamos atrás New London.

Después Kensington, donde hicimos una parada para visitar una casa encantada situada en la cima de una colina. La tétrica mansión resultó ser un parque de atracciones con un estanque *koi* y un zoológico de mascotas, instalado alrededor de una vivienda de estilo Tudor construida a principios de 1890. La edificó un rico caballero inglés, conocido por los lugareños como Doctor Jack.

Según cuenta la leyenda, Doctor Jack abrió una pequeña posada en la mansión, a la que atrajo a muchos visitantes. De algunos de ellos nunca más se supo, desaparecieron entre aquellas paredes y allí siguen, paseándose de noche por los pasillos.

No vimos ningún fantasma, pero en la tienda de regalos encontramos recuerdos muy divertidos.

Más tarde comimos en Summerside, en una pizzería junto al puerto. Allí conocimos a una pareja de ancianos encantadores que nos recomendaron visitar el faro del cabo Egmont y una casa llamada La casa de botellas, que había empezado a construir un antiguo encargado del faro en 1980.

Fuimos en su búsqueda, movidos por la curiosidad.

No sé cuánto tiempo estuvimos allí, si fueron veinte minutos o dos horas. Pero Trey acabó fascinado por aquel proyecto de reciclaje: una casa, una taberna y una capilla. Tres estructuras compuestas por miles de botellas de cristal cementadas, de diferentes formas, tamaños y colores que el hombre había ido recogiendo con el tiempo.

Observó y admiró hasta el último rincón. Fijándose en el más nimio detalle, en las partes originales y en las reconstruidas. En la sinfonía de luz y color que el sol proyectaba a través del cristal.

Cansada, me senté en un banco de uno de los jardines que rodeaban la propiedad y lo observé ir de un lado para otro, haciendo fotos con su teléfono móvil. Saqué el mío del bolso para comprobar el correo y vi en la pantalla dos llamadas perdidas y un mensaje de texto de Frances. Maldije al darme cuenta de que lo tenía en silencio.

> Frances: Hola, Harper, solo quería decirte que debo marcharme antes de lo que esperaba. Mi hermana no se encuentra muy bien y necesita mi ayuda. Me habría gustado estar aquí a tu regreso. No importa, nos veremos muy pronto, cielo. No te preocupes por nada, te dejo una lista con indicaciones y lo que necesitas saber. Cuídate. Te quiero.

Marqué su número y saltó el buzón de voz.

Había hablado con ella un par de días antes, la misma mañana que Trey apareció con los pasajes, aunque no le había contado nada sobre mi decisión respecto a la librería y de mi relación con él. Quería hacerlo en persona. Sin embargo, en ese momento sentí la necesidad de hablar, de que alguien me escuchara, de compartir con ella todas esas emociones que eran mías.

Guardé el teléfono tras un segundo intento fallido.

Trey vino a buscarme al cabo de un rato. La boca curvada con una sonrisa torcida y los ojos destellando, chispeantes. Mi mente desconectó de todo lo demás y se centró solo en él. Me provocaba tantas cosas...

Me invitó a acompañarle con una reverencia que me hizo reír.

La brisa del mar nos envolvió mientras caminábamos hacia el faro. Era una tarde bonita, pintada de un naranja intenso. Bordeamos el acantilado cogidos de la mano. Alcanzamos el pico del cabo y ante nosotros aparecieron unas vistas increíbles. El vasto océano, las olas rompiendo contra las rocas, el rojo vivo de la arena y, a lo lejos, una ballena. La señalé con la mano, incapaz de pronunciar palabra, porque a lo largo de mi vida había visto pocas cosas tan increíbles como esa.

Trey me sonrió y me rodeó con los brazos. Mi espalda contra su pecho. Seguía callado, más de lo habitual, y a menudo lo descubría con el ceño fruncido y la mente en otra parte. La inquietud en sus ojos lo hacía parecer un niño indefenso y empecé a preocuparme. Le pasaba algo, y que ese algo tuviera que ver conmigo, o con nosotros, me dejaba sin aire. Porque en cuatro días me había enamorado de él como una idiota. O puede que nunca hubiera dejado de estarlo.

—Son más de las cinco y estamos a dos horas de Souris —comentó con los labios en mi pelo—. Hemos perdido el ferry.

—No me importa pasar otra noche aquí. Seguro que encontramos algún sitio donde dormir.

—¿Piensas dormir?

Su voz era como chocolate fundido y se derramó sobre mí, calentándome la piel. Por dentro. Hasta los huesos.

Sonreí.

—¿Tú no?

—Se me ocurren muchas cosas que podríamos hacer despiertos.

Coló la mano bajo mi camiseta y me acarició el estómago, mientras respiraba contra mi cuello. No tuve más remedio que cerrar los ojos. Me rozó las costillas en un lento ascenso y se detuvo a escasos milímetros de la curva de mi pecho. Inició el descenso, tocándome solo con las puntas de los dedos, y noté que ardía allí por donde pasaba. Era como una tortura lenta.

Y, de repente, me sentí sobre arenas movedizas. ¿Qué hacíamos? ¿Qué éramos? ¿Hacia dónde íbamos? Y yo aún no había superado mi necesidad de tener todas las respuestas.

Me di la vuelta y lo miré.

—¿Qué es esto?

—No te entiendo.

—Tú y yo, esto que estamos haciendo. ¿Es real? ¿Tiene nombre? ¿Lleva a alguna parte? ¿Es una consecuencia del hechizo de la isla y se desvanecerá cuando nos marchemos? —solté de golpe, con la voz temblando.

Me miró fijamente y poco a poco sus manos abandonaron mi cuerpo. Me sentí pequeña en ese momento. Suspiró con brusquedad y tragó saliva, tan serio que pocas veces lo había visto así.

—No tenía ni idea de que esto iba a ocurrir. Pero está pasando y es real. ¡Joder, muy real! —susurró. Se frotó la cara—. Si tiene nombre o lleva a alguna parte... no lo sé, Harper. Creo que ni siquiera depende de mí. Tengo algunas cosas que solucionar antes de... de pensar más allá de este ahora.

Aparté la vista, insegura, y noté un dolor agudo en el pecho.

—¿No estarás hablando de otra persona? ¿De otra chica?

—¡No! Te juro que no. —Me sostuvo la barbilla con los

dedos y me obligó a mirarle—. Eres la única, Calabaza. Creo que desde siempre.

—Entonces ¿es por mi hermano, por Hoyt? Porque ha pasado mucho tiempo desde que te dijo aquella tontería. No va a matarte. Tengo veintidós años y soy una persona adulta. Tú eres su mejor amigo. Seguro que se alegra por nosotros. —Mis palabras se atropellaban unas a otras.

Frunció el ceño y negó con un leve gesto.

—No dejaría de verte por tu hermano.

—Pues no entiendo qué ocurre. ¿Qué son esas cosas?

Se inclinó y me besó. Una vez, y otra, y otra... Pequeños gestos. Tan bonitos. Tan íntimos. Apoyó su frente en la mía.

—Nada. No te preocupes. Solo... solo quiero hacer las cosas bien.

—Yo también.

—Creo que deberíamos intentar no pensar demasiado y dejar que el tiempo pase. Ver qué ocurre.

La súplica que nadaba en sus ojos acalló cualquier réplica por mi parte. Tenía dos opciones, acabar allí mismo para no torturarme, o seguir y aceptar lo que quisiese darme.

Aunque no hubiera un nombre para nosotros ni una dirección que me ayudara a no perderme. Elegí caminar sobre la cuerda floja. Los besos. Las caricias. Él.

Mientras se quedara.

Mientras no se marchara.

Mientras solucionaba todas esas cosas que no dependían de él.

Mientras tenerlo fuese menos doloroso que perderlo.

Abrí los ojos poco a poco, sintiendo los párpados pesados. Vi a Trey conduciendo con una mano en el volante y el otro brazo apoyado en la ventanilla. El aire le agitaba el pelo y los rayos de un sol que casi rozaba el horizonte se reflejaban en los cristales de sus gafas. Memoricé su perfil. Toda su imagen.

Volvió la cabeza y me miró. Me dedicó una sonrisa al verme despierta.

—Hola, dormilona.

—Ni siquiera me he dado cuenta —ronroneé, aún somnolienta.

Él alargó la mano y la posó sobre mi pierna desnuda. Con la otra sujetó el volante. Inspiré hondo y miré a mi alrededor. No reconocía el paisaje.

—¿Dónde estamos? Pensaba que íbamos a regresar a Charlottetown a pasar la noche.

Trey me acarició la pierna y forzó una sonrisa mucho más amplia.

—Ese era el plan. Pero después he pensado que hay algo que quiero enseñarte.

—¿Qué?

—Pronto lo verás. Estamos llegando.

No hice más preguntas y me dejé llevar. Podía notar la tensión que le impedía relajar el cuerpo. La veía en sus hombros, en su gesto y en la forma en la que sus dedos se clavaban en mi piel. Sin filtros. Posé mi mano sobre la suya y entrelacé nuestros dedos. Me los apretó con fuerza y después se relajó.

Contemplé la carretera, bordeada de árboles y maleza. Entre ellos podía ver el mar, perdiendo su color azul a medida que el sol descendía. Apareció ante nosotros un largo puente y al otro lado lo que parecía una isla. Lo cruzamos en silencio y, a cada metro que avanzábamos, Trey se fue poniendo más y más nervioso.

Acabó contagiándome.

Al final del puente atisbé un cartel.

—¿Lennox Island? ¿Dónde estamos exactamente?

—En el norte.

Vi otro cartel: BIENVENIDOS A LENNOX ISLAND. PRIMERA NACIÓN.

—¿Es una reserva nativa?

—Sí.

—¿Y qué hacemos aquí? —No contestó. Me volví en el asiento para mirarle—. ¿Esta es una de las reservas para las que estás creando tu proyecto? ¿Es lo que quieres enseñarme?

Me relajé en el asiento, más tranquila y también emocionada por lo que pensaba que iba a compartir conmigo. Sus ojos seguían fijos en el camino y tardó unos segundos en contestar.

—Sí, forma parte del proyecto. Pero no te he traído por eso.

Un escalofrío trepó por mi espalda. Su actitud me estaba poniendo de los nervios. Respiré hondo y lo dejé estar. Si algo había aprendido de Trey, era que funcionaba a su propio ritmo. Que oscilaba entre el fuego y el hielo todo el tiempo. Que podía abrirse del mismo modo que se cerraba. Sin avisar. Sin prepararte para aceptarlo.

En cierto modo, yo era igual. Otra cosa que nos unía o que, quizá, nos separaba, ve tú a saber.

Cruzamos la isla y alcanzamos la otra costa. Llegamos a un cruce. A mi derecha se levantaba una iglesia de paredes amarillas y tejado oscuro, con un pequeño cementerio. Trey giró a la izquierda y continuó conduciendo. Dejamos atrás las casas que coloreaban el terreno y nos adentramos en el bosque por un camino de tierra.

Poco después, se detenía frente a una cabaña de madera. Paró el motor y se quedó mirando la construcción. Su pecho subía y bajaba con profundas inspiraciones.

—Aquí es —dijo en voz baja.

Bajamos del coche cuando la puerta de la cabaña se abría y un hombre mayor salía al porche. Por sus rasgos y el color de su piel supe que era un nativo. ¿Americano, canadiense...? No sabía si existía alguna diferencia en sus facciones. Una mujer apareció tras él y su cara se iluminó con una sonrisa. Llevaba el pelo canoso recogido en un moño bajo. Debía de tener al menos setenta años; sin embargo, se movía con una agilidad increíble.

—Nootau —exclamó, yendo al encuentro de Trey. Se fundieron en un abrazo—. No sabíamos que vendrías.

—Hola, Nadie. Siento no haberte avisado, ha sido una decisión de última hora.

—No importa, siempre eres bienvenido. —Me miró con curiosidad y le susurró—: ¿Quién es?

Trey alargó la mano hacia mí, invitándome a acercarme a ellos.

—Nadie, esta es Harper. Es la hermana pequeña de Hoyt.

Lo miré sorprendida. Aunque no sé por qué, la verdad. Si aquellas personas tenían algún tipo de estrecha relación con Trey, y era lo que parecía, también podrían tenerla con mi hermano. Esa información hizo que me sintiera un poco más cómoda.

—Hola, es un placer conocerla.

Nadie me sonrió cálidamente y yo terminé haciendo lo mismo. Era una mujer agradable y su alegría se te colaba bajo la piel. Trey me cogió de la mano y juntos nos acercamos a la casa. El hombre continuaba en la puerta, mirándonos en silencio.

Trey le tendió la mano.

—Hola, abuelo.

—Nootau.

No sé qué me sorprendió más, si descubrir que aquel hombre tenía un parentesco tan directo con Trey, o que, al igual que Nadie, se hubiera dirigido a él con esa extraña palabra.

—Harper, él es Matunaagd, mi abuelo. Aunque puedes llamarle Matu, es más fácil de pronunciar.

—Bienvenida.

—Es un placer conocerle, señor. Matu... Señor...

No sé si lo imaginé, pero creí ver una leve sonrisa en su rostro impasible. Así que ese hombre era el sabio de los buenos consejos. Ahora empezaba a entender el porqué de los dioses y los guerreros.

Nadie nos hizo entrar en la casa y enseguida se puso a preparar la cena para los cuatro. De una vasija de barro sacó un trozo de carne que olía a especias y vino. Comenzó a cortarlo en trocitos y a freírlos en una sartén sobre una cocina de leña.

—¿Puedo ayudarla?

—Claro, cuatro manos trabajan más rápido que dos. Coge ese cesto con patatas y pela unas cuantas.

Me senté a la mesa y comencé a pelar patatas. Ella me acompañó con una bolsa repleta de vainas de guisantes y las fue abriendo con soltura.

Nadie hablaba con la misma rapidez con la que se movía. Empezó a contarme cosas sobre los vegetales que tenía plantados en su huerto. De los cuidados que requería cada especie. Las hierbas medicinales que cultivaba, con las que preparaba ungüentos, aceites y cremas curativas.

Después me enumeró los ingredientes que solía ponerle al adobo con el que maceraba las carnes. Tras lo que pasó a leerme las recetas familiares que atesoraba en un cuaderno.

Yo la escuchaba y respondía de vez en cuando, fingiendo (lo admito) un interés que realmente no sentía. Mi atención estaba puesta al otro lado de la ventana, en un tocón para cortar leña donde Trey y su abuelo se habían sentado y conversaban. Igual de inmóviles. Igual de serios.

Mientras los observaba, me pregunté cuál sería el motivo por el que Trey se mostraba tan reticente a hablarme de su familia. Lo cierto es que me había sorprendido descubrir que eran nativos. Jamás lo habría imaginado. No obstante, me costaba creer que fuese por su origen.

—¿Trey y tú estáis saliendo?

La pregunta me arrancó de mis pensamientos. Me ruboricé, avergonzada por haberla ignorado sin darme cuenta. También por la pregunta tan personal.

—¿Qué? ¿Salir? Esto... La verdad es que... —Se me escapó una risita tonta—. Bueno... Verá...

—No te sientas incómoda. No es asunto mío.

—¡No! No es eso. Perdone. Es que es complicado —confesé. Nadie dejó de abrir vainas y me miró con curiosidad—. Hace muchos años que conozco a Trey, pero hasta ahora... Él y yo no... Quiero decir que... —Resoplé, molesta conmigo misma por divagar como una idiota—. Coincidimos hace unos pocos días, después de bastante tiempo, y la verdad es que no sé si salimos... si estamos juntos. Si hay algo parecido a una relación entre nosotros. No lo sé.

—Entiendo.

—Puede que sea pronto para pensar en algo serio, ¿no?

—Esa pregunta os la deberíais hacer vosotros.

Estudié a Nadie unos segundos, sopesando sus palabras. Había algo en ella que me invitaba a abrirme.

—Supongo que sí. —Hice una pausa, y después no sé por qué dije lo que dije—. Puede que yo ya se lo haya preguntado y que él me haya respondido que debemos dejar que el tiempo dicte el futuro.

Alzó la vista, sorprendida.

—¿Te ha dicho eso? ¿Y después te ha traído hasta aquí para que nos conozcas?

Asentí, forzando una sonrisa.

—Más o menos. Su nieto no es muy transparente y sí bastante confuso respecto a sí mismo y sus pensamientos.

Nadie se echó a reír.

—Oh, niña, eso es algo innato en los hombres de esta familia. Acaban volviéndote loca si te empeñas en entenderlos. —Me miró a los ojos y añadió con voz cantarina—: Trey no es mi nieto, pero lo quiero como si lo fuera.

—¿No es su nieto? Perdone, supuse que...

—No te disculpes, me gusta que lo hayas pensado. Soy la segunda esposa de Matu. La primera murió pocos años después de que naciera su única hija.

—¿Se refiere a la madre de Trey?

—Sí, se llamaba Sokanon. Aunque supongo que eso ya lo sabes.

Me dedicó una sonrisa afectuosa antes de levantarse a lavar las patatas. No, no tenía ni idea de cómo se llamaba su madre. En realidad, no sabía nada de nada sobre Trey ni sobre su procedencia. Solo había visto a su padre en un par de eventos. Un hombre arrogante, pagado de sí mismo y con una fama de mujeriego muy comentada. Nunca me había gustado y me avergonzaba admitir que parte de los prejuicios que había tenido hacia Trey eran por su culpa.

Estuve debatiéndome entre someter a Nadie a un exhaustivo interrogatorio sobre su nieto postizo o respetar la intimidad que Trey no quería confiarme. Mis principios, junto con mi conciencia, pensaron que lo mejor era no indagar. No tenía ningún derecho.

Odiaba ser siempre la niña buena.

Y odiaba darle tantas vueltas a todo.

20
Nada es permanente

Tras una cena silenciosa, Trey me pidió que diéramos un paseo. Había anochecido por completo y una ligera humedad flotaba en el ambiente. El olor fresco de las plantas me inundó la nariz.

Caminamos durante un rato sin que ninguno de los dos pronunciara ni una sola palabra. Yo, por pura rebeldía. Porque a veces necesitaba comportarme como una niña y patalear. Porque estaba esperando la más mínima excusa para discutir. Porque una frustración desconocida me estaba sacando de quicio.

Impulsos sin lógica. O puede que con una razón distinta, porque desde que él había irrumpido en mi vida programada, esta se había puesto patas arriba. Me obligaba a transitar sin mapas por terrenos desconocidos. Que quería conocer, que deseaba explorar, que anhelaba probar.

Y él... a saber qué estaba pensando él.

La cabaña se encontraba más cerca de la playa de lo que había imaginado y me sorprendió encontrarme de repente con ella. El mar estaba en calma y se mecía contra la orilla con un suave murmullo. Las estrellas se balanceaban sobre él, siguiendo su ritmo hipnótico.

Trey se detuvo a mi lado con las manos enfundadas en los bolsillos de los tejanos. Lo oí respirar de forma lenta y acompasada, nervioso. Noté que me miraba.

—Esta es una de las dos reservas *mi'kmaq* que existen en la isla. Se la conoce como *L'nui Menikuk* en su idioma —empezó a decir muy bajito—. Los antepasados de estas personas vivían aquí muchos siglos antes de que los franceses y los ingleses los conquistaran. Si alguien tiene derecho a estas tierras y a vivir con dignidad, son ellos. Tienen derecho a conservar su cultura, su religión y sus costumbres. A mantener su propio gobierno, sus leyes y servicios, como si fuesen un pequeño país. Quiero ayudarles por todos esos motivos, pero, sobre todo, porque yo pertenezco a esta nación. Mi madre era *mi'kmaq* al igual que mis abuelos, mis bisabuelos y muchas otras generaciones anteriores. Soy un mestizo.

Me volví para mirarlo, mientras una idea absurda y descabellada me cruzaba por la cabeza.

—Trey, ¿el motivo por el que te resistías a hablarme de tu madre es porque te daba vergüenza? Eso es una tontería. Que seas nativo no tiene nada de malo.

Sonrió y negó con la cabeza.

—No. Hace tiempo que me siento muy orgulloso de ser quien soy. No te hablé de ella porque me preocupaba lo que tú pudieras pensar. —Me miró despacio—. Te lo dije, hay cosas de mí que puede que no te gusten. Y si no te gustan, te aleja...

Le cerré la boca con la mano, sin dar crédito a que de verdad pensara algo así de mí. Sin entender qué podía haber hecho o dicho para que creyera que tenía prejuicios.

—¿Yo? ¿Pensabas que iba a juzgarte por tu origen? ¡No! —Deslicé la mano por su cara y acuné su mejilla con dulzura—. Trey, no me importa quién seas ni de dónde procedas. Solo me importa cómo eres. Las cosas que haces. Si además te sientes orgulloso de tu identidad, yo solo puedo admirarte por ello...

Me silenció con un beso brusco que me hizo temblar de pies a cabeza.

—Joder, me matas. Me pierdes. Haces que me vuelva completamente loco.

—¿En el buen sentido?

—¿Lo ves? —Rio para sí mismo—. Me refiero a esto. Eres... inocente, valiente y preciosa. Eres increíble.

Me sonrojé. No lo era, ni siquiera un poco. Solo sincera y lo miraba con el corazón. Supongo que ese músculo que dominaba todos mis pensamientos, además de tonto era ciego. Qué sé yo. ¡Dios, él sí que me estaba volviendo completamente loca!

Me cogió de la mano y entrelazó sus dedos con los míos. Tiró de mí hacia la orilla y me condujo hasta una roca que se adentraba en el agua. Solo podía ver su silueta recortada contra el resplandor apenas visible de una luna a punto de desaparecer. Se sentó en ella y con un gesto me pidió que me sentara entre sus piernas. Lo hice, y cuando me rodeó con sus brazos, pensé que no había un lugar mejor en el mundo.

Me besó en la sien y comenzó a hablar sin despegar sus labios de mi piel.

—Mis padres se conocieron en la primavera de 1990, durante un festival de música folk en Richmond. Se enamoraron y dos semanas más tarde se fueron a vivir juntos. Mi madre se quedó embarazada enseguida, se casaron y yo nací al año siguiente. Al principio, las cosas iban bien entre ellos. Mi padre consiguió trabajo en un estudio de arquitectura muy importante y no tardó en hacerse un nombre. La fama que alcanzó supuso dinero, gente que le lamía el culo a todas horas y un estilo de vida y una posición social que le gustaban demasiado. —Me rozó la oreja con los labios y yo me estremecí—. Solo había un problema en su mundo idílico: mi madre. Se avergonzaba de ella y su origen. No tenía la «clase» suficiente para codearse con todas esas zorras elitistas que la criticaban a sus espaldas, y él lo sabía. Intentó que cambiara por completo. Su nombre, su forma de ser, hasta sus creencias. Quería que fingiera ser otra persona, que se pareciera más a sus amigos.

—Pobrecita. Tuvo que sentirse muy mal —susurré.

—No lo hizo, se mantuvo firme y nunca renunció a ser quien era de verdad. Ella se sentía orgullosa de pertenecer a este lugar.

—¿Y qué pasó?

—Las discusiones eran constantes. Los recuerdo peleando a todas horas, pero era demasiado pequeño para comprender el motivo. Un día, cuando volví del colegio, mi madre se había marchado. Yo no entendía cómo había podido abandonarme y no dejaba de preguntar por ella. Quería ir a buscarla. Quería verla. Entonces mi padre empezó a hablarme de esta gente... Lo hacía con desprecio y no perdía ocasión para recordarme que una parte de mí era como ellos. Me repetía una y otra vez que mi madre los había elegido antes que a mí.

Me volví entre sus brazos para verle la cara. Había dolor en cada palabra.

—Eso fue muy cruel por su parte.

—Me lavó el cerebro de tal modo que acabé pensando como él. Pero también logró que me convirtiera en alguien inseguro, que se avergonzaba de su madre y de su sangre. —Tragó saliva—. Oculté esa parte de mi vida. Dejó de existir para mí y la convertí en un fantasma.

—¿Tu madre nunca intentó verte o hablar contigo?

—Lo intentó muchas veces. Yo no lo sabía entonces, pero mi padre había logrado una orden de alejamiento que le impedía acercarse a mí por riesgo de secuestro. Era mentira, por supuesto. Ella la incumplió varias veces. Fue a mi colegio para intentar verme, se presentó en mi casa y acabaron deteniéndola. Estuvo en la cárcel por eso.

Una nube oscura de maldiciones se arremolinaba en la punta de mi lengua. Qué clase de hombre le hacía algo así a su propio hijo.

Trey continuó hablando en voz baja, solo para mí:

—Pasaron los años y no volví a verla hasta el día que cumplí los catorce. Había una mujer observándome en el parque donde jugaba con mis amigos. Recuerdo que me fijé en ella porque llevaba trencitas en el pelo, decoradas con cuentas; parecía una hippy. Se acercó a mí y me llamó por mi nombre. En ese momento la reconocí...

—¿Y qué hiciste?

—Salí corriendo. Los dos días siguientes volví a verla, esperando en la calle durante horas. Me escondí. —Soltó un suspiro ahogado y se pasó la mano por la cara, angustiado—. Joder, es que la odiaba. Y era distinta. Su pelo, el color de su piel, todo en ella era diferente y había crecido pensando que eso era malo. —No supe qué decir, y tampoco quería juzgarlo. Me miró y me rozó los labios con la yema del dedo—. Un par de años después, mi padre y yo nos mudamos a Montreal y conocí a tus hermanos. Te conocí a ti. Fue como empezar de nuevo y me obligué a olvidar todo lo anterior. Cuando me preguntaban por mi madre, decía que había muerto siendo yo pequeño.

—Debió de ser muy duro para ti vivir de ese modo.

—No cuando te conviertes en un cabronazo y solo piensas en ti mismo. —Su voz sonó quebradiza como el papel de arroz.

—No digas eso.

—¿No? Hace solo una semana me mirabas como si fuese basura —replicó. Me sentí mal y volví la cara—. Lo siento, Harper. No pretendía...

Me resultaba imposible ver la expresión de sus ojos, pero me alegraba de ello. Prefería la penumbra de ese momento, porque también ocultaba mis sentimientos. Noté una lágrima resbalando por mi mejilla.

—Lo sé. No pasa nada; es la verdad, pero ya no te miro así.

Se frotó la cara y después me abrazó con fuerza, meciéndome. Permanecimos en silencio un rato, escuchando el chapoteo de las olas, contemplando el cielo que parecía terciopelo negro, las estrellas que brillaban como perlas. No sé cuánto tiempo pasó hasta que volvió a hablar:

—Acababa de terminar mi segundo año en la universidad, era verano y regresé a casa unos días, antes de un viaje a San Francisco que había planeado con unos amigos. No recuerdo el motivo, pero discutimos. La bronca fue a más, perdió los nervios y se le escapó la verdad sobre mi madre. Me había mentido, ella nunca se fue. Él la obligó a marcharse y a dejarme. La amenazó, la chantajeó, la engañó... Hizo de todo para quitársela de encima y apartarla de mí. —Tomó aire mientras me acariciaba la espalda de forma distraída. Me dolía el corazón por él. Quise decir algo para consolarlo, pero no me atreví—. Después de aquello, no podía dejar de pensar en ella. Investigué un poco y averigüé que vivía aquí con mi abuelo y Nadie. Aun así, pasó un año entero hasta que reuní el valor para llamarla. Hablamos solo unos minutos, no sabía qué decirle.

Se le apagó la voz y sentí cómo trataba de recomponerse para continuar.

—Intentó que nos viéramos. Me contó que le habían descubierto un problema cardíaco y que no podía viajar. Me invitó a visitarla, muchas veces, y yo siempre ponía alguna excusa. Lo dejaba correr y me convencía de que la próxima vez aceptaría. La verdad es que tenía muy arraigados esos sentimientos que mi padre me había inculcado y una parte de mí se negaba a verla. Murió cuatro meses después, la noche que tú y yo... —Se le quebró la voz.

Me soltó, se puso de pie y se alejó un par de metros. Le di espacio durante unos minutos. Pero ese hilo que sentía que nos unía no dejaba de tensarse, tirando de mí, incapaz de permanecer alejada de él. Lo seguí y lo abracé por la espalda. Uní mis manos sobre su pecho y él las cubrió con las suyas.

—Aún no he conseguido perdonármelo —musitó.

—Trey...

—Ni creo que lo haga.

—No te tortures, por favor.

—La vida cambia de un momento a otro, eso dice todo el mundo, pero lo cierto es que pocos entienden lo que puede llegar a significar. ¿Sabes?, era un idiota, solo me preocupaba de mí mismo. Pero perdí a mi madre y lo que sentí fue... No puedo describirlo. —Suspiró—. Vine a Lennox por primera vez para su funeral y descubrí este lugar. Me senté ahí mismo, en esa roca, y me quedé mirando esta misma orilla. No tardé mucho en darme cuenta de lo gilipollas que había sido. También entendí el significado de esa frase. —Se dio la vuelta y sus manos envolvieron mi cuello con suavidad. Se inclinó hasta que sus ojos quedaron a la altura de los míos—. Nada es permanente, Harper, todo se mueve. Cada momento puede ser el último y debemos aprovecharlos.

La felicidad y la desdicha están a veces muy cerca, tanto que puedes sentirlas a la vez. Yo lo hacía. Felicidad por estar con él, porque me hacía sentir especial compartiendo sus secretos conmigo. Desdicha porque sufría al verle herido por sus propios demonios.

Me acarició la mandíbula con los pulgares.

—No me siento buena persona por cómo me comporté con mi madre, y entendería que tú...

No le dejé acabar.

—Estás mal de la cabeza si crees que voy a alejarme de ti por lo que acabas de contarme.

—Tengo la fea costumbre de huir, Harper. No te lo reprocharía.

—¿Cómo tengo que decírtelo? No voy a ninguna parte, y estoy segura de que tú tampoco. Podrías haberte largado sin más en cualquier momento, pero aquí estás.

—Sigo aquí.

—Sigues aquí.

—Tú también.

—Sí.

—Que ambos nos quedemos implica muchas cosas. ¿Crees que estás lista? —me preguntó, y noté cómo el tono de su voz y su actitud cambiaban. El chico malo y travieso por el que me derretía volvía a estar en su piel.

—Es muy posible. —Me pegué a él y mi cuerpo presionó el suyo. Alcé la barbilla para mirarle—. ¿De qué cosas estamos hablando?

Sus ojos eran dos pozos oscuros en los que se reflejaban las estrellas. Era lo poco que veía de su rostro en la penumbra.

—De citas, de contacto físico... Ya hablamos de eso, ¿recuerdas?

Sonreí. Las mejillas comenzaron a arderme. Coloqué mis manos en su pecho y noté los latidos de su corazón, fuertes, rápidos. Golpeaban sus costillas al ritmo de su respiración. A cada segundo más apresurada, más superficial, hasta convertirse en un jadeo.

—¿Crees que lo que hemos hecho estos dos días puede considerarse una cita? —Asintió despacio. Tragué saliva—. Entonces deberíamos pasar al contacto físico. Sería el siguiente paso lógico para avanzar hacia una relación, ¿no crees?

Agachó la cabeza y me dio un beso en la oreja.

—Por supuesto —susurró con voz ronca.

—Bien, porque hay algunas cosas de las que no te acuerdas y que me gustaría recordarte.

—¿Estás segura de eso?

—Vivo colada por tus huesos desde los doce años y no he conseguido estar con nadie sin pensar en ti. Estoy segura.

Me miró un instante. Después sus labios cubrieron los míos. Su lengua se enredó con la mía. Me mordió la boca con ganas, ahogando un gruñido, mientras sus manos agarraban mi trasero y me pegaban a su cuerpo. Las mías se movieron sobre él, por todas partes, con un deseo que ya no podía reprimir. Ni quería. Me entregué a aquel beso húmedo y profundo. Quería hacerle entender lo mucho que me importaba, que lo necesitaba.

Lo atraje más y más cerca. Rozándonos por encima de la ropa. Mis dedos se colaron bajo su camiseta y exploraron su piel suave. Una oleada de calor me atravesó al sentir los suyos tocando el encaje de mi sujetador.

Me dolía el cuerpo y me ardía la piel allí donde me acariciaba. Nuestros movimientos se volvieron impacientes. Buscándonos.

Una ráfaga de viento nos sacudió y yo me estremecí. El tiempo estaba cambiando.

—Deberíamos volver —dijo sobre mi boca.

—Vale.

Volvió a besarme. Y otra vez. Y otra vez. Hasta que finalmente me cogió de la mano y emprendimos el camino de regreso. Apenas veía dónde pisaba, pero Trey se movía como si conociese cada palmo de aquel terreno y me dejé llevar sin ningún miedo.

No tardamos en alcanzar el claro donde se levantaba la cabaña. No había luces encendidas y solo se oían unos perros ladrando a lo lejos. Él fue directamente al coche y cogió nuestro equipaje, pero en lugar de dirigirse a la casa empezó a rodearla.

—¿No vamos a dormir dentro?

—No sé si te has dado cuenta, pero solo hay una habitación, la de mi abuelo y Nadie. Y el sofá es muy pequeño.

—¿Y dónde vamos a dormir? ¿No estarás pensando hacerlo al aire libre? Porque yo paso, seguro que hay bichos. Serpientes, arañas... venenosas. —Miré la hierba con recelo.

Trey se volvió para mirarme, muerto de risa.

—No vamos a dormir en la calle. Dormiremos allí.

Forcé la vista en la oscuridad y vi una silueta blanca recortada contra la maleza. Al acercarme pude distinguir su forma cónica y los maderos que la sostenían. Me paré en seco, con la boca abierta.

—¿Vamos a dormir en un tipi?

—No es un tipi.

—Sí que lo es.

—Solo es parecido. Los nativos *mi'kmaq* las llaman *wigwam*. —Apartó la tela que cubría la entrada y metió dentro nuestras cosas—. Ven, ya verás que es bastante cómoda.

—Primero necesito ir al baño.

Trey lanzó un suspiro paciente y me acompañó hasta lo que parecía una caseta de madera bajo los árboles. Empujó la puerta y entró para encender la luz.

—Usaremos este. Ya ves que tiene electricidad y hay agua corriente.

—¿Caliente? —pregunté esperanzada; necesitaba una ducha con urgencia.

—Sí. El calentador está detrás, lo encenderé.

—Gracias a Dios —murmuré para mí. No es que sea muy tiquismiquis, pero mi interacción con la naturaleza se reducía a los parques de las ciudades en las que había vivido—. ¿Por qué tu abuelo tiene un baño en medio del bosque?

—La cabaña es muy pequeña para acoger gente, y cuando volvió a casarse, lo construyó junto con la tienda para mi madre. Ahora es mi cuarto cuando vengo de visita.

Sonreí como una niña pequeña. En el fondo toda aquella situación me parecía divertida y excitante. Iba a pasar la noche en una tienda india con Trey, en un bosque, que se encontraba en una isla, que era una reserva nativa.

Con una melodía de fondo y unos créditos al final, sería como una película. Un western moderno. No, mejor aún, acababa de tener una idea estupenda para un libro. Una historia de suspense con amor y sexo.

No dejé de pensar tonterías como esa mientras me duchaba, ni cuando me acosté entre las sábanas limpias que Nadie había puesto para nosotros junto con una nota en la que nos daba las buenas noches. Era una mujer encantadora.

Me quedé mirando la cúpula de la tienda, iluminada tan solo por un par de velas que Trey había sacado de un baúl que hacía de mesita. Fuera se oía el viento meciendo las ramas de los árboles y el ulular de un ave. Me pareció oír unos golpecitos. Primero espaciados en el tiempo, luego más rítmicos. Presté atención. Había empezado a caer una suave llovizna.

La puerta de la tienda se abrió de golpe y Trey entró a toda prisa. Solo llevaba una toalla alrededor de la cintura. A la luz de las velas vi que tenía la piel cubierta de gotitas que brillaban y se deslizaban hacia abajo trazando el contorno de sus brazos, su pecho y su vientre, hasta perderse en el blanco algodón.

—Se ha puesto a llover.

—Me he dado cuenta —contesté sin poder despegar los ojos de su cuerpo.

Se me pasaron por la cabeza un montón de escenas que me hicieron enrojecer. Alcé la vista hacia su rostro y lo pillé mirándome fijamente. Estaba serio, muy serio. Y yo me sentí expuesta, como si mi mente fuese una ventana completamente abierta para él. Se arrodilló frente a mí sin decir una palabra, salvo con los ojos. En ellos había millones de promesas. Caricias con nuestras huellas, besos con nuestro sabor, abrazos envueltos en la mezcla perfecta de nuestros aromas.

Chispas de ternura incendiándolo todo.

Locura empapándonos.

Mi cuerpo añorándolo.

El suyo llamándome a gritos.

Me incorporé hasta quedar de rodillas frente a él, segura de que el corazón se me iba a salir del pecho. Tiré hacia arriba de la camiseta que me había puesto y me la quité. Me contempló, recorriendo cada centímetro de mi desnudez, como si estuviera viendo más allá de mi piel. Bajo ella.

—No puedo creer que olvidara esto.

Tragué saliva, cada vez más nerviosa. Quería que me tocara. Ver sus manos deslizándose por mi cuerpo. Quería sentir sus caricias.

Le rodeé el cuello con los brazos y lo atraje hacia mí. Mis manos palparon su espalda firme, la cintura estrecha y los músculos de su vientre se contrajeron bajo mis dedos mientras le quitaba la toalla. Todo era tan diferente a aquella primera noche, empezando por mí.

La respiración de Trey se tornó más agitada. Buscó mis labios y se tumbó en la cama llevándome consigo. Gemí al compás de sus caricias trazando mi clavícula, mis pechos y mi estómago. Jugando con mi ombligo. Me arqueé contra él cuando descubrió mi deseo bajo la ropa interior. Sonrió contra mi boca y sus dedos se aferraron a mi cintura mientras deslizaba los labios por el cuello, bajaba por el estómago y alcanzaba mis muslos. Besó el interior de cada uno y su aliento me hizo cosquillas en la piel.

Lo sentía todo. Cada roce, cada caricia, el más mínimo gesto amplificado hasta rozar una sensibilidad dolorosa. Mi cuerpo era melaza caliente derritiéndose en su boca. Llevándome al límite. Una y otra vez. Atormentándome. Quise llorar, suplicarle que me dejara tocar el cielo. Y una vez más me empujó hasta el precipicio.

Una explosión de placer me sacudió y abrí los ojos mientras de mi boca escapaba un grito silencioso.

Trey volvió a ascender por mi cuerpo, dejando un reguero de besos a su paso hasta alcanzar de nuevo mis labios. Su piel cubrió la mía y su torso presionó mis pechos. Temblé de anticipación con su mirada fija en mi rostro. Moví las caderas, tentándolo, y a duras penas contuvo un gruñido que acabó enterrado en mi cuello. Resbaló dentro de mí, despacio, hasta hundirse profundamente.

A partir de ese momento nos convertimos en una tormenta de besos, caricias y gemidos. Susurros, respiraciones y gruñidos. Caderas chocando. Jadeos entrecortados. Cuerpos acoplándose, meciéndose. Cada vez más rápido, más fuerte. Hasta dejarnos ir entre besos robados y latidos atropellados.

Fuera, la lluvia seguía cayendo.

21
Entre tú y yo solo estamos nosotros

Tenía la sensación de haber hecho y vivido más cosas en una semana que en todo el resto de mi vida. Y ese resto ahora parecía lejano en aquel espacio diminuto que ocupaban nuestros cuerpos, lleno de paz. Nuestro espacio.

Cerré los ojos y contuve el aliento cuando él se movió, rodeándome la cintura y apretándome contra su pecho. No me costó imaginar un mundo en el que solo existíamos nosotros dos. Dos personas que habían tenido la suerte de encontrarse. Dos personas que, entre besos y susurros, habían decidido no separarse. Intentarlo. Ver qué pasaba. E intentarlo mil veces hasta que saliera bien.

Sonreí. Sentía su respiración pausada en mi nuca y me concentré en su cadencia perfecta. Fuera, los pájaros revoloteaban de un lado a otro, trinando sin parar. Algo cayó sobre la tienda e inmediatamente empezó a corretear por ella. El bosque debía de estar lleno de animalitos.

Noté que Trey se movía. Después sus labios besaron la piel de mi cuello. Me estremecí y retorcí bajo su abrazo hasta darme la vuelta. Nos miramos a los ojos sin decir nada, porque no había palabras que pudieran acercarse a explicar ciertos sentimientos. A veces solo se pueden expresar con los besos, las manos, la piel...

Rocé con las puntas de los dedos su nariz y seguí su contorno hasta el entrecejo. Cerró los ojos y yo continué dibujando sus cejas, sus mejillas, la forma de sus labios, el mentón, la línea de su mandíbula. Sonrió y me miró de nuevo. Las mejores cosas de la vida no son cosas, son momentos, gestos, caricias, miradas... La suya me decía que cuando mi mundo se derrumbara, podía ir al suyo.

—¡El desayuno está listo! —gritó desde alguna parte Nadie.

—¿Tienes hambre? —me preguntó Trey.

Asentí con una sonrisa a medias.

No me apetecía abandonar nuestro pequeño hábitat de sábanas revueltas que olían a nosotros. No quería. Pero toda aquella aventura estaba llegando a su fin. Ambos teníamos otra vida, en otra parte.

Me vestí y fui directa al baño. Luego guardé todas mis cosas en la bolsa de viaje y me dirigí a la casa con Trey. Matu y Nadie conversaban sentados a la mesa en una lengua desconocida para mí. En cuanto nos unimos a ellos, cambiaron al inglés. Aunque era curioso escucharles, porque había cierta musicalidad en la forma que tenían de pronunciar algunas palabras, con un deje francés que asomaba tímido cuando se relajaban. Aún ahora, la historia de la isla estaba presente en detalles como esos.

Tras un abundante desayuno a base de huevos, beicon y panqueques con mantequilla y jarabe de arce, nos acompañaron hasta el coche. Me despedí de Nadie con un abrazo. Matu, mucho más contenido y serio, me ofreció su mano. Nos miramos a los ojos y en ellos pude ver al hombre amable y atento que realmente era.

Trey y él se parecían tanto...

—Espero que volváis pronto —dijo Nadie.

—Pronto. Te lo prometo —le aseguró Trey, estrechándola muy fuerte contra su pecho.

Nos alejamos por el camino en silencio. Yo me quedé ensimismada, con la cabeza apoyada en la ventanilla, contemplando el paisaje mientras el aire me despeinaba la melena. No podía dejar de pensar, de reflexionar, dándole el valor que merecían los últimos acontecimientos.

La barrera que hasta la noche anterior sentía que me separaba de Trey había caído tras hablarme de su madre y sus remordimientos. El peso de sus hombros, la mirada huidiza, los silencios que pesaban tanto como los secretos que callaban, ya no formaban parte de él. Podía verlo en su sonrisa y en la postura relajada de su cuerpo.

Lo miré mientras conducía, intentando comprender su recelo a lo que yo pudiera pensar sobre él y su historia. No podía juzgarlo por cosas a las que lo habían empujado. No era quién para dictaminar si sus actos lo convertían en una mala persona. Para mí no lo era. Para mí era un ser maravilloso; puede que complicado y con un exceso de testosterona, pero no dejaba de ser la pieza que yo necesitaba.

De repente, se apartó a un lado de la carretera y se detuvo.

—Ven, quiero enseñarte una cosa.

Bajé del coche y lo seguí por un estrecho sendero. Caminamos unos doscientos metros hasta alcanzar un claro con vistas al mar. Se detuvo, con la mirada perdida en el horizonte.

—En el último siglo, esta isla ha perdido más de ciento cincuenta hectáreas de tierra. El agua la está engullendo. —Señaló algo a lo lejos—. ¿Ves la iglesia? —Miré en la dirección que me indicaba y vi el campanario. Asentí—. Mi madre está enterrada allí, en el cementerio. La comunidad tuvo que gastar una fortuna para construir un muro de roca que lo protegiera, ya que corría el riesgo de desaparecer.

—¿Te refieres a que el mar se lo estaba tragando?

Asintió.

—Es inevitable, acabará pasando por culpa del cambio climático, pero voy a hacer todo lo que pueda para retrasarlo. Buscaré la forma y la financiación para construir viviendas para todas esas personas que están perdiendo y perderán sus casas. Nuevos edificios públicos, llevarlos al interior...

No estoy hablando de una solución rápida e inmediata, sino de un proyecto sostenible a largo plazo, porque hay que pensar en las futuras generaciones. —Me miró con una sonrisa en los labios—. En esto estoy trabajando, en este lugar.

—Me parece maravilloso, Trey. En serio, es genial.

—Solo quería que lo vieras.

Me conmoví al ver cómo apartaba la mirada con timidez y el rubor de sus mejillas. Lo abracé por la cintura y nos quedamos allí un rato, contemplando la bahía de Malpeque.

—Háblame de tu madre —le pedí en un susurro.

Se tomó unos instantes.

—La otra noche dijiste que tus recuerdos sobre tu madre son como postales. También lo son para mí. No... no la conocía. —Hizo una pausa e inspiró—. Sólo sé las cosas que Nadie y mi abuelo me han contado sobre ella. Le gustaba la música, el arte y solía trabajar como guía turístico para los visitantes que venían a la isla. Era muy buena en ese trabajo, conocía toda la historia, las costumbres y hasta las leyendas más antiguas y a la gente le gustaba escucharla. Aquí todo el mundo la quería y su muerte fue una conmoción. Era muy guapa. Se llamaba Sokanon, que significa «lluvia».

—¿Lluvia?

Se dio la vuelta y enmarcó mi rostro con sus manos.

—Mi abuelo me contó que en la isla hubo un largo periodo de sequía y que la gente estaba muy preocupada. La noche que nació mi madre comenzó a llover y no paró durante dos semanas. Por eso eligieron Sokanon para ella.

—¿Todos sus nombres tienen un significado?

—La mayoría.

—¿Qué significa Nadie?

—«Mujer sabia.»

Se me escapó una risita. Le pegaba.

—¿Y Matunaagd?

—«El que lucha.»

—Vaya, suena imponente. —Ladeé la cabeza para mirarle y me mordí el labio con un mohín coqueto—. ¿Tú también tienes un nombre *mi'kmaq*?

Os juro que se puso rojo como un tomate.

—Mi madre me puso Nootau.

—¿Y qué significa? —Me sostuvo la mirada, vacilante. Vi la batalla que se libraba en su interior—. ¿Por qué te da vergüenza decírmelo?

—No me da vergüenza —masculló.

—Sí, puedo verlo —reí, divertida por la situación.

Soltó un suspiro de derrota.

—Significa «fuego».

Me quedé en silencio, sin apartar la vista de él. Apreté los labios para contener una sonrisa tonta que mi boca se empeñaba en dibujar. Imposible.

—Dios, sabía que ibas a reírte —resopló.

—No me estoy riendo. Bueno, sí. Lo que quiero decir es que no me estoy burlando. —Puso los ojos en blanco. Echó a andar de vuelta al coche y yo lo detuve, sujetando su brazo. Se dio la vuelta para mirarme con apatía—. Creo que es perfecto para ti, te define muy bien. —Frunció el ceño, sin entenderme. Así que fui más explícita. Le rodeé la cintura por debajo de la camiseta y guie mis manos hasta su trasero, pegándolo a mí. Me puse de puntillas y le mordí la boca con deseo. Se relamió mientras me miraba y a mí se me dispararon las pulsaciones—. Sí, estoy convencida de que te define muy bien.

Esta vez lo pilló al vuelo. Esbozó una sonrisa maliciosa y me sujetó por las caderas.

—Intento ser bueno contigo. Dulce, educado y todas esas cosas, pero es que me lo pones muy difícil...

Fruncí el ceño, pese a que una de sus manos había encontrado un hueco entre mi piel y mis pantalones y tanteaba el borde de mi ropa interior.

—Para que esto funcione, tienes que ser tú mismo.

Presionó sus labios contra los míos con fuerza, mordiéndome, lamiéndome y abandonándose por completo.

—Vale —dijo con un jadeo—. Cuando eres así, lo único que quiero es follarte y que te mueras por mí. Mirarte a la cara mientras lo hago y morirme por ti.

¿Quién necesita poesía cuando el chico de tus sueños te susurra lascivo al oído? Fue el momento más erótico de toda mi vida y me encantó. Nunca me habían hablado de ese modo y me hizo sentir viva, poderosa.

—¿Hay mucho tráfico en esta carretera? —gemí.

Eso también lo pilló. Y unos minutos después nos moríamos juntos en el asiento trasero del coche.

A última hora de la tarde regresamos a Pequeño Príncipe y estábamos agotados. Nos detuvimos unos minutos en la tienda de comestibles y después fuimos directamente a la casa.

Sentía una extraña calma en mi interior, como si las escasas horas que me quedaban en la isla no fueran a acabarse nunca. El verano también se encaminaba a sus últimos latidos. Septiembre había comenzado y muy pronto el otoño pediría su lugar.

Nada más entrar en la casa, me dirigí al baño a tomar una ducha. Llevaba unos días de ensueño, aunque había momentos en los que pensaba en todas las cosas a las que tendría que enfrentarme a mi regreso a Montreal y me sentía muy insegura. No estaba preparada para algunos encuentros y nunca lo estaría. Pese a ello, ni siquiera ese miedo visceral que despertaba en mí iba a detenerme.

Hay una frase que me encanta porque, cuando pienso detenidamente en ella, siento esperanza y me llena de fuerza: «Todo acabará pasando». Bajo el agua me la repetía como un mantra.

Trey ocupó mi lugar en la ducha y yo me dirigí a la cocina a preparar la cena. Nuestra última comida juntos en aquella casa. Burritos de verduras.

Corté todos los ingredientes bien finitos y los puse en una sartén con un poco de aceite. Los rehogué mientras en el horno calentaba las tortitas. Los tuve listos en diez minutos.

Me las arreglé para improvisar un pícnic en el porche. Hacía una noche estupenda. Coloqué una manta en el suelo y unos cojines para estar más cómodos. Llevé afuera los platos y me serví una copa de vino.

Contemplé aquel paisaje casi virgen que continuaba abrumándome.

Trey apareció poco después. Llevaba el pelo húmedo y el olor a fresco y jabón flotó hasta mi nariz, provocándome un cosquilleo en el estómago. Sonrió y se sentó frente a mí, cruzando sus largas piernas. Las velas que había encendido hicieron que sus ojos brillaran y proyectaron luces y sombras en su rostro.

Mientras cenábamos, me contó más cosas de los *mi'kmaq*, incluso un par de leyendas sobre sus dioses, que guardé en ese rinconcito que mi cerebro había creado donde atesorar ideas para futuras historias. No podía evitarlo, lo hacía sin pensar. Mi inspiración despertaba con cualquier detalle: una frase, una canción, una imagen... y toda la maquinaria se ponía en marcha. Y como destellos comenzaban a aparecer las piezas del enorme puzle que era una novela: personajes, escenas, diálogos...

Sigo sin encontrar el modo de explicarlo. Cómo nace. Cómo se desarrolla. Cómo crece, se teje y se mezcla. Solo ocurre.

Después, mientras terminábamos la botella de vino, planeamos el día siguiente.

El día de las despedidas.

El día que regresaríamos al mundo real.

—Ahora sí puedes contarme cómo encontró mi hermana esta casa.

Alzó la vista y me sonrió.

—Nunca les dije la verdad sobre mi madre.

—¿Te refieres a mis hermanos?

—Ni a ellos ni a Scott. El día siguiente a la fiesta, después de que Hoyt te llevara al aeropuerto, los cuatro quedamos a comer para despedirnos. Supongo que notaron que me pasaba algo, y ya sabes cómo son. No dejaron de presionarme hasta que lo solté.

—¿Qué te dijeron?

—Nada. No dijeron nada, solo hicieron las maletas, compraron los billetes de avión y me llevaron a rastras hasta Lennox para asistir al funeral. Ni un reproche ni un gesto de enfado, nada.

Se quedó mirando la copa; sin embargo, yo sabía que no era eso lo que veía. Sus labios se curvaron con una leve sonrisa mientras se perdía en algún recuerdo. Pensaba en ellos.

—Te importan mucho, ¿verdad?

—Son lo más parecido a una familia que he tenido. —Sus ojos se clavaron en los míos, alargó la mano y me acarició la mejilla con los nudillos—. Nos quedamos unos días en la isla y, en una salida a Charlottetown, Hayley vio el anuncio de esta casa en una inmobiliaria. Fue amor a primera vista. Ese mismo día nos hizo coger el ferry y venir hasta aquí.

—Típico de Hayley. A veces me cuesta entender cómo alguien tan metódico y racional puede de repente dejarse llevar por esos impulsos. —Me encogí de hombros—. Siempre he querido ser un poco como ella, tan segura de sí misma, tan resuelta.

—Tú también eres todo eso, solo que a tu manera.

Bebí un sorbo de vino y esbocé una sonrisa temblorosa. Deseé verme como él me veía.

—¿Qué pasó una vez que visitó la casa?

—¿Nunca te lo ha contado?

—No.

—Ya, presumo que por mí. —Acunó su copa entre las manos—. No hay mucho que contar. Scott acabó comprando la casa y lo mantuvo en secreto hasta que la arregló y amuebló, usándonos a Hoyt y a mí como mano de obra gratuita. Nos esclavizó. —Reí con él—. La convirtió en el regalo de compromiso perfecto. Siempre ha sido el más romántico de los cuatro.

Nos quedamos allí tumbados, mirando al cielo. Abundantes estrellas lo decoraban, rodeando una luna que refulgía preciosa. Trey me atrajo hacia su pecho y me abrazó en silencio un largo rato.

—¿Y ahora qué? —susurré.

—¿A qué te refieres?

—A ti y a mí, a Montreal, a nosotros después.

Se movió de modo que acabé tumbada de espaldas sobre la manta. Me miró desde arriba y me acarició el pelo.

—Pues había pensado en convertirnos en una de esas parejas ñoñas que siempre he odiado.

—¡Hablo en serio!

—¡Y yo! Llamarnos a todas horas, ir al cine a meternos mano, besarnos de madrugada en una calle desierta mientras te acompaño a casa tras una cita. Quedarme a dormir. Hacerte el desayuno.

—Me gusta como piensas.

—¿Ah, sí? Pues se me ocurren más cosas. Hacerte el amor... Todas las noches. A todas horas. —Se inclinó y me besó en la comisura de los labios—. Ser el único que te bese aquí. —Sus dedos serpentearon hasta mi estómago—. También aquí. —Su mano se coló entre mis piernas—. Y aquí. Sobre todo aquí.

Contuve el aliento. Yo también quería que fuésemos una de esas parejas ñoñas. Que me besara en todos esos lugares. Que se adueñara de otros. Lo había imaginado tantas veces que casi había desgastado ese sueño. Volví la cabeza y alcancé su cuello. Le besé la piel y la probé con la punta de la lengua. Gimió bajito cuando mi mano atrevida alcanzó sus pantalones.

De repente, se levantó tirando de mí hacia arriba. Atrapó mis labios y me besó con anhelo mientras me conducía a trompicones dentro de la casa. Cerró la puerta con el pie, sin dejar de besarme. Me colgué de su cuello, impulsiva y más despierta que nunca, solo por él. Subimos un escalón, luego otro y logramos coronar la escalera. Alcanzamos el pasillo con los ojos cerrados, chocamos contra la pared y a tientas encontramos la puerta de su dormitorio.

Sus manos comenzaron a desvestirme y las mías encontraron la hebilla de su cinturón. Toda nuestra ropa acabó en el suelo, y durante unos instantes nos contemplamos en silencio. Me recreé en su mirada turbia, oscura de deseo. Mis dedos buscaron su piel y la recorrieron por todas partes, cada línea, cada curva de su hermoso cuerpo desnudo. El mío palpitaba dolorido y me estremecí.

Sonreí traviesa, dueña de mi control y el suyo. Tiré de él hacia la cama y se dejó caer con los brazos apoyados en el colchón. Lo necesitaba tanto que sentí una mezcla de intenso dolor y un profundo amor. Se sentó y me atrajo hacia su pecho, abrazándome por la cintura.

Me aferré a su cuello mientras nos uníamos.

Mientras nuestras miradas se enredaban.

Mientras me movía con los músculos en tensión, acogiéndolo en mi interior.

Mientras le hacía el amor con lentitud, buscando su boca, bebiéndome sus gemidos, perdiéndome en las sensaciones.

—Me pasaría la vida así. Estoy loco por ti —me susurró.

—Y yo por ti.

—No sé qué es esto que hay entre tú y yo, pero no quiero que acabe.

Lo miré a los ojos. Mi accidente afortunado.

—Entre tú y yo solo estamos nosotros, y no tiene por qué acabar.

A veces, los recuerdos de la infancia quedan cubiertos u oscurecidos por las cosas que sucedieron después, como juguetes olvidados en el fondo del armario de un adulto, pero nunca se borran del todo.

NEIL GAIMAN,
El océano al final del camino

22
Una despedida es necesaria antes de que volvamos a vernos

Desperté con el amanecer. Trey dormía profundamente a mi lado. Uno de sus brazos se había convertido en mi almohada y con el otro me rodeaba la cintura. Podría acostumbrarme a despertar así todos los días.

Me quedé mirando su rostro, la paz que reflejaba, la leve sonrisa que sus labios insinuaban. No podía apartar los ojos de él. Escondí la nariz en su cuello e inspiré su olor. Me encantaba cómo mi estómago se agitaba, las burbujas que explotaban, las mariposas que revoloteaban. Ese pellizco. La agitación. Las sensaciones que mi cuerpo experimentaba sin que yo pudiera controlarlas. Saber que no iba a perderlas, que se quedarían conmigo porque él también lo haría, era lo único que lograba mantener a raya la tristeza de ese día.

Me apenaba marcharme de Pequeño Príncipe y, al mismo tiempo, me sentía feliz. Emociones que cambiaban tan rápido como luces intermitentes, hasta solaparse unas a otras.

El ser humano esconde un mundo interior tan inmenso y misterioso...

Se vive sintiendo, no hay otra forma. Una vez que aprendes esa realidad, que la interiorizas, ya nunca te abandona del todo. Y dejas de tener miedo, simplemente aceptas que habrá días y días. Momentos y momentos. Que si eres emocional e impulsiva, como yo lo soy, vivirás en un vaivén continuo. En ambos extremos a la vez, por imposible que parezca.

Besé suavemente la garganta de Trey y me levanté de la cama sin hacer ruido. Fui hasta la cocina y empecé a preparar el desayuno con lo que quedaba en la nevera. Unas tortitas que habían sobrado de la cena y unos huevos con los que hice una tortilla.

Desayuné sin prisa, sin apartar la mirada de la ventana. Apuré el café, ya frío, y me dirigí al baño. Abrí el grifo y el ruido del agua golpeando la porcelana se mezcló con el silencio. Me desnudé despacio y me metí bajo el chorro de agua. Un calor agradable se apoderó de mi cuerpo. Puse un poco de champú en la mano y comencé a lavarme el pelo. Con los ojos cerrados noté abrirse la mampara, un escalofrío me recorrió con la breve corriente de aire que me azotó. De nuevo calor.

Hizo que bajara las manos y me enjabonó el pelo con las suyas. Después me colocó bajo el agua y aclaró todos los restos de espuma. Me abrazó por detrás y me besó en el cuello, bajo la oreja. Sus dedos comenzaron a trazar círculos sobre mi piel suavemente y a deslizarse hacia mi pecho.

—Mi preciosa sirena —me susurró con voz ronca.

Su mano continuó bajando por el estómago hasta el vientre mientras sus labios me recorrían los hombros y la nuca con besos tiernos. Entre mis muslos creció un torbellino de deseo, que comenzó a girar cuando las yemas de sus dedos alcanzaron mi centro. Me acarició, dulce pero apasionado, con movimientos rítmicos que fueron cobrando intensidad al ritmo de mi respiración.

Apreté los párpados con fuerza y me abandoné al placer. Dejé que me diera la vuelta. Abrí los ojos y allí estaba él. Deseo en estado puro. Feroz.

Su calor me envolvió.

Fuego.

«Nootau», pensé con una sonrisa.

Hicimos el amor bajo el agua y al acabar permanecimos abrazados sin decir una palabra. Frágiles e invencibles. Acariciándonos el corazón.

Preparamos las maletas y las llevamos al coche. Después limpiamos todas las habitaciones, cerramos el gas y desconectamos los fusibles. La casa quedó en silencio, fría y pulcra, como si nadie la hubiera habitado.

Trey cerró la puerta con llave y yo sentí una punzada en el pecho con el último clic.

Cogidos de la mano nos dirigimos a la playa. Recorrimos la costa en dirección a la casa de Adele. Nunca me han gustado las despedidas y aquella iba a resultarme muy triste. Desde pequeña había admirado a la actriz, ahora adoraba a la persona, a la mujer.

La casa azul se levantaba sobre el acantilado como un pequeño faro. Ascendimos por el sendero y alcanzamos la cima en pocos minutos. Sid nos vio desde lejos y alzó la mano para saludarnos.

—Vaya, qué sorpresa.

—Hemos venido a despedirnos.

—Qué pena oír eso.

Adele salió de la casa y sonrió al vernos. Se limpió las manos en un trapo mientras avanzaba hacia nosotros y luego me dio un abrazo muy fuerte.

—Estás preciosa.

—Supongo que será por el sol. He cogido un poco de color.

—Es esta isla, funciona como un elixir mágico con las personas.

Tenía razón. Me examinó detenidamente y después le lanzó una mirada fugaz a Trey. Sonrió como si supiera algún secreto.

—Nos marchamos —dije sin poder ocultar la tristeza que esa idea me causaba.

—¡Oh, querida! Lo dices como si estuvieses a punto de decirnos adiós para siempre. Vamos, puedes considerar esta tu casa, y espero que vengas a visitarnos tantas veces como quieras. Siempre serás bienvenida.

Me emocioné, no pude evitarlo. La abracé con fuerza, sin avisar, algo que a ella la pilló desprevenida. Dio un traspié y ambas nos echamos a reír con lágrimas en los ojos. Por un motivo que desconocía, yo también significaba algo importante para ella.

—Ven, quiero darte una cosa.

Me guio hasta su taller y abrió uno de los cajones de un mueble blanco. Sacó una cajita de cartón, cerrada con un lazo de color lavanda. Me la entregó con los brazos extendidos.

—Ábrela cuando te hayas marchado.

—¿Qué es?

—Una sorpresa.

Miré la caja y asentí con una sonrisa temblorosa.

—Yo también tengo algo para ti. —Metí la mano en el bolsillo de mis pantalones y saqué el cristal de color rojo que había encontrado nada más llegar a la isla—. Quiero que lo tengas.

—Harper, es tuyo. No puedo aceptarlo. Si supieras los raros que son...

—Lo sé, y por eso debes quedártelo tú. Estoy segura de que lo transformarás en una pieza preciosa.

Me miró a los ojos y después contempló la lágrima carmesí que reposaba en la palma de mi mano. La cogió y la apretó con fuerza en un puño.

—Gracias.

—Adele, voy a echarte de menos. Tú... tú me has ayudado mucho más de lo que imaginas. Hablar contigo. Tu cariño...

—Has tomado tu decisión, ¿verdad?

Asentí.

—Sí. No voy a regresar a mi antigua vida. No es para mí. Me había acostumbrado a vivir en ella sin sentirla mía y, quizá por costumbre o aceptación, siempre había creído que me iba bien. A ver, no me arrepiento de haber estudiado Literatura, ni tampoco de los dos años de prácticas que he hecho en la editorial. He tenido oportunidades maravillosas que me han enseñado mucho. Es solo que... estos días aquí me han hecho abrir los ojos y darme cuenta de que quiero algo más. Más libertad, más felicidad. Más... vida. ¿Lo comprendes?

—Por supuesto que sí. Me sentí del mismo modo hace muchos años. —Me sonrió con esa calidez que me había conquistado desde el primer instante—. ¿Ya no es tan complicado?

Supe de inmediato que se refería a Trey y a mí.

—Ya no. De hecho, creo que es más fácil que nunca.

—Me alegro por los dos. Hacéis una pareja preciosa.

Me dejé envolver por sus brazos y cerré los ojos, respirando hondo, muy hondo. Sentirlo todo tanto era devastador y hermoso al mismo tiempo.

Sid nos llevó en coche hasta la casa. Se nos había hecho un poco tarde y el transbordador salía en menos de una hora.

—Hasta pronto —nos gritó desde la ventanilla mientras se alejaba.

Trey puso en marcha el cuatro por cuatro. Antes de subir al coche de alquiler, no pude evitar tomarme un minuto y volver a contemplar aquel lugar.

Inspiré hondo. Olía a sol, a mar, a sal. El cielo y el océano se fundían en el horizonte. Las aves volaban de un lado a otro, graznando sin cesar, y se zambullían en el agua remontando a continuación el vuelo con algún pez en el pico. El sonido de las olas rompiendo contra la orilla acallaba cualquier otro ruido. Memoricé esa imagen, los detalles, para recrearlos en mi imaginación hasta desgastarlos.

Pasamos por el bar a despedirnos de Ridge. Amable como siempre, nos puso un montón de comida para el viaje en una bolsa y nos invitó a regresar cuando quisiéramos. Nos acompañó hasta el puerto; y su imagen haciéndose pequeña mientras nos alejábamos mar adentro fue la última que guardé de aquella isla que me había cambiado la vida.

Dos horas más tarde llegamos al puerto de Souris. Trey maniobró desde la bodega y el coche descendió por la rampa muy despacio. Yo lo seguí con el pequeño utilitario y lo dejé aparcado junto al puerto. Un empleado de la agencia lo recogería allí tras pagar un suplemento.

Me uní a Trey. Teníamos por delante un largo viaje hasta Montreal. Más de mil kilómetros. Toda una aventura.

—¿Lista?

—Lista.

Me miró. Lo miré. El motor rugió cuando pisó el acelerador y nos pusimos en marcha. Las horas fueron transcurriendo entre música y conversaciones, besos y miradas.

Me contó algunas cosas, como los líos en los que se había metido con Hoyt años atrás, cuando eran un par de descerebrados que actuaban antes de pensar. Palabras suyas. Me entró la risa, porque cada situación era más ridícula que la anterior.

Nos detuvimos un par de veces. Una para repostar gasolina y la otra para picar algo en un Tim Hortons. Encogida en el asiento, miré por la ventanilla cómo los últimos vestigios de luz desaparecían en el cielo. La cúpula celeste se cubrió con un manto negro salpicado de puntitos plateados. Eché un vistazo a las brillantes luces del salpicadero. Marcaban las diez y media.

—¿Dónde estamos? —pregunté mientras disimulaba un bostezo.

—Llegando a Edmundston. Pararemos en el próximo hotel y descansaremos un poco.

Estiré los brazos y después me froté los muslos.

—Me parece bien. Tengo los músculos demasiado tensos.

Me miró de reojo y sonrió.

—Igual puedo hacer algo con eso.

Meneé la cabeza, ocultando la sonrisa que asomaba a mi cara. Trey era como una buena canción en un mal día, pintaba de colores el negro.

Minutos después vimos una señal que anunciaba uno en la siguiente salida, la 26. Nos desviamos y aparcamos frente a la entrada de un pintoresco hotel de paredes azules y una curiosa arquitectura llamado Days Inn. Bajamos del cuatro por cuatro y estiramos las piernas. Después cogimos el equipaje del maletero y entramos en el vestíbulo.

Enseguida nos atendió una chica de gesto amable, que nos dio una habitación en la segunda planta.

Fui la primera en usar la ducha y me quedé un rato bajo el agua caliente. Me pasé la cuchilla por las piernas para deshacerme del vello que empezaba a crecer y al salir me embadurné de loción corporal antes de ponerme un pantalón corto de algodón y una camiseta.

Encontré a Trey tumbado en la cama, haciendo un barrido por los canales de televisión con el mando. Me miró embobado, repasándome de arriba abajo. Silbó.

—Tú quieres matarme.

Le lancé la toalla con la que me estaba secando el pelo. La atrapó y se echó a reír al tiempo que se levantaba. Al pasar por mi lado me dio un beso en los labios y un azote en el culo. Me dieron ganas de morderle ese hoyuelo que aparecía junto a su boca.

La cama crujió cuando me senté en ella. Abrí mi bolso y saqué la cajita que Adele me había regalado al despedirnos. Le quité el lazo con cuidado de no romperlo y levanté la tapa muy despacio. Dentro había un sobre rojo y un colgante.

Tomé la cadena y la alcé. De ella pendía un cristal de mar azul cobalto envuelto en hilo de plata. Junto a él colgaban varios dijes: un caballito de mar, una estrella y una sirena que en sus manos sostenía otro cristal.

Noté un nudo en la garganta y cómo mis ojos se humedecían. Dejé el colgante a un lado y me fijé en el sobre. Lo abrí y saqué un par de fotografías. La primera era idéntica a la que había visto colgada de la pared de su taller. Se la veía a ella posando con un premio, hermosa y sonriente. Le di la vuelta y vi que estaba firmada.

Gracias por darle sentido a tantos años de trabajo. La admiración es mutua, mi pequeña sirena.

Adele Sauvage

Tomé la segunda fotografía y me cubrí la boca con la mano. No sabía cómo ni cuándo, pero en aquella imagen estábamos todos: Adele, Sid, Trey, Rigde, incluso Peter y la cascarrabias de Emma.

Y yo.

Apenas me reconocí en aquel rostro tan feliz. Alguien debió de tomarla durante aquella comida tras la tormenta. Me emocioné al contemplarla. Le di la vuelta y allí había otra frase manuscrita.

Una despedida es necesaria antes de que volvamos a vernos, por ello no cabe la tristeza cuando decimos adiós.

Porque tenemos tantos hogares como personas amamos, esta siempre será tu casa. Vuelve pronto, querida.

Trey se sentó a mi lado en la cama. Ladeé la cabeza para mirarlo y me fijé en las gotitas de agua que le resbalaban por el pelo.

—Lo pasamos bien ese día.

—Sí —respondí mirando de nuevo la foto—. ¿Recuerdas quién la hizo?

Se quedó pensando un momento.

—Creo que fue esa chica, la hermana de Ridge. ¿Cómo se llama?

—Carlie.

—Sí, ella. La vi haciendo fotos con su móvil.

—Voy a echarles de menos, a todos.

Respiré hondo y volví a guardarla en el sobre.

—Sabes que podemos volver cuando nos dé la jodida gana, ¿verdad? Incluso dar la vuelta ahora mismo si es lo que quieres. Lo haré si me lo pides.

Tragué saliva y alcé la barbilla, mirándolo. Me perdí en sus ojos. Me parecía tan guapo que me quedaba sin respiración. «Amor», la palabra me bailaba en la punta de la lengua, convencida de que era lo que sentía por él. Le di un beso suave y se me escurrió entre los labios un «Te quiero» que no llegó a oír. Aún no me atrevía a ponerle sonido.

—¿Te importa? —susurré, dándole el colgante.

Asintió y yo me volví mientras me apartaba el pelo del cuello para que pudiera ponérmelo. Me lo colocó sobre el pecho y después lo cerró. Entonces, apretó su boca contra mi nuca durante unos segundos.

Nos metimos en la cama. Trey apagó el televisor y la lámpara de la mesita y toda la habitación se sumió en la oscuridad. Me acurruqué junto a su cuerpo. Se movió para abrazarme, de modo que acabe con la cabeza reposando en su pecho. Enredamos las piernas. Estaba tan cansada que se me cerraban los ojos, pero me negaba a dormirme porque me gustaba sentir la tibieza del cobijo que eran sus brazos.

—¿Qué harás cuando vuelvas? —me preguntó mientras deslizaba los dedos entre mi pelo, una y otra vez. Era tan placentero que mis párpados sucumbieron.

—No lo sé. Son tantas cosas las que tendré que hacer, que no sé por dónde empezar. —Medité sobre ello—. Supongo que lo primero será ver al abogado de mi abuela para que me ayude con el papeleo. Y también tendré que ir a Toronto: dejar el apartamento, recoger mis cosas... Debo hablar con mis profesores. Suspender las prácticas en la editorial. ¡Dios mío, antes tengo que acabar el trabajo pendiente! Al menos debería entregar esos manuscritos corregidos.

—No te preocupes, lo harás. Solo necesitas organizarte un poco.

—Dicho así parece muy sencillo —repliqué con sarcasmo.

El pecho de Trey se movió con una risa silenciosa.

—Se supone que ya no perteneces a ese grupo de gente que vive sin vivir. Con el piloto automático veinticuatro horas al día. Sometidos al teléfono, a los correos electrónicos, al trabajo... Sin detenerte a respirar o a sentir de verdad. Ahora eres dueña de tu propio tiempo, de tu vida, y eso es genial.

Ladeé la cabeza y besé la piel de su torso.

—Tienes razón.

—Siempre tengo razón. Siempre.

—¿Sabes? No es bueno que te menosprecies tanto. Deberías tener más confianza en ti mismo —dije como si nada.

—Es cierto, debería. Soy prácticamente perfecto. Mira este cuerpo y esta cara. Estoy buenísimo. Y soy muy listo.

—Eso también es verdad, eres muy listo —repliqué con énfasis. Una risa mal disimulada escapó de mi garganta—. Se te da bien todo. Siempre aciertas, eres guapo, altruista y un poco malote...

—¿Malote?

—Sí, ya sabes. Uno de esos chicos que van de duros y perdonavidas por el mundo, pero que en el fondo son dulces como el helado de chocolate.

—No tengo claro si eso es un cumplido.

—Es un cumplido —afirmé sin vacilar, y añadí en voz baja y atrevida—: Los malotes son muy sexis.

Deslizó las puntas de los dedos por mi costado hasta la curva de la cintura y comenzó a dibujar en la cadera lo que me pareció el símbolo del infinito.

—Soy sexy. Dulce como el helado de chocolate. Y follo como un dios.

—¡Sí! —exclamé—. Así que deja de subestimarte. El mundo está muy agradecido de que existas.

Nos quedamos en silencio y empezaron a dolerme las mejillas de tanto sonreír.

—¡Joder, debo de parecerte un creído de la hostia!

—No, me pareces un malhablado de la hostia. —Se echó a reír con ganas y se dio la vuelta hasta colocarse sobre mí. Apenas podía distinguir sus rasgos en la oscuridad—. Solo estás seguro de ti mismo, y eso me gusta.

—¿Y qué más te gusta de mí?

—Que cuando estoy contigo todo está bien. Haces que sienta que soy capaz de cualquier cosa.

—¿Y qué más?

—Me gusta cómo me miras.

—¿Como si fueras una gota de agua en el desierto y yo tuviera mucha, mucha sed?

Me gustó la comparación e hizo que me sonrojara. Alcé la mano y le acaricié la mejilla, después los labios.

—Sí. Y me gusta cómo me besas.

Se inclinó hasta posar sus labios sobre los míos. Los lamió muy despacio.

—Me alegro, porque te besaría cada día, cada hora, cada minuto... cada segundo.

—Y me encanta estar en la cama contigo, hablando. O sin hablar.

—Cuéntame más sobre eso.

Inspiré hondo y deslicé las manos por su espalda. Me estaba excitando tanto como él y no pude evitar arquearme para estar más cerca.

—Me encanta mirarte. Tocarte. Sentirte.

El teléfono de Trey emitió un zumbido sobre la mesita y la pantalla iluminó nuestros rostros. Le echó un vistazo y a continuación lo ignoró, centrándose en mí. Bajó la cabeza hasta besarme en el cuello, en el punto donde el pulso latía con más fuerza. El teléfono volvió a vibrar. Y otra vez.

—Puede que sea importante —dije en un susurro.

—Es tu hermano —murmuró contra mi piel—. Hace días que me escribe y yo intento darle largas.

—¿Por qué?

—Porque no quiero mentirle y tampoco decirle que estoy contigo. —Hizo una pausa para darme un mordisquito, y yo tragué saliva, nerviosa, sin entender qué quería decir—. No sin estar seguro.

—¿Seguro de qué?

Contuve el aliento.

—De ti... De nosotros.

—¿De mí?

—No puedo decirle que he perdido la cabeza por su hermana y que me importa una mierda si le parece bien o no, si no estoy seguro de que esto es real para ti.

—Es real.

—¿Cómo lo sabes? Estos días podrían haber estado solo en tu imaginación. Quizá todo esto, lo que sientes por mí, sea algo que has idealizado. Un bonito sueño. Quizá, cuando vuelvas a la rutina, al día a día... ya no...

Lo silencié con un beso al tiempo que con mis piernas le rodeaba las caderas. Un beso lento en el que volqué todos mis sentimientos. Los que llenaban mi corazón y estremecían mi piel. Lo abracé para llevarlo conmigo y acabé sobre él. Con mi frente en la suya tomé su aliento y lo tomé a él. No podía verle la cara, pero mantuve los ojos abiertos sin dejar de moverme. Más fuerte. Más profundo. Porque no sabía qué palabras usar para calmar su incertidumbre sobre si aquello era real.

A veces las palabras no sirven y debemos buscar otro lenguaje para expresarnos. Yo necesitaba que escuchara que aquello que había entre nosotros era para siempre. Y le hablé con los labios, con la piel, con las manos, con sonidos que nacían más abajo de las cuerdas vocales. Le grité con el cuerpo que ya no imaginaba otro día sin él y volví a besarlo llena de tensión, saboreándolo, mientras él susurraba «Yo también».

Lo abracé, incapaz de moverme, y el silencio nos envolvió. Acerqué la boca a su oreja y canté flojito:

Oh, yeah, trying not to love you
Only makes me love you more

Sin pretenderlo, la había convertido en nuestra canción. Me estrechó muy fuerte, aún dentro de mí, y vi toda una historia repleta de capítulos con nosotros de protagonistas. De escenas ideales. De intensos diálogos. Con un final perfecto y un epílogo sin acabar para sumarle días y días. La eternidad.

Lo que no vi fue el giro que lo sacude todo. En cada historia siempre hay uno, o más de uno, como las réplicas de un terremoto que hacen temblar hasta los cimientos del edificio más sólido, poniéndolo a prueba. Giros impredecibles, incontrolables, destructivos como los desastres naturales; y nosotros éramos una zona de alto riesgo.

Ella era una criatura romántica y sentimental, con tendencia a la soledad, de pocas amigas, capaz de emocionarse hasta las lágrimas cuando florecían las rosas en el jardín.

ISABEL ALLENDE,
La casa de los espíritus

23
Esa persona que hace que vuelvas a tener ganas de todo

Eran más de las once de la mañana cuando por fin entré en casa. Dejé la maleta en el suelo y miré aquellas paredes con nuevos ojos. Ahora era mi hogar. Abrí las ventanas para que entrara un poco de aire y coloqué un vinilo de James Bay en el viejo tocadiscos. La música llenó el espacio.

Mientras ponía una lavadora con la ropa sucia y guardaba la limpia en el armario, advertí que ya no quedaba a la vista ninguna pertenencia de Frances, salvo su taza favorita en el escurreplatos y un chal colgando del perchero de la entrada.

Durante unos instantes sentí el tiempo retroceder, como si de un vídeo se tratara o las mismísimas arenas del tiempo estuvieran manipulando la física. Vi a Frances y a mi abuela moviéndose entre aquellas paredes, felices, riendo, abrazadas en el sofá mientras yo coloreaba arrodillada en el suelo. Decenas y decenas de gestos y recuerdos que habían quedado en mi memoria cobraron vida. Mi tiempo allí había sido el más feliz. Una mezcla de placidez y tristeza me azotó al pensar que por fin había vuelto a casa.

¿Puede una persona echarse de menos a sí misma? Sí. Yo lo hacía.

Inspiré hondo y me centré en el presente, el ahora. Se habían acabado los pensamientos circulares que solo conducían a la línea de salida. Y, por ese mismo motivo, busqué una cajita de metal en la que mi abuela solía recoger botones. La vacié y dentro guardé el libro que mi madre me había regalado siendo niña. Debía verlo como lo que era en realidad, un recuerdo especial, una posesión. No podía seguir huyendo a su interior cada vez que tuviese un problema o me sintiese sola. Anclada a un objeto que se había convertido en una terapia negativa para mí.

Se acabó guardarlo bajo la almohada.

Trey tenía razón, no necesitaba parecerme a otra persona, y menos a un personaje, solo tenía que ser yo misma.

En la caja también guardé la carta de mi abuela. Hice un hueco para ella en el cajón y lo cerré sintiéndome ligera.

Después puse mi ordenador a cargar y aproveché ese tiempo para hacer unas llamadas. Logré hablar unos segundos con Hayley, que se encontraba en algún punto de Nueva Caledonia. Hoyt contestó al primer tono.

—¡Calabacita!

—¡Hola, hermanito!

—¿Dónde demonios has estado?

—Necesitaba un tiempo para aclararme. No te preocupes, pienso contártelo todo.

—Eso espero. Y bien, ¿has encontrado lo que buscabas?

—Sí. Por... por eso te llamo. Verás, voy a quedarme aquí, en Montreal, para siempre.

Hoyt se quedó callado un instante. De fondo se oía el murmullo de unas voces.

—Me alegra oír eso, Harper. Me gusta la idea de tenerte cerca.

Sonreí y tragué saliva.

—La próxima semana iré a Toronto, solo para recoger mis cosas y devolver la llave del apartamento. Hablar con mi tutor, mi supervisor en la editorial...

—¿Necesitas que te eche una mano?

—No, puedo hacerlo sola.

—Vale.

—Disculpe, señor, pero debe apagar el teléfono, vamos a despegar —dijo una mujer.

—¿Estás en un avión? —pregunté.

—Papá quiere que haga una visita sorpresa a nuestra sucursal en Nueva York. Estaré de vuelta en unos días. ¿Quedamos para cenar y me lo cuentas todo?

—Claro, llámame cuando regreses. Hay una cosa que necesito decirte en persona.

—¿Qué cosa? —inquirió alerta.

—Nada malo, tranquilo.

—Señor, debe apagar el teléfono.

—Será mejor que le hagas caso o te echarán del avión.

—Vale. Te veo pronto, Calabaza. Te quiero.

—Te quiero.

Colgué el teléfono y me lo quedé mirando con un pellizco en el corazón. Vivir cerca de mis hermanos iba a estar bien. Muy bien. Tecleé el número de Frances y mi llamada fue directa a su buzón de voz.

—Hola, Frances. Espero que tu hermana se encuentre mucho mejor. Llámame cuando puedas, necesito contarte algunas cosas. Voy... voy a quedarme con la casa y la librería. Estoy aterrada... y nerviosa, pero algo me dice que estoy haciendo lo que de verdad necesito. Bueno, solo quería que supieras que ya he vuelto y... hablar contigo... Te quiero, Frances. Cuídate, por favor.

Un apetecible olor a especias penetró a través de la ventana y mi estómago protestó sin ningún disimulo. Miré el reloj, las agujas marcaban la una y media. En casa no había nada para comer, así que recogí el ordenador y el bolso y salí a la calle.

Mientras caminaba escuchando música a través de los auriculares conectados a mi teléfono, planifiqué por orden de prioridades una lista de tareas. Debía corregir los manuscritos que tenía pendientes, comprar los pasajes y viajar cuanto antes a Toronto, solucionar todo el papeleo relacionado con la herencia...

Entré en una bocatería y pedí un sándwich vegetal con salsa de yogur. Después me encaminé a la librería. Inspiré hondo, el aire de finales de verano soplaba suave, calentándome la piel. Sonreí con ganas porque, de algún modo, mientras mis pasos me llevaban, noté que me desentumecía, que me sentía yo misma.

Empezó a sonar *Someday* de We are harlot. Me encantaba esa canción y la tarareé a media voz, caminando sin prisa.

Me detuve frente al portal de la librería. No sé cuánto tiempo estuve allí inmóvil, observando mi reflejo en el cristal del escaparate. Saqué la llave del bolso y abrí la puerta con el corazón golpeándome con fuerza en el pecho.

Di un paso al frente, y después otro. Mi mirada vagó por todo el espacio sin detenerse en nada concreto y, al mismo tiempo, absorbiendo todos los detalles que ya conocía de memoria. Sentí que aquel lugar me abrazaba con fuerza, lleno de cariño, dándome la bienvenida. Me moví, palpando las estanterías, el mostrador, esa antigualla que era la caja registradora, los libros que se apilaban en las mesas y mi piel se estremeció notando la magia que encerraban. Mi sangre burbujeó, susurrándome lo que yo ya sabía: aquel era mi mundo.

Era como un santuario para mí, rodeado de calma y quietud. Despejé una mesa y saqué mi portátil, la comida y me senté, deleitándome en el silencio, el olor a libro nuevo y a ambientador de limón.

Unos golpecitos en el cristal me sobresaltaron. Levanté la vista de la pantalla del ordenador y vi a Trey saludándome desde la calle. Me percaté de que casi había anochecido, por lo que debía de llevar allí sentada al menos seis horas.

Abrí la puerta y me hice a un lado para dejarle entrar. Apenas hubo cruzado el umbral, me alzó con sus brazos y estampó su boca contra la mía. Lo miré a los ojos, dejando apenas unos centímetros entre mis labios y los suyos, respirándolo. Me sentí feliz y nerviosa a la vez. Estar allí con él hacía nuestra relación tan real que me sobrecogía.

—¿Qué problema tienes con el teléfono? —me preguntó.

—¿Me has estado llamando?

—Desde hace un par de horas, quería invitarte a cenar.

—Lo siento, suelo silenciarlo cuando trabajo.

Me dio otro beso y me dejó en el suelo. Me moví con torpeza, preguntándome si en algún momento lograría que la presencia de Trey no me hiciera sentir como un trozo de gelatina. Miró a su alrededor y después clavó sus ojos en mí, sonriente.

—Me gusta este sitio.

—Tendré que hacerle algunos cambios y mejoras que lo actualicen un poco. Y necesito crear un rincón para escribir durante las horas que pase aquí.

—Puedo echarte una mano con eso. —Sonreí, notando calor en las mejillas. Se acercó a mí y me colocó las manos en el trasero, clavándome los dedos—. O las dos.

—Me encanta que seas tan romántico.

Se ruborizó. Era adorable cuando se azoraba de ese modo, y solo le había visto hacerlo conmigo.

—No he tenido ninguna relación... seria... con nadie. Creo que no sé muy bien cómo hacerlo. Ya sabes, ser romántico y decir cosas bonitas que suenen a poemas. Pero puedo aprender.

Lo miré a los ojos. Para no saber, lo hacía muy bien. Eso había sido precioso.

—El romanticismo está sobrevalorado, que te empotren contra una pared también tiene su encanto.

Le brillaron los ojos, bonitos y traviesos. Una sonrisa ladeada apareció en su cara. En un visto y no visto, me encontré de espaldas contra la pared. Su cuerpo presionando el mío. Sus manos alzándome del suelo. Sus caderas encajando entre mis piernas. Su mirada entrelazada con la mía.

—Esto se me da mucho mejor.

Se me escapó una carcajada, no pude evitarlo, con la que sentí luz y felicidad. El pecho repleto de una sensación cálida y única. Distinta. Otro modo de vivir algo que creía que ya conocía. Porque pensaba que conocía el deseo, el placer, el amor... Pero no era así, no hasta que él me mostró cómo podía ser en realidad. La necesidad de darlo todo, sentir cómo la otra persona quiere satisfacerte más que a sí misma.

Me besó y supe con absoluta certeza que me pasaría la vida haciéndolo todo con él. Hablando, riendo, soñando, viajando, durmiendo, follando...

Se movió conmigo colgada de su cuello y avanzamos a trompicones hasta chocar con la mesa. Caímos sobre ella sin dejar de besarnos. De nuevo perdidos en otro de nuestros arrebatos. La pasión que me provocaba se desataba con la misma celeridad que la llama de una cerilla, sin miedo a nada.

Las campanillas sonaron de un modo tan estridente como no recordaba. Había olvidado cerrar con llave. Nos incorporamos de inmediato mientras recomponíamos nuestro aspecto.

—Disculpe, ¿está abierto?

Traté de sonreír a la mujer que nos miraba con los ojos de par en par, como si se hubiera dado cuenta de que no había entrado en el mejor momento. Apreté los labios para no reírme, presa de un gran sofoco.

—No, lo siento. Estamos... estamos haciendo algunos cambios. Pero abriremos la próxima semana.

—Gracias. Volveré entonces. —Dio media vuelta y se dirigió a la puerta. Se detuvo un segundo antes de salir—. Siento haberles interrumpido.

No supe qué contestar. Las campanillas volvieron a sonar

y nos quedamos solos. Trey empezó a reírse detrás de mí. Primero flojito, hasta que sus carcajadas, graves y masculinas, resonaron por toda la librería.

—¿Crees que volverá?

—Espero que sí —susurré.

—Es la hora de cenar. ¿Te apetece venir a casa?

Acepté sin dudar. Quería conocerle de todas las formas posibles, descubrirle un poco más cada vez, y no hay lugar más personal e íntimo que el espacio en el que uno vive. No deja de ser un reflejo de nosotros mismos con el poder de mostrarnos tal como somos.

Durante el trayecto hasta su casa le hice un pequeño resumen de cómo había transcurrido mi día. Había pasado casi todo el tiempo leyendo y corrigiendo los manuscritos que debía entregarle al editor. Y, sin darme cuenta, acabé hablándole de todas esas historias, de lo que me había gustado y de lo que no. De lo mal que me sentía cuando marcaba errores o sugería ciertos cambios, porque una parte de mí era demasiado insegura e insignificante como para decirle a un escritor si hacía bien su trabajo.

—No sé, pero yo juraría que una licenciatura en Literatura y Escritura Creativa, más dos años trabajando en una editorial (a lo que hay que sumarle que también eres escritora) te cualifica bastante para ese tipo de valoraciones.

Lo miré de reojo con una sonrisa en los labios. Él también me miró, con ese halo travieso que me encogía el estómago. Me rodeó los hombros con el brazo y me estrechó contra su cuerpo. En ese instante dejé de sentirme carbón para verme como un diamante. Ese efecto tenía él en mí.

—Hemos llegado —anunció, señalando un edificio de estilo victoriano, alto y estrecho, revestido de piedra.

Desde fuera era precioso, con techos empinados y una torre cónica en la esquina derecha que lo hacía parecer un castillo.

—Es muy bonito.

—Es una maravilla arquitectónica. Y uno de los edificios más antiguos del barrio, pero está muy bien conservado —comentó mientras subía los peldaños de piedra que llevaban hasta la entrada. Abrió la puerta y me invitó a pasar—: Adelante.

El interior poco tenía que ver con lo que me había imaginado. Lo habían reformado con un estilo moderno y apenas había paredes. El comedor, el salón y la cocina estaban unidos en una única estancia diáfana. Una escalera de madera ascendía hasta la segunda planta.

—Tu casa es preciosa, Trey.

—Gracias, aunque no es mía. Es de un amigo que ahora vive en Europa, yo solo se la cuido a cambio de un alquiler bastante razonable. —Se inclinó para darme un beso en los labios—. No hay mucho en la nevera, pero seguro que podemos preparar algo delicioso. ¿Me ayudas?

Asentí mientras me descolgaba el bolso y lo dejaba en el sofá. De pronto, me quedé inmóvil. Había un perro enorme en la parte superior de la escalera. Era gris con algunas manchas blancas, y tenía los ojos dorados fijos en mí. Debía de ser *Shila*. Tragué saliva. Era mucho más grande de lo que había pensado.

—Tranquila —dijo Trey a mi espalda—. Es muy noble y tranquilo. Ni siquiera bajará hasta que yo se lo diga. ¿Quieres conocerle?

—Sí, creo que sí.

—*Shila*, ven.

El perro bajó a toda prisa y saludó a Trey, alzándose sobre las patas traseras para intentar lamerle la cara. A continuación centró su atención en mí. Me olfateó sin prisa, dando una vuelta a mi alrededor, y acabó sentándose frente a mí sin dejar de mirarme con inusitada curiosidad. Emitió un pequeño gemido y me empujó la mano con el hocico.

—Está esperando a que lo acaricies.

Miré a Trey con los ojos muy abiertos.

—¿En serio?

—Sí, le encanta que le rasquen tras las orejas. Eres afortunada, normalmente ignora a todo el mundo.

—Seguro que se lo dices a todas. ¿Sueles llevártelo al parque para ligar? —repliqué con fingido desdén.

Él se humedeció los labios y dio un paso hacia mí con las manos en las caderas. Me regaló una sonrisa inmensa que hizo temblar mi corazón.

—En primer lugar, eres la única chica que le he presentado oficialmente. Y en segundo lugar, *Shila* no sabe disimular, muestra lo que siente.

Un poco nerviosa, me agaché hasta quedar a la altura del perro. Alargué la mano y la deslicé por su enorme cabeza. Tenía el pelo un poco áspero en la superficie y mucho más suave y lanoso debajo si hundías los dedos en él.

—Hola, *Shila*, soy Harper. Encantada de conocerte. Trey me ha hablado de ti y dice que eres un perro muy bueno.

Shila ladró alegremente y trató de lamerme la cara. Me reí un poco más confiada. Me hacía cosquillas.

—Vamos, chico, déjala o la llenarás de babas.

Como si hubiera entendido lo que le decía, *Shila* se apartó de mí y se sentó sin dejar de observarme. Era tan bonito que me costaba apartar la vista de él.

Seguí a Trey a la cocina. Nos lavamos las manos y me ofreció un delantal. Mientras él cortaba unas verduras y una pechuga de pollo en tiras para rellenar un pastel de hojaldre, yo me encargué de la ensalada. No tenía mano para la cocina, pero los aliños no se me daban nada mal y preparé una vinagreta a la que añadí miel y mostaza. Una variante del aliño francés que preparaba mi abuela.

Trey metió un dedo en el bol donde estaba mezclando los ingredientes. Le di un manotazo, lo que no impidió que lo hundiera hasta el fondo y después se lo llevara a la boca.

—Eh, eso es una guarrada.

—Está bueno —balbuceó mientras lo chupaba sin ninguna vergüenza.

Tomamos una copa de vino blanco esperando a que el pastel se horneara. Trey me enseñó el resto de la casa y nos entretuvimos un poco más en la estancia que había convertido en su estudio. La tenía repleta de planos que colgaban de las paredes, dentro de carpetas, en decenas de tubos y sobre una mesa de dibujo, junto a otra en la que había un ordenador.

Me mostró algunos de sus proyectos.

Brillaba mientras hablaba de ellos. Y yo entendía esa pasión que expresaba, porque se parecía mucho al entusiasmo que yo sentía respecto a la escritura. Esa locura es un lenguaje que todos entendemos, que deseamos y en el que creemos. Nos mantiene vivos y nos une a aquellos que son como nosotros en una especie de comunión perfecta. Jack Kerouac ya lo dijo: «Las únicas personas que me agradan son las que están locas, locas por vivir, locas por hablar, locas por ser salvadas». Nosotros lo estábamos. Locos por salvarnos. Locos el uno por el otro.

Cenamos tranquilamente en la isla de la cocina y Trey me habló de su padre por primera vez. En ese momento apenas tenían relación. Pese a vivir en la misma ciudad, solo se habían visto un par de veces ese año y la experiencia no había sido agradable. Él aseguraba una y otra vez que no le importaba; sin embargo, esa insistencia me decía otra cosa. También sus ojos, en los que por un momento vi un atisbo de dolor, de esa necesidad de huir que aún no había logrado explicarme.

Pensar en esa necesidad de escapar me hizo sentir un sordo latido en el pecho que nada tenía que ver con mi corazón, el músculo, sino con ese otro corazón, el de cristal, el que sufre, teme, llora o ríe. El que puede romperse.

Yo también le hablé de mi padre. Le conté cosas que no le había contado a nadie y él me escuchó en silencio. Sin darme cuenta acabé mostrándole todo aquello que había ocultado casi sin saberlo, las lágrimas que había derramado a escondidas, las mañanas que había deseado no despertar, las cosas que habría estado dispuesta a hacer para que me mirara como miraba a los demás.

Las que puede que aún haría...

—¿Vas a contárselo? —me preguntó.

—¿Te refieres a que voy a quedarme? —Asintió—. ¿Para qué? Acabará sabiéndolo de todos modos y no tendré que aguantar sus reproches si se entera por otra persona.

—Harper, tienes que perder ese miedo a enfrentarte a él.

Suspiré y me froté las mejillas con fuerza. Sabía lo absurdo que era seguir temiendo a mi padre con veintidós años, pero ese sentimiento estaba tan arraigado en mí que ni siquiera sabía cómo empezar a combatirlo salvo huyendo.

—Lo sé, pero...

—¿Qué?

—Enfrentarme a él no es lo que realmente me da miedo —confesé, cada vez más segura del motivo.

—Dímelo, Harper.

—Temo que si lo hago, acabe descubriendo por qué no me quiere. Hay verdades que duelen mucho.

—Las mentiras duelen mucho más, créeme, y el silencio es como una mentira, puede que peor.

Sentados en el sofá, Trey me sonrió mientras me apartaba un mechón de pelo de la cara y lo colocaba tras mi oreja. Le gustaba hacer eso y a mí me gustaba que lo hiciera. La ternura que me transmitía ese gesto sencillo. Mi impulso a inclinar la cara buscando con la mejilla su mano.

—Vaya dos —suspiró.

Nos quedamos mirándonos en silencio y en ese momento nos convertimos en todo lo que había dentro de nosotros. Sin apariencias ni máscaras. *Shila* se levantó del rincón en el que se había dormido y vino hasta nosotros. Me miró con sus enormes ojos y después apoyó la cabeza en mi regazo. Lo acaricié, sintiéndome más cómoda con él, y cerró los ojos con expresión de deleite. Un ligero gruñido escapó de su garganta, como una especie de ronroneo. Era tan bonito y cariñoso que me dio un ataque de ternura incontrolable. Me incliné y hundí la nariz en su pelo, abrazándolo muy fuerte, y él se dejó hacer.

Sonreí como una tonta. De reojo, vi a Trey moviendo la cabeza.

—¿Qué?

—Nada.

—Sé que estás pensando algo. ¿Qué?

Inspiró hondo.

—Siempre he tenido la sensación de que a esta casa le faltaba algo. No sabía exactamente qué... Ahora lo sé. Faltabas tú.

Me morí de ganas de besarlo, de hacerle el amor, de decirle todas las cosas por las que él me hacía falta. Me entró una risa tonta. Trey resopló y *Shila* movió las orejas, atento.

—Por Dios, no te rías, jamás se me habían ocurrido estas ideas y me siento idiota pensándolas.

En el equipo de música empezó a sonar una canción preciosa y romántica. Me incliné sin un rumbo fijo. Mis ojos en sus ojos, mis labios en los suyos, mi piel en su piel. Mis deseos mezclándose con los suyos. Éramos como dos rastreadores explorando nuestros cuerpos en busca de un tesoro. Sin mapas ni rutas, solo instinto.

Nos abrazamos hasta la madrugada, con los dedos dibujando mil formas en nuestros cuerpos desnudos. La música seguía sonando, *Love somebody like you* por Emma White, y las notas flotaban a nuestro alrededor.

—Te he comprado una cosa —dijo bajito.

Me apoyé en su pecho para poder mirarlo a los ojos.

—¿Un regalo?

Asintió muy despacio y sonrió, ladeando la cabeza. Después me apartó con cuidado y se levantó. Fue hasta el armario, abrió un cajón y sacó una bolsa negra de papel. Me la entregó al tiempo que se sentaba a mi lado.

Tragué saliva, nerviosa, y le lancé una rápida mirada antes de quitar la pegatina dorada que mantenía la bolsa cerrada. Metí la mano y se me aceleró el corazón. Una sonrisa empezó a bailar en mis labios cuando saqué una novela titulada *La librería de los finales felices,* de Katarina Bivald.

—Va sobre una chica que monta una librería en un pequeño pueblo y cómo acaba cambiando su vida y la de sus nuevos vecinos a través de los libros —me explicó.

Acaricié la portada con las puntas de los dedos y alcé la vista, feliz.

—Gracias, no esperaba algo así. ¡Me encanta!

Me dio un beso en la frente.

Noté que había más cosas en la bolsa y metí de nuevo la mano. Saqué una pila de cuadernos de distintos tamaños, atados con un lacito azul.

—Son para que escribas todas las ideas que se te ocurran. —Sacó de su espalda un estuche negro del que no me había percatado antes—. Y puedes escribirlas con esto.

Empezaron a temblarme los labios y un nudo de emoción me atenazó la garganta. Se me escapó un sollozo que me dejó sin aire al ver el bolígrafo que había dentro. Un Montblanc azul inspirado en *El principito.* Había grabado mi nombre en él.

—Es precioso, Trey —susurré sin aliento.

—Sé que no tiene nada que ver, pero me recordó a...

—A Pequeño Príncipe, a la isla —terminé de decir.

—Sí.

—No sé qué decir.

—No tienes que decir nada. Todo escritor que se precie debe tener estas cosas.

Se me escapó una risita nerviosa y lo miré a los ojos con los míos húmedos. De verdad que quería decirle algo que pudiera expresar lo que sentía en ese momento, lo mucho que significaba para mí ese regalo. Lo que él significaba. Pero de repente las palabras se esfumaron porque nada era suficiente.

No bastaban para decirle que no sabes cómo ha ocurrido, pero una mañana te despiertas y tienes a tu lado esa persona que hace que vuelvas a tener ganas de todo. Porque las cosas bonitas de la vida llegan así, de repente, sin avisar. Y te das cuenta de que la soledad solo dura hasta que abrimos la puerta y dejamos entrar a esa persona. A él. Aunque su rostro cambie tanto que a veces te pierdes, soleado un instante, lluvioso al siguiente.

No bastaban para decirle que quería parar todos los relojes del mundo para convertir en eterno ese momento. Que si pudiera elegir, querría que nos reencarnáramos en dos gatos para tener otras siete vidas juntos. Que las palabras se las lleva el viento, pero los hechos no. Por ese motivo busqué sus ojos y mantuve la mirada suspendida en ellos mientras deslizaba los dedos por el contorno de su mandíbula hasta alcanzar su nuca. Lo atraje hacia mí y me detuve a escasos milímetros de su boca, respirándolo, llevándome conmigo su aliento.

Lo besé hasta que el corazón me palpitó de deseo y todo mi cuerpo se tensó. Me sonrió, y esa sonrisa prometía días maravillosos y soleados, y largas noches de conversaciones, risas y sexo.

24
Todo en la vida se consigue con un poquito de miedo

Los dos días siguientes apenas vi a Trey. Estuvo ocupado con un par de posibles clientes interesados en su concepto de arquitectura sostenible y un viaje relámpago a Siracusa para participar en una charla sobre casas bioclimáticas, por lo que yo pasé todo el fin de semana enterrada entre libros que catalogar y manuscritos que corregir.

A última hora de la tarde del sábado, el señor Norris, el abogado de mi abuela, vino a verme a la librería para que firmara unos documentos. Era un hombre agradable y de ademanes elegantes que me recordaron a una antigua estrella de cine. Me hizo pensar en Adele.

El domingo recibí un mensaje de Hayley. Acababan de aterrizar en Florencia, donde pasarían un par de días. Después viajarían a París y, desde allí, regresarían a casa el jueves. Me moría de ganas de verla, de contarle mil cosas, de compartir con ella cada sentimiento que latía en mi interior. Mientras tanto, debía conformarme con un oyente de cuatro patas y pelo suave que me miraba atento desde el sofá.

No sé qué me pasó por la cabeza para ofrecerme a quedarme con *Shila* mientras Trey estaba fuera. No sabía cómo cuidar de él ni si podría; apenas era capaz de cuidarme a mí misma. Trey debió de pensar algo parecido, por cómo había fruncido el ceño con escepticismo, aunque finalmente aceptó.

Miré al animal y él estiró las orejas. Era tan bueno que apenas habíamos tardado un par de horas y un paseo en hacernos los mejores amigos. Tomó aire, haciendo que su lomo se elevara, y lo soltó todo de golpe. Sonreí. Yo también empezaba a aburrirme.

—¿Sabes una cosa, *Shila*? Hoy vamos a comer fuera. Así que mueve tu culo del sofá.

Entré en la cocina con el perro siguiendo mis pasos y eché un vistazo por la ventana. Hacía un día soleado y la temperatura era alta para las fechas en las que nos encontrábamos. Preparé una ensalada y unos bocadillos, lo guardé todo en la mochila junto con una manta y salí a la calle con mi bici.

Me costó un poco cogerle el tranquillo a pedalear con la correa de *Shila* enganchada a mi muñeca. El miedo a caerme no me dejaba relajarme. Sin embargo, enseguida me di cuenta de que el perro no lo permitiría. Trotaba a mi lado atento a todos mis movimientos e incluso parecía adelantarse a algunos de ellos. Era él quien cuidaba de mí y me dieron ganas de abrazarlo.

Me dirigí al jardín botánico, uno de los lugares más bonitos de la ciudad. Setenta y tres hectáreas de jardines temáticos e invernaderos. Al llegar, pagué la entrada y me encaminé al jardín chino, mi favorito. Busqué un lugar tranquilo y me senté a comer. *Shila* me observaba sin parpadear y no dejaba de relamerse.

¿Os he dicho ya que soy incapaz de negarle nada a nadie?

Mientras le ofrecía al perro trocitos del bocadillo, oía la voz de Trey repitiéndome que solo debía darle su comida, unos gránulos con un aspecto poco apetitoso y que olían a hígado. Según él, poseían todos los nutrientes adecuados y necesarios para un can, y la comida humana solo le aportaba grasas y azúcares que no le hacían bien. Pero ¿qué mal podía hacerle un poco de pan con pollo y tomate? Eran productos naturales y ecológicos. Y estaban mucho más ricos que esas bolitas que parecían cacas de conejo.

—Si tú no lo cuentas, yo tampoco lo haré —le dije mientras devoraba el último trozo y parte de mis dedos. Lo acaricié tras las orejas y me gané un lametazo en la mejilla.

Me eché a reír, entre divertida y muerta de asco por las babas que me había dejado. Era increíble cómo, a cada minuto que pasaba, me iba enamorando más y más de esa bola de pelo.

Después nos tumbamos sobre la hierba durante un rato, y más tarde paseamos bajo los árboles. *Shila* buscaba a menudo mi mano con su hocico. Me daba un golpecito y yo le acariciaba la cabeza. No sabía por qué hacía eso, reclamar mi atención de ese modo, pero me gustaba. Me gustaba tanto que supe que podría acostumbrarme a hacer aquello, a pasear con él, a más ratos juntos, a tener un perro. Ni siquiera Trey lograba hacerme sentir tan... tan imprescindible e importante como *Shila* lo conseguía con esas miradas de anhelo que me lanzaba. Era una sensación nueva para mí.

Al atardecer, regresamos a casa. Al doblar la esquina de mi calle, *Shila* comenzó a ponerse nervioso. No tardé en adivinar el motivo: Trey nos esperaba sentado en la entrada, con las piernas estiradas sobre su maleta. Se me aceleró el corazón y lo observé durante unos segundos. Me encantaba ese chico, el cosquilleo que nacía con solo verle, el temblor que me sacudía.

Se puso en pie en cuanto se percató de nuestra presencia.

—¿Qué haces aquí?

—Me encantan estos recibimientos tan apasionados —dijo, guiñándome un ojo. Me reí y me dejé rodear por sus brazos y su olor. Cerré los ojos, sintiendo que la piel me vibraba incapaz de soportarlo—. He adelantado la vuelta. No me apetecía nada pasar otra noche fuera. Te echaba de menos.

Su boca volvió a rozar la mía, despacio. *Shila* no dejaba de dar vueltas a nuestro alrededor, gimoteando como un cachorrito. Trey me soltó para hacerle caso y tras unos mimos y unos cuantos ladridos, los tres entramos en mi casa.

Preparamos unas verduras para cenar y acabamos en el suelo, sobre unos cojines, viendo una película. Más tarde salimos a dar un paseo, alguien necesitaba hacer sus «cosas» antes de dormir.

Nos dirigimos a La Fontaine y, en cuanto pusimos los pies en el parque, Trey soltó la correa de *Shila* para que pudiera correr. Caminamos por los senderos en silencio. Parecía que a los dos nos sobraban las palabras. Los únicos sonidos a nuestro alrededor eran los que hacían las hojas al mecerse con el viento y el agua de una fuente cercana. Cada poco tiempo, Trey me miraba con sus ojos cálidos y se inclinaba para besarme los labios sin razón aparente, sin ninguna explicación. Unas veces de forma suave; otras, tan apasionado que mi cuerpo acababa retorciéndose frustrado cada vez que se apartaba.

Suspiré mientras alzaba la vista al cielo oscuro y casi sin estrellas.

—No se parece en nada al de Pequeño Príncipe, está vacío —susurré.

—Es el mismo, solo que distinto. —Entrelazó sus dedos con los míos y me hizo dar una vuelta completa—. ¿Echas de menos la isla?

—Algo así. Echo de menos la libertad que sentí allí. La... la sensación de hogar.

—Aquí puedes ser igual de libre. Puedes ser feliz y tenerlo todo si lo intentas.

Lo miré con curiosidad.

—¿Tú tienes todas esas cosas?

—A veces siento que sí. —Se encogió de hombros—. O puede que lo que sienta sea el deseo de tenerlas.

—Tener y desear no es lo mismo. Ni siquiera se parecen.

Chasqueó la lengua y sacudió la cabeza como si estuviera dándole vueltas a una idea.

—Tienes razón, pero sé lo que quiero y por lo que lucharé siempre, y eso es mucho más importante que tener o desear. —Tiró de mi mano y me arrastró bajo un frondoso árbol cuyas ramas y hojas caían como cortinas, ocultándonos. Enmarcó mi rostro con las manos y me miró a los ojos—. Sé que quiero vivir y disfrutar mi vida. Que cada minuto de ella cuente. Hacer solo las cosas que me gusten, que me emocionen. Ser libre. Quiero poder elegir. Cómo, cuándo, dónde, por qué... con quién. Contigo.

Deslizó las manos por mi cuello con un gesto posesivo, apenas contenido, que me encantó. Suscitarle ese modo de actuar me hacía sentirme segura de mí misma. Saberme deseada y necesitada era nuevo y adictivo.

—¿Por qué siempre acabamos teniendo estas conversaciones tan serias e intensas? —quiso saber. Me encogí de hombros y él sacudió la cabeza—. Pues no suelo ser así, para que conste.

—¿Ah, no? ¿Y cómo sueles ser?

—Más capullo y simple.

Se me escapó una carcajada.

—No te creo. Eres un chico profundo, sensible y también romántico.

—¿Romántico? Mi idea del romanticismo era decirle a una chica lo mucho que me gustaban su culo y sus tetas. Me parecían unos cumplidos estupendos que siempre funcionaban.

Le di un pellizco en el brazo y se echó a reír mientras me abrazaba y me atraía hacia él.

—A mí nunca me has dicho nada parecido.

—Contigo solo lo pienso, continuamente. Pero cuando abro la boca únicamente salen cosas como que me gusta tu sonrisa, el sonido de tu voz, lo bien que huele tu piel, tus contradicciones y lo loca que estás. No tengo ni que esforzarme.

Lo miré enfurruñada.

—¿Piensas que estoy loca?

—Loca por mí.

—Dios, tú sí que estás como una regadera.

Esbozó una sonrisa ladeada, esa que le hacía parecer un niño travieso a punto de hacer una trastada.

—Lo estoy —susurró y se acercó a mi oído como si fuese a contarme un secreto—. Loco por tocarte, loco por besarte en todas partes y loco por follarte. Eso también lo pienso continuamente.

Me ruboricé, no me acostumbraba a esa forma tan cruda de expresarse y que prendía mi cuerpo como una chispa.

Mientras deslizaba los ojos por mi cara con tanta intensidad, me di cuenta de algo importante: la sensación de libertad me había seguido hasta allí. Vivía en mi interior. También comprendí el significado de una palabra que realmente nunca había entendido hasta ese momento: hogar.

El hogar no es un lugar, es una persona, o puede que varias, depende.

Hogar era cualquier parte en la que Trey y yo estuviéramos juntos.

Aquella noche, en ese momento, hogar era ese árbol bajo el que nos habíamos escondido.

Más tarde lo fue mi cama, entre besos dulces y suaves; luego, feroces y salvajes.

Sin bondad, solo llamas.

Sin paciencia, solo ganas.

Sin pensar, solo conectar.

Sin dar, solo poseer.

Sexo instintivo y primitivo.

Hogar fueron sus brazos a mi alrededor mientras me dormía exhausta. Su respiración en mi cuello. La calma tras la intensidad.

Hogar era él.

Mientras se quedara.

Al día siguiente viajé a Toronto.

Contemplé el paisaje a través de la ventanilla del taxi conforme me alejaba del aeropuerto en dirección a mi apartamento en The Annex, uno de los barrios estudiantiles cercanos a la universidad. Mientras tanto, no hice otra cosa que pensar. Repasé cada uno de mis movimientos. Primero iría a la universidad y hablaría con mi tutor. Sabía que iba a decepcionarlo al dejar a un lado el máster, pero yo me sentía satisfecha con haber terminado la carrera. No necesitaba postgrados y títulos extra que inflaran mi currículo.

Después pasaría por la editorial para comunicarle mi marcha a Ryan, el editor que me supervisaba. Le entregaría las correcciones y revisiones pendientes y cerraría esa etapa de mi vida con una sonrisa.

Con alivio comprobé que el apartamento estaba tal y como lo había dejado.

Recogí del suelo las cartas que mi casero había ido colando bajo la puerta y les eché un vistazo. Nada interesante salvo una invitación a un club de poesía en El conejo blanco, una cafetería de ambiente bohemio que se encontraba en la zona de Upper Jarvis. Pero había tenido lugar el viernes anterior.

Dejé la maleta sobre la cama y llamé a la empresa de mudanzas que había contratado para confirmar la hora a la que vendrían a recoger mis cosas.

Después salí a la calle. Tomé el metro y me dirigí al campus. Crucé los jardines hasta el edificio de la Universidad Victoria. Había alumnos por todas partes, yendo de un lado a otro, estudiando en grupos sobre la hierba o simplemente pasando el rato entre risas y conversaciones.

Los observé mientras caminaba. Yo siempre había sido la chica solitaria que pasaba los días escondida en la biblioteca, estudiando a todas horas. Si contaba a las personas que habían formado parte de mi vida en Toronto, dudaba de que lograra sumar una decena.

Una parte de mí se arrepentía de no haberme esforzado más en ese sentido. De no haber buscado amigos, de no haber salido más a divertirme. Ojalá lo hubiera hecho en lugar de haber estado cuatro años trabajando hasta la extenuación para demostrar algo que ni yo misma sabía a esas alturas qué era.

Entré en el edificio de ladrillo marrón y me dirigí al despacho del profesor Cook. Me sonrió nada más verme. Se quitó las gafas y las dejó sobre la mesa mientras yo me sentaba frente a él.

—No va a gustarme, ¿verdad?

Negué con un gesto y me encogí de hombros con una disculpa.

—Espero que lo entienda.

—Creo que estaré más dispuesto con un café y un bocadillo. ¿Tienes hambre?

—La verdad es que sí.

Abandonamos el edificio y fuimos hasta un Subway cercano. Yo pedí un bocadillo de pollo teriyaki y unas patatas, además de un zumo. Después nos dirigimos a un parque cercano y nos sentamos en un banco. Empezamos a hablar y yo le conté todas mis inquietudes y miedos, la situación personal en la que me encontraba y también dónde me veía realmente dentro de unos años.

El profesor Cook me escuchó mientras comía, asintiendo y sonriendo de vez en cuando, como si hasta cierto punto pudiera entenderme.

—Seguro que piensa que me estoy equivocando y que esta decisión es un completo error.

Él suspiró e hizo una bolita con su servilleta.

—Harper, eres una de las mejores estudiantes que he tenido en todos mis años de docencia, y ya son unos cuantos. Sé a ciencia cierta que tendrías un gran futuro como investigadora. Tu trabajo sobre la imagen femenina en la literatura hispánica medieval fue brillante. El estudio que realizaste durante tu segundo año sobre la publicación sin censura me dejó atónito. —Sacudió la cabeza y me miró a los ojos—. Serías una gran profesora si eligieras ese camino. Si optaras por el mundo de la edición y la publicación, podrías aportar una nueva visión más que necesaria, ya que el intrusismo lo está pervirtiendo todo desde las mismísimas raíces. Hablamos de ello en clase y tu análisis sobre el tema contenía buenas ideas.

Aparté la mirada y la clavé en mis pies. Notaba las mejillas ardiendo y el corazón palpitando deprisa. Algo parecido a la vergüenza reptaba por mis miembros, instándome a salir corriendo. Sabía que podía hacer todas esas cosas porque no había hecho otra cosa en mi vida que prepararme para ellas, y la idea de abandonarlas parecía una completa locura escuchando a ese hombre al que tanto admiraba.

Tomé aire y me humedecí los labios. Tras una larga pausa, el profesor añadió:

—Y, pese a todo, no considero que estés cometiendo un error. La universidad es un lugar para cumplir sueños, para alcanzar metas que de otro modo sería imposible para la gran mayoría. Escribe si es lo que deseas, Harper, el mundo necesita más mentes como la tuya, sensible y crítica, y querrá conocer tus pensamientos. Todas las personas tenemos nuestro lugar en el mundo. Si crees que ese espacio es el tuyo, debes ocuparlo.

Le ofrecí mi mejor sonrisa con una profunda sensación de alivio y él me la devolvió. Nos despedimos poco después y yo me encaminé a la oficina de estudiantes para regularizar mi situación, darme de baja en las clases...

Más tarde me dirigí a la editorial. Simon & Schuster se encontraba en el 166 de King Street East, a unos treinta minutos a pie. Era un largo paseo, pero necesitaba liberarme de la tensión que me entumecía el cuerpo y caminar siempre me relajaba.

Iba tan ensimismada en mis pensamientos, pensando en todo lo que el profesor Cook me había dicho, que apenas fui consciente de mis pasos hasta que me encontré frente a la entrada del edificio que acogía las oficinas de la filial.

Subí por la escalera y crucé la puerta. Siempre que ponía los pies sobre aquella moqueta azul y amarilla, el corazón me daba un vuelco. Me dirigí al despacho del señor Radcliffe. Gwen, su asistente, se encontraba tras su mesa.

—¡Harper! —exclamó al verme.

—Hola, Gwen, ¿qué tal estás?

—Muy bien, gracias. Liada como siempre, pero ya sabes cómo funcionan las cosas aquí. —Asentí con una sonrisa. El ritmo de trabajo siempre era frenético, pero lo compensaba el buen ambiente que habitualmente se respiraba entre todas aquellas personas—. ¿Y tú qué tal estás? Te hemos echado de menos. Sobre todo Ryan, lo tienes mal acostumbrado.

—Lo siento, pero necesitaba ese tiempo para solucionar algunas cosas.

—Lo entiendo, por supuesto. Perder a alguien tan querido no es fácil.

—¿El señor Radcliffe se encuentra en su despacho?

—Sí, le diré que estás aquí.

Gwen levantó el auricular del teléfono y marcó unos números. Segundos después, Ryan Radcliffe abrió la puerta de su despacho y me sonrió.

—Harper, adelante.

Me invitó a sentarme y él ocupó su silla en cuanto yo me acomodé.

—Me alegra tenerte de vuelta. ¿Qué... qué tal estás?

—Mucho mejor, gracias.

—Me alegra oírlo. Los chicos y yo enviamos unas flores para el funeral, espero que las recibieras.

—Sí, las recibí. Eran preciosas. Muchísimas gracias.

—No importa. Te has ganado un lugar entre nosotros. Eres una más en el equipo.

¡Oh, Dios! Enseguida me di cuenta de que aquello me iba

a resultar más difícil de lo que esperaba. Parpadeé para no llorar.

—Señor Radcliffe, tengo que decirle algo...

No me extendí con los detalles, ni siquiera le dije que pensaba dedicarme a escribir. Y no sé por qué no fui sincera en ese momento. Me excusé con divagaciones sobre mi familia y mi necesidad de comenzar otra vida cerca de ellos. Vi en su cara que no lograba entenderme, también que se había dado cuenta de que no había nada que pudiera decir para convencerme de lo contrario.

Finalmente le entregué un *pendrive* con todo mi trabajo acabado y traté de expresarle lo importante que había sido para mí formar parte de su equipo y lo mucho que había aprendido durante tantos meses.

Nada más salir a la calle, tuve que apoyarme un momento en la pared para recuperar el aliento. Mi maldita inseguridad y sus síntomas aún aparecían como un espectro fugaz. Alcé la vista al cielo y llené los pulmones de aire con una profunda inhalación.

Madre mía, lo había hecho. Acababa de decirle adiós a mi presente y al que yo creía mi futuro para... para... intentar convertirme en la persona que creía ser.

Me había vuelto completamente loca.

Me entró un ataque de risa, tan agudo que fui incapaz de controlarme y acabé sentada en el suelo mientras la gente que pasaba me miraba como si hubiera perdido un tornillo.

El sol comenzaba a ocultarse tras los altos edificios y un viento fresco me erizó la piel con un escalofrío. Cogí el metro y me dirigí al apartamento. Compré *sashimi* de salmón y una ensalada de cangrejo en un *food truck* que se había instalado en la esquina.

Dejé sobre la encimera de la cocina la bolsa con la comida y saqué de la maleta un cómodo pantalón y una camiseta. Abrí todas las ventanas para ventilar la casa. Olía a polvo y humedad. Después tomé mi teléfono móvil y me senté en la escalera de incendios mientras marcaba el número de Trey.

Esperé impaciente hasta que contestó al cuarto tono.

—Lo siento, pero el número marcado no corresponde a ningún usuario, a menos que seas una chica preciosa y muy sexy, a la que me encantaría tener desnuda en mi sofá.

Solté una risotada, que acallé con la mano al darme cuenta de que una señora me observaba desde el edificio de enfrente.

—¿Y qué harías con esa chica desnuda en tu sofá?

—Mis intenciones siempre son malas. Muy malas. Haría que perdiera el conocimiento a base de orgasmos.

Empecé a reír a carcajadas.

—Vaya, esa chica sexy tiene mucha suerte. Puede que, si empiezas a quitarte la ropa y abres la puerta, ella también pueda ser mala.

Hubo un silencio.

—¿Va en serio?

—Sí, si eres capaz de construir un teletransportador en los próximos cinco segundos.

Oí cómo resoplaba.

—¡Joder!

—¿No me digas que has ido a abrir?

Volví a reír con ganas, imaginando la escena.

—No está bien jugar así con los sentimientos de las personas —replicó. Reí con más fuerza—. Eso, búrlate.

Suspiré con el corazón en un puño y el deseo loco de tenerle cerca para poder abrazarlo.

—Me encanta que me eches de menos.

—Yo no he dicho que te eche de menos.

—Y que te enfades como un niñito. —Hice una pausa—. Esta vas a cobrártela, ¿verdad?

—No lo dudes ni por un momento —dijo con voz ronca—. ¿Cómo ha ido?

—Bien. Bueno, no lo sé. Quiero decir que... Sé que he

hecho lo que debía para ser justa conmigo misma, pero me siento... rara.

—Eres rara, es una de las cosas que me gustan de ti. ¿Sabes? Creo que sé lo que necesitas.

—¿Ah, sí?

—Sí. Necesitas empezar a hacer cosas diferentes a las que hacías, conectar con tu nuevo yo. ¿Qué te parece si nos escapamos a la montaña el fin de semana? Aire limpio, ejercicio y... yo.

—Sabes que el ejercicio no es lo mío.

—No he dicho qué tipo de ejercicio haremos.

Sonreí. Cualquier plan que lo incluyera a él me parecía maravilloso.

—Me encantaría ir. Pero mis hermanos regresan esta semana y me gustaría quedar con ellos. Hace mucho que no los veo y... también quiero contarles lo nuestro.

—Harper, sobre eso... Si no te importa, me gustaría ser yo quien se lo explicara, sobre todo a Hoyt. Es mi mejor amigo y quiero hacerlo bien. Es importante para mí. Lo entiendes, ¿verdad?

Accedí. Me ilusionaba compartir algo que me hacía tan feliz con mis hermanos, pero entendía la posición en la que Trey se encontraba.

—Por supuesto. Me parece bien. —Inspiré hondo y me animé pensando que en un par de días volvería a verle—. ¿Irás a recogerme al aeropuerto?

—Allí estaré.

—Buenas noches, Trey.

—Buenas noches, cariño.

Contuve el aliento con ese «cariño» que tan dulce había sonado. Solo necesitaba oír su voz para sentirme increíblemente libre y eso me volvía loca, caótica, impredecible. También asustada, dependiente y expuesta. Ojalá algún día lograra el equilibrio que me permitiera dejar de oscilar de un lado a otro. De dar bandazos. Unas veces demasiado arriba, otras exageradamente abajo. Mientras tanto, tendría que seguir luchando contra ese miedo continuo que sentía.

De repente, un recuerdo se coló en mi cabeza: «Todo en la vida se consigue con un poquito de miedo». Era algo que decía mi madre ante las cosas nuevas que nos asustaban. El primer día de colegio, montar en bici sin ruedecitas...

Mi madre.

Durante un instante la vi, con el pelo rubio alborotado recogido en una larga trenza y esa vitalidad que parecía multiplicarse, aplaudiendo y gritando mientras yo pedaleaba un metro tras otro hasta dar una vuelta completa a la fuente.

Quizá sentir miedo no fuese algo tan malo.

Quizá fuese un componente más del motor que me movía por dentro.

Quizá era necesario, porque es preferible sentir miedo a no sentir nada.

25
Le habría pedido que se quedara

Lo vi nada más traspasar las puertas de cristal. Se encontraba apoyado en una de las columnas, hojeando una revista. Su mera imagen me dejaba sin aliento y me calentaba el cuerpo. Llevaba una camisa blanca arremangada, tejanos grises y unas zapatillas negras; pensé que estaba guapo a rabiar.

Él alzó la vista y sus ojos me atravesaron. Los míos eran incapaces de fingir que no estaba enamorada de él. Lo estaba hasta los huesos y ese «te quiero» que me bailaba en la punta de la lengua, empezó a vibrar con más fuerza. También ese presentimiento que me hacía contenerlo.

Trey caminó hacia mí y una sonrisa enorme ocupó su cara. Me hizo una señal con el dedo para que fuese hacia él. Aceleré el paso y me lancé a sus brazos de un salto. Sus labios cubrieron los míos con un beso ardiente.

—Hola —me susurró.

—Hola.

—¿Todo bien?

Sabía a qué se refería. Acababa de decirle adiós a una parte importante de mi vida y aún me sentía en una especie de nube desde la que todo me parecía irreal.

—Sí, creo que sí.

—Pues vamos a celebrarlo.

Me condujo hasta el coche, colocó mi equipaje en el maletero y poco después nos pusimos en marcha.

—¿Adónde vamos?

—Había pensado en cenar algo en un sitio tranquilo y después ir a un local con buena música a tomar una copa. Puede que a bailar...

—¿Bailar?

—Sí, bailar. —Frunció el ceño—. ¿Tan raro es? Porque lo dices como si fuese divertido solo para las chicas y para los hombres un castigo al que nos sometemos para asegurarnos el polvo de después.

—¡No! Es que no he salido con ningún chico al que de verdad le guste bailar.

Inclinó la cabeza para mirarme y alzó una ceja.

—¿Has salido con muchos chicos?

—¿Por qué quieres saber algo así?

—Simple curiosidad.

Sonrió travieso y pensé en lo mucho que me gustaban esos ratos con él, divirtiéndonos, hablando de cosas sin mucha importancia, sin pensar en nada y menos en el mañana. Solo el presente, el ahora. Era liberador.

—Con unos cuantos, pero casi todos eran rollos de una noche, no pasaba de la primera cita. El único con el que tuve una relación de verdad fue Dustin. Dios, y aún no entiendo cómo pude equivocarme tanto con él.

—La respuesta es fácil. Era imposible que llegaras a nada con ninguno de esos tíos, me esperabas a mí.

Me reí con ganas.

—A eso se le llama seguridad en uno mismo. —Me volví en el asiento y lo miré a los ojos, él me sostuvo la mirada mientras esperábamos a que el semáforo cambiara de rojo a verde—. ¿Y tú has salido con muchas chicas?

Alargó la mano y la deslizó entre mis piernas, acariciándome el muslo de arriba abajo con suavidad.

—Muchos rollos de una noche. Amigas con derechos, pero sin exclusividad. Nada serio. Yo también te esperaba.

Me acerqué a él buscando su boca. Me abrazó por la cintura y casi me sentó en su regazo mientras me devolvía el beso. Cerré los ojos con esa mezcla de deseo y dolor que sentía al tenerlo así, derritiéndose por mí como yo me había derretido por él durante años.

Él me había esperado.

Yo lo había esperado.

Quizá lo habíamos hecho desde siempre, incluso antes de conocernos.

Nos decidimos por L'Gros Luxe, en Saint André, un bonito y tranquilo restaurante cerca de mi casa. No había mucha gente y elegimos la mesa que ocupaba la esquina, junto a la cristalera. Pedimos varios platos para compartir.

—Entonces ¿cuándo esperas que lleguen tus cosas? —me preguntó.

—Mañana, si los de la mudanza cumplen con el plazo.

—Avísame si necesitas ayuda.

—Solo son unas cuantas cajas con libros y ropa.

Me miró con curiosidad.

—¿Has contratado una empresa de mudanzas por la ropa y unos libros, nada de muebles ni electrodomésticos, cacharros, cuadros...? —Asentí mientras masticaba un palito de zanahoria mojado en salsa—. ¿Cuántos... cuántos libros tienes?

—Pues ahora... creo que miles. He heredado una librería, ¿recuerdas? —Él sonrió sin apartar sus ojos de mí y yo intenté no sonrojarme—. ¡He heredado el paraíso!

—Creía que el paraíso era yo.

—Trey, no te ofendas, pero si tuviera que elegir entre mi biblioteca y tú... no las tendrías todas contigo.

Se inclinó hacia mí mientras colaba la mano bajo mi camiseta y trazaba pequeñas caricias en la parte baja de mi espalda. Deslizó la mirada por mi rostro y se detuvo en los labios, los estudió a conciencia.

—Hay cosas que los libros no pueden hacer, lo sabes, ¿verdad? Vitales, necesarias, hermosas... —Su boca rozó mi sien mientras hablaba. Sonreí ante su coqueteo. ¡Qué bien se le daba!—. No acarician, no besan, no... ya sabes, «profundizan» hasta el fondo.

Lo miré a los ojos mientras sus dedos seguían jugueteando sobre mi piel. Dejé escapar un suspiro.

—Pueden hacer todas esas cosas.

Alzó las cejas con un claro gesto que me cuestionaba. Entornó los ojos, divertido. Me volvía loca su modo de controlar todas las situaciones y hacerlas suyas sin decir una sola palabra. Me maravillaba esa dualidad que poseía, expresivo e indiferente, según el momento.

—Eso tengo que verlo, porque estoy imaginándome algo muy raro. Trato de hacerme una idea, pero...

Solté una carcajada y le metí en la boca un trocito de apio para hacerle callar.

—Me encanta verte reír —dijo con la verdura entre los labios.

Pagamos la cuenta y salimos a la calle cogidos de la mano. Caminamos muy juntos, ajenos al resto del mundo. Trey había dicho en serio que después de la cena iríamos a bailar y nos dirigimos a Les Foufounes Électriques, un club con sala de conciertos en el barrio latino.

Con él todo era divertido, hasta algo tan sencillo como recorrer calles que conocía de memoria, con su brazo rodeándome la cintura y su aliento en mi sien cada pocos pasos, como si no fuese capaz de no tocarme o besarme constantemente.

Y a mí me costaba todo un mundo dejar de mirarlo, obnubilada por su mirada, tan tierna que podía rayar lo infantil, tan sugestiva que me hacía arder con una simple caída de ojos. Seducida por su actitud tan despreocupada, tan conectada a los impulsos de su corazón en cada momento. Por la pasión que irradiaba, la vida que destilaba en el sentido más literal de la palabra. Me gustaba dejarme envolver por él, por el espejismo de lo que podríamos ser algún día.

Me hizo reír con juegos y preguntas estúpidas, algunas sin ningún pudor, que yo contestaba con la misma falta de vergüenza. A él le encantaba y me dejaba besos en el cuello para esconder su risa ronca y sexy cada vez que alguien nos miraba con cara rara.

—Hola, disculpad. Eh, perdonad, ¿podríais ayudarnos?

Nos volvimos hacia la voz y vimos a una pareja en la acera de enfrente. El chico alzó la mano y nos saludó.

—Hola —repitió mientras cruzaban la calle a nuestro encuentro—. Estamos buscando una sala de espectáculos, MTelus. Nos han dicho que está cerca, pero creo que nos hemos perdido.

—¿Te suena? —le susurré a Trey.

Asintió.

—Sí, es la antigua Métropolis. —Me soltó la mano y dio un paso hacia el chico y su acompañante—. Está muy cerca de aquí. Nosotros vamos a un local que está justo al lado. Podemos acompañaros.

—Eso sería genial, gracias —intervino la chica.

Me fijé en ellos con más atención. Ella era rubia, de mediana estatura y con unos ojos claros muy expresivos. Era guapísima. Al darse la vuelta vi que tenía un tatuaje en el cuello, un pajarito alzando el vuelo. El chico era mucho más alto, con el pelo castaño claro y una sonrisa muy bonita. Tuve la sensación de haberle visto antes.

—Llevamos un rato dando vueltas y empezábamos a pensar que no la encontraríamos nunca —indicó él. Y añadió—: Por cierto, soy Nick, y ella es mi mujer, Novalie.

—Encantada —nos saludó.

—Un placer conoceros.

—Es por aquí, venid —dijo Trey, emprendiendo la marcha—. Doy por hecho que no sois de Montreal.

—Ni siquiera canadienses. Vivimos en Boston, aunque pasamos largas temporadas en Bluehaven. Elegimos Canadá para nuestra luna de miel, queremos recorrerla de costa a costa —nos explicó Nick.

—¡Felicidades! ¿Y por qué Canadá? ¿No os apetecía un lugar más cálido, con playas exóticas y daiquiris? —me interesé.

—Tenemos un pequeño velero y hacemos varias escapadas al año, sobre todo al sur. Buscábamos algo diferente para esta ocasión —respondió Novalie.

—Espero que esté siendo especial.

—Está siendo un viaje maravilloso. ¿Vosotros sois de aquí, de Montreal?

—Sí, y ambos vivimos en la ciudad. Trey es arquitecto y yo tengo una librería.

—¿Tienes una librería? —se interesó Novalie, bastante emocionada con el detalle—. Mi tía tiene una librería en Bluehaven. Me encanta echarle una mano cada vez que la visito. Es un lugar muy especial para mí. —Se mordió el labio y miró a Nick por encima del hombro—. Si ese sitio hablara.

Sonreí. Casi sin darnos cuenta, nos habíamos adelantado y caminábamos juntas. Los chicos hablaban un poco más atrás.

—Yo la he heredado de mi abuela. Falleció hace muy poco.

—Vaya, lo siento mucho.

—Gracias. —Me encogí de hombros. Me sentía tan cómoda con ella que le hice una pequeña confesión—: Ese lugar era su vida y lo mantuvo durante décadas. Espero poder hacer lo mismo. Para mí también es importante y especial, me crie prácticamente en él.

—Seguro que te va muy bien.

—En parte, es una vocación para mí.

—¿Solo en parte?

—La otra es escribir. Haré las dos cosas y rezaré por haber tomado la decisión correcta.

Novalie me observó con atención. Sus ojos verdes no pestañeaban, como si intentara ver algo más en mí.

—¿Sabes? Desde muy pequeña me ha gustado la danza, el ballet. Mi madre bailaba, era muy buena, y yo siempre quise ser como ella.

—¿Era?

—Murió hace unos años.

—Lo siento mucho —susurré con sinceridad. Esa chica y yo teníamos más cosas en común de las que habría esperado.

—Ella murió y yo dejé de bailar. Años después, cuando entré en la universidad, me inscribí en una academia de danza. Solo lo hacía para matar el gusanillo mientras estudiaba Literatura Comparada. Sin embargo, al acabar la carrera, tuve una especie de revelación y monté mi propia escuela de ballet. Apenas me llega para pagar las facturas, pero no me arrepiento porque siempre ha sido mi vocación. Cuando haces algo porque simplemente te gusta, siempre es una buena decisión.

—Tienes razón. Yo he tardado demasiado en darme cuenta de esa gran verdad. —Me mordí el labio tratando de contener una gran sonrisa—. Yo también he estudiado Literatura en la universidad.

—¿En serio? —Asentí con la cabeza y la miré de reojo—. Parece que tú y yo tenemos muchas cosas en común.

—Harper. —Me volví para ver qué quería Trey—. Tienen entradas para ver a Bring me the horizon, son los que tocan esta noche en MTelus. Nos invitan a ir con ellos, ¿te apetece?

—Sí, venid con nosotros. Tenemos cuatro entradas. Dos

eran para mi amiga Lucy y Roberto, su novio, pero han perdido el vuelo —comentó Novalie.

—Claro, por qué no —acepté—. De todas formas, pensábamos ir a tomar algo y a bailar.

—¡Genial! —exclamó Nick.

Seguimos caminando.

—Nick es músico. Es profesor en Berklee —empezó a contarme Novalie—. Siempre que puede, intenta ver a los grupos actuando en directo. Dice que es la mejor forma de descubrir nuevos sonidos y estilos, de apreciar no sé qué matices... La mitad de las veces no entiendo de qué me está hablando.

—A mí me pasa algo parecido cuando Trey intenta explicarme los detalles de sus proyectos. Yo solo veo planos que parecen jeroglíficos.

—Igual que cuando yo veo una partitura.

Nos reímos con ganas.

—¿Y quiénes son Bring me the horizon? ¿Son buenos? —quise saber.

—¿No los conoces? —Negué con los ojos muy abiertos—. Te molarán si te gusta el metalcore, deathcore melódico, screamo...

—¿Screamo?

Novalie soltó una carcajada que acalló enseguida tapándose la boca. Metió la mano en el bolsillo de sus pantalones y sacó una cajita blanca y precintada. Me la ofreció.

—Ten, es posible que los necesites.

Abrí la caja muerta de curiosidad y me quedé con la boca abierta de par en par cuando vi que contenía unos tapones para los oídos.

—¿Es una broma? —inquirí con suspicacia.

Ella negó con un gesto y rio más fuerte.

Tuvimos que esperar unos minutos en la cola de entrada a la sala. Trey y Nick habían hecho buenas migas y no paraban de hablar de mil temas. En ese instante lo hacían sobre sus mascotas. Aunque casi parecía una competición para ver qué perro, si *Ozzy*, el labrador de Nick, o *Shila*, era el más listo.

Entramos tras mostrar nuestras entradas. La sala estaba hasta arriba y nos movimos entre aquella gente en busca de un buen lugar. Quince minutos después, las luces se apagaron. El público comenzó a gritar hasta transformarse en un potente rugido cuando el grupo salió al escenario. Se me aceleró el corazón. No le había confesado a Novalie que nunca había asistido a un concierto como aquel. Lo más parecido fue un festival de cantautores al aire libre. Desventajas de no tener una vida social y un grupo de amigos con los que hacer cosas.

Las luces del escenario se encendieron, dejando a la vista a la banda. Los gritos se multiplicaron cuando empezaron a sonar las notas de la primera canción, atronando a través del equipo de sonido.

Aquella noche me divertí como nunca lo había hecho antes. Reí y grité hasta casi perder la voz.

También bailé. Llevábamos allí algo más de una hora cuando comenzó a sonar un tema algo más lento. La cadencia era, por así decirlo, sensual dentro de la fuerza que tenían todas las canciones. Noté las manos de Trey en las caderas y su cuerpo en contacto con mi espalda moviéndose con un ligero balanceo. Tras unos segundos de rigidez, di con el ritmo y mis músculos se aflojaron.

La música resonaba en mi cabeza y luego por todo el cuerpo. Me abrazó por la cintura y me sujetó con más fuerza. Me di la vuelta, balanceándome, y lo miré a los ojos. Bajó la cabeza y pegó su frente a la mía de modo que nuestros labios se rozaron. Nos mecimos al mismo compás, encajando con fluidez, y me sujeté a él mientras el ritmo se aceleraba al igual que nuestros movimientos.

Nos besamos, con los corazones latiendo a mil por hora, aferrándonos el uno al otro. Si hubiera sabido todas las tonterías que haría tras esa noche, no lo habría soltado nunca. Me habría fundido con él para siempre.

Una.

Otra.

Y otra vez.

Le habría pedido que se quedara.

Solo se necesita un pensamiento, uno solo para que todo el mundo se derrumbe y junto con él se vengan abajo la escenografía, los telones, las máscaras y surjan de ultratumba los muertos, los fantasmas y con ellos todo lo que permaneció enterrado, oculto atrás de una sonrisa.

LAURA ESQUIVEL,
Mi negro pasado

26
A veces la verdad duele

Siempre me he preguntado adónde van esos momentos mágicos que quedan relegados por los tristes. Esos momentos que son nuestra verdad, lo que realmente somos, sin filtros ni máscaras, sin disfraz, solo piel. Por qué son capaces de desaparecer tan rápido cuando nos ha costado tanto llegar a ellos, crearlos.

Puede que no vayan a ninguna parte. Puede que solo se desdibujen en nuestra mente, aferrados a alguna imagen o recuerdo que los rescate cuando más los necesitamos. Puede que se escondan a propósito, ofendidos porque nunca los valoramos, ya que creíamos que siempre serían eternos.

Pensamos que la felicidad se perpetuará en nuestras vidas cuando la encontramos, que jamás nos abandonará. Una ambición demasiado presuntuosa e inasequible.

Iba al cementerio de Notre Dame des Neiges siempre que tenía oportunidad. La primera vez que puse los pies en él fue durante el funeral de mi madre, desde ese día no había dejado de visitarlo siempre que podía.

La última vez, el día que mi abuela recibió sepultura.

Visité primero su tumba. El montón de tierra roja había desaparecido bajo una losa de granito coronada con una lápida. Dejé uno de los dos ramos de tulipanes blancos que había comprado sobre la piedra y extendí la manta que había llevado para sentarme a su lado.

Era extraño, pensaba que el miedo y el dolor me dominarían, pero me sentía tranquila, como si mi abuela estuviera tan cerca y presente que echarla de menos no tuviera sentido. Sin embargo, lo hacía, la echaba de menos con locura y el corazón.

Abrí el bolso y saqué un par de chocolatinas. Desenvolví una y empecé a mordisquearla sin apartar los ojos de su nombre grabado en la lápida.

Comí en silencio. El silencio siempre me había parecido agradable en aquel lugar. Me tumbé en la hierba y cerré los ojos, sintiendo en la cara un rayo de sol solitario que había logrado colarse entre la fina capa de nubes. El tiempo pasó mientras seguía allí tumbada dejando que las emociones me desbordaran. Esperando a que apareciera a mi lado y me despertara de ese mal sueño en el que el mundo seguía sin ella. Siempre había contado con su amor imperecedero, desinteresado y dulce. Aprender a seguir sin él iba a ser difícil para mí.

Tras vivir unos minutos más dentro de mis recuerdos, me levanté. Deposité un beso en la lápida y repasé las letras de su nombre con las puntas de los dedos.

—Adiós, abuela, volveré pronto a verte.

Me alejé sin molestarme en secar la humedad de mis mejillas y me dirigí al centro del cementerio. Las pisadas habían abierto senderos fuera de los caminos asfaltados que serpenteaban entre las tumbas y los mausoleos.

Aquel lugar era hermoso a su manera, como un museo al aire libre con montones de esculturas en el que podías encontrar reproducciones de la *Pietá* de Miguel Ángel o el *Ángel del dolor* de William Wetmore.

Una ligera brisa agitó las hojas de los árboles, arrastrando consigo un leve olor a humedad. Alcé la vista al manto de nubes. Ya no eran blancas, sino grises, y oscurecían el mediodía. Una gota cayó sobre mi frente.

Aceleré el paso hasta la tumba de mi madre. Se encontraba en un espacio de árboles frondosos, bajo una escultura de piedra que representaba a un ángel orando. Mi padre siempre se había declarado católico, aunque a mí no me había educado en ninguna religión, y aquella imagen era el culmen de su representación. Si bien, por cómo fue cambiando con el paso de los años, esa fe y sus buenos sentimientos debieron de quedarse dentro de ese mausoleo de granito.

—Hola, mamá —dije nada más arrodillarme frente a la tumba. Aparté con las manos unas hojas secas que habían caído sobre ella y dejé el ramo de tulipanes. Una fina llovizna se deslizaba desde el cielo encapotado, de la que me protegía la cúpula que formaban las ramas y hojas—. Tengo que contarte un montón de cosas. Tantas que no sé por dónde empezar.

—Podrías empezar por contarle cómo vas a arruinar tu vida convirtiéndote en una vulgar dependienta.

Me levanté de un bote con el corazón a mil por hora y, al darme la vuelta, allí estaba él, mi padre, observándome con ese desdén que había perfeccionado solo para dirigirse a mí. Llevaba un enorme ramo de distintas variedades de flores blancas. Se acercó y lo dejó a los pies del ángel, después depositó un beso con la mano en el nombre grabado de mi madre.

—¿Cómo te has enterado?

—No hay nada que no sepa, Harper. —Lo dijo de tal modo que me sentí desnuda delante de él.

—Sé que no te gusta nada que haya elegido ese camino, pero soy una persona adulta y es lo que quiero hacer.

Alzó las manos con exasperación y las dejó caer de nuevo.

—¿Cuándo vas a entenderlo? No se trata de lo que queremos, sino de lo que debemos hacer. Del lugar que ocupamos, de lo que somos. Hay cosas con las que estamos obligados a cumplir más allá de nuestros propios deseos. Ya deberías saberlo.

—Pero... pero tú siempre has dicho que debemos buscar algo con lo que comprometernos, y eso es lo que estoy haciendo.

—Pero no me refería a esa librería ni a esa vida, sino a...

—La empresa, las cotizaciones en bolsa, el apellido —terminé de decir por él.

—Sí.

—No sirvo para nada de eso.

—¿Y para qué sirves tú? ¿Qué has hecho para compensar todo lo que...? —Apretó los labios con rabia y vi su esfuerzo por tragarse unas palabras que le quemaban la boca—. Será mejor que me vaya.

Giró sobre los talones y comenzó a caminar bajo la lluvia sin que esta pareciera importarle.

—¿Alguna vez se te ha ocurrido que podrías animarme en lugar de meterte siempre conmigo?

Mi voz fue un gemido lleno de angustia. Me miró por encima del hombro y una mueca cruzó su rostro.

—¿De verdad piensas que eso es lo que hago, meterme contigo?

—Nunca... me has dicho nada bueno, nada agradable. Solo me criticas y desprecias. Sé que puedes ser amable, incluso cariñoso y dulce, porque te he visto serlo con otras personas. Conmigo eres incapaz, es como si me odiaras por algo que no logro entender.

Se dio la vuelta hasta quedar frente a mí. La lluvia seguía cayendo sobre él, mojándole el pelo y empapando su americana.

—Quizá si empezaras a hacer las cosas bien...

Mis pies se movieron hacia él sin que yo pudiera evitarlo. Sentí el agua fría contra la piel. El olor de mi champú se acentuó.

—Las estoy haciendo. —Me llevé una mano al pecho de forma inconsciente—. Siéntete orgulloso de mí por una vez. Estoy cumpliendo mi sueño. Soy feliz.

Chasqueó la lengua con disgusto.

—No tienes ni idea del significado de esa palabra.

—Mamá era profesora de literatura y filosofía, adoraba esa librería y quería escribir una vez que dejara de dar clases. Yo solo estoy intentando ser como ella... Como yo soy en realidad.

—No digas eso —mascullό.

—¿Por qué te molesta tanto?

—Cállate.

Me sorprendió la agresividad y el dolor contenidos en esa única palabra. Un pálpito me advirtió que le hiciera caso, pero no fui capaz de contenerme.

—¿Tan malo es que quiera seguir sus pasos, que me parezca tanto a ella?

—Cállate, Harper.

—Mi madre creía en los sueños, en lo que no se puede ver, solo sentir.

—¿Y de qué le sirvió? —escupió, dando un paso hacia mí. El cielo se estremeció con un trueno—. Sueños, ilusiones, utopías... nada real, tangible y lógico. Si hubiera sido más sensata, aún estaría aquí, conmigo, y no bajo ese montón de tierra.

Parpadeé incrédula.

—¿Qué quieres decir? ¿Qué significa eso? —pregunté sin entender. Él hizo el ademán de marcharse y yo exploté—. ¿Por qué me odias de este modo? Joder, dímelo de una vez.

Se detuvo y durante unos segundos no se movió. Dándome la espalda, cabreado y respirando agitado. Su voz llegó hasta mí como un latigazo:

—Porque tú me arrebataste lo que más amaba. Me quitaste al amor de mi vida y dejaste a mis hijos sin madre.

Un golpe de dolor me atravesó el pecho, rompiéndome las costillas y aplastándome el corazón.

—¿Qué?

Se dio la vuelta, temblando.

—Se quedó embarazada y al hacerse las primeras pruebas descubrimos que estaba muy enferma. Los médicos dijeron que era necesario que empezara un tratamiento contra el cáncer de inmediato, pero no quiso porque tú estabas dentro de ella. —Inspiró hondo—. Le pedí que abortara, que pensara en ella, en sus hijos, en mí. Le supliqué hasta quedarme sin voz que se deshiciera de ti, que se curara, y después podríamos tener más hijos. —Un gesto amargo le hizo fruncir el ceño—. Pero se negó. Me dijo que no podía hacerte eso. Cuando por fin naciste, ya era demasiado tarde, el cáncer se había extendido. Ni siquiera sé cómo logro aguantar esos seis años.

Las palabras que pronunciaba se convirtieron en sonidos y sílabas carentes de significado. Nada tenía sentido. Observé su cruda expresión de dolor; me costaba respirar.

A veces la verdad duele.

Sentí que me estaba resquebrajando, las grietas del fino cristal sobre el que había caminado toda mi vida crecían rápidamente. Y me hundí en el dolor y en la desesperación, que me consumieron.

—¿Por qué nadie me lo ha contado?

—Nos lo hizo prometer a todos y yo nunca supe negarle nada. Pero se acabó. ¿Quieres saber por qué apenas puedo mirarte? —Su tono de voz era duro. Una cuchilla afilada que me partió en dos—. Porque ella murió para que tú vivieras y no creo que pueda perdonártelo nunca.

—Papá...

—Ella se fue, tú te quedaste.

Intenté respirar, salir a la superficie, pero tenía cemento en los pies y me hundía cada vez más sin poder remediarlo. Cerré los ojos, sintiendo más de lo que podía soportar, sintiéndolo todo a la vez hasta creer que perdería la cabeza.

—Entonces, no importa lo que haga, porque el problema

no son mis actos ni mis decisiones, soy yo. —No contestó, solo se limitó a mirarme con la respiración agitada—. Y Sophia, ¿qué te hizo ella?

—Apoyarla en su suicidio.

—Lo siento.

—Eso no me sirve. Ella sigue ahí, bajo tierra. Nada puede devolvérmela.

—Lo siento mucho.

Me sentía como si estuviera desapareciendo del mundo, humo que se desvanecía.

Quise dejar de respirar.

Quise dejar de sentir lo que sentía.

Quise no haber existido nunca.

—Lo siento —repetí sin saber qué otra cosa decir. No se habían inventado las palabras que pudieran consolarnos a los dos.

—Te creeré cuando me lo demuestres.

—¿Cómo? Haré lo que me pidas.

—Ya sabes cómo. Y también sabes que me lo debes.

Asentí. La desesperación hundía su afilada hoja en mí, haciendo más grande la herida de mi corazón.

Era cierto, se lo debía.

27
Ojalá logres encontrarte algún día

Volví a casa y lloré. Lloré como nunca antes lo había hecho. Hasta la madrugada. Sintiendo el alma rota y el corazón deshaciéndose hasta dejarme destrozada. Me acurruqué en la cama como si de nuevo tuviera seis años y acabara de quedarme huérfana, abrazando la almohada y esperando que el amanecer llegara pronto.

En algún momento debí de quedarme dormida.

Desperté con la cabeza embotada y los párpados hinchados. Lo supe porque apenas podía abrir los ojos. Me levanté de la cama con esfuerzo y porque no me quedaba más remedio que ir al baño.

Mi cara pálida y llorosa se reflejó en el espejo que colgaba sobre el lavabo como si fuera una máscara blanquecina rodeada de pelo rubio, revuelto después de una noche infernal. Me miré, pero ya no me veía a mí misma, sino a esa persona que había consumido la vida de mi madre con su egoísmo y sus ganas de vivir. La persona que había destrozado el corazón de mi padre, condenándolo a la soledad, a la infelicidad, al mayor dolor que una persona puede experimentar. El dolor que se siente al perder lo que más amas y saber que jamás podrás recuperarlo. La persona que más odiaba en ese momento. Y deseé que desapareciera para siempre.

Los ojos se me empañaron de lágrimas, pero no eran lágrimas corrientes, estas dolían. De repente me eché a llorar, con unos sollozos tan violentos que me desgarraban el pecho.

La desesperación es una sensación de lo más extraña. Te llega de forma abrumadora, como una potente onda sísmica, haciendo que implores, grites y maldigas al mundo.

No podía dejar de pensar en todo lo que me había dicho mi padre. Necesitaba sentirme querida por él. Lo anhelaba, me desesperaba desde niña. Sin embargo, él nunca me querría y ya sabía el porqué. La verdad. Una realidad que me obligaba a enfrentarme a la dura existencia y que me causaba un sufrimiento insoportable.

Mi madre había muerto por mi culpa. Mis hermanos eran huérfanos por mi culpa.

Mi culpa.

Solo mía.

Volví a la habitación. Un molesto zumbido llegó a mis oídos. Mi teléfono móvil vibraba dentro del bolso, que aún seguía en el suelo de la habitación, donde lo había dejado el día anterior. Hice caso omiso y continué ignorándolo el resto del tiempo.

Tiempo.

Solo quería que el tiempo avanzara deprisa, dejar atrás la agonía. No quería pasar por aquello. Nada lo calmaba, nada.

Volví a recostarme sobre la almohada, sintiéndome sola y perdida.

De nuevo insegura, llena de miedos y dudas.

De nuevo permitiendo que mi vida dejara de ser mía.

Me despertó el móvil. Había estado durmiendo de modo intermitente, manteniéndome a medio camino entre el sueño y la vigilia. En una especie de limbo terrenal. Abrí los ojos y miré a mi alrededor. Todo estaba oscuro, salvo por una leve claridad que se colaba a través de las cortina desde las farolas de la calle. Era de noche otra vez, aunque no estaba segura de si seguía siendo el mismo día u otro diferente.

Me arrastré fuera de la cama. Cogí el bolso del suelo y saqué el teléfono. Dudé antes de desbloquear la pantalla. Me asustaba solo pensar en ver el número de llamadas perdidas y mensajes que tendría.

Veinte llamadas.

Dieciocho mensajes.

Todos de Trey.

«Oh, Trey, lo siento mucho...»

Exhalé un suspiro y cerré los ojos. Sin fuerzas para nada. Me tumbé de nuevo y me quedé mirando el techo.

Y pensé, pensé y pensé.

Pensé en lo mismo sin descanso.

Pensé demasiado.

Era culpa mía que mi padre se hubiese convertido en ese ser triste y amargado. Tenía razón, se lo debía. Le debía una compensación y sabía el precio: mis sueños, mis anhelos, mis ilusiones...

Todo lo que yo era.

Todo mi ser.

Yo.

Un simple pronombre que define la forma más compleja.

Aun así no me costó nada tomar la decisión que debía haber tomado hacía mucho.

Me rendí. Me di por vencida. No tenía derecho a ocupar mi lugar en el mundo, porque nunca había sido mío. Me encontraba en él de prestado, provocando dolor y sufrimiento. Al menos, aún estaba a tiempo de poder compensar una parte, aunque fuese insignificante. Aunque hacerlo supusiera escribir el final más dramático posible para mí.

El teléfono vibró en mi mano con otro mensaje.

Esta vez lo abrí. Sin embargo, no lo leí. No podía.

Tomé una bocanada de aire y, mientras tecleaba, el estómago se me encogió por la culpa y los remordimientos, por la cobardía que volvía a definirme.

Harper: Lo nuestro no puede ser. Lo siento mucho, pero será mejor que no volvamos a vernos. Adiós.

Apagué el teléfono y lo lancé contra la pared. Me froté el pecho en un vano intento de aflojar la presión que sentía. Después arrastré mi cuerpo cansado y mi mente destrozada bajo las sábanas. El corazón me latía a mil por hora, de pronto consciente de lo que acababa de hacer. Esperaba sentir una oleada de dolor, y llegó. Dolor por todo. Por dejar a Trey, por el vacío inmenso que el sacrificio de mi madre había dejado en mí, un agujero desolador sobre el que era imposible construir nada, porque no existía nada que crear.

Sencillamente, yo ya no era «nada».

Pum, pum, pum...

—Harper, ¿estás ahí? Joder, si estás ahí, abre la maldita puerta. Tenemos que hablar. Te juro que no pienso moverme de aquí hasta que me dejes verte.

Apoyé la frente en la puerta. Sentí como si las paredes se estuvieran cerrando a mi alrededor. Como si unas manos me envolvieran el corazón al intentar ignorar que me moría por verle, pero no podía.

—Está bien —le oí decir al otro lado. El tono de su voz había ido cambiando a lo largo de las horas que llevaba allí, esperando una señal por mi parte. Al principio había sido dulce, suplicante. Ahora era duro, asustado—. Voy a llamar a tus hermanos. No quiero hacerlo, porque este asunto es solo nuestro, pero no me estás dando otra opción.

«¿Mis hermanos?», pensé con un nudo en la garganta. Hayley volvía esa misma noche y Hoyt ya debía de estar en Montreal. Aún desconocían mi relación con Trey y lo que había ocurrido con mi padre. Y debían continuar sin saber nada o todo se complicaría más de lo que yo podría soportar.

Ya había tomado una decisión.

No era justo que yo siguiera adelante, feliz, pensando solo en mí como si nada hubiera cambiado, cuando todo lo había hecho. Poco a poco corrí el cerrojo y abrí la puerta. Trey se había sentado en los escalones y se puso en pie nada más verme. Tenía tan mal aspecto como yo. El pelo despeinado, unas profundas ojeras que le entristecían la cara y los ojos rojos de no haber dormido. Me hice a un lado para que entrara. Pasó sin dejar de mirarme y se quedó inmóvil en medio del salón con las manos en los bolsillos.

Tomé aire y cerré la puerta a mi espalda. Había sido una ilusa al creer que podría sacarlo de mi vida con un simple mensaje. Trey no era de los que se conformaban. Él necesitaba entender hasta el más mínimo detalle de cómo funcionaban las cosas y por qué.

Nos miramos en silencio durante una eternidad. Observándonos. Tenía que dejarlo e intentar que todo siguiera como antes de conocerle. Como si no hubiera existido. Como si nunca hubiera vuelto a mi vida. Iba a hacerle daño, tenía que abandonarlo, pero era tan duro separarme de él y saber que se terminaría para siempre...

Me dirigí al sofá y me senté. Él hizo lo mismo, aunque mantuvo cierta distancia. Una parte de mí se sintió aliviada, la otra se resquebrajaba. Percibí sus nervios y la tensión que lo rodeaba. Inspiró hondo y se frotó la cara antes de mirarme.

—¿Qué está pasando, Harper? ¿A qué venía ese mensaje?

Negué con la cabeza, buscando las palabras, pero estas parecían haberse perdido. Suspiró sin dejar de mirarme.

—Mi abuelo dice que el valiente tiene miedo de su oponente; el cobarde, de su propio temor.

Una minúscula sonrisa se dibujó en mis labios. Ese hombre tenía respuestas para todo. Me costó un mundo alzar la vista y sostenerle la mirada. Me temblaban las manos. Me sentía enferma y las malditas agujas del reloj no dejaban de retumbar en mi cabeza en medio de aquel silencio. Tragué saliva.

—No puedo seguir contigo, Trey. Quiero dejar lo nuestro.

Lo vi palidecer ante mis ojos y se me encogió el corazón. Se pasó la mano por la cabeza al tiempo que apartaba la vista de mí y la posaba en el techo.

—¿Por qué?

—Las cosas han cambiado.

—¿En dos días?

—Sí.

Unas lágrimas estúpidas empezaron a caer por mis mejillas como gotas de ácido.

—¿Por qué? —volvió a preguntar. Una sombra de desconsuelo tiñó su voz—. Y no uses ninguna de esas frases estúpidas que suele decir todo el mundo. Nada de no eres tú, soy yo, ni ninguna otra mierda de libro. Dime la verdad.

Asentí, luchando por mantener bajo control las cosas más incontrolables de mi vida, mis emociones.

—Vale —susurré sin apenas voz. Había algo que no me dejaba respirar cuando él estaba cerca—. Ya sé por qué mi padre nunca me ha querido. —Su mirada voló de nuevo hasta mí—. Fui yo la que tuvo la culpa de que mi madre muriera. Descubrió que estaba enferma nada más quedarse embarazada de mí. Todos le aconsejaron que abortara para poder tratarse y curarse, pero ella no quiso. Prefirió tenerme y eso la mató. Mi padre es incapaz de perdonarme y yo necesito que lo haga. No creo que lo consiga jamás. Pero... pero si me esfuerzo en ser como él quiere que sea, es posible que con el tiempo consiga que nos acerquemos un poco. ¿Lo comprendes?

Trey se mantuvo callado y suspiró con dolor, con pesar,

como si dentro de él hubiera un peso del que necesitaba liberarse para poder respirar. Me sentí aún peor; conmigo, con él, con todo.

—No, no te comprendo. No entiendo qué coño tiene que ver eso con nosotros. —Se levantó del sofá y empezó a moverse de un lado a otro—. Siento mucho que hayas descubierto algo tan trágico. Trato de ponerme en tu piel y no logro imaginar cómo debes de sentirte. Tu... tu madre se sacrificó por ti, tomó esa decisión porque es evidente que para ella tú eras más importante que cualquier otra cosa. Pero tu padre te culpa de su muerte, y en lugar de hacer honor al sacrificio de tu madre, sientes que debes compensarle a él por algo que nunca estuvo en tu mano. —Se llevó las manos a la cabeza y bufó frustrado—. ¿Cómo esperas que lo entienda?

—Trey, fue culpa mía porque ella me eligió a mí. Mis hermanos crecieron sin madre por mi culpa. Mi padre perdió a su esposa por mi...

—¿Por tu culpa? Vamos, Harper, deja de cargar con el peso del mundo por un momento y piensa en lo que estás diciendo. Joder, tú no hiciste nada. Y aunque creas que fue así, ¿qué tiene que ver eso con nosotros?

—Si sigo contigo, no podré ser la persona que mi padre espera que sea.

—¿Tú te estás oyendo? Y qué hay de la persona que eres, de quien realmente eres.

—En el fondo nunca ha existido, solo... solo fui un espejismo.

Resopló exasperado.

—Eso no es cierto. Eres real. Eres esa persona que sueña con abrir la librería de su abuela y convertirla en el mejor lugar del mundo. La que quiere escribir libros y hacer que el mundo sienta y viva sus historias. La que ve un futuro conmigo a su lado. No... no puedes cerrar los ojos a todo eso, Harper.

—Debo hacerlo. Debo romper con todo para que mi padre me acepte.

Negó con la cabeza como si la conversación se hubiera desviado por un camino que él no quería.

—¿Y cómo cojones piensas conseguir que te acepte?

—Trabajaré para él en su empresa, volveré a casa y viviré allí. Intentaré ser más como Hayley...

Me miró como si no me conociera, y vi en sus ojos el esfuerzo sobrehumano que estaba haciendo para mostrarse paciente y calmado. No lo conseguía.

—Está bien, creo que es el mayor error que puedes cometer, pero adelante. ¿Y yo? ¿Por qué no podemos seguir juntos?

Me costaba respirar y mi cuerpo agotado ya no tenía fuerzas. Cada pregunta que contestaba nos alejaba un poco más y notaba que me moría por dentro.

—Porque serías el recuerdo constante de todo lo que habría podido ser y no podré soportarlo. Cada vez que te vea, pensaré en cómo me he sentido durante estos días, y será una tortura saber que no me sentiré así nunca más. Necesito empezar de cero, Trey. Necesito que te olvides de estas semanas. Que olvides todo lo que ha pasado entre nosotros. Necesito que vuelvas a la noche de Halloween, cuatro años atrás, cuando nos saludamos en aquella escalera, y que ese sea tu último recuerdo de mí. No puedo seguir viéndote. —Me atraganté con las últimas sílabas y solté una especie de gemido desesperado.

Él negó con la cabeza, como si no pudiera asimilar lo que yo le estaba diciendo.

—Piensas una cosa y dices otra. Crees en algo y demuestras lo contrario. Eres pura contradicción. Caos. Te juraste a ti misma que nunca más tomarías decisiones basadas en lo que esperan los demás de ti, que serías consecuente con tus propios deseos y sueños. Y ahora estás haciendo justo eso, entregar tu vida.

—No lo entiendes. No... no me comprendes.

Alzó los brazos y los dejó caer, impotente.

—Lo intento, te juro que lo intento, pero eres como uno de esos acertijos que vas descubriendo poco a poco, a base de pistas que nunca terminan, y que temo que se quede incompleto para siempre.

—Pues si no puedes entenderme, al menos confía en mí. Esto es lo mejor, Trey. Se acabó. ¡Maldita sea, se acabó!

Dio un paso hacia mí y me cogió la cara con las manos.

—Harper, tienes un problema, cariño. Y es que sientes sin parar, de un modo tan intenso que te produce un sufrimiento ilógico que te está consumiendo. Te estás dejando llevar por esos sentimientos que no sabes controlar, la desesperación, la culpa, la angustia... —Me aparté cuando sus labios rozaron los míos. Y añadió con la voz rota—: No puedes tomar decisiones tan importantes en medio de esa tormenta. Será un desastre.

Su rostro reflejaba una angustia tan intensa que parecía que estuviera sintiéndola por los dos. Las lágrimas caían por mis mejillas sin que pudiera controlarlas. Él trató de abrazarme. Me alejé. Si me abrazaba, no sería capaz de mantenerme firme en mi decisión. Me lanzó una mirada triste y desvaída antes de levantar la vista hacia arriba. Cuando me miró de nuevo, sus ojos brillaban húmedos.

—¿Me quieres? —me preguntó.

—Trey.

—¿Me quieres?

—No es eso.

—¡Joder, contesta la maldita pregunta! —gritó—. ¿Me quieres?

—Sí —respondí con una sinceridad amarga.

—No es cierto —susurró irritado—. Hasta que no te aceptes a ti misma, hasta que no dejes de sentirte culpable por todo lo malo que pasa a tu alrededor. Hasta que no confíes en la persona que eres y te quieras, no podrás querer a otra persona. No podrás quererme, Harper.

Lanzó esa flecha directa a mi corazón. Dolorosa. Envenenada.

—Te quiero, pero no quiero hacerte daño y sé que te lo haré. Antes o después te lo haré.

—Ya me lo estás haciendo. ¿Es que no lo ves? ¿Crees que tenerte lejos me hará algún bien?

—No podré sobrevivir a esto si tengo que hacerlo a medias. Dividida entre lo que quiero y lo que siento que debo hacer. Debo elegir.

—Y ya has elegido.

—Sí —sollocé rota.

Si mi vida fuese un libro, en ese momento se estaban escribiendo los capítulos más dramáticos.

—Para ser una persona que piensa tanto las cosas que es incapaz de tomar una decisión, te estás dejando llevar por unos impulsos que no son nada coherentes.

—Aunque no lo creas, nada de esto se debe a un impulso.

—Si me marcho ahora, no volveré, Harper. Se acabará para siempre. No me veo capaz de entrar y salir de tu vida cada vez que cambies de opinión. No puedo.

—Yo tampoco.

Se quedó en silencio sin apartar los ojos de mí. Se humedeció los labios y negó con un gesto apenas perceptible. Vi el momento exacto en que lo comprendió. No había nada que él pudiera hacer para rescatarme, porque yo no deseaba que lo hiciera. Se pasó una mano por la nuca, conmocionado.

—Entonces, supongo que no hay nada más que pueda decir.

—Lo siento, Trey.

—Sí, yo también. —Inspiró hondo y soltó el aire con brusquedad—. ¿Sabes?, no existe persona más perdida que aquella que no se quiere encontrar. Ojalá lo consigas, Harper. Ojalá logres encontrarte algún día.

Sollocé, tratando de controlar un llanto amargo que me ahogaba sin remedio. Me sentía como un pez boqueando fuera del agua, dando sus últimos coletazos. Que temía por su vida y que no podía más. Durante un instante detenido en el tiempo, nos limitamos a mirarnos. Después, él dio media vuelta y se dirigió a la puerta.

—¿Te vas, así sin más? —flaqueé sin darme cuenta, víctima de mi propia desesperación.

Él se volvió y vi una lágrima surcando su mejilla.

—¿Serviría de algo que me quedara? ¿Cambiaría algo que implorara que no destroces lo que tenemos, que luches por lo que realmente quieres?

No fui capaz de articular palabra. Me sobraban sentimientos que no sabía cómo exteriorizar. Me estrangulaban. Aparté la vista, debilitada.

—Ya... Adiós, Harper. Y no te preocupes, no le contaré lo nuestro a nadie. Así podrás fingir tranquila que nunca ha pasado. Cuando cruce esa puerta, haré todo lo posible por volver a ser el cabrón de aquella noche de Halloween.

Mis ojos volaron a los suyos, muy abiertos. Algo se rompió en mi interior, en mi pecho, de forma tan repentina e impactante como una grieta en el hielo de un lago bajo los pies segundos antes de abrirse y engullirte. Y caí en el agujero cuando la puerta se cerró y él desapareció.

Me vi dominada por una intensa decepción que terminó transformándose en ira a medida que las lágrimas me caían por las mejillas. Golpeé la pared con los puños, una y otra vez, disfrutando de la liberación que aquel dolor me produjo.

Acabé sentada en el suelo, rota, consumida. No sé cuánto tiempo estuve allí, inmóvil, hasta que todo se paró. El aire. El tiempo. Mi corazón. Hasta que la nada me agarró de la mano y me llevó con ella.

28
Lo que no se ve sí existe. Sí duele

Pasé los días siguientes encerrada en casa, sin fuerzas para nada.

Después de la confesión de mi padre, no era capaz de mirarme en el espejo sin ver su dolor escrito en mi rostro. Y porque era angustioso darme cuenta de que seguía siendo la persona que había intentado dejar atrás. La chica insegura y vulnerable que nunca quise ser.

Logré esquivar a mis hermanos todo el fin de semana. No estaba lista para verles, y mucho menos para decirles que había decidido, finalmente, trabajar en la empresa familiar. No sabía cómo justificar mis cambios de opinión, repentinos y tan opuestos entre sí, y parecer sincera mientras les mentía a la cara.

El domingo por la noche no me quedó más remedio que salir de la madriguera de mi autocompasión, cuando ambos aparecieron en casa con comida china y una botella de vino.

Casi no recuerdo nada de aquel momento, ni las razones sin sentido con las que intenté explicar el despropósito al que me había encadenado. Pero sí recuerdo sus caras y el escepticismo, sus miradas preocupadas y el acuerdo tácito de silencio al que llegaron mientras yo me esforzaba por sonreír cuando lo único que quería era llorar.

El lunes por la mañana saqué del armario mi ropa más elegante: un vestido negro de corte recto a juego con una chaqueta entallada. Me recogí el pelo en un moño alto que me daba un aspecto sobrio y me maquillé. Después me dirigí al centro de la ciudad, donde se alzaba el edificio principal de Weston Corporation.

Anuncié mi llegada en recepción y, pocos segundos después, me permitieron el acceso a la planta donde se encontraba el despacho de mi padre. Alex, su secretaria, me saludó con un apretón de manos y me pidió que esperara unos minutos. Me senté en el sofá de piel que había en la antesala, el mismo en el que había esperado muchas veces de pequeña, cada vez más nerviosa. El teléfono de Alex sonó y ella se apresuró a cogerlo. Nada más colgar, me informó de que podía pasar. Iba a recibirme.

Traspasé la puerta y mi vida entera se convirtió en un punto pequeño e insignificante. Mi padre se encontraba sentado tras un imponente escritorio. No hubo saludos ni preguntas. Me miró de arriba abajo y asintió con un leve gesto. Supo qué hacía allí, y si le sorprendió, no lo demostró. Puede que mis hermanos me hubieran preparado el terreno. O quizá me conocía lo suficiente para saber que, tras nuestro encuentro repleto de confesiones en el cementerio, iba a pagarle mi «deuda».

Después llamó a Alex. Ella entró como un rayo, una sonrisa amable en la cara y el respeto en los ojos.

—Señor Weston.

—Alexandra, mi hija empezará a trabajar hoy mismo en esta empresa. Necesito que le facilite una tarjeta de acceso y un despacho en la octava planta, será la nueva ayudante de Dustin Hodges. —Estuve a punto de replicar, pero apreté los dientes y guardé silencio, consciente de que me había vendido en cuerpo y alma. Él continuó dando instrucciones—: También ponga a algún becario a su disposición para que la ayude a instalarse y pídale a la señorita Daniels que durante unos días se ocupe de explicarle y enseñarle el funcionamiento de su departamento y cuáles serán sus funciones a partir de ahora.

Alex me miró sin poder disimular su sorpresa. Me sonrió.

—Por supuesto, señor Weston. Me pondré a ello de inmediato. Señorita Weston, es un placer saber que trabajará con nosotros. Bienvenida.

—Gracias, Alex. Pero puedes llamarme Harper.

La mujer salió del despacho y yo me moví para seguirla.

—Espera.

Me quedé clavada en el sitio y alcé los ojos del suelo para mirarle. Las palabras salieron de forma atropellada de mi boca:

—Papá, no tengo ni idea de economía, empresariales, derecho... No estoy capacitada para un puesto de responsabilidad. Debería entregar el correo, hacer recados o cualquier otra cosa. Empezar desde abajo.

Mi padre comenzó a guardar unos documentos en su maletín, ignorándome como si no estuviera allí. Cuando acabé mi diatriba de quejas y peticiones, inspiró hondo y se dirigió a la puerta.

—Esta noche cenaremos en casa. Aprovecha para traer tus cosas e instalarte en tu antigua habitación. Daré instrucciones para que la preparen.

—Está bien —susurré.

De la noche a la mañana todo cambió. De repente, todo lo que me rodeaba perdió su color y se convirtió en un mundo gris. La magia que había sentido comenzó a desvanecerse y lo único que pude hacer fue admitir que la esperanza que había albergado en realidad nunca había existido. Me limité a comportarme como si no me sintiera abatida y destrozada. Fingí que estaba bien y que nada importaba. Cuando, en realidad, la tristeza y el dolor que me estrujaban por dentro me mantenían petrificada, privada de cualquier energía y determinación. Me desgarraban el alma. Me habían convertido en una cáscara vacía.

La casa de mi abuela y la librería se vendieron tres semanas después. Mentiría si dijera que no fue uno de los momentos más duros que viví. Que no lloré todas las noches por los remordimientos. Y cada mañana me despertaba añorando a la otra chica que vivía dentro de mí. La que no era tan complicada ni indecisa. La que me había salvado un par de veces de una vida desastrosa.

Ojalá regresara algún día.

Pasó el tiempo y, poco a poco, me acostumbré a mi nueva rutina. Mi trabajo consistía en hacer todo aquello que Dustin me pedía. Atendía llamadas, recibía a los clientes, tomaba notas en las reuniones, redactaba contratos y acuerdos... Me esforzaba para hacerlo todo bien y aprender, y aguantaba con estoicismo todos sus flirteos e intentos de conquista. Por algún absurdo motivo que solo él conocía, Dustin parecía convencido de que todo volvería a ser como antes entre nosotros. Me regalaba flores todos los días y me invitaba a cenar sin desistir en su empeño, pese a que yo lo rechazaba una y otra vez, reduciendo mi repertorio de excusas hasta hacerlo desaparecer.

Lo único positivo era que pasaba mucho más tiempo con Hoyt y Hayley. A la hora del almuerzo solía acompañarles a un restaurante cercano. Era mi único momento feliz del día.

Hoyt empezó a pasar más noches en casa, ahora que yo también vivía en la residencia familiar de Léry. Cenábamos con papá y después veíamos alguna película o leíamos en la biblioteca.

Todo se serenó entre mi padre y yo de un modo como nunca antes lo había hecho. Nuestra relación seguía siendo fría, tensa en ocasiones, pero ahora parecía soportarme y solía observarme con curiosidad cuando creía que nadie lo veía.

Los fines de semana me dedicaba a dar largos paseos por los jardines de la propiedad, dejando que mi mente se llenara de los pocos recuerdos felices que albergaba de aquel lugar.

Casi todos los domingos, Hayley y Scott venían de visita. Ese día, papá preparaba personalmente la barbacoa y bebía cerveza con los chicos como si fuese un hombre sencillo y normal. Cuando estábamos todos juntos parecíamos una familia, y una parte de mí volvía a sentir, a emocionarse un poco.

A veces te rompes y la única forma de seguir adelante es cargando con el peso de tus propios pedazos. Al principio pesaban tanto que apenas era capaz de caminar. Con el tiempo se volvieron más livianos, salvo los que daban forma a mi corazón. Esos me aplastaban, me cortaban con sus aristas y me hacían sangrar cada vez que su recuerdo se colaba furtivo en mi mente.

Me torturaba pensando qué estaría haciendo él en ese momento. Si habría conocido a alguien. Si me echaría de menos tanto como yo a él. Probablemente no, ya que había desaparecido por completo de mi vida; y me dolía pensar que se había conformado, que durante los tres meses que llevábamos separados no había hecho nada para intentar volver conmigo. Sabía que era un pensamiento egoísta y mezquino, pero no podía evitarlo.

Dicen que el tiempo todo lo cura y que la distancia es el olvido. No es cierto.

El tiempo no es el mejor bálsamo.

La distancia es añoranza.
Lo que no se ve sí existe.
Sí duele.

El tiempo volaba y yo me dejaba llevar por él. Tan perdida que había días que no sabía qué hacer para mantenerme a flote, excepto leer. Era la única cosa que me funcionaba para desconectar de la realidad durante un rato.

Saqué de mi bolso el último libro que estaba leyendo, *La mujer en la ventana* de A. J. Finn, una historia de misterio y suspense. Había desterrado las novelas de amor de mis lecturas. Le quité el envoltorio a un sándwich de pavo y col y lo miré con asco.

—Yo lo tiraría a la basura antes de que mute y te coma él a ti.

Levanté la vista de aquel engendro llamado comida y vi a mi hermano asomado a la puerta de mi despacho, con una sonrisa burlona en los labios. Me reí mientras seguía su consejo.

—Pensaba que ibas a tomarte el día libre.

—Y yo también, pero Corbin se ha puesto enfermo y tengo que hacer su presentación del nuevo proyecto de energía renovable para un edificio que vamos a construir en Tokio. —Se revolvió el pelo y después se aflojó la corbata—. Ya que ese mejunje verde está en la basura, ¿qué te parece si comemos juntos?

—¿Tacos?

—Con mucho aguacate.

—¿Y helado?

—De chocolate con virutas de colores.

—Me encanta que me conozcas tan bien.

—¿Qué clase de hermano sería si no lo hiciera?

Le sonreí. Me encantaba tenerle cerca y el tiempo que pasábamos juntos. Había dejado de comportarse como un hermano mayor para ser simplemente mi amigo; un amigo protector al que le encantaba mangonearme, pero que no cambiaría por nada del mundo.

Hacía mucho frío y unos copos de nieve flotaban en el aire, aun así decidimos ir caminando hasta La Capital, un restaurante cercano en el que hacían los mejores tacos de toda la ciudad.

Pedimos una ración de veganos y quesadillas.

—Creo que voy a dar un paso más con Megan —dijo Hoyt tras darle un sorbo a su refresco.

—¿A qué te refieres?

—A que quiero pedirle que salgamos juntos.

—¿Y qué es lo que habéis estado haciendo todos estos meses?

—Salíamos juntos, pero como amigos, con más gente... ya sabes. Ahora quiero pedirle una cita.

—¿Hace meses que suspiras por ella y aún no le has pedido una cita?

—Ya te dije que quería ir despacio y hacer las cosas bien. Me gusta mucho.

—Pues como sigas haciendo las cosas tan bien, acabará teniendo citas con otro.

Hoyt asintió, un poco tenso.

—Lo sé, joder. Pero cuando estoy con ella me... me impone demasiado. Nunca me había pasado con otra mujer.

—Quién iba a decir que mi hermanito «el rompecorazones» iba a acabar gimoteando por el suyo —bromeé, inclinándome hacia delante.

Mi hermano frunció el ceño y me lanzó una mirada asesina que me hizo reír.

—¿Y qué hay de ti, Calabacita? ¿Vas a liberar a Dustin de su sufrimiento y a aceptar su propuesta de matrimonio? —inquirió con tono burlón.

Mi cara se transformó con una mueca de horror.

—Dios, no. No tengo intención de salir con nadie, y menos con Dustin. Solo lo tolero por papá.

La sonrisa se borró de la cara de mi hermano y me observó.

—¿Recuerdas aquella vez que hablamos por teléfono? Tú acababas de volver de tu misterioso viaje y yo estaba dentro de un avión a punto de viajar a Nueva York. —Asentí mientras masticaba—. Me dijiste que querías contarme algo importante. ¿Qué era?

El corazón empezó a latirme con fuerza. Parecía que había pasado toda una vida desde aquel día y al mismo tiempo que había sucedido ayer mismo. Ese algo importante había sido Trey. Había querido hablarle de su mejor amigo, de lo especial que era y de los años que llevaba enamorada de él. Decirle que por esos misterios que esconde el destino, habíamos acabado juntos y que necesitaba contárselo a él y al mundo entero.

—Nada, ni siquiera lo recuerdo. Probablemente una de mis tonterías.

Hoyt me observó con el rostro serio. No se había creído ni una sola palabra. Tragué bajo su escrutinio, cada vez más tensa, más inquieta. Inspiró hondo y dejó escapar un suspiro. Estiró el brazo por encima de la mesa y puso su mano sobre la mía.

—No importa el día, la hora ni lo ocupado que esté. Cuando sientas que estás lista para contármelo... «todo» —hizo hincapié en ese «todo» y por un momento pensé que conocía mis secretos mucho mejor que yo—, llámame. No hay nada que puedas haber hecho por lo que yo deje de quererte. Nada.

La pantalla de su teléfono se iluminó en la mesa con un mensaje. Lo cogió y le echó un vistazo. A continuación empezó a teclear la respuesta con una sonrisa.

—Por esa carita que has puesto, supongo que será Megan...

Se le escapó una risita.

—No, es Trey para decirme que está aparcando. He quedado aquí con él, va a echarme una mano con los asuntos más técnicos de la presentación. Yo no tengo ni puñetera idea.

Tardé un momento en asimilar lo que acababa de decir. Trey. Iba a encontrarse allí con Trey. Se me aceleró el corazón y se me secó la boca. Empecé a temblar. No estaba preparada para verle. Nunca lo estaría.

Me levanté con brusquedad y empecé a ponerme el gorro, la bufanda y los guantes.

—Lo siento, Hoyt, pero debo marcharme ya. He olvidado pasar a limpio un par de contratos y Dustin los necesita para esta tarde.

—Solo voy a tardar unos minutos, podemos regresar juntos.

—Lo siento, pero no me va a dar tiempo. Pagas tú, ¿verdad? —Asintió y yo me acerqué para darle un beso en la mejilla—. Gracias. Eres el mejor hermano del mundo.

Salí del restaurante tan deprisa que choqué con un chico que intentaba entrar. Me disculpé con un susurro y crucé la calle sin esperar a llegar a un paso de peatones. Se me subió el corazón a la garganta cuando un coche que no vi frenó bruscamente para no atropellarme. Llegué al otro lado a punto de sufrir un infarto. Me detuve un segundo para recuperar el aliento; y entonces lo vi, caminando por la acera mientras miraba su teléfono.

Sentí una presión en la garganta y me llevé la mano al pecho. Me quedé sin aire, como si acabaran de darme un golpe en el estómago. Me fijé en él con ojos ansiosos. Parecía más delgado y una ligera barba le cubría la mandíbula. Pensé en las veces que había besado esa cara. Estaba tan guapo como siempre, incluso más. Empezó a dolerme un punto bajo el esternón, una punzada aguda que no me dejaba respirar.

Tres meses sin saber nada de él y seguía echándole de menos con tanta intensidad que había días que creía que no podría soportarlo.

Di la vuelta antes de que pudiera verme y me alejé de allí. No miré atrás ni una sola vez. Solo seguí caminando, porque en ese momento era lo único que podía hacer para no desplomarme. Avanzar. Distanciarme. Fingir que no me estaba muriendo.

Callejeé sin rumbo hasta perder la noción del tiempo. La ciudad estaba preciosa, con los escaparates de las tiendas decorados y las calles iluminadas por las fiestas de Navidad. En unos días sería Nochebuena.

La nieve comenzó a caer de forma copiosa y el frío me calaba los huesos. Me detuve un segundo para averiguar dónde me encontraba.

La vi.

Había acabado frente a la librería.

Un leve hormigueo creció y murió en mi estómago. Habían cubierto con tablas el escaparate y la puerta. Supuse que para proteger los cristales. Por lo demás, todo seguía igual. Más sucio, más estropeado, más abandonado, pero igual. No la habían tocado.

Me acerqué despacio y eché un vistazo entre las tablas. Se me escapó un gemido ahogado y noté que los ojos se me llenaban de lágrimas. El interior continuaba intacto. En la penumbra pude distinguir el mostrador, la vieja caja registradora y los cientos de libros que abarrotaban el local. Las mesitas, la butaca y la lámpara de pie de cristal emplomado.

No lo entendía.

Dejé que, meses atrás, el abogado de mi abuela se encargara de todo. Puso la casa y la librería a la venta, y cerró el acuerdo cuando apareció un comprador. Nunca quise saber los detalles, era demasiado doloroso.

Tragué saliva y me obligué a mantenerme serena cuando me di cuenta de que estaba sollozando y la gente que pasaba me miraba con preocupación. No pude y un torrente de lágrimas cayó por mis mejillas, calientes al principio, heladas cuando el frío las congelaba sobre mi piel. Aquel había sido mi hogar, el de verdad, y en su interior estaban mis mejores recuerdos, mis momentos felices, las risas, los sueños y las ilusiones. Mi infancia. Las mujeres más importantes de mi vida.

No podía seguir allí sin debilitarme y temí perder la falsa paz que había creado para sobrevivir a mi nueva vida. Me di la vuelta y me alejé.

Corrí como una niña que huye de los monstruos que se ocultan en el armario y bajo la cama. Hui de la realidad. Y seguí corriendo sin rumbo, como si de algún modo pudiera alejarme del dolor, como si pudiera dejarme atrás a mí misma.

29
Toda acción conlleva una reacción

Empezó un año nuevo y yo tuve mi mejor regalo. Me había esforzado tanto en aprender y hacer bien mi trabajo, que mi padre decidió que tuviera un puesto de más responsabilidad. Me trasladó al departamento de relaciones públicas y dejé de trabajar para Dustin.

Me ilusioné, convencida de que me había librado de él y su acoso disfrazado de amor. En parte, así fue. Dejé de verlo durante el horario de trabajo, pero continué aguantándolo fuera de la empresa. Pasaba más tiempo en mi casa que en la suya. Mi padre solía invitarlo a todas las reuniones familiares, incluso había celebrado con nosotros Navidad y Año Nuevo.

Hoyt solía bromear con la posibilidad de que fuese algún hijo secreto que mi padre había mantenido oculto, y me señalaba escandalizado mientras gritaba la palabra «incesto». A mí no me hacía ninguna gracia. De hecho, me ponía la piel de gallina la simple idea. Era asquerosa.

—En serio, no lo aguanto. «Por supuesto, señor Weston. Tiene toda la razón, señor Weston. Es usted brillante, señor Weston...» —imité la voz de Dustin mientras me movía como él por el baño del restaurante—. Es el tío más pelota que he visto en mi vida. ¿No sabe que hay algo llamado dignidad y amor propio?

Hayley me miraba muerta de risa mientras se lavaba las manos.

—La verdad es que no termino de entenderlo.

—¿Qué? —quise saber.

—Bueno, por cómo lo trata, a papá no le cae mucho mejor que a nosotras, pero lo lleva con él a todas partes. Por alguna razón que desconozco, sigue empeñado en que es el hombre que te conviene y no deja de metértelo por los ojos.

—Lo sé. Y por mí puede esperar sentado. Estos meses no he hecho otra cosa que intentar complacerlo en todo. Pero tengo un límite, y Dustin es mi límite. Ni siquiera soporto que me mire.

Hayley me contempló a través del reflejo del espejo.

—Sé que renunciaste a lo que de verdad querías porque crees que le debes algo a papá.

—No es cierto, ya te expliqué que... —repliqué nerviosa.

Me interrumpió sin ningún reparo.

—No soy tonta, Harper, que lo dejara estar no significa que me creyera una sola palabra. —Inspiró hondo y se dio la vuelta para mirarme de frente—. He pasado casi toda mi vida viendo cómo te esforzabas para ganarte su cariño. Y sigues igual, mendigando unas migajas de atención. No se lo merece, cielo. ¿Por qué sigues intentándolo a cualquier precio? Tú nunca has querido nada de esto. Deseas escribir.

Aparté la mirada y forcé una sonrisa despreocupada para aligerar el ambiente que había comenzado a pesar sobre mí. Hayley dio un paso adelante y me abrazó con fuerza. La necesidad de contacto y afecto humano me abrumaba y me hacía bajar la guardia. Cerré los ojos y me apoyé en ella.

—Espero que algún día me cuentes la verdad —me susurró al oído.

—¿Y si lo que te cuento lo cambia todo entre nosotras? —Mi voz se rompió en un susurro estrangulado mientras la emoción ponía un nudo en mi garganta. Mamá la había dejado huérfana con solo diez años por mi culpa.

Se apartó y enmarcó mis mejillas con sus manos.

—Harper, si en este momento me dijeras que eres la bruja de la casita de chocolate y que te acabas de comer a dos niños, te ayudaría a enterrar los huesos.

Me reí, fue inevitable, mientras me secaba una lágrima estúpida que se me había escapado. No dije nada, no podía, y esta vez fui yo quien la abrazó, con tanta fuerza que acabó gimiendo algo sobre sus costillas y mis brazos delgaduchos.

Regresamos al comedor. En la mesa nos esperaban papá, Scott, Hoyt y Megan, y, cómo no, Dustin. Mi pesadilla.

Había alguien más con ellos. No era nada raro. Todo el mundo conocía a mi padre, y siempre que salíamos alguien se acercaba a saludarlo.

No sé cómo, pero lo sentí antes de poder verlo. En el aire. En la piel. Puede que en el corazón.

Era él.

Me quedé paralizada a su espalda y el mundo se quedó en un completo silencio. Sentí terror. No estaba lista para un encuentro. Nunca lo estaría.

—¡Trey! —exclamó mi hermana.

Se dio la vuelta con una enorme sonrisa, que se borró poco a poco mientras nuestras miradas se enredaban. Lo vi palidecer y pensé que debíamos de parecer dos fantasmas entre aquellas personas, porque yo no notaba ni un ápice de vida en mi rostro.

—Dios mío, cuánto tiempo sin verte. Ni siquiera he podido darte las gracias por todo lo que hiciste en la casita de Pequeño Príncipe. Ha quedado preciosa.

Se fundieron en un abrazo.

—Yo solo ayudé, todo fue idea de tu marido.

Oír su voz de nuevo me provocó vértigo, como caer por un precipicio. No dejó de mirarme y yo sentí que todo desaparecía a mi alrededor excepto él. Di un paso hacia la mesa.

Otro más. Y otro más. No apartó sus ojos de mí en ningún momento, desafiantes y duros. Contuve el aliento. Solo podía devolverle la mirada, como si necesitase retener su imagen.

—Harper, ¿no vas a saludar a Trey?

Mi hermana me dio un empujoncito que me hizo despertar.

—Sí, claro. Hola, Trey —dije sin apenas voz.

—Hola, Harper.

Quise cerrar los ojos cuando mi nombre en sus labios me atravesó, quedándose dentro de mí.

—¿Por qué no os sentáis con nosotros? Vamos a pedir unas copas —sugirió mi hermano.

—Sí, tío, quedaos un rato —replicó Scott.

Parpadeé al darme cuenta de que estaban hablando en plural. Ver a Trey me había dejado tan aturdida que no llegué a fijarme en ella. A su lado había una chica de piel morena con una preciosa melena negra, larga y lisa hasta la cintura. Tenía rasgos nativos, un cuerpo esbelto imposible de no admirar y unas piernas kilométricas. Era increíblemente guapa.

Dustin intervino:

—Harper, cariño, siéntate a mi lado. Así les dejaremos espacio en la mesa.

Los ojos de Trey volaron hasta él un instante, y de nuevo hacia mí. Pude ver en su rostro cómo ataba cabos y deseé que la tierra me tragara. Quise gritarle a Dustin que se callara de una maldita vez y que desapareciera. Decirle a Trey que entre ese cretino y yo no había nada, que no tuviera ideas raras.

No hice ninguna de esas cosas, ¿qué sentido tenía?

Trey ya no era nada mío. Lo había dejado cinco meses atrás y era evidente que lo tenía superado. Probablemente, esa mirada a Dustin era de curiosidad. Lo que yo había interpretado como un gesto dolido, solo era desdén al pensar que había vuelto con él.

—Gracias, pero tenemos entradas para el cine y llegamos tarde —respondió mientras rodeaba la cintura de la chica con el brazo.

—¡Una lástima! —replicó Hoyt—. Últimamente cuesta mucho verte.

—Estoy ocupado con el trabajo, ya sabes cómo va esto.

—Déjate de excusas y llámame para quedar. —Dio una palmada al aire, como si de pronto se hubiera acordado de algo—. ¿Sabes?, el próximo fin de semana llevaré a Megan a Pequeño Príncipe, Hayley nos deja la casa. Venid con nosotros. Los cuatro. Será divertido.

Noté que me ahogaba al pensar que podía ir con ella a la isla. Nuestra isla. Nuestro secreto. Vi que Trey me miraba de reojo y que tragaba saliva. Se había puesto nervioso. La chica también me miró y percibí una emoción extraña cruzando por su rostro. Tuve la sensación de que ella ya me conocía, y me hizo sentir incómoda la posibilidad de que Trey le hubiera hablado de mí. De nosotros.

—No creo que pueda. Además, Sora y yo...

—Vamos, Trey, no me hagas suplicar —insistió Hoyt sin dejarle hablar.

Trey forzó una sonrisa.

—Te llamaré.

Me costó la vida no salir corriendo. Necesitaba huir del dolor que me estaba taladrando el pecho. No, no era solo dolor, era inseguridad, angustia y algo mucho más mezquino: celos. Estaba tan celosa que me ardían los pulmones.

Segundos después, Trey se despedía y salía del restaurante con esa chica de su mano. Me senté a la mesa con los demás, en el lado opuesto a Dustin, y fue un acto premeditado que quise que mi padre viera. Lo hizo. Me miró y yo lo miré, y nos sostuvimos la mirada durante un largo instante. No sé de dónde saqué el valor para algo así. Quizá lo hice porque no me sentía del todo yo. Me notaba borrosa dentro de mí misma. Ver a Trey... Verlo con esa chica me había trastornado.

Pasé el resto de la noche en una especie de bruma y fui la primera en levantarme de la silla cuando papá anunció que estaba cansado y que quería volver a casa.

Regresamos juntos a Léry y no cruzamos ni una sola palabra durante todo el trayecto. Un escueto «Buenas noches» en el pasillo fue todo lo que logré ese día.

Me quité las botas en cuanto entré en mi habitación y me tumbé en la cama. Me sentía tan inquieta que el cuerpo me hormigueaba como si me estuvieran torturando con descargas eléctricas. En realidad, era yo misma la que me martirizaba reviviendo en mi cabeza cada minuto del encuentro con Trey.

Me había engañado a mí misma con la absurda creencia de que, con el tiempo, mis sentimientos por él se habrían tranquilizado. Me equivocaba. Cinco meses no habían sido suficientes para que mis heridas cicatrizaran. Y, muy en el fondo, sabía que tampoco lo serían cinco años. Ni cinco décadas.

Ese chico era una gran parte de mí. Siempre iba a serlo. A su lado había aprendido que el mundo podía ser fascinante, hermoso y distinto. Junto a él había descubierto quién era yo y todas las cosas de las que era capaz. Que la magia existía y los deseos se cumplían. Que los sueños podían hacerse realidad.

Había roto con él para tener la posibilidad de olvidar todas esas cosas maravillosas y encontrarle algo de sentido a la vida que, finalmente, había decidido vivir. No había funcionado. La relación con mi padre continuaba estancada en una especie de tolerancia muda y una vocecita en mi interior me susurraba que, ni viviendo cien vidas, podría compensarle lo que le quité.

Lo había sacrificado todo por una deuda que nunca podría pagar.

Me acerqué a la ventana y la abrí, pese a que hacía un frío glacial. Me asfixiaba y necesitaba aire. Golpeé la repisa con rabia. Por tonta. Por cobarde. Por desafortunada. Por no haber sido más egoísta.

Por haber echado de mi vida lo único que le daba sentido.

Porque él había pasado página y ahora le mostraba el mundo a otra.

Comprendí que los errores se pagan y que toda acción conlleva una reacción.

Me estremezco al darme cuenta de lo fácil que es equivocarse con las personas, de lo sencillo que es quedarse con una parte insignificante de ellas y confundir esa parte con el todo, de lo poco que cuesta mezclar las causas con las consecuencias y al revés.

LAUREN OLIVER,
Si no despierto

30
El tiempo pasa y un día despiertas

Me sentía como una vela encendida, en el preciso instante que está a punto de consumirse y su llama pierde intensidad, se hace pequeña y oscila luchando contra su inevitable final.

Llevaba días moviéndome en esa penumbra, sin apenas luz ni color. Había convertido mi rutina en una serie de actos mecánicos y mi voz se había transformado en un susurro que ya apenas usaba.

Uno a uno, poco a poco, fui guardando mis pensamientos y sentimientos en una cajita con llave que escondí en el lugar más profundo que encontré. Corría para escapar del caos hacia los brazos del control.

Y así, sin luz y color, sin sonidos, llegó la primavera.

El primer domingo de abril amaneció despejado después de muchos días de mal tiempo. El sol se colaba por la ventana, cálido y brillante. Me levanté de la cama y pegué la nariz al cristal. Vi pajaritos revoloteando de un lado a otro y en el lago varias embarcaciones navegaban alejándose de la costa.

Era un día hermoso para una fecha tan bonita como triste.

Llamaron a la puerta. Mi hermano se coló en la habitación antes de que pudiera decir nada y me sonrió. Se acercó a mí y me dio un abrazo tan fuerte que me dejó sin respiración. Me miró y arrugó la frente.

—¿Es cosa mía o cada día estás más delgada?

—Estoy como siempre —respondí.

Me senté en la cama y Hoyt se acomodó a mi lado sin dejar de mirarme.

—No hagas eso —le espeté.

—¿Qué?

—Mirarme fijamente, me pones nerviosa.

—Alguien no se ha despertado de buen humor.

Le dediqué una sonrisa forzada y me dejé caer de espaldas en el colchón. Tenía razón, no estaba de buen humor. Hacía mucho que no lo estaba.

De pronto, se puso a hacerme cosquillas como si se hubiera vuelto loco de remate. Sus dedos llegaron a todos mis puntos débiles y comencé a reír mientras me sacudía y revolvía, intentando escapar de él.

—Vamos, Calabaza, dale un besito a tu Gilbert. Solo un besito.

—Por Dios, para.

—No.

—¡Hoyt!

—No pienso parar.

Empezó a dolerme la tripa y los ojos se me llenaron de lágrimas.

—¡Vale, te lo daré! Te lo daré.

Hoyt se detuvo y me miró sonriente mientras se señalaba la mejilla con un dedo. Me acerqué y apreté mis labios contra su piel caliente. Nos miramos a los ojos y empezamos a reír.

—De pequeña odiaba que me hicieras cosquillas y sigue sin gustarme.

—Mentirosa.

—Sí me gustaba que siempre quisieras jugar conmigo.

—Yo lo odiaba.

—Mentiroso.

Nos quedamos tumbados durante un rato, contemplando el techo en silencio.

—Hoy es su cumpleaños —susurró.

—Lo sé.

—Voy a ir al cementerio, ¿quieres venir conmigo?

Me tensé, de pronto incómoda. No había vuelto allí desde aquel día que supe la verdad sobre mi madre. Lo intenté en muchas ocasiones, pero nunca había logrado traspasar la puerta.

—Sí.

No sé de dónde saqué la fuerza para aceptar acompañarle. Quizá aún quedaba algo en mí que se resistía a perderse del todo y me retaba para que no me diera por vencida.

Volví la cabeza para mirarlo.

—Deberíamos decírselo a Hayley.

—Ya la he llamado, pero no ha cogido el teléfono. Este día suele ser muy duro para ella.

Aparté la mirada e inspiré hondo. La hoja afilada de la culpa presionó sobre mi corazón.

Todo en la vida tiene su evolución, incluso los peores sentimientos como el dolor o el remordimiento. El tiempo pasa, te arropa, te cubre hasta formar un escudo protector a tu alrededor. Y un día despiertas y te das cuenta de que los días, meses y años han transcurrido; y esos recuerdos punzantes que hacían que te tambalearas, ahora te reconfortan.

Ese día me esquivaba en un juego que nunca ganaría.

Meses atrás, mi consuelo se había transformado en algo feo, y la voz de mi padre se había convertido en un eco sordo dentro de mi cabeza, atacando mis debilidades, haciéndome sentir insignificante, culpándome de haber roto aquella familia.

Esos pensamientos me perseguían como fantasmas por los recovecos de la mente y me estaba consumiendo. Notaba cómo iba desapareciendo en ellos. Mi cuerpo. Mi alma. Sin ganas. Sin espíritu.

Hoyt me dio una palmadita en la pierna y se levantó.

—Te espero abajo, ¿vale?

—Vale.

Hoyt tamborileaba con los dedos sobre el volante, inquieto, y me estaba poniendo de los nervios. Llevábamos un rato parados en el aparcamiento, sin poder movernos mientras la cola de vehículos no dejaba de crecer tras nosotros. Un autobús de turistas, que intentaba dar la vuelta, se había quedado atascado entre dos coches.

—No logro entenderlo —mascultó mi hermano, pasándose los dedos por el pelo—. ¿Por qué hay personas que visitan cementerios durante sus vacaciones en lugar de ir a un museo? Es macabro.

Me encogí de hombros. Yo era de esas personas a las que les gustaba pasear por ellos. Bueno, antes sí.

—En cierto modo, estos sitios son como museos. —Me miró escéptico—. Piénsalo, hay mausoleos que tienen cientos de años, esculturas de distinta antigüedad y muchos estilos, gente famosa que reposa en tumbas que son auténticas obras de arte... No dista tanto.

—En los museos no hay personas muertas.

—Sí que las hay. ¿Qué me dices de las momias? ¿Y de los animales disecados? No todos son reproducciones... La abuela te decía eso para que no lloraras.

Hoyt se estremeció y después frunció el ceño. No le gustaba que le recordáramos que de pequeño había sido un niño sensible que sufría hasta por las hormigas. Yo estaba segura de que seguía siéndolo, solo que disimulaba muy bien. En nuestra familia todos lo hacíamos, disimular.

Sonreí al ver cómo buscaba razones para contradecirme, y cómo callaba frustrado al no encontrar ninguna. Por suerte, el autobús logró moverse y pudimos aparcar.

Compramos unos lirios de agua en un puesto de flores.

Hoyt empezó a andar por el camino asfaltado en dirección al sepulcro. Me quedé mirando su espalda, incapaz de moverme. Tragué saliva. Cuando se percató de que no lo seguía, se dio la vuelta. Frunció el ceño, preocupado.

—¿Estás bien?

—Sí —mentí casi sin voz, y le dediqué una sonrisa.

Él me la devolvió y regresó hasta donde yo me había quedado paralizada, me dio la mano y tiró de mí con suavidad. Caminamos sin prisa bajo las ramas de los árboles que dibujaban sombras en la hierba húmeda. No tardamos en alcanzar la tumba. El sol se colaba a través de la cúpula que formaba la arboleda, trazando haces de luz dorada que danzaban con el viento. En su interior flotaban partículas de polvo, polen y diminutos bichitos. La escena era tan bonita que nos detuvimos a mirarla.

—Hola, mamá. Feliz cumpleaños —dijo Hoyt, mientras depositaba los lirios en el suelo.

Permanecimos quietos y en silencio durante un rato, recordándola. Cada uno a su manera.

—¿Sabes que cuando tenía ocho años me empeñé en dejarme el pelo largo porque me daba envidia ver cómo mamá os trenzaba el vuestro?

Ladeé la cabeza para mirarlo y una sonrisa se dibujó en mi cara.

—¿De verdad?

Asintió y se encogió de hombros.

—Pasaba horas cepillándoos el pelo. A veces, incluso os quedabais dormidas y ella empezaba a cantar en susurros.

—Recuerdo a mamá trenzándome el pelo.

—Le gustaban tus rizos, eran idénticos a los suyos.

Me volví hacia la voz familiar y vi a Hayley de pie a nuestra espalda.

—Hola —saludó. Acarició a Hoyt en el brazo—. Siento no haberte respondido. No estaba segura de si vendría. Aquí cada vez hay más gente que amamos.

—No pasa nada. —Hizo una pausa y la tomó de la mano—. Me alegro de que estés aquí, sabes que hay cosas que no puedo hacer sin ti.

Cerré los ojos y apreté los párpados con fuerza. De repente me sentí como una intrusa entre mis hermanos. Yo no tenía derecho a estar allí, compartiendo un momento que hasta ese día solo había sido de ellos. Habían estado juntos y unidos desde antes de nacer, era imposible competir contra esa conexión. Contra los lazos que los unían. Compartían sentimientos, recuerdos e incluso pérdidas. La soledad de una infancia solitaria en la que solo se habían tenido el uno al otro.

Por mi culpa.

Pensamientos mezquinos aparecieron en mi cabeza, que poco a poco se transformaron en pena y rabia. Mis ojos traspasaron la losa, la tierra, el ataúd y llegaron hasta los huesos. No deberían estar allí, ese no era su lugar. En algún momento, el destino se equivocó y nos cambió el sitio.

No. Ni siquiera eso debería haber ocurrido.

Simplemente, yo no tendría que haber existido.

—Lo siento. —Esas dos palabras surgieron de mí con vida propia, partiéndome en dos—. Lo siento tanto.

Intenté respirar, respirar, respirar... Los últimos meses habían sido una tortura lenta y dolorosa, y ya no podía más. No podía seguir callando. Fingiendo que no pasaba nada, porque sí pasaba. Pasaban muchas cosas.

Empecé a llorar entre hipidos sin ningún consuelo, solo enfado conmigo misma. Las lágrimas brotaban sin que pudiera detenerlas, mezcladas con desesperación.

—Harper, ¿qué te ocurre?

Mi hermana me tomó el rostro intentando que la mirara, pero yo no podía hacerlo. La aparté, buscando aire.

—¿Qué le ocurre? —intervino Hoyt.

—Parece un ataque de ansiedad —le respondió—. Harper, cielo, tranquilízate. Todo está bien, estás con nosotros.

Yo negué compulsivamente y di un paso atrás, temblando.

—No está bien, nada está bien. Todo esto es culpa mía. —Alcé los brazos abarcando con ellos el espacio que me rodeaba. Me limpié la nariz con la mano—. Es culpa mía.

—¿Qué es culpa tuya? —inquirió Hoyt. Había miedo en su voz.

—Todo. Que mamá esté muerta. Que papá se quedara solo. Que vosotros tuvierais que crecer sin ella. Que no pudiera estar en tu boda, Hayley. Tú querías que estuviera...

—Lo sé, cariño —me susurró, intentando acercarse a mí—. Por supuesto que quería, y estaba allí. Yo sé que estaba. ¿Por qué dices ahora esas cosas?

—Hay algo que no sabéis.

—¿Qué? —inquirió Hoyt.

Mi pecho subía y bajaba muy deprisa, la respiración me quemaba la garganta. Cerré los ojos y lo solté todo.

—Vine aquí para contarle a mamá que iba a ser escritora. Me encontré con papá, empezamos a discutir por la librería, la casa... Yo le presioné para que me explicara de una vez qué maldito problema tenía conmigo. —Inspiré de forma entrecortada—. Y lo hizo, me confesó que mamá había muerto por mi culpa. —Mis sollozos se transformaron en gemidos—. El cáncer... podría haberse curado si se hubiera puesto en tratamiento... Pero... pero no lo hizo porque estaba embarazada de mí. Si... si... hubiera abortado se habría puesto bien. Habría estado en todos vuestros cumpleaños y conocería a Scott y a Megan. Y sería abuela algún día... Y esas cosas nunca ocurrirán, porque yo... yo lo estropeé.

Me sorbí la nariz, incapaz de hablar por los hipidos que me sacudían el pecho. Mis hermanos me miraban en silencio, paralizados.

—¿Papá te dijo eso? —quiso saber Hoyt—. ¿Qué más te dijo?

—Que no iba a perdonarme nunca.

—¡Joder!

—Dijo que... que tenía una deuda con él y con vosotros. Yo le pedí perdón, le dije que lo sentía, que lo sentía mucho, pero para él no era suficiente. Quería que se lo demostrara.

—¿Que se lo demostraras? ¿Cómo? —gimió Hayley.

—Siendo la clase de persona que él siempre ha querido que sea. Volví a casa, acepté ese trabajo en la empresa y me olvidé de mis sueños, de escribir, de la librería... —Se me rompió la voz y mi rostro se contrajo con una mueca amarga. No podía dejar de llorar—. Abandoné a Trey y ahora él está con otra. Ya no le importo. Y yo... yo solo quiero desaparecer.

—¿Trey? —exclamaron al unísono.

—¿Qué tiene que ver Trey en todo esto? —preguntó Hayley.

Mi hermano me miraba sin pestañear. Una miríada de emociones atravesaban su rostro demasiado rápido, pero vi el momento exacto en que lo comprendió. Se llevó las manos a la cabeza.

—Joder, voy a matarlo. Voy a colgarlo por los huevos y después lo... lo...

—¡Hoyt, mamá está ahí mismo! —lo regañó Hayley.

—¡No! —protesté en defensa de Trey—. No hizo nada malo; al contrario, me ayudó mucho. Él quería contártelo, a los dos, pero no tuvo tiempo. Yo... rompí con él y le pedí que no dijera nada.

—¿Se acostó contigo?

—¡Hoyt! —saltó Hayley.

—¿Qué? Para mí es un dato importante. El muy cabrón se estaba tirando a mi hermana pequeña y no me dijo nada. Mi mejor amigo, ¡y un cuerno!

Hayley puso los ojos en blanco y se concentró en mí.

—Entonces ¿estás diciendo que Trey y tú...? —Asentí—. ¿Desde cuándo? ¿Cuánto tiempo?

Pese a mi ataque de nervios, empecé a darme cuenta de que aquella situación no era nada normal. Entre todas las cosas que les había revelado, lo único que parecía afectarles de verdad era descubrir que había salido con Trey. Abrí mucho los ojos, con un pálpito que disparó mi corazón. Les di la espalda y me alejé unos pasos con mi mente a mil por hora. Y lo vi, como si se tratara de un libro en el que de pronto descubres, antes de terminarlo, qué va a pasar. Tan predecible. Tan evidente.

Respiré profundamente varias veces antes de volverme de nuevo.

—¿Por qué no os sorprende lo que acabo de contaros sobre mamá? —Se miraron entre sí y ninguno dijo nada. Me llevé las manos a las mejillas—. Porque ya lo sabíais. Lo sabíais y nunca me habéis dicho nada.

—No podíamos, Harper, lo prometimos. Era un secreto que tú no debías conocer nunca —me explicó Hayley.

—¿Por qué?

—¡Por esto! —exclamó, señalándome con un gesto—. Porque te culparías por todo cuando tú no has hecho nada. Merecías vivir sin esa carga.

—Es cierto, Calabaza —intervino Hoyt—. No debes cargar con este asunto. No hay culpables en esta historia, solo mala suerte.

—Lo sabíais —repetí más para mí que para ellos—. ¿Desde cuándo?

Hayley contempló la tumba de mamá unos segundos, y tuve la sensación de que estaba disculpándose o puede que pidiendo permiso. Suspiró, como si estuviera muy cansada.

—Mamá nos lo contó poco antes de morir. Sabía que papá iba a culparte, lo estaba haciendo desde que naciste, y ella temía que acabara poniéndonos en tu contra. Que te quedaras sola.

—Nos lo contó todo —continuó Hoyt—. Admito que al principio nos enfadamos con ella, y mucho; también contigo. Pero lo acabamos entendiendo y le prometimos que cuidaríamos de ti como lo habría hecho ella.

—Pero nada de eso fue justo para vosotros. Erais muy pequeños para cargar con esa responsabilidad.

—Tú lo eras más, Harper. Eras más sensible, más vulnerable, y no tenías madre ni padre. Ni siquiera la abuela podía vernos todo lo que habría querido —señaló Hayley con una triste sonrisa.

—Lo siento.

—No vuelvas a disculparte. Tú no has hecho nada —replicó Hoyt—. Debiste venir a nosotros, contarnos lo que estaba pasando antes de tomar ninguna decisión. Y no solo lo de papá, sino todo. Y cuando digo todo, me refiero a...

—Hoyt, supéralo, ¿quieres?

Hoyt fulminó a Hayley con la mirada y murmuró algo que no pude entender.

—Lo haré, os lo contaré todo. Seré sincera con vosotros.

Hayley se acercó a mí y me rodeó con sus brazos. Me apoyé en ella y cerré los ojos, intentando no volver a llorar.

—¿Qué os parece si vamos a mi casa y pedimos comida? Allí podremos hablar. Además... —Me miró a los ojos y me apartó la melena de los hombros para que cayera por la espalda—... tengo que darte algo.

—¿Qué?

—Ya lo verás.

31
La carta decisiva

Hayley vivía en un bonito apartamento, muy cerca de la basílica de Notre-Dame. Nos dirigimos hacia allí los tres juntos en el Jeep de Hoyt. Mantuve la mirada fija en la ventanilla durante todo el trayecto, con la sensación de que mi vida estaba a punto de cambiar, otra vez, y no sabía si podría soportarlo. Estaba cansada en todos los sentidos posibles y dentro de mí no quedaba ni una pizca de energía.

Había pasado de sentirlo todo de una forma muy intensa a quedarme completamente indiferente, como si mi cerebro hubiera sufrido un cortocircuito y todos sus cables se hubieran fundido.

Notaba las miradas de mis hermanos en mí. Podía percibir su preocupación. Quise sonreír, decir algo que borrara aquella expresión de sus caras, pero no podía. Por primera vez en mi vida dejé de fingir que estaba bien. No lo estaba.

Me limité a mirar a través del cristal. La gente había invadido las calles, los parques y las terrazas, animados por un sol que ese día brillaba y calentaba con más intensidad.

Cerré los ojos. Casi era ridículo, pero echaba de menos mi vida en Toronto, sencilla y sin complicaciones. Estudiar, asistir a clase, las prácticas en la editorial, rodeada de personas que me hacían sentir parte de algo. Pero lo que más echaba de menos era Pequeño Príncipe; allí me había sentido en casa. A Adele, Sid, Ridge... a todos. No había vuelto a saber de ellos, ni siquiera había intentado comunicarme, tratar de averiguar si todos estaban bien. Ni una llamada ni un mensaje o una simple carta.

Consciente o inconscientemente, acababa apartando a todo el mundo de mi lado, esa era la realidad. Y no tenía ni idea de por qué lo hacía.

Scott nos saludó desde el sofá, donde estaba viendo un partido de tenis.

—Menudas caras. ¿Va todo bien?

—Tranquilo, todo está bien —respondió Hayley, dándole un beso en los labios—. Cariño, ¿por qué no pides comida para todos en el japonés de la esquina? Y sería maravilloso que abrieras el Chardonnay que compramos en ese pueblecito de la Provenza.

Scott nos miró a los tres un poco perdido. Se puso de pie y desapareció en la cocina. Me acomodé en el sofá. Hoyt hizo lo mismo en un sillón, a mi lado. Hayley le bajó el volumen al televisor y después se sentó frente a mí, en la mesa de centro. Nos quedamos en silencio, mirándonos sin más. Me pregunté hasta qué punto los conocía de verdad, o ellos a mí.

Salté sin poder contenerme:

—¿Os hacéis una idea de cómo ha sido mi vida por culpa de ese secreto? Cada día me preguntaba por qué papá me odiaba y cada día intentaba de forma desesperada que me quisiera. No entendía qué teníais vosotros que no tuviera yo, y, muy en el fondo, os envidiaba tanto que a veces deseaba que no me importarais nada. Solo... solo me sentía bien cuando estaba con Frances y la abuela, e imaginaba que ellas eran mi única familia.

Vi cómo mis palabras le hacían mucho daño a Hayley. Escondió el rostro entre las manos y suspiró. Sabía que no era justo culparlos a ellos. No eran más que otras dos víctimas que, con solo diez años, se vieron obligados a cargar con una responsabilidad y un secreto demasiado pesado para unos niños.

—Lo siento —susurré.

—No pasa nada, en el fondo tienes razón.

—Si lo hubiera sabido...

—Si lo hubieras sabido, habrías vivido con una certeza y no solo con la duda, y sigo sin saber qué opción era la mejor —comentó ella en voz baja—. Lo prometimos, Harper. Todos lo prometimos. Fue su última voluntad.

No pude decir nada sobre eso. Probablemente yo habría actuado del mismo modo en su lugar. Scott entró en la sala con una botella de vino blanco y cuatro copas. Tras servirlo, nos entregó una a cada uno. Después se sentó al lado de Hayley y le rodeó los hombros con el brazo.

—Vale, ahora que esta parte está aclarada, vamos con lo importante. ¿Cómo demonios acabasteis Trey y tú juntos y por qué ninguno me dijo nada? —preguntó mi hermano.

—¿Trey? ¡¿Trey y Harper?! —intervino Scott.

Miré a uno y después al otro. ¿Por qué les parecía tan improbable? Casi me resultaba ofensivo. Tomé una bocanada de aire y lo solté muy despacio. Aquel era el momento para aclararlo todo y contar la verdad.

La verdad.

Qué palabra más complicada, llena de matices, de condiciones e interpretaciones. Un concepto que cambia dependiendo de cada persona.

—Iba a decírtelo, a los dos, cuando regresarais a la ciudad. —Me incliné hacia delante con los codos en las rodillas—. Hoyt, ¿recuerdas aquella llamada? Tú estabas a punto de viajar a Nueva York... —Asintió, y yo me encogí de hombros—. Se trataba de Trey. Coincidimos en Pequeño Príncipe a finales de agosto del año pasado.

Hayley frunció el ceño. Enseguida ató cabos y lo comprendió. Me sonrió mientras negaba con la cabeza.

—¿En Pequeño Príncipe? ¿Qué se os había perdido allí a vosotros? —Hoyt continuaba en su burbuja.

—Convencí a Harper para que pasara allí unos días, estaba muy agobiada. La abuela acababa de morir, debía decidir si vendía la librería... y ella necesitaba tiempo y calma sin las presiones de papá. Por eso no se lo contamos a nadie —explicó mi hermana.

—¿Y Trey qué pintaba allí?

—Planos —respondió Scott con una risita. Creo que era el único con ánimo para hacer chistes—. No, en serio, le pedí a Trey que le echara un vistazo a la casa para ver si era posible una reforma en la estructura. No dije nada, ya que era una sorpresa para Hayley. No tenía ni idea de que Harper estaría allí.

—Y fue una sorpresa preciosa —le aseguró mi hermana.

Hoyt se repantigó en el sillón, molesto.

—Así que es culpa vuestra.

—¡No es culpa de nadie! —exclamé enfadada—. ¿Qué problema tienes? Hablas de Trey como si en lugar de tu mejor amigo fuese un convicto peligroso.

—Teníamos un acuerdo: mis hermanas estaban prohibidas.

—¿Y quién crees que eres para prohibirle nada a nadie que tenga que ver conmigo? ¿Qué vas a hacer ahora, ponerme un burka?

—Harper, eso no es justo —intervino Hayley. Soltó un profundo suspiro—. Y, Hoyt, estás siendo un capullo.

Él murmuró algo para sí mismo y se cruzó de brazos, enfurruñado. Me miró de reojo, preocupado, y su expresión se relajó poco a poco.

—Lo siento, es que... —Tragó saliva—. No quiero que nadie te haga daño.

—Lo sé. —Puse mi mano sobre la de él y se la llevó al corazón, gesto que me hizo sonreír—. Hoyt, no es nada de lo que piensas. Y fui yo la que no se portó bien con él.

Mi hermano arrugó la nariz, como si le costara creerme. La buena de Harper, incapaz de hacer daño ni a una hormiga. Chasqueó la lengua y suspiró.

—Vale, cuéntamelo. Pero ahórrate los detalles íntimos y personales.

—¿Te refieres al sexo y...?

—Lalalalala... Por Dios, no puedo oír esa palabra en tu boca.

Me reí, no pude evitarlo, y, de algún modo, la tensión que flotaba entre todos nosotros se fue aflojando.

Llené los pulmones de aire y en silencio ordené mis pensamientos. No necesitaban todos los datos, y menos saber lo que había ocurrido años atrás, así que me ceñiría a lo esencial.

—Trey apareció en la casa el día siguiente a mi llegada. Fue una sorpresa para ambos y, bueno, pensamos que no había nada de malo en compartirla unos días. Durante ese tiempo nos fuimos conociendo más, dimos algunos paseos juntos, salimos a comer... Cogimos confianza y nos contamos algunas cosas. Me ayudó a darme cuenta de que siempre he querido ser escritora y a perder el miedo. Me animó a que me quedara con la librería, a que le plantara cara a papá. Él me habló de sus proyectos, de las cosas que deseaba hacer en el futuro. También de su madre y de lo mal que se había portado con ella.

—¿Te contó eso? —se interesó Hoyt.

—Sí, incluso me llevó a conocer a su abuelo. —Mi hermano alzó una ceja y guardó silencio. Yo continué—: Una cosa llevó a la otra y... ya sabéis. Pasó. Volvimos juntos a Montreal. Decidimos intentarlo y ver cómo nos iba. Y la verdad es que esos días que pasé con él fueron los mejores de mi vida. —Empecé a emocionarme, los ojos se me humedecieron y en mi garganta apareció un nudo que apenas me dejaba hablar—. Pensamos en organizar una cena a vuestra vuelta para contároslo. Hoyt, él quería decírtelo en persona, mirarte a la cara y prometerte que iba muy en serio conmigo.

Mi hermano asintió con un leve gesto. Parecía afectado.

—Entonces te encontraste con papá en el cementerio —indicó Hayley.

—Sí, y todo se fue a la mierda. Me hundí por completo y alejé a Trey. Le dije que lo nuestro se había terminado y no volví a verle hasta aquella noche en el restaurante, cuando apareció con esa chica. —Tragué saliva, con el corazón dolorido latiendo muy deprisa—. Es evidente que ha pasado página. Pero ¿qué otra cosa iba a hacer si no?, yo no le di ninguna esperanza.

—¿Y qué hay de ti? —me preguntó Hayley.

La miré a los ojos y apreté los labios para no echarme a llorar.

—Lo sigo queriendo tanto que... que me duele.

Hoyt se levantó de golpe y se dirigió a la ventana, maldiciendo. Un instante después se volvió hacia mí y en su rostro se reflejaba una mezcla de lástima y comprensión.

—Puedo hablar con él, Harper.

Negué compulsivamente.

—No, no quiero que te metas en esto.

—Pero...

—¡No! Ni siquiera sé cómo me siento ni lo que haré a partir de ahora. Tengo muchas cosas en las que pensar.

—Harper... estás mal. Puedo intentar arreglarlo.

Yo también me puse de pie, angustiada.

—Prométeme que no harás nada. Ninguno de vosotros. Prometedlo. Estoy en este punto porque todos habéis decidido por mí sin mi permiso. Habéis controlado mi vida como si no me perteneciera.

Se quedaron en silencio bajo mi dura mirada. Había necesitado hacerme añicos para encontrar dentro de mí el carácter suficiente para defenderme. Había cosas ante las que no quería volver a caer, como anteponer a los demás a cualquier precio.

—Tienes razón —admitió Hayley—. Te prometemos que no haremos ni diremos nada.

—Gracias.

—¿Y qué piensas hacer? —inquirió Scott, que había permanecido en silencio todo este tiempo.

Me detuve a pensarlo un momento. Bebí un sorbo de vino y me concentré en el líquido girando dentro de la copa. No tenía ni idea. Solo sabía que llevaba meses viviendo un infierno, olvidándome de mí misma hasta dejar de ser yo. Que había sacrificado grandes cosas por nada. Había estado persiguiendo un imposible, incapaz de entender que el amor no se puede forzar ni ganar como si fuese un premio al esfuerzo o al buen trabajo. Ni siquiera el de un padre. El amor es algo que nace en el corazón. No lo dicta la sangre ni el ADN. Es impulsivo, ilógico y visceral.

Y que a veces, simplemente, no te quieren.

Con cada pensamiento sentía que el suelo temblaba bajo mis pies.

Había perdido la herencia de mi abuela, la ilusión por escribir... Había perdido a Trey. Y no veía posibilidad alguna de recuperarlos. Así que no, no tenía ni idea de qué hacer. Quizá, coger el dinero que había conseguido al vender las propiedades y empezar de cero en alguna otra parte muy lejos de allí. Darme la oportunidad de conocerme por fin y buscar solo mi propia aceptación y reconocimiento.

Hayley salió de la sala en silencio y poco después regresó con un sobre de color crema cerrado. Me lo ofreció con el brazo extendido y recordé que en el cementerio había mencionado que debía darme algo. Dejé la copa de vino en la mesa y tomé el sobre.

—¿Qué es esto? —pregunté mientras me sentaba de nuevo.

—La abuela me lo entregó cuando se puso enferma. Me contó que mamá lo había dejado para ti, pero que solo debía dártelo si algún día descubrías la verdad.

Lo abrí y saqué con cuidado su contenido, asustada de lo que pudiera encontrar. El corazón me dio un vuelco. Era una nota escrita. Apenas unas frases.

Harper:

Voy a escribir esta carta para ti con el profundo deseo de que jamás tengas que leerla. Si lo estás haciendo, significa que él no ha sabido ser valiente ni valorar lo que creamos juntos.

Cariño, no importa lo que te diga tu padre. No importa cómo te haga sentir. Tú no tienes la culpa de nada. Durante estos últimos seis años he intentado hacerle entrar en razón, que viera las cosas desde mi punto de vista y me comprendiera, pero no lo he conseguido.

A veces los adultos tenemos miedo. Miedo a quedarnos solos, a sufrir y no saber qué hacer con ese sufrimiento. Nos aterra perder aquello que amamos y ese sentimiento no nos deja disfrutar del momento ni crear recuerdos que más adelante nos puedan dar algún consuelo. El miedo nos transforma en seres tristes y egoístas, nos deja ciegos ante las cosas hermosas que nos da la vida. Eso es lo que le ocurre a tu padre, tiene miedo y finge estar enfadado contigo.

Sí, cariño, lo finge.

A quien de verdad culpa por todo es a mí, solo que nunca tuvo el valor de admitirlo. Quizá porque entonces me estaba muriendo y una parte de él se avergonzaba por odiar a su esposa desahuciada. Quizá porque ahora ya no estoy y necesita a alguien en quien volcar toda esa amargura que siente.

Sea como sea, nunca has sido la responsable de nuestros problemas. Tienes que creerme.

Siento haber elegido esta batalla para ti. Puede que fuese egoísta traerte a un mundo en el que te iba a abandonar poco después. Pero desde que oí tu corazoncito por primera vez, no pude concebir un universo en el que no estuvieras.

No me arrepiento de nada. Jamás podría hacerlo, ya que mirándote solo siento que hice lo correcto.

Sé que te dejo en buenas manos. Tus hermanos te quieren y te protegerán siempre. Os cuidaréis entre vosotros, porque eso es lo que hacen los hermanos. Siento no poder quedarme cerca, veros crecer, superar vuestras limitaciones y daros todos esos consejos que la abuela me dio a mí.

Busca el equilibrio entre la cabeza y el corazón, y no te tomes la vida demasiado en serio. Ante la duda, elige siempre el camino que te haga sonreír. Ríete de ti misma y recuerda que solo debe importarte la opinión de esa persona que te devuelve la mirada desde el espejo. No te conformes, lucha por lo que crees y no te lamentes nunca. Si algo no te gusta, cámbialo. Si te has equivocado, enmiéndalo. Si amas, demuéstralo.

Si debes arrepentirte, que sea de no haber dicho o hecho lo que sentías. A veces, la vida solo te da una única oportunidad de cambiar tu destino y no puedes permitirte perderla.

No consientas que nadie te hunda. Nada, nada a contracorriente si es necesario, pero no dejes de moverte nunca.

Sé que algún día harás todas esas cosas que yo no podré, y las harás por las dos. Vivirás como si cada día fuese el último, serás feliz, libre y cumplirás tus sueños.

Eres fuerte. Valiente. Eres querida. Lo eres todo. Nunca lo olvides y no dejes que nadie te diga lo contrario.

Te quiero con locura. Os quiero a los tres.

Mis niños, sois todo mi mundo.

Con amor,

Mamá

Las lágrimas cayeron por mi rostro y durante un segundo sentí como si ella estuviera allí conmigo. Sus palabras me habían traspasado el alma; y, de algún modo, habían ido pegando mis trocitos para que volviera a estar entera.

Me sequé los ojos con las mangas del jersey y miré a mis hermanos.

—Gracias —articulé—. Os quiero, os quiero muchísimo. Creo que nunca os lo he dicho lo suficiente.

—Y nosotros a ti —susurró Hayley con ojos brillantes.

—¡Joder! —exclamó Hoyt, intentando disimular que se había emocionado—. Ahora es cuando me preguntó por qué cojones no tuve hermanos. Tíos, quiero decir, con sentimientos solo en la polla y todo eso.

Se me escapó una risotada y me lancé a abrazarlo. Lo apretujé con fuerza y le llené la cara de besos.

—Gracias, de verdad. Eres el mejor hermano del mundo, incluso cuando te comportas como un capullo.

Me miró con el ceño fruncido.

—¿Gracias?

—¿Estás bien? —me preguntó Hayley.

Asentí y también la abracé.

—Sí, necesitaba esto —dije mientras apretaba la carta contra mi pecho. Ella miró el papel y vi el anhelo en su rostro. Se la ofrecí—. Ten, guárdala tú. También es para vosotros.

—¿De verdad?

—Sí.

Miró a Hoyt por encima del hombro y la abrió. Él se acercó y comenzaron a leerla juntos. Guardé esa imagen en mi mente.

Recogí mis cosas y los dejé allí, con ella.

Necesitaba estar un tiempo a solas y digerir todo lo que había ocurrido. Salí a la calle con los sentidos más despiertos que nunca, interiorizando cada palabra escrita en esa carta por mi madre. Una parte de mí se lamentaba de no haber podido leerla antes, pero dejé de hacerlo en cuanto recordé su consejo. Me dije a mí misma que había llegado en el momento justo, cuando de verdad la había necesitado.

¿Recordáis que al principio os conté que todo comenzó con una carta, un regalo y un chico tan perdido como yo?

Ya tenía la carta. Las primeras palabras del comienzo.

32
Nadar o hundirme

Arriesgarme no era algo que se me diera muy bien. Tampoco ser impulsiva y hacer las cosas sin pensar. Locuras. Siempre había tenido miedo a los imprevistos. A las consecuencias, a equivocarme, a que nada saliera como esperaba. Miedo a todo.

Me había convertido en una experta en camuflar sentimientos; al menos de cara a los demás. En mi interior temblaban, se multiplicaban y expandían. Como cristales rotos de bordes afilados con los que me hacía daño a mí misma, sembrando mi interior de heridas que nunca terminaban de sanar.

En mi cabeza repetí las palabras de mi madre, lo hice durante horas mientras caminaba por la ciudad. Con cada paso que daba, sentía mis heridas cicatrizando y cómo las aristas de mis sentimientos se suavizaban hasta convertirse en pequeños cristales pulidos. Bonitos, brillantes y suaves. Tan transparentes que podía ver a través de ellos. Y lo que vi fue una versión distinta del mundo, más real que nunca.

En ese mundo yo tenía un propósito: vivir. Por mi madre y por mí, por las dos. Ella me había dado un valioso regalo que los secretos, las mentiras, los errores y mi propia inseguridad habían convertido en años de infelicidad. Pero aún estaba a tiempo de cambiar. Aún podía empezar de cero. Conectar con la vida y engancharme a ella. Fluir sin más, siguiendo a mi corazón.

Continué caminando, y con cada paso que daba me deshacía de un miedo. Un error. Un pensamiento. Una duda. Un remordimiento. Una obligación...

Cuando por fin me detuve, solo quedaba yo. Mi mente en blanco y mi corazón ligero. Por primera vez no tenía planes más allá del siguiente paso, solo una certeza: no iba a volver a la casa familiar.

Estaba cansada y me dolían los pies. Alcé la vista y vi un cartel que anunciaba un hotel en la siguiente esquina.

Me dirigí allí y pedí una habitación, nada más allá de esa necesidad inmediata. Me di una ducha caliente y me puse el albornoz. Escribí un mensaje a mis hermanos para que no se preocuparan. Después encargué un montón de comida y pasé toda la tarde viendo la tele.

En algún momento que no logro recordar, me quedé dormida.

Esa noche no hubo insomnio, ni malos sueños.

Alex levantó la vista de su mesa y lanzó un suspiro de alivio nada más verme. Se puso en pie y vino a mi encuentro. Me frenó en medio del pasillo.

—¿Dónde has estado toda la mañana? Tu padre no ha dejado de preguntar por ti. Está como loco porque no has asistido a la reunión de publicidad.

—¿Se encuentra en su despacho?

—Sí, pero te aconsejo que no entres ahora. Está de un humor de perros y ha pedido que nadie lo moleste.

—¡Qué suerte que yo no sea nadie!

Esquivé a Alex y continué hasta el despacho sin detenerme ni dudar. No llamé, simplemente giré el pomo y entré. Mi padre se encontraba sentado a su mesa. Alzó la vista y vi cómo cambiaba su expresión. El disgusto en sus ojos, el ceño fruncido, la impaciencia y ese atisbo de miedo e inseguridad del que nunca antes me había percatado.

—¿Crees que te pago por nada? Aquí solo eres una empleada más, no puedes hacer lo que te dé la gana. Tienes obligaciones y la reunión de esta mañana se ha ido al traste porque tú no has cumplido con ellas. —Me fulminó con la mirada—. ¿Nunca vas a hacer nada bien?

Inspiré hondo y le sostuve la mirada sin amedrentarme. Al principio me costó un poco, pero enseguida me recompuse.

—Lo dejo. Me marcho.

—¿Qué?

—Me marcho de la empresa, y de casa.

—¿Te has vuelto loca?

—Puede. Sí, es posible que sí.

—Harper, te aconsejo que...

Negué con la cabeza y di un paso hacia él.

—¿Nunca te cansas de esa amargura? ¿No te agotas de vivir enfadado todo el tiempo? —le espeté con pena y rabia. Abrió la boca para replicar, sorprendido por mi salida de tono, pero no le di ocasión—. No tengo la culpa de que mamá muriera, fue su decisión. No se arrepintió en ningún momento y yo tampoco lo haré por estar viva. Ella tenía razón, solo eres un hombre al que el dolor y el sufrimiento han transformado en un ser triste y egoísta. Ciego a las cosas buenas que te ha dado la vida. —Inspiré hondo para que no me temblara la voz—. Voy a cumplir mis sueños y a ser feliz. Por ella y por mí. Al final, por si aún no lo sabes, la vida consiste en intentar serlo. Ese es su propósito. Siento... siento mucho que tú no lo hayas conseguido. Y siento que creas que yo soy la culpable, pero nunca estuvo en mis manos cambiar las cosas. ¡Ojalá hubiera podido!

Se me quedó mirando sin decir una palabra. Se había

puesto pálido y le temblaban las manos. Me encogí de hombros.

—Me rindo. No voy a seguir intentando ganarme tu cariño. Sé que es imposible y prefiero nadar sola a hundirme contigo. —Le dediqué una sonrisa que me sorprendió a mí misma—. Voy a convertirme en escritora y voy a hacer todo lo posible para recuperar la librería de mi abuela. Son mis sueños y también eran los de mamá.

Di media vuelta y salí de allí sin mirar atrás.

—¿Harper?

La voz de Dustin me detuvo al llegar al ascensor. Se acercó con esa expresión paternalista y condescendiente que me sacaba de quicio. Suspiró cuando llegó a mi lado y, con su mano en mi codo, trató de apartarme a un lugar más privado. Me deshice de su contacto como si sus dedos fuesen ácido sobre mi piel.

No le importó mi desprecio. Pobre chico, si no se alejaba de los Weston, pronto sería un títere sin amor propio.

—Harper, no puedes seguir así. Debes madurar. Tienes que comprometerte con las cosas que realmente importan, como tu padre, la empresa y...

—Tienes algo entre los dientes.

—¿En serio? —Se llevó la mano a la boca con disimulo y añadió—: ¿Dónde?

—En ninguna parte, solo quería que cerraras el pico. Ahora escucha tú. Madura de una vez, Dustin. Aquí no le importas a nadie y mucho menos a mi padre. Nunca serás lo suficientemente bueno para él. ¿Crees de verdad que quiere que estemos juntos porque te aprecia? Pues siento decirte que no es así. Solo quiere verme desgraciada y sabe que contigo lo sería. —Sus ojos se abrieron como platos—. Eres un buen chico, lo sé. Huye de aquí mientras estés a tiempo o él te devorará.

Las puertas del ascensor se abrieron y yo las traspasé con decisión. Dustin continuaba mirándome sin parpadear.

Mientras las puertas volvían a cerrarse, levanté la mano y le dije adiós.

Esa misma tarde recogí todas mis cosas en Léry y me trasladé a un modesto apartamento en el distrito De Lorimier que encontré en los anuncios por palabras del periódico. Solo tenía un pequeño salón con cocina, un dormitorio y un baño, pero yo no necesitaba más.

Llamé a mis hermanos para darles mi nueva dirección y que no se preocuparan. Después concerté una cita para el día siguiente con el señor Norris. Necesitaba que me ayudara a recuperar Shining Waters.

—¿Me está diciendo que no sabe quién compró las propiedades?

—Digo que la compra se llevó a cabo a través de la sociedad que figura en el contrato, la misma que realizó la transferencia del dinero a tu cuenta, y que ellos solo actuaron como intermediarios. No son los propietarios actuales.

—¿Y quiénes son?

—Esos datos son privados, no pueden facilitarlos.

—Pero ¿les ha preguntado? ¿Les ha explicado a esas personas que tengo motivos muy personales para querer recuperarlas?

—Por supuesto, Harper, pero existe algo llamado confidencialidad.

—¿Y en el registro del ayuntamiento? Allí debe de haber algo. No sé, pagarán impuestos por los inmuebles. Aparecerá un nombre, una dirección, algo...

—Allí tampoco he logrado averiguar nada.

Resoplé y me hundí en la silla. No quería perder la esperanza; sin embargo, parecía una misión imposible dar con alguna pista que me condujera a los nuevos propietarios de la librería. El señor Norris se inclinó sobre la mesa y me dedicó una sonrisa amable.

—Lo seguiré intentando. Te lo prometo.

—Gracias.

Abandoné el bufete aferrándome a la esperanza y, con ese sentimiento dentro de mi pecho, me dirigí dando un paseo hasta Le Plateau. Con la mente despejada y el corazón vivo y reparado, salvo por ese trocito que aún le faltaba y que hacía que sus latidos todavía fuesen irregulares. Dolorosos cuando me perdía en ciertos recuerdos. Sin embargo, ese dolor no era malo, traía consigo a la persona que más quería en el mundo. Y pensar en él se había convertido en algo que necesitaba hacer a menudo.

Me paré en la acera, frente a la casa que había sido de mi abuela, y contemplé el edificio. Todo seguía como siempre, pese al transcurso de los meses. Tan igual que casi parecía que allí vivía alguien. La entrada y las ventanas estaban limpias y había plantas floreciendo en el balcón. Incluso el buzón era nuevo.

Crucé la calle con el corazón latiendo deprisa y llamé al timbre. Necesitaba saber quién la ocupaba.

Esperé.

Nada.

Silencio.

Golpeé la puerta con los nudillos e insistí hasta que no me quedó más remedio que aceptar que no había nadie. Le eché un vistazo al buzón. Nada. Ni un nombre ni un apellido. No pensaba conformarme. La persona que ahora vivía allí también podía ser la nueva propietaria de la librería. Me senté en la escalera, dispuesta a esperar todo el tiempo que hiciera falta.

Las horas pasaron y el frío empezó a calarme los huesos. Me estremecí, solo llevaba un pantalón tejano y una chaqueta fina sobre un jersey de lana.

Las temperaturas aún eran bajas para finales de abril.

Aguanté hasta que el sol se puso y ya no sentía los pies. Acabaría pillando un resfriado. Me levanté, entumecida, y me alejé de allí sintiéndome triste por no haber encontrado lo que buscaba, feliz porque tenía una pista que podría ayudarme.

Di un rodeo para echarle un vistazo a la librería antes de regresar al apartamento. Habían pintado un grafiti sobre las tablas que cubrían el escaparate y manchado el cristal. Me enfadé, porque sentía que era culpa mía que estuviera en aquellas condiciones tan lamentables. Porque no entendía para qué querría alguien comprarla si después iba a abandonarla.

La nostalgia rebasaba mis límites.

Era posible que la hubiera perdido para siempre y esa idea me mataba.

Durante los siguientes días, hice todo lo posible para intentar encontrar al nuevo inquilino. Pregunté a los vecinos, espié su correo... No logré averiguar nada. Fuese quien fuese, no parecía que pasase mucho tiempo allí. Nunca respondía al timbre y no vi luces encendidas ni ventanas abiertas, las cortinas no cambiaban de posición.

La impaciencia comenzó a hacer mella en mí.

Por suerte, volví a notar ese cosquilleo que me impulsaba a escribir. Mi cabeza se llenó de ideas que necesitaba expresar. Pensamientos. Emociones.

Compré un escritorio en una tienda de segunda mano y lo coloqué bajo la ventana del apartamento. Después añadí una estantería y una alfombra de color verde manzana que encontré en un mercadillo. Ese rincón era lo mejor de mi casa, con sus vistas al parque Baldwin. Allí pasaba horas y horas, tecleando sin parar. Pintando mi propia historia en aquellas páginas. Viviéndola de nuevo desde la distancia, con otra perspectiva.

Aquel lugar se convirtió en mi refugio y ni siquiera la incertidumbre por lo que el futuro pudiera albergar conseguía atenuar el placer que sentía por mi nueva libertad. Por aquel estado de atemporalidad y mis rutinas inconstantes y sin horarios. Así de caótica me había vuelto.

Aprendí a sentirme bien. A quererme. A disfrutar de cada pequeño momento.

Aprendí a pensar solo en el ahora. A vivir sin prisa. A ser feliz.

Sin embargo, no aprendí a olvidarle, a no echarle de menos. A borrar de mi mente sus manos acariciándome, sus labios cubriendo los míos.

A él, simplemente a él.

Y cada noche, cuando me metía en la cama y todo quedaba en silencio, me dormía pensando en sus ojos, su sonrisa, en todo aquello que habíamos tenido. Y dolía. Dolía mucho.

Empezó mayo y un anticiclón se instaló sobre el sur de la provincia de Quebec. Las temperaturas subieron y yo cambié mi escritorio por la hierba húmeda y la sombra de los árboles. Tumbada sobre el manto verde del parque, entorné los ojos y me concentré en los trocitos de cielo que se veían entre las hojas.

Intentaba decidir qué clase de final darle a la novela y acabé divagando sobre la vida real y las historias de ficción. En lo parecidas que eran en su desarrollo. El comienzo, esos hilos sueltos que acaban transformándose en un nudo confuso. El conflicto, la prueba a superar, y la armonía de su resolución para el perfecto final. Porque todas las historias de amor del mundo merecen un final perfecto. Las reales y las de ficción.

Todas menos la mía. Esa iba a quedarse en blanco.

Para siempre.

Dos palabras que podían sellar la felicidad más absoluta y la mayor de las tristezas.

De repente, un tipo apuesto y bastante presumido se interpuso entre mi bonito paisaje y yo, interrumpiendo mis pensamientos. Me moví hacia un lado, buscando como una lagartija el calor del sol.

—¿Te has dado cuenta de que estás sobre un hormiguero?

—No es cierto.

—Ya me lo dirás cuando todas esas hormigas se te metan por los oídos y te coman desde dentro.

Lo asesiné con la mirada.

—Eso colaba cuando éramos pequeños.

—Lo dices como si hubieras crecido, enana.

—Ja, ja, ja... —Me incorporé hasta sentarme—. ¿Qué haces aquí?

—Megan está de viaje y no me apetecía comer solo.

—Me encanta ser tu primera opción.

Hoyt se echó a reír y se sentó a mi lado sin importarle que su perfecto y caro traje de firma pudiera mancharse con la hierba. Abrió una bolsa de papel y sacó un par de sándwiches. Me ofreció uno.

—Gracias. La verdad es que estoy muerta de hambre. —Le di un mordisco y gemí al notar el sabor del *pastrami*—. Dios, está buenísimo.

Me sonrió con la boca abierta llena de comida y yo hice otro tanto. Desde fuera debíamos de parecer dos guarros sin educación. Para nosotros eran trocitos de una infancia que no queríamos perder.

—¿Qué tal la llevas? —preguntó, señalando con un gesto mi ordenador portátil.

—Casi la he acabado, pero no sé qué final darle. Me está costando decidirlo.

—Puedo ayudarte con eso, mátalos a todos. Masácralos sin compasión.

—¡No puedo matarlos! Es una historia de amor y desamor.

—En Romeo y Julieta también mueren todos.

Puse los ojos en blanco. Le lancé una miguita de pan y le acerté en la mejilla.

—¿Por qué eres tan rarito?

—¿Por qué lo eres tú?

—Supongo que por los genes. Suerte que a mí me tocaron los buenos.

—Y a mí los más guapos —replicó con los ojos bizcos.

Se me escapó una risotada. Lo abracé sin dejar de sonreír y apoyé la cabeza en su hombro.

—Lo he visto —susurró al cabo de un rato. Supe a quién se refería y se me aceleró el pulso—. Nos encontramos anoche en un local del centro.

Necesité unos segundos para tranquilizarme. Me había dolido tanto perderlo que había volcado gran parte de mi subconsciente en entumecer mis emociones para hacerlas más soportables. Había levantado una barrera para aislarme. Un muro frágil, endeble, lleno de grietas por las que se filtraba todo.

—¿Y qué tal está?

—Bien, o eso parece. Hablamos un rato, pero no logré sacarle gran cosa. Apenas visita Montreal, prácticamente se ha mudado a Lennox Island. Se ha involucrado mucho con la reserva.

—Adora ese lugar.

—Lo sé. Pero no es solo eso, es... Ha cambiado y creo que me evita a propósito. ¡A mí! —Inspiró hondo y se frotó la nuca antes de suspirar—. ¡Joder, lo echo de menos!

Me atormentó que se sintiera de ese modo. Sabía lo importante que Trey era para mi hermano.

—Lo siento mucho, Hoyt, me siento responsable.

—No te preocupes. Todos somos adultos y estas cosas pasan. También desapareció un tiempo cuando su madre murió, pero acabó volviendo. Siempre acaba volviendo.

Tragué saliva.

—¿Iba... iba con alguien?

—¿De verdad quieres saberlo?

—Sí.

Era así de masoquista.

—Con la misma chica. —Se me encogió el estómago al oír la respuesta. Ladeó la cabeza para mirarme—. ¿Por qué no intentas verle?

—¡No!

—Podríais arreglar lo vuestro.

—Me aseguró que si lo dejaba marchar nunca volvería. Además, sale con otra. Ha pasado página.

Hoyt chasqueó la lengua con disgusto. No solía conformarse con facilidad.

—Sabes que podría ir a buscarlo y traerlo hasta aquí de los huevos.

—Y tú sabes que yo me enfadaría mucho si lo hicieras. Además, me lo prometiste.

Sonrió sin ganas.

—Haría cualquier cosa por ti.

—Pues confía en mí y deja que resuelva las cosas a mi manera.

Me miró fijamente y vi la batalla interna que estaba librando consigo mismo. Su carácter protector le impedía quedarse quieto mientras las personas que le importaban sufrían. Finalmente cedió con un gesto. Sacó del bolsillo interior de su chaqueta la carta que me había dejado nuestra madre y me la entregó.

—Hayley y yo pensamos que debes guardarla tú. Mamá la escribió para ti. —Suspiró y me dio un beso en la frente—. Debo irme. ¿Estarás bien?

—Mejor que bien.

33
Tú y otros desastres naturales

Regresé a casa poco después de que Hoyt se marchara. Preparé una cafetera y, mientras el agua se calentaba, volví a leer la carta de mi madre. Desde siempre había lamentado conservar tan pocos recuerdos de ella. Incluso albergaba dudas sobre algunos, cuestionándome si eran reales o si mi mente infantil los había imaginado para sentirme mejor.

Aquella hoja de papel era real. Mejor que un recuerdo. Eran sus palabras y su mano las había escrito para mí: «Si algo no te gusta, cámbialo. Si te has equivocado, enmiéndalo. Si amas, demuéstralo». Lo repetí como un mantra. Como una oración. Interiorizando el mensaje.

Fui hasta el dormitorio. Abrí el cajón de la cómoda y saqué la cajita de metal. Tomé el libro y lo sostuve durante unos segundos, sintiendo el tacto de sus tapas arrugadas y viejas. Después atesoré entre sus páginas la carta.

Al cerrarlo, se cayeron de su interior las entradas de la visita a Tejas Verdes que Trey me había regalado. Las guardaba como recuerdo de uno de los días más bonitos que había vivido.

Hice una mueca triste.

Los últimos meses los había pasado casi congelada, viviendo dentro de una burbuja, centrada solo en los aspectos más mecánicos de mi existencia, como respirar, comer, dormir, trabajar... Pero la burbuja había estallado y ahora no hacía más que pensar y recordar. Y quería gritar, gritar hasta quedarme ronca. Aplastar contra el suelo la frustración, la impaciencia, las ganas.

Puse las entradas dentro del libro y lo dejé de nuevo en su sitio. Me serví una taza de café. A continuación, me senté frente al ordenador con el firme propósito de escribir toda la tarde. Al anochecer iría hasta mi antigua casa a montar guardia junto a su puerta.

Una pérdida de tiempo, lo sabía.

Empezaba a pensar que allí solo vivía un fantasma, o quizá alguien con el poder de hacerse invisible.

Tictac, tictac, tictac...

Jugueteé con mi colgante mientras intentaba concentrarme en la página en blanco. Clavé los ojos en el cursor, su parpadeo era hipnótico.

Necesitaba un final, uno realmente bueno. Creíble, maduro, que dejara una profunda huella.

Pensé y pensé. Y después me serví otro café con la esperanza de encontrar todas las respuestas que necesitaba en el fondo de la taza. Solo hallé posos y dolor de estómago.

Aparecieron las dudas, la inseguridad. Quizá había puesto tanto de mí en aquella historia que no era capaz de imaginar un desenlace feliz; pero me resistía a darle uno trágico. Con el mío era más que suficiente, y... ¿para qué sirven los libros si no es para soñar?

Al cabo de una hora me rendí, incapaz de unir unas pocas palabras con sentido. Mi mente había viajado a otra parte, muy lejos de allí.

No podía dejar de pensar en Trey y en lo estúpida que había sido al renunciar a él. Me arrepentía tanto de haber estropeado nuestra historia... Le fallé cuando él lo había apostado todo por nosotros, y me moría al pensar que jamás podría decirle cuánto lo lamentaba, que haría cualquier cosa por volver con él. Sentía que ya no tenía ningún derecho a hacerlo. A alterar su vida de nuevo, ahora que la había rehecho con esa chica.

Tampoco era justo para ella.

¡Maldita empatía! ¿Por qué me costaba tanto ser una zorra egoísta?

Puse un poco de música para distraerme y abrí las ventanas. La brisa agitó las cortinas y un ligero olor a electricidad me erizó la piel. Un trueno retumbó a lo lejos. Se estaba formando una tormenta.

El estómago me dio un vuelco. Más recuerdos.

Saqué una tarrina de helado del congelador y me senté en la escalera de incendios. Necesitaba despejarme y el chocolate podía arreglarlo casi todo.

Oí las gotas sobre el tejado antes de notarlas en la piel desnuda de mis brazos. El aire azotó con fuerza los árboles y levantó las últimas hojas secas que quedaban en el suelo. El manto de nubes grises se iluminó con un fogonazo, al que siguió un fuerte crujido.

La tormenta se desató con fuerza sobre la ciudad, oscura y hermosa. Sin embargo, yo solo podía pensar en aquella otra que había puesto a Trey en mi camino. Recordé la primera noche, cuando estuve a punto de atizarle con un candelabro, y no pude evitar reírme. Aquel odio fingido cuando en realidad nos moríamos por desnudarnos.

Deseé regresar a ese momento y empezar de nuevo. Pero no existían los milagros ni los viajes en el tiempo. Lo había perdido por idiota. Por cobarde.

«Si debes arrepentirte, que sea de no haber dicho o hecho lo que sentías.»

Me detuve con la cuchara a medio camino de la boca y un escalofrío me recorrió la espalda. Por un segundo creí que alguien me había susurrado esas palabras al oído.

Quiero creer que sí, y que ese fue el desencadenante que me hizo reaccionar.

El corazón empezó a palpitarme con tanta fuerza que pensé que se me saldría del pecho. Algo cambió en mi interior. Fue como si mi mente se fragmentara en pequeñas piezas, que comenzaron a moverse, girar y a encajar de nuevo, solo que en distintos lugares y posiciones. Y entonces comprendí lo que decían esas palabras.

Me arrepentía, sí. Tanto que torturarme con palillos bajo las uñas no habría dolido más. Pero me lamentaba por los actos equivocados. Lloriqueaba por mis errores pasados cuando debería hacerlo por los actuales, como continuar con mi culo pegado a aquella escalera, compadeciéndome de mi corazón incompleto.

Y el enfoque correcto cambiaba toda la imagen.

Dejé caer la tarrina y volví adentro.

Empecé a escribir. Las palabras fluían sin parar. Y no podía parar, absorta en la siguiente frase, en la siguiente página, sin pensar en nada más que no fuese la escena que se desarrollaba en mi cabeza.

El tiempo empezó a correr más y más deprisa.

Y mientras las horas pasaban, el amanecer llegó en el mismo instante que tecleaba la última palabra, seguida de unos puntos suspensivos.

Alcé la cabeza de la pantalla sin dejar de sonreír. Plena. Eufórica.

Inspiré hondo y cerré los ojos. Necesitaba una cosa más. Como por arte de magia, apareció. El título perfecto.

Fui hasta la primera página y, sonriendo como una idiota, lo escribí:

Tú y otros desastres naturales

Porque eso era Trey Holt para mí, un terremoto, un huracán, un volcán escupiendo lava, la tormenta perfecta a la que por fin había logrado sobrevivir.

Porque aquella era su historia.

Mi historia.
Nuestra.
Sin final. Solo puntos suspensivos.
Porque no todas acaban, simplemente continúan...

Ojalá coincidamos en otras vidas, ya no tan tercos, ya no tan jóvenes, ya no tan ciegos ni testarudos, ya sin razones sino pasiones, ya sin orgullo ni pretensiones.

Charles Bukowski

34
El regalo

Sentía que cada latido de mi corazón iba a ser el último mientras cruzaba el puente que unía Lennox Island a la isla. No sabía si realmente merecía que me perdonara, probablemente no, y una gran parte de mí creía que no lo haría. Ni siquiera estaba segura de si había ido hasta allí buscando ese perdón. Solo sabía que necesitaba decirle las cosas que realmente sentía aquella noche, muchos meses atrás, cuando le rompí el corazón y pulvericé el mío.

No podía quedarme con todo aquello dentro o no sería capaz de avanzar. Con o sin él. Sobre todo sin él.

Inspiré hondo y mis pulmones se llenaron de aire frío. El sol comenzaba a despuntar sobre los árboles; sin embargo, bajo aquella telaraña de ramas y hojas, la penumbra se resistía a abandonar el bosque. Mientras mis pies se hundían en la gravilla, el cosquilleo que sentía en el estómago se transformó en náuseas por culpa de los nervios.

La puerta se abrió y yo avancé más rápido.

Matu me miró desde el porche con la misma expresión seria que recordaba. Fumaba en pipa y una nube de humo salió de sus labios. Observé las formas que hacía en el aire antes de disiparse. Tragué saliva y le dediqué mi mejor sonrisa.

—Buenos días. No... no sé si me recuerda. Estuve aquí hace unos meses. Soy Harper, la hermana de Hoyt. —Ahogué un suspiro, demasiado nerviosa—. Estoy buscando a su nieto y me preguntaba si... —Matu soltó otra nube de humo y señaló con un gesto la esquina de la casa. Forcé una sonrisa—. Gracias.

Un paso tras otro, rodeé la cabaña. Vi la tienda y sentí que me ahogaba. De repente, una mole de pelo gris salió de ella y se abalanzó sobre mí. Caí de culo. Abrí la boca para gritar, pero una lengua áspera y pegajosa me la llenó de babas. Aparté la cara para evitar que siguiera lamiéndome.

—Para, para... Ya está bien. ¡*Shila*, para! —le ordené entre risas.

El perro gimió alegremente sin dejar de saltar a mi alrededor. Se acercó con la lengua fuera y me empujó con el hocico. Me puse de rodillas, extendí los brazos y le rodeé el cuello, hundiendo la nariz en su pelo suave. Era precioso.

—Hola, pequeño, cuánto te he echado de menos. —Lo miré a los ojos, sujetándole la cabezota con ambas manos, y después le rasqué tras las orejas—. Pero si has crecido un montón. Mírate, estás enorme.

Ladró una vez e intentó lamerme la cara de nuevo. Me arrancó un pellizco de felicidad y reí. Le regalé unos mimos, un reguero de besos y caricias, cuando lo sentí detrás de mí.

Me puse en pie y me di la vuelta. Muy despacio. Intentando que dejasen de temblarme las piernas.

Trey estaba allí, en medio del claro, vestido tan solo con un pantalón tejano a medio abrochar. Iba descalzo y de su mano colgaba una toalla. Su pecho subía y bajaba agitado mientras sus ojos permanecían clavados en mí, ardientes, vivos, llenos de preguntas.

La emoción inundó mi pecho tan rápido, tan de repente, que apenas lograba respirar. Mis labios susurraron su nombre y lo lanzaron al aire desde el fondo de mi alma.

—Trey.

Dio un paso hacia mí, pero se detuvo como si tuviese miedo de acercarse. Mis ojos volaron hasta un punto a su espalda. La chica con la que lo vi aquella noche acababa de aparecer con dos tazas de café.

Volví a su rostro.

El tiempo pareció detenerse mientras nos contemplábamos, pero no así mi corazón, que me martilleaba el pecho y resonaba en mis oídos. Cualquier resquicio de esperanza que pudiese albergar respecto a nosotros se deshizo como humo arrastrado por el viento.

Lo había perdido de verdad.

Esa posibilidad existía, la había considerado en todas sus versiones posibles; aun así, la certeza fue como un duro golpe en el estómago. Lo miré y él me miró a mí. Quise decir algo. Había pensado todo un discurso, pero ahora me parecía ridículo y sin sentido, vacío. Me humedecí los labios, reuniendo el poco valor que me quedaba para hacer lo que me había llevado hasta allí. Sincerarme.

—Sé que es tarde, que lo estropeé todo entre nosotros, pero tienes que saberlo. Me equivoqué. He hecho muchas cosas mal y me arrepiento de todas. Te expulsé de mi vida cuando eras la persona más importante que había en ella. Renuncié a ti y me mata haberte perdido. Tú me hiciste descubrir quién soy en realidad. Lograste que volviera a sentir y que deseara cosas que nunca antes me había permitido desear.

Su rostro estaba lleno de incertidumbre. Tragó saliva y vi tanta vulnerabilidad en ese gesto que yo también me sentí más débil. Continué:

—Te echo tanto de menos que hay días que odio respirar. Lamento haber sacrificado lo que teníamos y que haya sido por nada. Es tan duro y duele tanto que, a veces, creo que ese dolor nunca se irá. No soy perfecta, Trey, y nunca lo seré, esa es la verdad. Te fallé y me fallé a mí misma, y tendré que vivir imaginando mil veces cómo serían las cosas ahora si hubiera actuado de otro modo. —Se me quebró la voz—. Tenías razón, soy como un acertijo que quizá no tenga solución.

Miré a la chica e inspiré hondo, y mis ojos volaron de nuevo hasta él.

—Siento si te estoy poniendo en una situación difícil, pero necesito ser egoísta e impulsiva por una vez en mi vida y sacarme todo esto de dentro para poder seguir adelante. Saber que lo hice, lo intenté, y que, desde ese instante, dejó de depender de mí. Me he roto tantas veces que he perdido la cuenta, y puede que lo siga haciendo cuando vuelva a flaquear, a tener dudas o a sentirme insegura, porque soy así y no sé si seré capaz de cambiar algo que es tan mío. Esa es la verdad. Sí sé que siempre acabo reconstruyendo todos mis pedazos y que esa nueva versión de mí misma es mejor que la anterior. Más feliz, más viva y más enamorada... de ti.

Sorbí por la nariz y me limpié las lágrimas.

—Sé que te he perdido del mismo modo que he perdido todo lo que me importaba y me hacía feliz, y que no tengo ningún derecho a irrumpir en tu vida ahora. Pero necesitaba hacer esto para volver a sentirme un poco más completa.

Esbocé una triste sonrisa mientras me desmoronaba por dentro. Él no se había movido ni un ápice y solo me miraba. Rígido, con los puños apretados. Vi el dolor que encerraban sus ojos. El que yo le había causado.

La chica, Sora, o como demonios se llamase, dio un par de pasos.

—Trey —susurró, y en su tono había urgencia. Apremio para que reaccionara.

Me sentí pequeña y perdida. Valiente por primera vez, porque me había abierto sin reservas. Triste, porque el final que tanto había temido ya estaba escrito. Y no, no era un final feliz.

Di media vuelta y me alejé de allí.

Mentiría si dijese que no dolió. Que no fue duro darme

cuenta de que no me seguía. Que mi nombre no vibró en el aire. Que no hubo una mano en mi muñeca que me detuviera.

Mentiría si dijese que no me dolió darme cuenta de que entre ese «nosotros» que habíamos sido solo estaba yo.

Me desmoroné. Las lágrimas se convirtieron en un torrente que apenas me dejaba ver.

Punto final.

A veces el amor se cruza en tu camino, te despierta... y después se va. Queriendo o sin querer. Sin nadie a quien culpar, salvo a nuestra propia estupidez.

—¿No puedes tomar la decisión correcta de una maldita vez sin probar primero todas las equivocadas?

Su voz me hizo frenar. Mi corazón iba tres veces más rápido de lo normal mientras unía una a una las palabras de esa pregunta. Me volví y tragué saliva. Él me miraba con una expresión entre angustiado y enfadado.

—¿Qué decisión correcta?

—Quedarte.

Di un paso hacia él al tiempo que él daba uno hacia mí, como si fuésemos dos imanes que se vieran atraídos.

—¿Quieres que me quede?

Asintió y una leve sonrisa se dibujó en su boca. Diminuta, pero que a mí me devolvió la vida. Nos acercamos un poco más.

—Pero has estado ahí, inmóvil, como si no te importara, mirándome sin decir nada mientras yo...

Me interrumpió:

—Tú necesitabas decir todas esas cosas y yo escucharlas... Necesitaba saber que también me has echado de menos, que aún me quieres y que tu vida ha sido una mierda sin mí.

Me moví hacia él con torpeza.

—Lo siento.

Respiró hondo y dio un paso que lo acercó un poco más.

—¿Por qué has tardado tanto?

Se me escapó un sollozo. Ni siquiera yo lo sabía a ciencia cierta.

—Porque al principio creí que hacía lo correcto, lo mejor para todos... —solté de forma atropellada—. Después me di cuenta del error que había cometido, pero ya era tarde y no sabía cómo arreglarlo. Dijiste que no volverías nunca, que no podrías entrar y salir de mi vida cada vez que yo dudara. Desapareciste y yo no tenía ningún derecho a buscarte. Yo...

Sus manos enmarcaron mi cara y estampó su boca contra la mía. Gemí entre lágrimas de alivio. De alegría. Sentía el latido furioso de su corazón contra mi pecho. Cómo lo había echado de menos. Un fogonazo me sacó de aquel trance.

—Espera... —susurré mientras me apartaba de sus labios—. Esto no está bien. No está bien. Así no. Tú... tú estás con esa chica. No es justo para ella... ni para mí.

Trey me miró como si hubiera perdido un tornillo. Tragué saliva y me lamí los labios con inquietud, sintiendo su sabor. Se le dibujó una sonrisa en cuanto lo entendió. ¿Por qué demonios sonreía?

—¿Te refieres a Sora? —Se inclinó para mirarme a los ojos—. Harper, entre Sora y yo no hay nada.

—Pero os han visto juntos, varias veces. Yo... yo te vi con ella.

—Sora es de mi familia. Mi madre y su madre eran primas hermanas. Nos conocimos hace unos meses, cuando se mudó a Lennox Island para formar parte del consejo de la reserva. Es abogada. Me ha estado ayudando con los temas legales de mi proyecto. Nada más.

—Pero ella...

—Ella ha sido una amiga, la única a la que podía hablarle de ti.

—¿Le hablabas de mí?

Me sonrió y me secó con los pulgares un par de lágrimas.

—Todos los días. De lo mucho que te echaba de menos y

de todas las muertes crueles que se me ocurrían para tu novio. Me dolió verte con él.

—Trey, nunca volví con Dustin. Aquella noche, en el restaurante, solo fue un malentendido.

Apoyó su frente en la mía y se humedeció los labios. Pude sentir la caricia en los míos, el calor de su aliento. Algo parecido a una chispa estalló entre nosotros. Nuestros cuerpos seguían reaccionando ante cualquier roce. Calor, cosquilleo y ese dolor placentero que me encogía el vientre.

—¿Y ahora qué? —susurré.

—Tú decides —respondió, mirándome a los ojos.

Vi el reto en los suyos y noté que se me secaba la boca. Decidir. Esa palabra era una pesadilla para mí. Respiré hondo. Todo lo que quería estaba delante de mí. Ahora que me había encontrado, que ya sabía quién era. Aceptándome con todos mis defectos.

—Tú y yo. Juntos. Para siempre. Aquí o en cualquier otra parte del mundo. No me importa mientras estés conmigo.

Me dedicó una sonrisa lenta llena de promesas y me abrazó contra su pecho.

—Se me ocurre un sitio al que podemos ir. —Me besó en la frente y después me cogió de la mano—. Ven, hay algo que quiero darte desde hace tiempo.

—¿Qué?

—Algo que te pertenece, pero que no sabía cómo devolverte.

Fruncí el ceño, sin entender. Dejé que tirara de mí hacia la tienda en la que dormía y entré. Me arrodillé sobre el edredón mientras él rebuscaba en el baúl. Sacó un sobre grande de color marrón y me lo entregó.

Miré a Trey antes de abrirlo y él me animó con una sonrisa. Aparté la solapa y saqué los documentos que contenía. Les eché un vistazo. Me llevé una mano al pecho de forma inconsciente mientras deslizaba los ojos por todos aquellos apartados y cláusulas.

¡No podía ser!

Sentí que el suelo empezaba a girar bajo mis pies.

—¿Tú compraste la librería?

—Y la casa —replicó un poco inseguro.

—¿Por qué?

—Sabía lo que significaban para ti, no podía permitir que las perdieras. Pensé que podía guardarlas por ti y que... algún día... No sé, quizá las compré porque en ese momento necesitaba tener algo tuyo. No supe dejarte ir.

Me faltaba el aire.

—¿Cómo? ¿De dónde sacaste el dinero? —Vi la sombra que cruzó por sus ojos y la respuesta apareció en mi cabeza antes de que él pudiera abrir la boca—. ¡No, Trey! Dime que no vendiste tu proyecto.

Tragó saliva y se pasó las manos por el pelo. Me dedicó una sonrisa con la que pretendía tranquilizarme, pero yo no podía tomarme aquella noticia con calma.

—Lo cedí a cambio de que ellos compraran las propiedades por mí.

—Pero ese proyecto era tu sueño. Tu legado. Ibas a buscar inversores para llevarlo a cabo tú mismo. Querías hacerlo, ¿recuerdas?, «porque sin arte la vida sería un error».

—Sin ti sí que lo sería.

—No digas eso. No... no te conformes —gemí. Mi mente comenzó a funcionar muy deprisa, pensando—. Vale, aún podemos arreglarlo. Tengo el dinero, lo conservo todo. Si te lo transfiero ahora mismo y tú llamas a esa gente, todavía puedes recuperarlo.

Empezó a negar y yo me sentí cada vez peor.

—Han empezado a construir. Ya no se puede hacer nada.

—Pero...

—No pasa nada, estoy bien.

—Aun así quiero devolverte el dinero.

—Me parece bien.

Pestañeé para alejar las lágrimas que se empeñaban en aparecer.

—Era tu proyecto, tu sueño, y lo has perdido por mi culpa —musité.

—Sigues sin entenderlo, Harper. —Me tomó el rostro y me dio un beso en los labios. Fuerte, duro, lleno de todo—. Tú eres mi sueño y la razón por la que haría cualquier cosa sin que me importe el precio. El único proyecto que de verdad quiero llevar a cabo y al que no estoy dispuesto a renunciar es el nuestro. Tú y yo y todo lo que podamos construir juntos.

—¿Quieres un futuro conmigo?

—Por muy loco que pueda parecer, sí.

—Si soy un desastre.

Empezó a reír.

—Amo los desastres y te amo a ti. Soy así de temerario.

Su risa me acarició con ese calor que tanto había echado de menos. Me zambullí en el dorado de sus ojos y ya no pude esperar más. Me lancé sobre él y capturé sus labios al tiempo que mi cuerpo se encaramaba al suyo, desesperado.

Y entonces sí. En ese momento, mientras me derretía en sus brazos y sus manos se perdían bajo mi ropa, nos convertimos en ese punto final que habíamos empezado a escribir desde el principio.

Mi regalo.

Epílogo

La vida no se trata de sobrevivir a una tormenta, se trata de bailar bajo la lluvia.

Anónimo

Un chico tan perdido como yo

—*Tú y otros desastres naturales* —dice Trey, mirando el libro con el ceño fruncido—. Sigo sin entender qué tiene que ver el título conmigo.

Hace un momento que han llegado los primeros ejemplares a la librería. Estoy nerviosa, porque mañana estará a la venta en todo el país y la inmensidad de esa idea me provoca taquicardia.

—Es una metáfora —le explico mientras voy sacando libros de las cajas y los coloco en la mesa.

Paso los dedos por la cubierta de uno y sonrío con la sensación de estar flotando. Aún recuerdo como si fuera ayer el día que Ryan me llamó para hacerme una oferta por mi manuscrito pocos días después de que se lo enviara. No me lo podía creer. Y sigo sin creerlo.

—Pero en el buen sentido, ¿no?

Trey sigue dándole vueltas al asunto.

Me vuelvo y lo miro. Está tan guapo que me quedo embobada contemplándolo. Hemos viajado mucho durante todo el verano. A la montaña, a la playa, incluso hicimos una pequeña escapada a Bluehaven para visitar a Novalie y a Nick. Tanto sol y aire libre han oscurecido su piel con un tono dorado de lo más atractivo. Nunca me cansaré de ese cosquilleo que despierta en mí. De su voz ronca ni de su risa traviesa. De esos ojos dorados que parecen saberlo todo de mí.

—En el mejor de los sentidos —le aseguro.

Miro el reloj y me doy cuenta de que se nos está haciendo tarde. Echo un vistazo rápido por la librería para asegurarme de que todo está en orden. Desde que Trey rediseñó el espacio, parece mucho más amplia y luminosa. También más moderna y cómoda, lo que ha duplicado los clientes.

Me detengo frente al mostrador y saco las llaves del primer cajón. Trey está muy callado y ha cambiado de postura en el sillón.

—¿Qué haces?

Me mira por encima del hombro.

—Leer.

Me acerco a toda prisa y le quito el libro de las manos con el corazón a mil por hora.

—Aún no, por favor.

Me atrapa por la muñeca y tira de mí hasta sentarme en su regazo. Me besa el cuello y yo trago saliva cuando noto que se me acelera el pulso. Me derrito al sentir sus labios calientes sobre la piel.

—No vas a poder ocultármelo toda la vida —me susurra al oído.

Me estremezco. Sé que es una tontería, pero aún no he dejado que lo lea. Esas páginas contienen nuestra historia; pero también pensamientos tan míos, algunos duros y otros descarnados, que aún no me siento capaz de compartirlos. Me da miedo que pueda sentirse mal, culpable por cosas de las que solo yo fui responsable.

—Solo un poco más —le susurro con los ojos cerrados.

—Vale.

Me sonríe travieso y me apretuja contra su cuerpo mientras me muerde la oreja.

Cerramos la librería y nos dirigimos a la casa de mi abuela. Nuestra, ahora.

Es evidente que el inquilino fantasma al que perseguí durante semanas era Trey.

Se ocupó de su cuidado. La visitaba a menudo, la mantenía limpia y regaba las plantas. Aunque nunca se atrevió a ocuparla. Cuando le pregunté el motivo, me confesó que no podía evitar vernos juntos en cada rincón y que era demasiado duro.

Ese día me enamoré más de él, por imposible que pudiera parecerme.

Shila nos recibe en la entrada. Ladra y salta sin parar, hasta que Trey le ordena con voz firme que permanezca quieto. Se sienta sobre los cuartos traseros sin dejar de mirarme con carita apenada. Yo soy mucho más blanda con él y el muy pícaro lo sabe. A escondidas le doy una chuche.

Sacamos las maletas y cerramos la casa.

Trey guarda el equipaje en el maletero mientras yo abro la puerta del cuatro por cuatro y *Shila* salta al asiento trasero. Apenas puede contener los nervios y se mueve en el reducido espacio. Le encanta viajar.

Le acarició la cabeza y consigo que se tumbe, más tranquilo.

Subo el volumen de la música en cuanto Trey pone en marcha el motor. Nos miramos y sonrío sin disimular que estoy eufórica.

—¿Lista?

—Sí.

—Pues vamos allá.

Entrecierro los ojos y clavo la vista en el cielo azul, tratando de controlar los latidos de mi corazón. Tenemos un largo viaje por delante.

Distingo desde el ferry la costa y no puedo reprimir mi nerviosismo. Nos vamos acercando y las casas de colores toman forma ante mis ojos. Puedo ver los caminos, la iglesia y el ayuntamiento. Y un poco más a la izquierda, esa silueta gris: el restaurante de Ridge.

—Pareces feliz.

Miro a Trey, que se ha detenido a mi lado, y asiento con una sonrisa inmensa que me nace en el pecho.

—Lo soy.

Me llevo la mano al colgante y jugueteo con el cristal y la sirenita de metal. Es la primera vez que regresamos a Pequeño Príncipe tras aquella semana que cambió el curso de nuestras vidas. Y esta visita es especial por muchos motivos.

El ferry atraca minutos después. Somos los primeros en descender en cuanto la rampa se abre. Decenas de instantes, de momentos que tienen significado, reviven en mi mente y las lágrimas se me escapan con facilidad.

—¡Todo está igual! —exclamo.

Aparcamos el coche y caminamos hasta la puerta del restaurante con *Shila* trotando de un lado para otro. Desde fuera se pueden oír las voces y la música que resuenan en el interior. Acelero el paso, tirando de la mano de Trey con impaciencia. Huele a comida y a otra cosa que descubro en cuanto empujo la puerta. Huele a familia.

—Ya estáis aquí —grita Hayley en cuanto nos ve aparecer.

Scott nos saluda con la mano y los ojos puestos en el canal de deportes.

De repente, todo se vuelve una locura de besos y abrazos. Hoyt me levanta del suelo y me da un lametazo en la cara.

—¡Por Dios, madura! —le suelto muerta de risa.

Megan se ruboriza y le dice algo al oído. Para mi estupor, Hoyt le da otro lametazo, que la deja sorprendida y con la boca abierta. Empiezo a reír.

«Bienvenida a la familia», pienso.

Adele viene a mi encuentro con Sid. Las primeras lágrimas aparecen en mis ojos. Voy hacia ella y la abrazo con fuerza. Apenas me salen las palabras. Pero sé que no las necesito.

—Estás preciosa.

—Tú también —respondo.

—Llevas el colgante.

—Siempre.

Veo a Ridge salir de la cocina. Me mira. Lo miro. Y nos buscamos para darnos un abrazo. Me fijo en una cara nueva. Una chica morena de piel pálida y ojos grandes nos observa con timidez. Es muy bonita.

—¿Quién es?

Él se ruboriza y sonríe.

—Vino por las focas, pero creo que va a quedarse.

Vuelvo a abrazarlo, feliz por él.

La mesa se llena de risas y voces. Es Acción de Gracias y celebrarlo todos juntos ha sido idea mía. El caos se desata con los platos pasando de un lado a otro. Respiro hondo y miro a mi alrededor. Todas las personas que me importan están aquí. Saboreo el momento y tengo el deseo de congelarlo. De guardar en una cajita la felicidad que se respira, esa que radica en las pequeñas cosas y que, al mismo tiempo, hacen temblar el universo. De grabar las risas y escucharlas mil veces cuando las cicatrices palpiten y la calma se agite con recuerdos que aún duelen. Su recuerdo.

El mundo es más bonito ahora. He logrado formar parte de él en lugar de permanecer en él. Hay una gran diferencia. En algún punto entendí que la vida es una secuencia de momentos que hay que vivir con todos los sentidos puestos en ellos, que no merecía la pena invertir tiempo y esfuerzo en aquello que no me hacía feliz.

Horas después sigo pensando en ello mientras contemplo el cielo repleto de estrellas. Las olas rompen contra la orilla, mojando mis pies descalzos, y su murmullo me adormece. Trey aparece a mi espalda. Sus manos resbalan por mi cintura y me rodean el estómago.

Todo mi cuerpo se altera y mi tiempo se detiene. Solo él lo logra.

A lo lejos, la cúpula oscura se ilumina con un fogonazo. La brisa arrastra consigo olor a lluvia. Abrazados, vemos cómo se acerca la tormenta. Un trueno retumba con fuerza sobre nuestras cabezas y las estrellas desaparecen. En el horizonte, un rayo asciende desde el mar.

Cae la primera gota. Después otra. Son grandes. Y la lluvia se intensifica deprisa. Me doy la vuelta y nos miramos a los ojos. Empezamos a sonreír como dos idiotas. El agua nos empapa la ropa y el pelo. No nos importa, pese al frío. Le beso la mandíbula y él inspira hondo. Me mece entre sus brazos y nuestros pies se hunden en la arena, testigo mudo de lo que allí vivimos. Del inicio de una historia que había comenzado a escribirse años atrás.

Sus manos me guían despacio, bailando. Respira contra mi boca y yo lo beso en la comisura de los labios.

—Creo que ya lo entiendo —dice.

Lo miro con los ojos entornados por el agua que cae con fuerza.

—¿Qué?

—El título del libro. Lo que de verdad esconde. Lo que tú y yo somos.

—¿Zona de riesgo para los desastres? —bromeo.

—No, dos supervivientes que han logrado superar la tormenta y que ahora bailan bajo ella.

Y así es como este chico tan perdido como yo consigue que me enamore un poco más de él. Cuando ya me parece imposible.

FIN

Agradecimientos

Cuando llego a este punto, siempre siento que las palabras no alcanzan para agradecer tanto a todas las personas que han compartido este viaje conmigo.

Gracias a Planeta, como casa y equipo.

A Irene, por la confianza, las ganas y ser mucho más que mi editora.

A Esther, por abrirme la puerta para que vuele y darme su llave.

A mis amigas, las de siempre y por siempre: Nazaret, Tamara, Yuliss y Victoria.

A Alice Kellen, por compartir conmigo la locura de este mundo.

A Elena, Dunia y Lorena. Su apoyo y cariño no tiene precio.

A Daniel Ojeda, que siempre está ahí.

A Miriam Iglesias, por cada sonrisa (mi «regalo de cumpleaños»).

A mis Estrellitas, gracias por tanto.

A Bea, por ese empujoncito para escribir esta historia.

A mis hijas, por ellas me he convertido en la heroína de mi propia historia. Os quiero muchísimo.

A mis padres, por enseñarme que ser buena persona es de valientes.

Y a vosotros, los lectores, lo más importante.

Gracias.

booket